Die Insel des Glücks

Annabelle Benn

Anja C. Richter

Impressum

R.O.M logicware, Pettenkoferstr. 16-18,

10247 Berlin, Annabelle.benn@outlook.de

© 2020 Benn, Annabelle; Richter, Anja C.

Herstellung und Verlag: BoD – Books on Demand, Norderstedt

ISBN: 9783752688597

Cover: Sturmmöwen, Rebecca Wild

Korrektorat: Kapitel 1 -3, Katja Kulin

Rest: Kirsten John und Heidemarie Roitner

MIX
Papier aus verantwortungsvollen Quellen
Paper from responsible sources
FSC® C105338

Delia

Es war ein Spätsommertag, wie ich ihn nach den vielen kalten Regentagen nicht mehr erwartet hätte. Die Sonne schien heiß von dem beinahe wolkenlosen Himmel, ab und zu streifte ein lauer Windstoß die erhitzte Haut und durch Berlin wehten jene Sorglosigkeit und Lebensfreude, die es nur im Sommer gab. Menschen in luftigen Kleidern und Sandalen schlenderten an einer Tüte Eis schleckend die vollen Gehwege entlang, sonnten sich auf den Grünflächen oder schlemmten Eiskaffees und frühe Aperol Spritz in einem der überfüllten Straßencafés. Niemand blieb unnötig im Haus, alles drängte ins Freie, endlich auch ich.

Es war eine Stimmung, in die ich früher wie in eine zweite Haut geschlüpft wäre. Die Unbeschwertheit und Lebenslust wären mir sofort in Fleisch und Blut übergegangen. Nun aber stand ich als Zuschauer am Spielfeldrand des Lebens, und jeder Luftzug flüsterte mir zu, wie vergänglich alles war.

Derart morbide Gedanken waren mir früher völlig fremd gewesen, doch seit Längerem plagten mich für alle Ärzte unerklärliche Schmerzen, die mir die Lebensfreude stahlen.

Heute allerdings, bei dem herrlichen Sonnenschein und nach der Abgabe eines äußerst fordernden Manuskripts, wollte ich diese Fülle, Lebendigkeit und Hoffnung endlich wieder spüren, wollte jeden Augenblick, jeden Windhauch und jeden Sonnenstrahl genießen, bevor ein weiterer grauer Winter über uns hereinbrach. Also fuhr ich mit dem Rad vom tiefen Osten aus nach Charlottenburg, wo ich mich mit meiner besten Freundin treffen wollte. Früher war ich eine richtige Sportskanone gewesen, doch mittlerweile konnte ich mich kaum noch bewegen, weswegen mir die Stunde im Sattel einiges abverlangte. Ich trat trotzdem tapfer in die Pedale, weil ich wieder fitter werden wollte. Denn wie sagte schon Schopenhauer? *Gesundheit ist nicht alles, aber ohne Gesundheit ist alles nichts.* Genau so war es.

Bis zum Treffen mit Tanja hatte ich noch Zeit und so fuhr ich ein paar Schlenker durch Straßen und über Plätze, die ich früher gern gemocht hatte. Vom Ku'damm bog ich in die Kantstraße ein, weil ich mein früheres Wohnzimmer, den Savignyplatz, wiedersehen wollte.

Auch hier drängten sich die Menschen in den Cafés, auf den Parkbänken und den beiden symmetrischen Grasflächen. Es war beinahe unheimlich sauber hier, auf den Hauswänden und Toren prangten keine Graffitis und auf dem Boden lag selten Müll.

Mit gemischten Gefühlen bog ich in die Bleibtreustraße ein und kam zu dem Haus mit den Säulen, Statuen und der Stuckfassade, in dem ich einst gewohnt hatte. Durch die Glasscheiben der doppelflügeligen Holztür erhaschte ich einen Blick auf den mit Mosaiken ausgelegten Eingangsbereich, durch den man in den schattigen Innenhof mit Blumenrabatten, Sitzbänken und einer alten Linde gelangte. Hier war alles ordentlich und gepflegt und wenn einmal etwas kaputt ging, kam jemand, der es umgehend reparierte. Mit anderen Worten: Es war spießig, *bonzig* und kleinkariert. Es war das Leben, das ich vor drei Jahren hinter mir gelassen hatte und das mir jetzt so unwirklich vorkam, dass es mir fast wie ein anderes Leben erschien. Ich fuhr so langsam, dass ich das Gleichgewicht verlor und abspringen musste. Da öffnete sich die Tür und eine Frau in meinem Alter trat heraus. Sie trug eine dunkelblaue Culotte, ein weißes T-Shirt, eine große gold gerahmte Sonnenbrille und eine knallpinke Birkin Bag. Ihr Yorkshireterrier, dessen Fell genauso glänzte wie ihr Haar, zog sie zur nächsten Platane, um dort sein Bein zu heben.

Ich blieb stehen und betrachtete die Frau von der anderen Straßenseite aus. Sie sah mühelos elegant, vital und sorglos aus. Kein Wunder, dachte ich, denn wer Geld für eine so teure

Tasche hatte, kannte keine Sorgen. Das Wissen, dass das nicht stimmte, blitzte scharf in mir auf, verlosch aber sofort wieder. Die Frau hätte ich sein können. Ich hatte zwar nie eine Birkin besessen und mir auch nie eine gewünscht, aber sie passte perfekt zu ihrem unbekümmerten Erscheinungsbild. So wäre ich gewesen, wenn ich ... Nun, wenn ich nicht ausgezogen wäre, sondern so getan hätte, als wäre nichts passiert. Und wenn ich Vincent nicht kennengelernt hätte. Er hatte mir gezeigt, worauf es im Leben wirklich ankam, nämlich nicht auf Geld, sondern auf Haltung und innere Werte. Folglich war es nicht richtig, dass ich mir in meinem fadenscheinigen Sommerkleidchen schäbig vorkam. Ich seufzte und stieg wieder aufs Rad. War es denn wirklich so schwer, seine Wurzeln vollständig zu kappen?

Schließlich hielt ich vor meinem italienischen Lieblingscafé in der Leonhardtstraße. Mein Magen knurrte, Schweiß strömte aus meinen Poren und die Zunge klebte mir am Gaumen, weil ich mein Wasser längst ausgetrunken hatte. Zwar freute ich mich schon den ganzen Tag auf den cremigsten Cappuccino und saftigsten Kuchen von ganz Berlin, aber die Freude auf das Wiedersehen mit Tanja wog wesentlich stärker. Sie hatte mir während ihrer Kur in Sri Lanka arg gefehlt, seit gestern war sie endlich zurück. Sie kam winkend um die Ecke, und wir fielen einander um den Hals. Fest drückte ich sie an mich und ignorierte dabei das Klingeln meines Handys.

„Da bist du ja! So schön, dass du wieder da bist!"

„Ich freu mich auch, obwohl ich gern noch geblieben wäre. Willst du denn nicht rangehen?"

„Unbekannte Nummer? Eigentlich nicht, aber ich muss wohl."

„Hier von Lichtenberg. Frau Schweiger, es geht um den Motorradunfall in Agadir."

Frustriert presste ich die Augen zu und verfluchte mich dafür, dass ich abgehoben hatte.

„Was Sie darüber schreiben, hat null Aussagekraft. Es belegt nichts, es weist keinen Weg. Dabei ist er das Schlüsselereignis für mein spirituelles Wachstum, das kann man gar nicht stark genug betonen", polterte sie in ihrer schrillen Art, die *null* Spiritualität vermuten ließ.

Ich sammelte mich. „Guten Tag, Frau von Lichtenberg. Als das Schlüsselerlebnis Ihrer geistigen Entwicklung haben wir doch konstruiert, dass Sie eine Stunde, bevor der Tsunami Balis Küste traf, von dort weggeflogen sind, obwohl Sie ursprünglich viel länger hätten bleiben wollen. Das war Gottes Fingerzeig – Sie von Engeln geleitet hoch oben in der Luft und unten die Hölle auf Erden." Ich sagte das ohne hörbare Ironie, denn schließlich war ich ihre Biografin, doch innerlich kochte ich. Es war unglaublich, dass sie mich deswegen anrief! Erst gestern hatten wir in der PR-Agentur beisammengesessen, waren alles zum hundertsten Mal durchgegangen, sie hatte das Manuskript endlich abgesegnet und freigegeben, und ich hatte mich gefreut. Leider zu früh.

„Frau von Lichtenberg, die PR-Agentur und ich stimmen darin überein, dass eine noch stärkere Betonung dieser Themen die Leser in eine Abwehrhaltung bringen könnte. Es könnte zu viel des Guten sein und ins Gegenteil umschlagen."

„Ach, ich bitte Sie, reden Sie doch keinen solchen Unsinn! Den Publikumsgeschmack werde ich als Deutschlands beliebteste Moderatorin ja wohl besser kennen."

„Natürlich sind Sie ..."

„Korrekt. Also ändern Sie das."

Ich unterdrückte ein Stöhnen. „Darüber kann ich leider nicht entscheiden. Würden Sie sich bitte an die Agentur wenden?"

Leise zischte sie: „Das hätte ich getan, wenn Ihr Freund mich beim Mittagessen nicht davon überzeugt hätte, dass es für Sie besser sei, wenn ich erst mit Ihnen sprechen würde. Ich will Sie ja nicht bloßstellen. Allerdings frage ich mich bei Ihrer unkooperativen Art, warum eigentlich?"

Ihre Worte wirkten wie ein Schlag. Ich musste mich verhört haben. Beim Mittagessen? Wieso aß sie mit Vincent zu Mittag? Bestimmt waren sie sich zufällig über den Weg gelaufen. „Das ist nett gemeint, aber bitte wenden Sie sich an die Agentur."

6

Einen Augenblick lang war es still in der Leitung und ich dachte, sie hätte aufgelegt, da schnaubte sie: „Aber die haben mich doch zu Ihnen geschickt!"

Nun war ich es, der es die Sprache verschlug, bis ein anderes Ich das Kommando übernahm. Ich sprach mit Engelszungen, während mein Verstand scharf wie ein frisch geschliffenes Messer war. „Ach so, natürlich. Mit wem haben Sie denn gesprochen?"

„Na, mit dem Neuen natürlich, Sanders ist ja nie da."

„Nun, Frau von Lichtenberg, auch in diesem Fall kann ich Ihnen bestätigen, dass wir nichts tun, bis das Lektorat abgeschlossen ist. Seien Sie sicher, dass Ihr Eindruck von gestern richtig ist. Vertrauen Sie Ihrer Intuition. Aber vertrauen Sie auch Ihrem Verstand. Denn schauen Sie, der Lektor ist ein Profi, seit Jahrzehnten im Geschäft, einer der besten des Landes. Er hat ein Gespür für die kleinsten Nuancen und redigiert unerbittlich, jeden Punkt und jedes Komma, alles." Sie entspannte sich und in der Atempause schwoll mein Alter Ego weiter an. „Uns allen liegt doch daran, dass Sie und die Leser zufrieden sind. Denn unter uns, Frau von Lichtenberg – die Agentur verspricht sich von einem so großen Namen wie Ihrem doch einen netten Profit, und natürlich will sie weitere renommierte Persönlichkeiten für neue Projekte gewinnen. Da riskiert niemand etwas, im Gegenteil, alle gehen auf Nummer sicher und geben sich extra große Mühe. Aber das wissen Sie nicht von mir, es bleibt bitte unter uns, ja?"

„Ach so. Na gut, in Ordnung", seufzte sie schließlich geschmeichelt. „Ihr Wort im Ohr des Göttlichen."

Mein Beruf als Ghostwriterin, den ich seit drei Jahren ausübte, hatte positive, aber auch viele schwierige Seiten, und selbstverliebte Promis wie Frau Ich-mach-mir-die-Welt, wie ich sie heimlich nannte, waren eine davon. Sie war der lebende Beweis dafür, dass Geld den Charakter verdarb. Warum waren solche Personen nur so beliebt? Wenn die Leute wüssten, wie sie wirklich waren. Nun, das würden sie nicht, solange es Schreiberlinge wie mich gab, die ihren Lebensunterhalt damit verdienten, diese Ungeheuer in

Lichtgestalten zu verwandeln. Obwohl mir angesichts meiner Rolle in dem Spiel nicht ganz wohl war, legte ich erleichtert auf und hoffte, sie endgültig überzeugt zu haben, denn ich brauchte das Geld der Schlussrechnung dringend.

Tanja saß mittlerweile vergnügt grinsend an einem Tisch und zeigte fragend auf ihr Glas mit einem grünen Wundersaft. Ich schüttelte den Kopf, schließlich freute ich mich auf Kaffee und Kuchen, und machte ein Zeichen, dass ich noch einmal telefonieren müsste. Meine Beine wurden schwach, als mir aufging, wie eiskalt ich geblufft und in welche Lage ich mich möglicherweise gebracht hatte. Die Sorge war jedoch unbegründet, denn in der Agentur lobte man mich, da Frau von Lichtenberg dort natürlich mit niemandem gesprochen hatte. Allerdings, so sagte man mir, müsste ich weitere unentgeltliche Änderungen vornehmen, sollte die Klientin nach dem Lektorat darauf bestehen. Ich ärgerte mich über den Chef der Agentur, der mir schon immer wie ein rückgratloser Wurm vorgekommen war. Insgeheim vermutete ich, dass er entweder etwas von der von Lichtenberg wollte oder schon mit ihr am Laufen hatte. Sie sah gut aus, sodass *Mann* ihre menschlichen Makel leicht übersehen konnte. Mir sollte es egal sein. Ich wollte Kaffee und Kuchen.

Delia

„Sorry, Tanja, meine Liebe, jetzt hab ich endlich Zeit. Na, nun erzähl aber mal: Wie war's?", plapperte ich drauflos, während ich mich setzte.

„Das fragst du noch? Schau mich an! Fantastisch! Ich bin wie neugeboren! Am liebsten wäre ich noch ein paar Monate geblieben."

„Ein paar Monate gleich? Hast du dich etwa verliebt?"

„Ach, was du schon wieder denkst!" Lachend wehrte sie ab.

„Nein, oder doch, aber nicht in einen Mann, sondern in das

Land. Und ins Leben! Mir geht's so unsagbar gut!" Sie schloss die Augen und streckte die Arme gen Himmel.

„Echt? Die Kur wirkt solche Wunder?" So wie sie wollte ich mich auch fühlen! Seit Jahren zog und zerrte es mal in den Knien, mal in den Beinen, Schultern und im Nacken, und zwar teilweise so stark, dass ich mich übergeben musste. Während meiner Menstruation lag ich zwei Tage mit Schmerzmitteln vollgepumpt im Bett und starrte an die Decke. Es war grauenvoll und fast kein Leben.

„Und wie! Ayurveda ist nicht umsonst die uralte indische Lehre vom Leben!"

Ich nickte begeistert, dann kamen mir Zweifel. „Isst du deswegen keinen Kuchen mehr oder kann ich dir ein Stück mitbringen?"

„Danke, nichts Süßes für mich, der Smoothie reicht mir vollkommen."

„Nicht mal einen Erdbeershake? Die haben hier Bioprodukte!"

„Um Himmels willen, nein!", rief sie entsetzt. „Nie wieder. Man sollte kein Obst mit Milcherzeugnissen mischen, das ist das reinste Gift für den Körper."

Ich schaute, dass ich an die Kuchentheke und weg von ihren befremdlichen Ansichten kam. So eine Kur musste ja die reinste Gehirnwäsche sein, wenn ein ehemaliges Schleckermaul wie Tanja freiwillig auf Süßes verzichtete. Doch davon würde ich mir den Appetit nicht verderben lassen. Da Zimt den Blutzuckerspiegel senkte, rührte ich zum Ausgleich meiner Sünden sowohl davon als auch von dem verdauungsfördernden Anis eine große Menge in den Kaffee. Genüsslich schloss ich die Augen, als die cremig leichte Süße der Schokoladentorte auf meiner Zunge zerfloss.

Während ich schlemmte, schwärmte Tanja in den schillerndsten Farben von ihrer inneren und äußeren Reinigung. Sie zeigte mir Fotos von schlummernden Krokodilbabys, Mangrovenwäldern, prachtvollen Blütenmandalas und dem Kurhotel. Fasziniert lauschte ich ihren Schilderungen. Sie sah zehn Jahre jünger aus und verströmte pure Lebensfreude. Quicklebendig strahlte sie mich aus ihren grashüpfergrünen Augen an, und das obwohl diese vom Jetlag eigentlich winzig klein hätten sein müssen. Meine Besorgnis, dass sie zur Esoterikerin geworden wäre, bestätigte sich nicht, dafür aber die mein Fernweh betreffend, denn das wuchs unaufhaltsam. Alles, was sie erzählte, klang zu schön, um wahr zu sein, und was sie über die Massagen berichtete, konnte ich beim besten Willen nicht glauben.

„Zwei Stunden jeden Tag?" Ich ließ meine Kuchengabel sinken und sah sie mit offenem Mund an. Ich stellte mir vor, wie zarte Hände über meinen verspannten Körper glitten, wie sich die Schmerzen in Luft auflösten und wie ich die Berührung genoss. Es wäre das Paradies auf Erden.

„Ja, wenn ich's dir doch sage! Zwei Stunden jeden Tag. Du wirst von Kopf bis Fuß verwöhnt, alles dreht sich nur um dich. Du bekommst sogar einen Speiseplan, der exakt auf deinen Typ abgestimmt ist." Sie küsste ihre Fingerspitzen wie ein italienischer Koch. „Das Essen, oh Mann, ich sag dir, das ist ein Gedicht! Es fehlt mir jetzt schon. Weißt du, es ist alles ganz gesund und wird immer frisch zubereitet, damit das Prana, die Lebensenergie, erhalten bleibt."

Ich wollte mir den Genuss meiner zuckrigen Fettbombe nicht verderben lassen und passte kurz nicht auf, damit ich den letzten Bissen auskosten konnte. Dann dachte ich wieder an die massierenden Hände, und das Nächste, was ich hörte, war:

„... direkt am Meer, in dem großen Garten davor blühen bunte Blumen und Palmen wedeln schattenspendend über dir." Wir lachten über ihre drollige Ausdrucksweise. „Alles ist lauschig und ruhig, die Leute sind unglaublich nett, du musst nichts tun, außer dich behandeln und bedienen zu lassen. Sag, wäre das nicht auch etwas für dich?"

„Für mich? Was soll ich denn da?"

„Na, gesund werden natürlich!"

„Aber ich bin doch gar nicht krank!"

„Oh doch, natürlich bist du krank! Du hast seit Jahren Schmerzen, die dir das Leben zur Hölle machen! Du rennst von Arzt zu Arzt, aber keiner kann dir sagen, woher sie kommen und wie du sie wieder loswirst. Dahinter können nur gestörte Doshas stecken!"

„Gestörte was?"

„Doshas. Bio-Energien. Man wird in einem bestimmen Verhältnis von den drei Doshas geboren, und wenn das ins Ungleichgewicht gerät, wird man krank. Und du bist krank, Delia, glaub mir!"

„Unsinn. Red mir doch bitte nichts ein." Wirklich krank war man doch erst, wenn man nicht mehr arbeiten konnte.

„Schmerzen sind ein Zeichen dafür, dass man etwas ändern muss. Oft haben sie ihre Ursache an ganz anderer Stelle. Die westliche Medizin erkennt die Zusammenhänge nicht, tappt im Dunkeln, verschreibt Schmerzmittel, heilt aber nicht, sondern ..."

„Ja, ich weiß."

„Eben. Deli, du musst die Ursachen bekämpfen und die Schmerzen endlich loswerden, so ist das doch kein Leben!"

„Wem sagst du das."

„Dir! Natürlich werden die Leiden bei der Erstverschlechterung erst mal noch schlimmer, aber dann ... dann ..." Wieder breitete sie die Arme gen Himmel aus.

„Was? Noch schlimmer? Dann kann ich mich ja gleich eingraben!"

„Unsinn, Liebes, da sind doch lauter Spitzenärzte, die sich Tag und Nacht um dich kümmern und dafür sorgen, dass du den Drachen besiegst und zum Gold kommst."

„Drachen? Gold?" Vielleicht hatte ich mich doch geirrt, was Tanjas Verhältnis zur Esoterik anging.

Sie winkte ungeduldig ab. „War ja nur ein Vergleich. Was ich sagen will: Da muss man durch. Zwei, drei Tage geht es einem richtig mies, aber dann!" Sie warf einen Kuss in die Luft und strahlte mich an. Wer konnte so viel Begeisterung widerstehen? Widerwillig musste ich lachen.

„Okay. Dann soll ich also einfach alles hinschmeißen und hinfliegen, ja?"

„Ja!" Sie sah mich an, als hätte ich endlich ein an sich einfaches Rätsel gelöst.

Ich schüttelte den Kopf und wollte etwas erwidern, kam aber nicht dazu, da jemand meinen Namen rief.

„Delia! Das gibt's doch nicht! Meine Güte, bist du es wirklich?"
Eine elegante Frau mit glänzend blonden Haaren stand auf dem Gehweg und sah mich an. Das war –
„Bea!", rief ich halb erfreut, halb verunsichert, weil ich mich für mein Outfit schämte, und stand auf. „Was tust du denn hier?"
„Ich? Ich komme gerade von einem Termin in der Nähe. Mensch, das ist ja eine schöne Überraschung! Lass dich umarmen!"
Zögernd fiel ich ihr in die Arme. Ihr Körper war weich und sie roch unglaublich gut. Fest drückte sie mich an sich, und die Freude über das unverhoffte Wiedersehen wuchs.
„So ein Zufall! Hast du Zeit? Komm, setz dich doch zu uns", lud ich sie ein. Bea war nicht nur meine Cousine, sondern eigentlich meine Lieblingscousine, trotzdem hatten wir uns in den letzten Jahren kaum gesehen. Und das, obwohl sie ganz in der Nähe in einem herrlichen Penthouse am Ludwigkirchplatz wohnte. Bis zu meinem Burnout waren wir unzertrennlich gewesen, doch seitdem hatte sich viel verändert. Außerdem mochten sie und Vincent einander nicht, weswegen ich auf Distanz zu ihr gegangen war.
„Stör ich euch auch nicht?", fragte sie höflich, doch da wir ihr schon einen Stuhl zurechtrückten, nahm sie Platz und begrüßte Tanja, die sie von früher kannte.
Wir erfuhren, dass sie soeben von einem Gespräch kam, weil sie jetzt, da ihre Zwillinge außer Haus waren, wieder Vollzeit als Anwältin arbeiten wollte. Die beiden Sechzehnjährigen verbrachten das Schuljahr bei ihrer Tante Patricia in Madrid, um Auslandserfahrung zu sammeln, perfekt Spanisch zu lernen und vor dem deutschen Abitur schon das internationale zu haben. Sie eiferten darin ihren älteren Cousinen nach, die ebenfalls einen internationalen Schulabschluss hatten und an angesehenen Universitäten studierten. Ich war in eine der spießigsten Familien Bayerns hineingeboren worden, für die fast alles, wovon andere träumten, selbstverständlich war. Alle bis auf mich hatten großartige Karrieren hingelegt, lebten in Wohlstand und frönten ihren Privilegien. Bea war da nicht anders. Sie war als

Anwältin in Teilzeit bei einer großen Versicherung tätig, aber von dem Gehalt konnte sie unmöglich ihren Lebenswandel bestreiten. Es empörte Vincent hochgradig, dass ihr Ehemann das mitmachte und ihr so viel finanzierte. Was ich Vincent nie verraten hatte, war, dass Beas und mein Vater für jede von uns Aktien im Wert von 20.000 Euro investiert hatten, als wir sechzehn waren. Während ich meine in der Dot.com-Krise verkauft hatte, hatte Bea sie behalten und konstant dazugekauft oder verkauft. Vor Jahren hatte sie mir einmal gestanden, dass sie nicht arbeiten müsste. Dass sie eine Ganztagsstelle suchte, überraschte mich. Entweder hatte sie herbe Anlageverluste eingefahren, oder sie flüchtete sich in die Arbeit, um einer Leere davonzulaufen.

„Die zwei wollten auch nach D.C. zu deinem Bruder, aber das konnten wir ihm und seiner Frau nicht antun. Und zu wildfremden Leuten – das hätte ich nicht übers Herz gebracht", erzählte sie bedrückt. „Sie sind doch noch so jung! Aber wenn ich denke, was wir beide in dem Alter für Abenteuer hingelegt haben und wie erwachsen wir uns dabei vorgekommen sind!" Kichernd stupste sie mich an. „Ach Gott, wo ist nur die Zeit geblieben?"

Bea war 36 und wenige Monate älter als ich. Da sie das Leben nahm, wie es kam, hatte sie nicht abgetrieben, sondern mit stoischer Gelassenheit neun Monate nach der Abiturfeier Diana und Philip zur Welt gebracht. Sie hatte die Kinder neben dem Jura-Studium großgezogen. Sie verdankte es ihrem Verstand, Fokus, Organisationstalent und dem Einsatz ihrer Mutter, dass sie nach nur neun Semestern mit „vollbefriedigend" abschloss, eine Leistung, die nicht mal ein Fünftel aller Studenten, die überhaupt zum ersten Staatsexamen antraten, erbrachten. Den Vater hatte sie nie geheiratet, dafür aber wenig später den zehn Jahre älteren Richard Cavendish, einen erfolgreichen englischen Immobilienmakler, von dem sie sich jetzt in aller Freundschaft scheiden ließ.

„Wenn er sich in eine 23-Jährige verliebt, was soll ich mich da groß aufregen und ihm lange nachtrauern?", sagte sie aufgeräumt. „Es waren vierzehn schöne Jahre mit ihm, er hat mich auf Händen getragen und die Kinder wie seine eigenen behandelt, aber jetzt ist es eben vorbei."

Wer das Leben so nahm, konnte nicht scheitern, dachte ich mit einem seltsam engen Gefühl in der Magengrube.

„Tja", fuhr Bea fort, „somit bin ich also allein, hab Zeit und überlege mir gerade, wohin ich verreisen könnte."

Ich wusste sofort, was kommen würde. Prompt rief Tanja: „Du hast in den nächsten Wochen nichts vor?"

„Nein, warum?"

Normalerweise mochte ich Tanjas Begeisterungsfähigkeit, doch nun musste ich einschreiten, bevor die beiden Nägel mit Köpfen machten. Augenrollend seufzte ich: „Damit sie dich zu einer heilbringenden, lebensverändernden Ayurvedakur in Sri Lanka überreden kann."

Bea ließ sich nicht abschrecken, im Gegenteil. Entzückt rief sie: „A-yur-veda?"

„Ja!" Tanja klatschte in die Hände und rückte näher zu ihr. „Kennst du dich damit aus?"

„Nur ein bisschen – aber meine Güte! Eine Panchakarmakur wäre genau das Richtige für mich. Dass ich nicht selbst darauf gekommen bin!"

„Bestimmt! Ich bin gestern zurückgekommen, und ..."

„Im Ernst? Also deswegen siehst du aus wie das blühende Leben. Los, erzähl! Ist das nicht irre teuer?"

Ich sah ihr an, dass sie innerlich schon gebucht hatte, und wunderte mich, dass sie sich für Geld interessierte, aber dann fiel mir die Scheidung wieder ein.

Tanja beruhigte sie. „Nein, es ist sogar überraschend günstig, besonders in der Vorsaison. Kommt, Mädels, das ist eure Chance! Ihr *müsst* dahin!"

„Wir?", rief ich. Was für sie günstig war, war für mich teuer.

„Ja, natürlich ihr!" Tanja nickte heftig. „Jetzt, wo ihr euch wiedergefunden habt! Das ist doch ein Omen! Hier ist es bald grau, kalt, nass – dort ist Sommer! Wie könnt ihr auch nur einen Augenblick zögern?"

Ich sah mich mit einer frischen Kokosnuss in den Händen unter einer Palme liegen und tiefenentspannt auf das blau und golden glitzernde Wasser schauen. Das Meer! Diese

Weite, diese Stille, diese Freiheit! Mein Computer wäre weit weg. Frau Ich-mach-mir-die-Welt wäre weit weg. Alles andere ebenso. Dafür wäre alles Schöne da. Bea zum Beispiel. Oder die Sonne. Und zarte Hände, die mich stundenlang massieren und die Schmerzen aus mir herausziehen würden. Ich würde gesund werden. Und glücklich. Und überhaupt ...

„Wie soll das gehen? Ich muss arbeiten!", stöhnte ich.

„Aber du brauchst doch auch mal Urlaub!", rief Bea. „Deli, das wird fantastisch! Wir haben uns immer gut verstanden. Außerdem sind wir ein erprobtes Urlaubsteam. Denk nur an die Tennistrainingscamps oder die Sprachreise nach Antibes." Verschmitzt blinzelte sie mich an. Bei den Erinnerungen musste auch ich lächeln, und mir wurde warm ums Herz.

„Frankreich? Mein Gott, der Cidre!"

„Und Yves und – wie hieß der andere gleich nochmal?"

Wir kicherten vergnügt.

„Das waren Zeiten, was?", rief sie ausgelassen und legte mir strahlend eine perfekt maniküre Hand auf den Unterarm.

„Es war echt schön", seufzte ich.

„Ja, genau! Also, was hält dich vom Gesundwerden ab?", rief sie, mit einem Fuß schon im Flugzeug.

Auch Tanja trompetete siegessicher: „Jeder braucht Urlaub! Du ganz besonders! Du brauchst eine Auszeit und eine Kur!"

Ich stöhnte. „Ich habe aber einen neuen Auftrag von einem Windpark-Initiator. Und Frau Ich-mach-mir-die-Welt braucht ihre Autobiografie!"

Tanjas Miene verfinsterte sich. „Ihre *geliftete* Autobiografie", schnaubte sie, denn seitdem ich an dem Werk schrieb und ihr verbotenerweise erzählt hatte, wie schrecklich die Frau in Wahrheit war, drohte sie der GEZ mit Beitragsverweigerung.

„Ich dachte, du wolltest das Manuskript abgeben, während ich weg war?"

„Das habe ich auch, aber jetzt will sie weitere Änderungen."

„No, no, no!" Erbost sah Tanja uns an. „Die kriegt sie nicht! Abgegeben ist abgegeben! Aber zurück zum Thema, Deli: Dass wir deine liebe Cousine zufällig hier treffen und sie spontan mit dir verreisen will, kann, wie gesagt, nur ein Zeichen sein! Es steht in den Sternen: Du *musst* raus hier!"

„Du klingst schon wie das Ungeheuer!", konterte ich, konnte mir aber ein Lachen nicht verkneifen.

„Unsinn. Komm, pack den Koffer! Nur in einem gesunden Körper wohnt ein gesunder Geist, das wussten schon die alten Römer, und Ayurveda ist noch älter", drängte sie mich weiter.

Zwei Stunden Massage pro Tag ...

„Genau", pflichtete Bea ihr bei. „Ich meine es nicht böse, aber du siehst wirklich ein wenig abgespannt aus. Also, wann fliegen wir?"

Ich wäre ja liebend gern mitgekommen, aber es ging trotz Palmen, Sonne, Meer, Bea und Massage nicht. Wegen dem Geld, dem Mann mit den Windparks, Frau Lichtenberg, Vincent, dem Klima, und etlichen Sachen mehr.

„Ha!" Mit einem tatendurstigen Funkeln in den Augen blickte Bea von ihrem Handy auf. „Es sind noch einige Direktflüge frei. Wie heißt das Hotel?"

Tanja lächelte triumphierend. „Pagoda. Sie sind momentan nicht ausgebucht, das weiß ich. Nimm dir ein Luxuszimmer, Bea, von denen hast du einen Wahnsinnsblick aufs Meer."

„Hey, Moment mal!", ging ich dazwischen. „Wir können doch nicht mal eben so eine Fernreise buchen!"

„Aber warum denn nicht? Es hat doch nun keine von uns dringende Termine, oder?", fragte Bea.

„Nein, Termine nicht, aber Vincent!"

„Vincent?" Entgeistert sahen sie mich an.

„Ja! Soll der etwa nicht mit?"

Panische Blicke flogen hin und her. „Nein!", protestierte Tanja. „Auf keinen Fall geht es nur um einen selbst und ums Gesundwerden. Für den ist das nichts. Der ist dafür nicht offen, er ist so kopflastig und ..." Sie schüttelte den Kopf und sah mich beinahe verzweifelt an. „Du musst doch gesund werden, Deli."

Bea nickte ernst. „Gesund und glücklich."

Delia

„Gesund und glücklich"! Wer wäre das nicht gern? Doch wie brachte man das seinem Freund bei? Und dann war da noch die Sache mit dem Mittagessen, das mir seit dem Bülowbogen im Magen lag. Wie sollte ich das Thema Vincent gegenüber nur anschneiden, ohne eifersüchtig zu klingen? Und wie sollte ich ihm von Bea erzählen? Er verachtete sie. Ich könnte ihm nicht sagen, wie wohl, wie natürlich und frei ich mich bei ihr fühlte, allein deswegen, weil wir miteinander Bayerisch sprachen. Denn das hatten wir automatisch getan, als Tanja auf der Toilette war. Meine Gedanken drehten sich im Kreis. Ich hatte die richtigen Worte noch immer nicht gefunden, als ich mein Rad vor dem griechischen Bistro abstellte, in das ich Vincent zur Feier der Manuskriptabgabe und des neuen Auftrags eingeladen hatte. Nach der langen Radfahrt war ich schon wieder hungrig und freute mich auf die gegrillte Dorade, die nirgendwo so gut schmeckte wie hier. Ich kettete das Rad an einen Laternenpfosten und stieg über die volle Babywindel, die danebenlag.

Alexis, der Eigentümer, begrüßte mich überschwänglich und gab mir einen Tisch am Fenster, wo ich auf Vincent wartete. Nachdenklich aß ich die öligen grünen Oliven, die der Wirt mir gegen den schlimmsten Hunger bereitgestellt hatte. Dabei malte ich mir aus, wie empört Vincent über Frau Lichtenbergs Dreistigkeit wäre und wie er mich für meinen Bluff loben würde. Dann jedoch dämmerte mir, dass er eigentlich immer für sie Partei ergriffen, meinen Ärger nie verstanden und sie sogar heimlich getroffen hatte. Aber dafür gab es bestimmt eine Erklärung, und den Rest musste ich mir wohl einbilden.

Als er schließlich das Lokal betrat, folgten ihm die begehrlichen Blicke sämtlicher Frauen, während er kerzengerade, zielstrebig und mit seinem leicht spöttischen Blick den Raum durchschritt – und bei mir stehen blieb. Ich glühte vor Stolz. Er war groß, vom vielen Radfahren durch-trainiert und immer von einer intellektuellen Aura umgeben. Mit einer äußerst männlichen Geste fuhr er sich durch das dunkelblonde Haar und lächelte mich an. Fasziniert lächelte ich zurück. Er drückte nur kurz meine Schulter und setzte sich gleich, weil er keine Zurschaustellung von Zärtlichkeiten mochte.

„Hi, sorry für die Verspätung, na, wie geht's?", fragte er. Ein Schweißfilm überzog sein markantes Gesicht. Sein Handy legte er mit dem Display nach unten auf den Tisch.

„Macht doch nichts. Mir geht's gut, und dir?"

„Geht schon. Ich hab einen Mordsdurst von der Bruthitze." Er winkte Alexis herbei und bestellte wie immer eine große Flasche Wasser ohne Kohlensäure, obwohl ich mit lieber mochte. „Und ein Glas – oder nein, zur Feier des Tages gleich eine Flasche Weißwein." Er sah mich an. „Dir ist Weißwein doch recht, oder? Ich lade dich ein."

„Du lädst mich ein? Aber ich wollte doch dich einladen."

„Lass gut sein, es gibt einen Grund zu feiern!"

Lächelnd bedeutete ich Konstantinos, dass Weißwein in Ordnung sei. „Ja, wenn du das sagst, dann danke."

„Ich bin für den Liberté-Preis nominiert!", rief er so laut, dass das halbe Bistro zu uns schaute. Es ging gar nicht um mich. Vincent war Redakteur bei *Die Zeitung* und träumte schon lange von dieser Auszeichnung. Der Liberté-Preis für herausragenden Journalismus wurde jährlich ausgelobt und war in verschiedenen Kategorien mit bis zu 50.000 Euro Preisgeld dotiert. Davon abgesehen brachte allein die Nominierung Ruhm und Ehre.

„Der Liberté-Preis? Im Ernst? Meine Güte, Vincent, das ist ja großartig!"

„Ja, nicht schlecht, was?" Breit grinsend lehnte er sich zurück. „Dafür habe ich auch ordentlich geschuftet. Endlich zahlen sich die Mühen und akribischen Recherchen aus!"

„Auf alle Fälle! Du hast dir die Nominierung mehr als verdient, endlich erkennen die, was für ein Talent, wie sorgfältig und moralisch integer du bist! Du wirst gewinnen, da bin ich mir sicher."

Er lachte in sich hinein. „Es ist gar nicht so unwahrscheinlich, dass ich gewinne, weil außer mir nur Nullen und Idioten

18

nominiert sind. Der Fiorinto, der Arat, die Breugel, aber gut, die ist eine Frau, das könnte gefährlich werden."
Ich erschrak, denn Arat hatte zahlreiche aufsehenerregende Interviews, Porträts und Reportagen veröffentlicht. Wenn einer Vincent gefährlich werden konnte, dann der. „Der Arat auch", gab ich zu bedenken.
„Ja, aber er distanziert sich nicht genug von Erdogan, hat Özil verteidigt, da sehe ich keine Gefahr für mich."
„Stimmt. So etwas könnte dir nie passieren, stimmt's?"
„Mir?" Er lachte dröhnend. „Bestimmt nicht. Ich stehe immer auf der richtigen Seite."
Stolz nickte ich.
„Ah, da kommt ja der Wein. Weißt du, was du essen willst? Die gemischte Vorspeisenplatte, wie immer?"
Wieder nickte ich. So würden wir etwas teilen und die Dorade hatte ohnehin viele Gräten. Wir prosteten uns zu und er erkundigte sich nach meinem Tag. Irgendwann würde ich ihn nach seinem Lunch fragen, oder auch nicht, vielleicht war es ja gar nicht so wichtig.
„Der Tag war gut, sehr gut sogar. Ich war doch mit Tanja Kaffeetrinken, und stell dir vor, wen wir zufällig getroffen haben!"
„Wen?", fragte er und drehte beiläufig sein Handy um.
„Bea! Meine Cousine, du weißt schon."
„Ach, die gibt's noch?", fragte er und wischte über das Display.
„Ja, natürlich."
„Und was hat sie sich jetzt wieder gekauft?"
„Nichts." Ich schämte mich, dass ich so naiv gewesen war, zu glauben, er hätte seine Meinung über meine *spießige Bonzen-Verwandtschaft*, wie er sie nannte, geändert und würde sich mit mir über unser Treffen freuen.
„Und sonst?", fragte er, während er tippte.
Ich holte tief Luft, sammelte mich, schob Sri Lanka aber in letzter Sekunde beiseite. Jetzt war nicht der richtige Augenblick. Jetzt musste ich die Stimmung heben. „Ich habe das Manuskript abgegeben und gleich einen neuen Auftrag bekommen."

Er nickte, noch immer tippend, grinste, dann sah er auf. „Sehr gut, mein Mädchen, du machst dich. Vielleicht wirst du in ein paar Jahren auch für einen Preis nominiert. Es muss doch auch einen für Biografen und Ghostwriter geben, oder nicht?"

„Ja, vielleicht."

„Weißt du, wenn ich die 50.000 gewinne, dann ..."

Wir wurden von einem schrillen Lachen unterbrochen.

„Vincent, bist du es wirklich?", kreischte eine Frau mit roten Korkenzieherlocken, schneeweißer Haut und üppigen Formen. Zielstrebig kam sie auf ihren hohen Hacken an unseren Tisch.

„Sybille, Mensch, was tust du denn hier? Ich dachte, du seist noch in New York! Na, das ist ja eine Freude!", rief Vincent, stand halb auf, umarmte und küsste sie auf beide Wangen. Nachdem sie sich eine Weile unterhalten hatten, machte er uns miteinander bekannt. „Sybille, das ist Delia, Delia, das ist Sybille, eine sehr interessante Kollegin von mir."

Die große Platte mit den zwölf verschiedenen Mezze wurde gebracht. Ich war so hungrig, dass ich zugriff, ohne auf Vincent zu warten, der sich noch immer unterhielt. Nach einer Weile verabschiedete Sybille sich und Vincent erzählte mir, bei welchem großen Blatt sie für Wirtschaft und Finanzen zuständig war und wie gut sie sei. Ich schluckte meine Eifersucht und wünschte ihm guten Appetit. Schweigend aßen wir eine Weile, dann kam der nächste Bewunderer an den Tisch.

So war das meistens, wenn wir ausgingen. Vincent wurde erkannt, er selbst kannte die halbe Welt und war als geistreicher Gesprächspartner überaus beliebt. Normalerweise machte mich das stolz, doch heute war ich traurig, weil ich mich auf den Abend zu zweit gefreut hatte. Unzufrieden goss ich uns Wein nach und beschloss, ihn doch wegen Sri Lanka zu fragen. Doch gerade, als ich dazu ansetzte, fragte er, ob wir bezahlen wollten.

„Die Getränke gehen auf mich, gib du mir einfach die Hälfte für die Platte."

Ich brauchte einen Moment, um mich zu fangen. Es war tussig und dumm, zu glauben, er würde alles bezahlen.

Während wir auf Alexis warteten, hob Vincent die Augenbrauen, lehnte sich zu mir, strich mit dem Zeigefinger über meinen Handrücken und raunte mir zu: „Ich habe riesige Lust auf ein Dessert aus nacktem Fleisch, Sahne und Honig." Er knurrte und ich lachte verlegen.

Zu Hause zeigte er mir, was er damit meinte, versicherte mir, wie sehr er mich begehrte und was für ein vollkommen anderer Mann in ihm steckte als der, den er in der Öffentlichkeit zeigen musste. Seine Leidenschaft war wild, roh, animalisch und hatte nichts mit der Gleichberechtigung zu tun, für die er außerhalb des Bettes – im übertragenen Sinne – bis aufs Blut kämpfte.

„Komm her", knurrte er, noch während ich die Tür aufschloss. Er zog mich an sich und drückte mich gegen die Wand. „Du machst mich den ganzen Abend lang schon so verdammt geil in deinem Blümchenfummel, dass ich es kaum aushalte." Zum Beweis seiner Worte presste er seine Erektion heiß und hart an meinem Po. Kurz hielt ich die Luft an, dann atmete ich erleichtert aus. Meine Eifersucht war unbegründet gewesen. Er stand auf mich. Er war mit mir hier. Ich wohnte bei ihm. Ich und keine andere.

Seine Hände glitten unter das Kleid, mit einer fließenden Bewegung riss er die Knöpfe auf, sodass sie absprangen. Seine Fingerkuppen drückten tief in meine Brüste. Er stand auf harten, schnellen Sex, und dass ich dabei verdammt gut war, das sagte er mir immer wieder, auch jetzt, und zwar laut und heiser. Er wusste genau, was er tun musste, um mich zu erregen, und innerhalb kürzester Zeit nahm er mich derbe Sachen keuchend von hinten. „Niemand weiß. Was für ein. Geiler. Mann. In mir. Steckt. Sag, dass du es weißt, du Luder." Ich sagte es ihm, bis er kam. Dann gab er mir einen Klaps auf den Po. „Danke, mein geiles Stück, das hab ich echt gebraucht." Er duschte, und als ich ins Bett kam und mich an ihn kuscheln wollte, hackte er leider schon wieder auf seinem Handy herum. Kollege Lammert, den er abgrundtief verachtete, hatte etwas geschrieben, was dazu führte, dass Vincent bis Mitternacht twitterte und „Das ist Hassrede, der Kerl gehört endlich weg, fristlos gefeuert!" schimpfte. Ich drehte mich um und setzte die Oropax ein. So lief es oft. Wie war das noch mal mit „gesund und glücklich" gewesen? Aber abgesehen von dieser doch eher negativen Eigenschaft war er ein wirklich guter Mensch. Als wir uns vor drei Jahren kennengelernt hatten, half er mir aus einem tiefen Loch. Mit einer Engelsgeduld machte er mir klar, dass ich an meinem Zusammenbruch selbst schuld war, dass Geld nicht glücklich machte und dass ich mit dem ersten Kind vernünftigerweise noch warten sollte. So anstrengend das Leben vor ihm gewesen war, so leicht wurde es mit ihm. Styling, Geld, Karriere – all das war nicht mehr wichtig. Wie von einer schweren Last befreit, schlüpfte ich in eine neue Haut und ließ alles Alte hinter mir.

Nun gut, das bedeutete allerdings nicht, dass ich überhaupt keine Probleme mehr gehabt hätte. Die gab es natürlich, allein schon, was die mit dem neuen Job verbundene Einsamkeit und den verschwindend geringen Verdienst anging. Vor Vincent – oder eher: vor dem, was vor Vincent passiert war – war ich eine der vielversprechendsten deutschen weiblichen Nachwuchsführungskräfte gewesen. Ursprünglich hatte ich mir eine Stelle im Personalwesen suchen wollen, doch dann hatte ich mich auf einer Jobmesse mit ein paar Unternehmensberatungen unterhalten. Sie luden mich zu ihren Assessmentcentern ein, ich entschied mich für das beste Angebot und jettete alsbald durch Deutschland und Europa, flog bald darauf von einer Konferenz zur nächsten, wurde interviewt und mit diversen Preisen ausgezeichnet. Einen Teil meines Geldes investierte ich in Aktien, Fonds und Anleihen, damit es sich von selbst noch weiter vermehrte, den anderen Teil verschleuderte ich für Kleidung und Kosmetik, Partys und Reisen, weil ich *hier und jetzt* lebte, nicht irgendwann. Bis zu dem Tag im Februar, an den ich heute nicht mehr dachte, ritt ich ganz oben auf der Erfolgswelle – und fiel umso tiefer. Mein neues Leben verdankte ich Vincent. Trotzdem hatte ich grässliche Schmerzen und musste dringend eine Entscheidung treffen, denn Bea fackelte nicht lange. „Und? Wie sieht's aus?", las ich am nächsten Morgen, als ich mit flammenden Schmerzen in Schultern und Nacken aufwachte. Ich hätte den Wein nicht trinken sollen. „Ich habe unverbindlich zwei Einzelzimmer und Flugtickets reserviert. Bis morgen Mittag muss ich Bescheid geben."

Bis morgen Mittag? Das ging mir zu schnell. Sie setzte mir ja richtiggehend das Messer auf die Brust! Als ob man das so schnell entscheiden könnte! Aber ich wollte dorthin, mit ihr, ich wollte gesund und glücklich werden. Gesund und – glücklich?

Ich sprang aus den Federn und erwischte Vincent, als er gerade in die Dusche stieg.

„Du, Vincent ..."

„Was denn?", brummte er morgenmuffelig und stellte das Wasser an.

„Könnten wir mal kurz reden?"

„Reden? Worüber denn?" Er hielt den Finger testend unter den Strahl.

„Über Urlaub."

„Urlaub? Wir waren doch erst!"

„Ja, schon, aber, also es ist so, dass Tanja doch ..."

In dem Moment traf das Wasser seinen Körper. Er schrie auf, denn seit einigen Tagen duschte er kalt. Eiskalt.

„Ich versteh dich nicht!", japste er mit schmerzverzerrtem Gesicht und stellte das Wasser so schnell wieder ab, dass ich mich fragte, ob das Ergebnis wirklich als „frisch geduscht" durchging.

„Tanja war doch auf dieser Ayurvedakur", fing ich erneut an.

„Ayurveda? Bist du übergeschnappt? Weißt du, was der Schwachsinn kostet und welchen Knall die Leute davon kriegen?" Er zerrte das Handtuch vom Haken und rubbelte sich mit fahrigen Bewegungen trocken.

„Das ist kein Schwachsinn! Es hilft wirklich. Du solltest Tanja sehen. Es kostet nicht mal viel, zumindest nicht in Sri Lanka. Dort ist es jetzt außerdem schön warm."

Er richtete sich auf und funkelte mich an, als hätte ich den Verstand verloren. „Sri Lanka?"

„Ja." Ich ruderte hilflos mit den Händen in der Luft, denn genau vor dieser Reaktion hatte ich mich gefürchtet. „Es soll schön dort sein, Dschungel, Elefanten, und wie gesagt, die Kur. Wo ich doch immer solche Schmerzen habe."

„Ähm, sag mal, du weißt aber schon, dass du deinen ökologischen Fußabdruck nach so einem Flug nie wieder auf ein erträgliches Maß kriegst, oder?"

Der Klimawandel war seit Kurzem sein Totschlagargument. Wenn er etwas tat, dann extrem. Wenn er den Warmwasserverbrauch senken wollte, dann duschte er kalt. Wenn er CO_2 sparen wollte, dann fuhr er Rad, und zwar ausschließlich. Er war in allem extrem und absolut und beharrte auf seinem Standpunkt, bis sich die Faktenlage änderte oder eine Person in Ungnade fiel, denn dann musste man seine Meinung natürlich überdenken.

Ich folgte ihm ins Schlafzimmer, wo er sich anzog, und setzte mich aufs Bett. „Schau mal, Liebling", fing ich an. „Du wirst doch wegen der vielen Landtagswahlen in den kommenden Wochen ohnehin die meiste Zeit unterwegs sein."

„Hä?"

„Da würde es dir vermutlich gar nicht groß auffallen, wenn ich weg wäre, oder?" Mit einem Unschuldslächeln sah ich ihn wimpernklimpernd an.

„Äh, du ..." Den Rest verstand ich nicht, weil er sich gerade in einen alten Rollkragenpullover zwängte. Als sein Kopf nach einigem Gewurstel wieder auftauchte, war er kalt und abweisend. Ohne mich eines Blickes zu würdigen, zog er sich fertig an, schob mich zur Seite und ging in die Küche, wohin ich ihm kleinlaut folgte.

„Was hast du denn? Ich wollte nicht ..."

Er fuhr herum und stach mit dem Finger in die Luft. „Du willst nie, Del, das ist das Problem! Du fragst nie, was ich will! Immer soll sich alles nur um die Prinzessin drehen!"

Das Blut rauschte in meinen Ohren, sodass ich ihn kaum hörte und mich sicherheitshalber an der Wand festhielt. „Was willst du denn?"

„Ich? Das werde ich dir jetzt wohl kaum sagen!"

„Aber, bitte, Vincent, komm, sag mir doch, was du willst, was dir wichtig ist."

Nach einigem Betteln sagte er kühl: „Sagen wir mal so, es gibt da ein Haus in Meck-Pomm, das mich interessiert." Ich hielt die Luft an. Seit Jahren wollte ich raus aus der Stadt. Ich sehnte mich nach der Natur, nach Stille, mehr Platz. „Ein Haus macht aber natürlich nur Sinn, wenn wir ernsthaft über Kinder nachdenken." Ich nickte ungläubig. Kinder! Endlich! Das durfte doch nicht wahr sein. Meine Güte, es geschahen noch Zeichen und Wunder!

Er neigte den Kopf und kratzte sich am Kinn „Von daher muss man natürlich abwägen, ob man sich jetzt so eine teure Reise gönnt oder in die Zukunft investiert."

Ich sah beschämt zu Boden. Wie hatte ich nur so egoistisch sein können! „Meine Güte, ich hatte ja keine Ahnung. Wenn das so ist, dann ist die Kur natürlich kein Thema."

Er bestrich eine Scheibe Brot mit Butter und sagte in einem eigenartigen Tonfall: „Wobei, weißt du, vielleicht ist es ja aber auch gar nicht so verkehrt, wenn du diese Schmerzen endlich loswirst, denn als Mutter kannst du dich nicht mehr jeden Monat zwei Tage ins Bett legen, das ist dir schon klar, oder?"

In mir überschlug und drehte sich alles. „Ja, natürlich. Mir ist klar, dass Kinder eine große Verantwortung und vollen Einsatz bedeuten."

Ernst sah er von seinem Brot auf. „Zumindest im ersten Jahr."

Stumm nickte ich. Ich wusste, was er meinte, bevor er es aussprach. „Kita", sagte er knapp, kippte den restlichen Kaffee auf ex und stellte die leere Tasse neben die Spüle. „Ist dir schon immer noch klar, oder?"

Ich ignorierte den Seitenhieb auf meine Mutter, die nur Hausfrau, Mutter von vier Kindern und aushilfsweise im Büro des Baugeschäfts meines Vaters gewesen war. Vincent ging ohne einen Kuss, und ich schaute noch lange auf die Tür. Warum freute ich mich nicht? Etwa, weil ich meine Kinder eigentlich lieber erst mit drei in den Halbtagskindergarten geben und mich ansonsten selbst um sie kümmern wollte? Als Ghostwriterin mit entsprechenden finanziellen Rücklagen wäre das doch gut möglich. Aber eben auch völlig rückständig.

Den ganzen Tag quälte mich ein schlechtes Gewissen, und so kam es, dass ich am Nachmittag beschloss, Vincent mit einem selbst gekochten Abendessen zu überraschen. Ich ging einkaufen und stellte mich in die Küche, dann wartete ich. Eigentlich kam er freitags immer gegen 19 Uhr nach Hause, außer er sagte mir Bescheid. Das tat er nicht, blieb aber trotzdem fern. Ich schrieb ihm – er las es nicht. Ich rief an – es läutete, aber er ging nicht ran. Ärger und Angst wechselten sich ab. Wo war er? War ihm etwas passiert? Oder war er mit Kollegen noch etwas trinken gegangen, weil ich ihn so gekränkt hatte?

Ich war mehrmals nah dran, die Polizei und alle Krankenhäuser anzurufen, hielt mich aber immer davon ab, weil ich nicht als hysterisch dastehen wollte. Um zehn Uhr kippte ich das Essen in den Müll und zwei Gin Tonic auf ex. Scheiß auf den Kater!

Ich schlief wie ein Stein. Als ich am nächsten Morgen erwachte, pochte, zog und brannte es in meinem gesamten Körper so heftig, dass ich aufschrie – und damit Vincent weckte, der neben mir lag, als wäre nichts gewesen.

„Lass mich schlafen", maulte er, zog das Kissen über den Kopf und warf sich auf die andere Seite.

Ich explodierte und brüllte ihn an, wo er gewesen sei, dass ich gekocht und auf ihn gewartet hätte, und dass er mir Bescheid hätte sagen sollen und was ihm überhaupt einfiele, mich so zu behandeln, dann erschrak ich über meine Reaktion und wartete wie gelähmt auf das, was kommen würde.

Eiskalt sah er mich an. „Mach mal halblang. Hab ich etwa gesagt, dass ich komme?"

Vor Wut zitternd starrte ich ihn an. Dann drehte ich mich um, knallte die Schlafzimmertür zu und schrieb Bea: „Bestätige die Buchung. Ich komme mit."

Bea

Delia kam mit! Ich hüpfte vor Freude in die Luft und rief ihre Mutter an. „Tante Hanni? Halt dich fest! Du glaubst nicht, was passiert ist", und dann erzählte ich ihr alles.

Nachdem meine Kinder nach Spanien abgereist waren, flog ich vergangene Woche nach München, um ein paar Tage bei meinen Eltern zu verbringen. Dabei besuchte ich auch Tante Hanni und Onkel Otto.

Als ich mit einem Strauß Blumen vor dem großen Haus mit weißem Rauputz, dunkelgrünen Fensterläden und blumengeschmückten Holzbalkonen stand, wurde ich sentimental. Auch Tante Hannis Augen waren feucht, und wir umarmten uns fest. Früher waren immer entweder Delia, meine Mutter, meine Kinder oder alle zusammen hier gewesen. Es war das erste Mal, dass ich allein bei ihnen war, und ich hatte das Gefühl, dass uns nun, da auch meine Kinder aus dem Haus waren, etwas verband, obwohl uns eine Generation und Delias Abwesenheit trennten.

„Ach Bea, wir freuen uns ja so, dass du uns besuchst. Komm rein. Ich habe Schwarzwälderkirschtorte gemacht, die mochtest du doch immer so gern, ist das noch immer so? Wenn nicht, habe ich auch einen gedeckten Apfelkuchen ..."

Sie war wie ihre Schwester, meine Mutter Delfina: Wenn sie aufgeregt waren, sprachen sie nur von Nebensächlichkeiten, am liebsten vom Wetter, vom Garten oder vom Essen. Beide waren ausgezeichnete Köchinnen und Bäckerinnen, und sie hegten und pflegten jedes noch so kleine Pflänzlein, bis es üppig blühte und saftige Früchte brachte. Glücklich seufzte ich: „Alles, Tante Hanni, ich will alles probieren."

Wir gingen durch das helle Wohnzimmer mit gemütlichen Erker und dem noch viel gemütlicheren offenen Kamin. Zahlreiche, stilvoll gerahmte Familienfotos von Bergtouren, Skiausflügen, Tennisturnieren, großen Feiern und Urlauben schmückten den Raum. Sie erinnerten mich an die goldene Hochzeit unserer Großeltern, den Abschlussball und ersten Platz bei den Bezirksmeisterschaften im Tennis. Überall lachte und strahlte Delia, unser ehemaliger Sonnenschein. Die letzte Aufnahme von ihr stammte von dem großen Weihnachtsessen vor vier Jahren. Sie sah aus, als stünde ihr die ganze Welt offen. Sie versprühte eine unbändige Lebensfreude, ihre Augen funkelten hell und klar und sogar jetzt schien sie über den Bilderrahmen hinaus zu strahlen. Es war völlig unglaublich, dass sie nur wenige Wochen später einen Burnout erlitt und infolgedessen zu einem Schatten ihrer selbst verkümmerte.

Wir gingen weiter auf die breite, Markisen überspannte Terrasse, die Tante Hanni mit Sitzgruppen, Blumenschalen, einem leise plätschernden Brunnen und Keramikfiguren hübsch dekoriert hatte. Auch hier befand sich ein Kamin, denn Onkel Otto – und wir alle - liebten offene Feuer. Der Tisch war mit weiß-goldenen Servietten, Blumen aus dem Garten und dem Turandot-Service von Rosenthal stilvoll gedeckt. Kaffee, Tee, diverse kalte Getränke, das Gebäck sowie frische und mit Vanillezucker gesüßte Schlagsahne standen bereit.

„Dein Elysium", flüsterte ich, als mir Tante Hannis Wortwahl für diesen Ort wieder einfiel. Als ich noch klein war, dachte ich deswegen bei „Tochter aus Elysium" immer, jemand würde vom Garten auf die Terrasse kommen. Nun ja, man wurde älter, lernte dazu und entzauberte so stumm die Welt.

„Tante Hanni, du bist einfach unglaublich", sagte ich gerührt, weil es mir gefiel, wenn jemand alles liebevoll für seine Gäste vorbereitete.

„Ich mache das gern, das weißt du doch. Wenn ich schon mal Besuch aus Berlin bekomme ..." Sie seufzte und schüttelte den Kopf. „Aber komm, setz dich, Otto kommt auch bald, er hat nur noch einen geschäftlichen Termin mit einem potenziellen Nachfolger."

„Für das Bauunternehmen? Will er allmählich aufhören?"

„Nicht gleich, aber in den nächsten Jahren, er wird ja bald 70. Lieber wäre es ihm natürlich, wenn jemand aus der Familie die Firma übernehmen würde, aber da ...“ Sie seufzte.

Auch ich seufzte. Meine Eltern litten ebenfalls, weil keines der Kinder deren Hoch-Tief-Bau-Firma übernommen hatte und die Enkel entweder zu jung oder desinteressiert waren.

Tante Hanni lachte bedrückt. „Aber du bist nicht hier, damit wir übers Geschäft reden, nicht wahr?“

Ich schüttelte den Kopf und sprach den rosaroten Elefanten, um den wir auf leisen Sohlen herumschlichen, an: „Kommt Delia nicht oft?“

„Nein. Fast nie. Sie ist ...“ Sie klang betrübt. „Es ist, als wäre sie gar nicht mehr da. Als wäre sie ...“ Ihre Stimme brach, aber sie fing sich wieder. „Reden wir von etwas anderem, ja?“

Ich rückte näher zu ihr und legte ihr eine Hand auf den Arm. „Das müssen wir nicht. Mir fehlt sie doch auch.“

„Sie fehlt uns allen“, murmelte sie mit feuchten Augen. „Wenn ich nur wüsste, was in sie gefahren ist! Seitdem sie mit diesem Mann zusammen ist, ist sie ein völlig anderer Mensch. Sie ist dem Kerl völlig hörig.“

„Den Eindruck habe ich auch.

„Weißt du, es wäre mir egal, dass sie sich das Haar mit Mehl wäscht und wie Pippi Langstrumpf rumläuft, auch wenn mir die abgetragenen Klamotten ehrlich gesagt nicht gefallen. Aber das wäre mir egal, weil sie meine Tochter ist und ich sie liebe. Mir geht es darum, dass sie aussieht wie das Leiden Christi.“

„Da sagst du was Wahres. Als würde sie das gesamte Leid der Welt tragen müssen.“

Tante Hanni jammerte weiter: „Ihre ganze Ausstrahlung ist weg. Sie lacht und scherzt nicht mehr. Alles an ihr ist ernst, wohlüberlegt, kopfgesteuert, eigentlich dumpf, erloschen, verzagt. Sie hat eine Heidenangst, etwas Falsches zu sagen oder zu tun. Gleichzeitig kommt es mir so vor, als würde sie auf Beifall für ihre Selbstkasteiung warten.“ Verzweifelt schüttelte sie den Kopf.

„Es ist ja auch eine reife Leistung, sich so zu ändern und derart asketisch zu leben“, sagte ich sarkastisch und entschuldigte mich umgehend. „Aber Askese der Askese Willen ist verrückt. Sie kommt mir vor wie eine Schildkröte, die unter einem Wasserfall den Kopf einzieht und auf besseres Wetter wartet."

„Gutes Bild. Wenn du mich fragst, dann hält sie Vincent für den Messias, der ihr sagt, wie sie richtig lebt und dass sie nur dann ein guter Mensch ist, wenn sie auf jeden Genuss verzichtet. Dabei ist diese bescheuerte Askese ein Verrat am Leben! Wohlstand kommt von Wohl-stehen, jeder gesunde Mensch strebt doch danach, aber sie tritt alles mit Füßen!"

Stumm nickend wartete ich darauf, dass sie weitersprach. Sie musste lange niemandem ihr Herz ausgeschüttet haben, weil sie niemand war, der ein Thema wiederkäute.

„Sie merkt nicht einmal, wie undankbar und verlogen das Ganze ist. Sie sieht nicht, dass sie das Privileg hatte, genügsam", sie spukte das Wort aus, „zu leben. Was, wenn sie nicht hätte wählen können, weil sie arm geboren worden wäre? Oder behindert? Oder dumm? Viele Menschen haben diese Wahl nicht! Es ist, als würde sie sich über diese Leute lustig machen, aber auch über uns, ihren Vater, die Großeltern, die alles aufgebaut haben. Sie kapiert nicht, wie gesegnet sie ist! Das ist eine Sünde! Sünde im richtigen Sinn, Trennung von Gott, vom Ursprung, vom Quell alles Guten, verstehst du?"

Ich nickte, denn so empfand ich Delias Verhalten auch.

„Wahrscheinlich hat sie in dem einen Punkt recht. Wir haben es ihr zu leicht gemacht und sie zu sehr verwöhnt", seufzte Tante Hanni.

„Das würde ich so nicht sagen. Sie, ich meine, wir alle, hatten immer alles, aber nichts im Übermaß, nichts war irrsinnig teuer. Wir haben nicht alles bekommen, was wir wollten. Wir gehören nicht zu den oberen zehntausend, meine Güte! Uns waren die Marken völlig egal, und während andere längst in der Karibik oder Asien Urlaub gemacht haben, sind wir nach Italien an die Adria gefahren. Jahr ein, Jahr aus." Ich lächelte bei den schönen Erinnerungen.

„Das stimmt schon. Aber vielleicht war alles zu mühe- und sorglos für sie."

„Aber Tante Hanni, du kannst dir doch nicht vorwerfen, dass du ihr das Leben unnötig schwer gemacht hast." Nun lachten wir beide betrübt. „Außerdem hat sie doch selbst auch hart gearbeitet."

„Das tut sie nach wie vor! Nur verdient sie jetzt miserabel. Dafür redet sie sich ein, dass sie das Geld jetzt „ehrlich" verdient, als ob sie das Beratergehalt gestohlen hätte!" Tante Hanni schüttelte verzweifelt den Kopf.

„Das ist verrückt."

„Absolut. Aber anders als Stefan scheint dieser Vincent sie ja dafür zu lieben."

„Wie meinst du das?", fragte ich. Dunkel dämmerte eine Erinnerung in mir herauf.

„Na, Stefan wollte doch immer, dass sie weniger arbeitet und an Kinder denkt ..."

„Stimmt, jetzt erinnere ich mich. Sie war stinksauer, weil er ihr den Erfolg nicht gegönnt hat, oder, nein ... er war doch selbst irre erfolgreich, Moment. Hat sie ihm nicht vorgeworfen, dass er sie kleinhalten wollte, weil er zu schwach und zu sehr Macho für eine Frau auf Augenhöhe sei?"

„Ja, hat sie. Aber was macht sie jetzt? Jetzt wird sie wirklich kleingehalten, merkt es aber nicht einmal! Das goldene Mittelmaß hat ihr oft gefehlt. Bei ihr war immer alles extrem."

„Das stimmt, aber diese Leidenschaft und Begeisterungsfähigkeit waren ja auch etwas sehr Liebenswertes an ihr", wandte ich ein.

Traurig lächelte Tante Hanni. „Zumindest, solange sie sich auf ihre Bands und den Agassi beschränkt hat." Nach einer Pause fuhr sie fort: „Ich hätte darauf bestehen müssen, dass sie die Therapie weitermacht, anstatt Vincent zu ihrem Retter zu erkiesen. Aber sag das mal einer erwachsenen Frau, noch dazu, wenn sie deine Tochter ist!"

„Kann ich dich was fragen?", setzte ich an. „Dieser Burnout damals – war das ein richtiger oder etwas anderes?"

Sie holte tief Luft und sah zur Seite. „Doch, doch, es war schon auch Überarbeitung, aber reden wir über etwas anderes."

Ich nickte, denn ich hatte immer vermutet, dass mehr dahintersteckte, zumal Delia davor keine typischen Symptome wie Erschöpfung, Wut oder Verzweiflung gezeigt hatte. Sie hatte ihre Arbeit von sich aus gern gemacht, sich mit Freunden getroffen und Sport getrieben, sie war ins Theater gegangen und hatte ihre leidenschaftliche Ader bei Konzerten aller Art schwelgen lassen. Kurzum: Sie hatte ausreichend Ausgleich gehabt und das Leben genossen. Vielleicht oberflächlich und ohne spirituelle Tiefe, aber die hatten viele Menschen nicht und brannten trotzdem nicht aus.

Onkel Otto klopfte an die Terrassentür. „Stör ich?", fragte er schmunzelnd in seinem gutmütig dröhnenden Bass.

„Onkel Otto!", rief ich und sprang auf. Er war immer mein Lieblingsonkel gewesen und nach einer kurzen Unsicherheit, wie wir uns begrüßen sollten, umarmten wir uns. „Ich freue mich so, dich zu sehen."

„Ich freue mich auch, dass du da bist. Wie es aussieht, komme ich gerade rechtzeitig. Ihr habt ja noch gar nicht angefangen!"

„Ach du meine Güte!" Schnell griff Tante Hanni nach der Kaffeekanne und verteilte Kuchen, Torte und Vanilleschlagsahne. Über meine Kinder und Patricia in Spanien plaudernd ließen wir uns die Köstlichkeiten auf der Zunge zergehen, wobei ich ihre Backkünste mehrfach lobte. Es tat gut, eine Weile nicht an Delia zu denken.

„Wir haben von Delia gesprochen", sagte Tante Hanni.

„Oh, natürlich." Onkel Ottos Miene verschloss sich.

„Ja. Bea versteht das alles genau so wenig wie wir. Leider haben sie auch keinen Kontakt mehr."

Onkel Otto nahm ihre Hand und ließ sie lange Zeit nicht mehr los. „Wisst ihr, ich glaube ja, dass sie gern mehr Kontakt hätte, sich aber nicht traut."

„Wie bitte?" Überrascht sah ich ihn an.

„Manchmal habe ich das Gefühl, dass sie gern über ihren Schatten springen würde, aber nicht mehr sieht, wo er aufhört. Oder dass sie nicht mehr weiß, wie man springt."

„Sie muss weg von diesem Vincent", seufzte Tante Hanni. „Wenn ich nur wüsste, was sie an ihm findet!"
„Er gibt ihr Sündenböcke, das reicht. Er redet ihr ein, dass wir Spießer und Bonzen sind und „ihre Wurzeln" schuld an dem Burnout etc. sind. Dabei macht er sie nur so runter, damit sie sich zu wertlos fühlt, um ihn zu verlassen", regte Onkel Otto sich auf. „Spießer und Bonzen, so hat er mich genannt, das eine Mal, als er hier war."
Anlässlich des 65. Geburtstags von Tante Hanni, den wir im Sommer nach Delias Krise gefeiert hatten, war Vincent mit an den Starnberger See gekommen und hatte allein die Landschaft mit ihrem „kitschigen Postkarten-Panorama" schon als konservativ und spießig verurteilt. Zu Onkel Otto hatte er, ein Familienfoto von einem Tagesausflug nach Salzburg in der Hand, gesagt: „Na, du hast dich für deinen Reichtum aber auch nie anstrengen müssen, was?" Onkel Otto hatte ihm das Bild aus der Hand genommen und ihn gebeten, dass er den Mund halten sollte, wenn er nicht wüsste, wovon er sprach. Er stammte nämlich aus einer einfachen Handwerkerfamilie mit sechs Kindern. Um sich das Studium zu finanzieren, hatte er nachts bei Osram Glühbirnen gewechselt, am Wochenende gelernt und nebenbei Tante Hanni den Hof gemacht.
„Spießer und Bonzen,", sagte Tante Hanni verächtlich, „so hat er uns genannt. *Ich war noch nie bei solchen Bonzen.*"
Wieder schwiegen wir eine Weile, dann fragte ich: „Hat sie eigentlich immer noch diese grauenhaften Schmerzen?"
„Ja, hat sie. Ganz furchtbar schlimm, es wird immer krasser. Während der Periode liegt sie zwei Tage im Bett, starrt an die Decke und denkt, dass Sterben auch nicht so schlimm wäre."
Tante Hanni brach in Tränen aus, und auch ich stand nahe davor. Wenn ich mir vorstellte, meine Kinder würden mir sagen, dass sie nicht mehr leben wollten, wäre ich auch am Boden zerstört.
„Vielleicht", überlegte ich laut „vielleicht fehlt ihr wegen der Schmerzen die Kraft, den Kerl zu durchschauen und zu verlassen."

„Ja", sagte Onkel Otto langsam, „daran habe ich auch schon gedacht. Aber kein Arzt kann ihr helfen. Die finden einfach nichts."

„Das ist typisch für psychosomatische Erkrankungen", sagte ich, und Tante Hanni pflichtete mir bei: „Wenn ihr mich fragt, dann ist sie wegen dem Kerl so krank. Sie ist krank, weil sie eine Lüge lebt."

Nachdenklich schauten wir in den tiefblauen Spätsommerhimmel, der hinter der Markise begann. Dann klatschte ich in die Hände. „Also, wie befreien wir Delia aus den Klauen des Diktators?"

„Et vite, too", sagte Onkel Otto um Aufheiterung bemüht, und wir lachten, weil die Mischung aus Latein, Französisch und Englisch früher bei uns ein geflügeltes Wort gewesen war.

Bea

Nun, ein paar Tage später saß Delia reisebereit bei einem gerührten Eiskaffee mit gezuckerter Vanilleschlagsahne auf meiner Dachterrasse. Sie trank einen genüsslichen Schluck, und ich starrte sie fassungslos an.

„Er will ein Haus? Jetzt? Und das sagt er dir so nebenbei?" Meine Stimme überschlug sich. Ich durfte mich nicht zu sehr aufregen, damit Delia ihn nicht verteidigen, seine Seite einnehmen und am Ende doch noch hierbleiben würde.

Sie nickte niedergeschlagen. „Ich weiß, ich bin undankbar und sollte mich freuen, aber ..."

Nein, das sollte sie nicht! Sie sollte dankbar sein, das ja, aber für völlig andere Dinge als für Vincent und ein Haus in der Pampa! Ihre Instinkte waren noch intakt, nur ihr Kopf übersetzte die Signale falsch. Es war freilich fraglich, dass eine ernährungsbasierte Kur dieses Problem heilen könnte, aber alles war ein Schritt in die richtige Richtung, und ich war bereit, klein anzufangen.

Ich dankte also allen Göttern dafür, dass Delia gerade noch rechtzeitig kalte Füße bekommen und dem Hauskauf nicht sofort laut jubelnd zugestimmt hatte. Etwas an der Sache gefiel mir nicht, sie stank förmlich zum Himmel, und ich wurde den Eindruck nicht los, dass der Kerl bluffte, um sie bei der Stange zu halten. Menschen mit schrumpeligen Egos taten das gern, das wusste ich von den Psychologiekursen, die ich hobbymäßig belegte.

Delia tat mir fürchterlich leid. Sie saß mit hängendem Kopf und hochgezogenen Schultern da wie ein Häuflein Elend. Alles an ihr strahlte Unglück aus. Ihre Haut war trocken, ihr Kinn immer vorgeschoben und zwischen den Augen furchte sich eine steile Falte. Es war offensichtlich, dass sie schreckliche Schmerzen hatte, aber nicht nur physisch, sondern auch psychisch. Ich konnte sie nicht ansehen, ohne vor Mitgefühl zu vergehen und zu verzweifeln. Ich legte einen Arm um sie und zog sie an mich.

„Ich verstehe wirklich nicht, warum ich mich nicht freue. Ich will doch ein Haus und vor allem Kinder. Eigentlich schon viel früher, aber dann kam die Karriere dazwischen, oder das, was ich damals dafür hielt." Sie löste sich von mir.

„So geht es vielen Frauen. Aber wollte Stefan denn nicht auch früh Kinder?"

„Der? Nein", schnaubte sie. „Für den *hat es nicht gepasst.* Wenn ich es jetzt wieder vermassle, dann sterbe ich kinderlos! Dann ist es zu spät! Wenn es mit Vincent nichts wird, dann wird es nie was! Mein Gott, es dauert doch seine Zeit, bis man wen kennenlernt, schwanger wird und alles!"

Ich witterte Hoffnung, weil ich glaubte, Zweifel an ihrer Beziehung herauszuhören.

„Bist du dir denn sicher, dass du mit Vincent eine Familie gründen willst?"

„Was? Was soll die Frage? Logisch, mit wem denn sonst?"

Sie brauste so stark auf, dass ich zurückwich, auch wenn ich bei dem „mit wem denn sonst" am liebsten sofort Tinder installiert und ihr die Antworten gezeigt hätte. Aber ich musste langsam vorgehen. „Okay. Dann ist ja alles gut. Was ist dann das Problem? Liegt es am Geld?"

„Nein, oder doch, ja, auch, ach, ich weiß nicht …"

Ich setzte alles auf eine Karte. „Denn wenn es am Geld liegen sollte, also ein Haus – dein Haus - könntest du ja haben. Dein Vater würde es dir bestimmt jederzeit überschreiben, wenn du es willst, schließlich hat er es für dich gebaut."

Sie schnaubte verächtlich. „Ich will es aber nicht! Er hat den Kasten gebaut, ohne mich zu fragen. In Starnberg! Dem fällt gar nicht auf, wie bevormundend das ist! Er tut etwas, um das ich ihn nicht gebeten habe, und dann soll ich ihm dafür auch noch dankbar sein?"

„Nun ja, die meisten anderen Menschen würden sich um so ein tolles Haus noch dazu in der Lage alle zehn Finger und Zehen abschlecken", wandte ich ein.

„Tja, klar. Ich bekomme es aber nur, wenn ich einziehe. Meine Geschwister haben ihre ohne die Auflage bekommen."

„Das ist objektiv betrachtet nicht fair, ich weiß, aber er wird wohl Angst haben, dass du es verkaufst und alles spendest ..."

Delia funkelte mich böse an. „Na und? Entweder es gehört mir, oder es gehört mir nicht! Ich würde den Erlös gerechter verteilen, ja. Es ist ja auch zutiefst unmoralisch, einfach ein Haus geschenkt zu bekommen."

„Nun ja, das nennt sich erben."

„Davon darf Vincent nichts wissen. Der würde ausflippen."

„Dann sei froh, dass es nicht dir gehört." Ich zwang mich zu einem Lächeln. „Aber würdest du wirklich nicht einziehen wollen?"

Sie sah mich an, als hätte ich den Verstand verloren. „In Bayern?"

„Na, du wolltest doch immer wieder heim. Als du mit Stefan hierhergezogen bist, hast du gesagt, dass du nach fünf Jahren wieder weg wärst. Die sind längst rum."

„Man redet viel Unsinn, wenn der Tag lang ist. Stell dir mal Vincent in Starnberg vor!"

Das konnte ich nicht. „Genau so wenig kann ich mir vorstellen, dass du ohne ihn in einem kleinen Dorf in Brandenburg oder Meck-Pomm heimisch wirst, von dem man Stunden in die nächste große Stadt braucht."

„Übertreib mal nicht, so schlimm wird es schon nicht werden. Zumindest herrscht dort weniger sozialer Druck."

Ich zwang mich, nichts darauf zu antworten, weil der Druck, der auf sie einwirkte, unübersehbar war. „Wie soll das Ganze denn ablaufen? Weiß Vincent inzwischen von deinem finanziellen Polster?"

Sie erschrak. „Welches Polster? Da ist keins mehr."

Ich erschrak. „Kein – gar nichts? Alles weg?" Das konnte doch nicht wahr sein!

Sie zog eine Grimasse. „Doch, irgendwo liegen noch knapp zehntausend, aber die sind für den äußersten Notfall, nicht für ein Haus ..."

„Verstehe." Mir wurde schwindelig. Das war weniger, als was sie früher im Monat verdient hatte. Es mochte viel klingen, aber was, wenn sie ein paar Monate keine Aufträge hatte, ein Kind bekäme oder sich allein eine Wohnung nehmen wollte?

„Und du hast wirklich alles gespendet? Auch das Erbe von Oma?"

„Das Erbe von Oma?"

„Na ja, die zwanzigtausend von damals ..."

„Ach, das, was unsere Väter so glorreich in den Sand gesetzt haben!"

„In den Sand gesetzt?"

„Na ja, die Aktien waren doch nichts mehr wert." Delia und ich sahen einander an, als wäre die jeweils andere doof.

In mir machte es klick. Eifrig stimmte ich ihr zu. „Ach ja, stimmt, das hatte ich ja ganz vergessen. Das Zeug war beim Platzen der Dot.com Blase ja nichts mehr wert."

Delia nickte, und damit war das Thema für sie erledigt. Nicht aber für mich, denn nun sah ich einen Silberstreifen am Horizont. Vielleicht hatte die Macht des Verdrängens doch auch seine guten Seiten!

„Dann sind die Überlegungen mit dem Haus in Starnberg ja ohnehin hinfällig", brachte ich das Thema scheinbar beiläufig zum Abschluss.

Ich trug die leeren Eiskaffeegläser weg, bereitete eine kleine Platte mit frischen Antipasti, die ich beim Sarden am Eck geholt hatte, zu und schenkte uns erfrischend kühlen Weißburgunder ein. Dann sprachen wir über meine Kinder,

Diana und Philipp, und über andere Verwandte. Nach dem zweiten Glas Wein sank sie in dem bequemen Loungesessel zurück, schaute ziellos über die Dächer Charlottenburgs und sagte betrübt: „Da ist noch was. Er ist in der Nacht nicht nachhause gekommen."

Die Worte versetzten mir einen Stich. Vorsichtig fragte ich: „Ist das zum ersten Mal passiert?"

Sie presste die Lippen aufeinander und schüttelte kaum merklich den Kopf.

„Meinst du, er hat eine andere?", fragte ich behutsam.

Sie spannte sich an und schüttelte den Kopf, ohne mich anzusehen. „Vincent? Nein, der doch nicht. Er verachtet solche Leute. Er steht auf mich. Wir haben viel Sex. Er war nur mit Freunden was trinken, aber trotzdem."

Delia

Nach dem vielen Wein holte Bea eine Karaffe erfrischendes Minzwasser, dann gingen wir die Reiseunterlagen des Kur-Hotels durch, die wir per E-Mail erhalten hatten. Unter anderem wurde darin um angemessene Kleidung in hellen, dezenten Tönen gebeten. Da ich fast nur dunkle oder gemusterte besaß, schlug Bea vor, dass ich mir aus ihrem Fundus eine passende Reisegarderobe zusammenstellen sollte. Von ihrer Schwangerschaft abgesehen hatten wir immer die gleiche Konfektionsgröße getragen. Doch während ich seit meinem Burnout ein paar Kilos abgenommen hatte, hatte Bea ein wenig zugenommen. Ich vermutete, dass Richards Untreue schuld an ihrem kleinen Hüftgold war, das ihr jedoch gut stand, weil es sie rund, weich und weiblich wirken ließ. Allerdings hatte sich nicht nur unsere Figur, sondern auch unsere Geschmäcker stark auseinanderentwickelt. Während sie unserem früheren Stil und den dazugehörigen Marken treu geblieben war, kleidete ich mich vorrangig in günstigen Second Hand- Läden ein. Klamotten und überhaupt das ganze Brimborium um das

Aussehen waren mir unwichtig geworden, auf keinen Fall wollte ich eitel sein. Vincent und ich waren stolz darauf, uns nichts aus dem Äußeren zu machen, schließlich zählten nur innere Werte. Zumindest solange, bis ich vor Beas mehrtürigem Einbauschrank stand, in dem alles fein säuberlich nach Jahreszeit, Anlass und Farbe geordnet war. Allein der Anblick versetzte mich in eine andere, sorglose Zeit. Als ich die zarte Seide und das geschmeidige Leinen auf meiner Haut spürte und mich darin vor dem hohen Spiegel drehte, fühlte ich mich kurz wie früher, nämlich selbstsicher, stark, zuversichtlich, aber auch mit einem gewissen Anspruch mir selbst und dem Leben gegenüber. Und noch etwas, das ich nicht benennen konnte. Etwas Warmes, Helles, Leichtes, das mich umgab wie ein schützender Mantel und das mich sicher durchs Leben trug. Etwas, das ich abgelegt hatte wie ein altes Kleid und an dessen Namen ich mich nicht erinnern konnte. Die Erinnerung an das Lebensgefühl erlosch so schnell, wie sie gekommen war.

Beklommen hielt ich inne. Die Frau im Spiegel lebte nicht mehr, sie war nicht mehr ich, schon lange nicht mehr. So oberflächlich und eitel wie damals wollte ich auch nicht mehr sein. Aber war „wollte" wirklich das richtige Wort? Ich wandte mich ab, ging zur Musikstation, damit das, was gerade in mir aufstieg, nicht die Oberhand gewann, und wählte spontan „Best of Roxette". Kurz darauf dröhnte ausgerechnet „She's got the look" aus den Boxen, und wir stimmten lachend ein. Die Lähmung fiel von mir ab, nur leicht mechanisch drehte ich mich vor dem Spiegel hin und her, bis ich mit meiner eigenen Fremdheit vertraut wurde. Wann hatte ich mich zuletzt bewusst im Spiegel betrachtet? Ich konnte mich nicht daran erinnern. Es musste lange her sein, denn in unserer Wohnung hing nur über dem Waschbecken im Bad einer. Je länger ich mein Abbild auf mich wirken ließ, desto gelöster fühlte ich mich, desto breiter und voller lächelte ich, am Schluss sogar samt den Augen. Die Frau im Spiegel war – bis auf das Haar und Make-up – die natürliche Fortsetzung der Frau, die ich vor dem Burnout gewesen war. Die Frau in den abgewetzten, dünnen Fähnchen stellte einen

Bruch in diesem Kontinuum dar. Ich erschrak erneut und obwohl ich mir gefiel, wurde mir seltsam mulmig zumute. Ich hatte diesen Bruch gewollt und bewusst vorangetrieben. Wollte ich ihn jetzt nicht mehr? Aber ... „Nanananana, she's got the look!" Nicht daran denken.

„Das Kleid steht dir hervorragend! Es ist dir nur ein bisschen weit, aber das kriegen wir schon hin. Warte." Ausgelassen tänzelte Bea zum Schrank, um einen passenden Gürtel zu finden. „Du hast unglaublich abgenommen, oder?"

„Mehr, als ich dachte." Ich fand meinen Kopf im Vergleich zu meinen Schultern zu groß. „Ich sehe fast aus wie Allie McBeal, erinnerst du dich an sie?"`

„Na klar! Wir fanden sie furchtbar dürr. Magersüchtig ... Oh, entschuldige."

„Passt schon, du hast ja recht, aber ich bin nicht magersüchtig, keine Sorge." Ich beäugte mich misstrauisch. Ich war nicht magersüchtig, sondern nur so beinahe unbemerkt fast vom Fleisch gefallen. Vincent stand auf Ecken und Kanten, auch in Körpern ... Vincent ... Wenn er mich so sehen würde. Aber das würde er natürlich nicht.

„The Look!" Ich bekam ein schlechtes Gewissen, das ich verscheuchte. Wenn er bocken konnte, dann konnte ich es auch. Ja, vielleicht stand zurzeit nicht alles zum Besten in unserer Beziehung, aber wenn ich gesund und glücklich von Sri Lanka zurückkam, würde endlich alles gut werden. Hieß es nicht, dass man immer genau den Partner hatte, der zu einem passte? Und sollte man selbst nicht der Partner werden, den man haben wollte?

„I know there's something in the wake of your smile ..." sang Marie Fredriksson nun und in einer übertriebenen Manier legten wir die Hände an die Brust, den Kopf in den Nacken und grölten die Ballade aus voller Kehle mit, sodass sie lächerlich wurde. Nach ein paar Takten ließ Bea Hände und Kopf sinken, und ich verstummte. „Listen to your heart", sang sie leise in ihrem hellen Sopran weiter, der sie zwar nicht in den Schulchor gebracht, aber zum Star vieler Feste gemacht hatte. Sie sah mich liebevoll, aber eindringlich an. Ich zuckte zusammen, weil sie eindeutig „and" anstatt „before" „you tell him good-bye" sang. Irgendwie wurde ich das Gefühl nicht los, dass sie mir damit etwas sagen wollte. Schnell schlüpfte ich aus dem Kleid und zog mir das nächste an, das mir ebenfalls stand und passte. Wenig später hatte ich eine schicke Reisegarderobe beisammen, die eine unheimliche Möglichkeit verkörperte, nämlich das Leben, das ich abgestreift hatte, einfach wieder anzuziehen. „Dangerous" schmetterte das schwedische Duo jetzt, wieder sang ich laut mit, um nicht weiter darüber nachzudenken, dass eine Überzeugung zu einer zweiten Haut werden und einem in Fleisch und Blut übergehen konnte. Was, wenn die Überzeugung falsch war? Wie schwer wurde man sie dann wieder los?

Bea und ich beschlossen, die Zeit zu nutzen und schon in Berlin ein paar grundlegende und für alle Doshas (sogar das Wort benützten wir bereits) geltende Regeln einzuführen, um das Maximum aus der Behandlung herauszuholen. Tanja riet uns, alles gut zu kauen und kalte Speisen zu meiden, weil Kaltes das Verdauungsfeuer – als Agni bekannt – löschte. Das leuchtete uns ein, weil der Magen für die Verdauung alles auf seine Temperatur erwärmen musste. Je kälter etwas dort ankam, desto anstrengender, sprich schwerer verdaulich war es. Außerdem wollten wir versuchen, zwischen den Mahlzeit mindestens fünf Stunden, zwischen Abendessen und Frühstück sogar mindestens zwölf Stunden zu warten, damit der Magen leer war, bis frische Nahrung dazukam. In der Theorie klang das einfach, aber praktisch schrie mein Körper nach den süßen und salzigen Snacks, von denen ich mich jahrelang ernährt hatte. „Das ist wie bei schlecht erzogenen Kindern. Wenn die merken, dass sich was ändern soll, flippen sie erst mal völlig aus", vermutete Bea, die damit natürlich keine Probleme hatte. Wahrscheinlich war ihre Haut deswegen so leuchtend vital und straff, und meine so unrein.
Das restliche Wochenende war Vincent verschwunden. Ich sortierte meine Unterlagen, telefonierte mit meinen Eltern, die sich über unsere Reisepläne unbändig freuten und viel zugewandter als sonst waren. Ich konnte mich nicht erinnern,

wann wir zuletzt so lange und so herzlich telefoniert hatten, und es tat richtig gut. Mit dem PR-Agentur klärte ich, dass ich in den kommenden drei Wochen nicht erreichbar sei. Man versicherte mir, dass das Lektorat ohnehin einen Monat dauern würde und dass Herr Hassler, der Mann mit den Windparks, erst im November Zeit für die Interviews hätte, bis dahin könne ich ja mal im Internet nach ihm suchen. Von meinem Tagesgeldkonto, von dem Vincent nichts wusste, befanden sich vor der Reise noch 12.000 Euro. Davon überwies ich fast ein Drittel auf mein Girokonto und bezahlte Bea den Flug und das Hotel. Mir wurde flau, als ich dabei zusah, wie sich mein „Vermögen" auf einen vierstelligen Betrag schrumpfte. Was, wenn ich krank wurde? Oder wenn Frau Lichtenberg so viele weitere Änderungen wünschte, dass ich erneut kleine Aufträge ausschlagen oder das Projekt mit Herrn Hassler, dem Mann mit den Windparks, verschieben musste?

Gleichzeitig fragte ich mich, was Vincent mit dem Geld tat, das ihm von seinem Gehalt übrigblieb. Ihm musste ja etwas übrigbleiben, andernfalls könnte er ja nicht über den Hauskauf nachdenken. Mir blieb von meinen Honorarnoten nichts, denn allein mein Anteil an der Miete verschlang monatlich über 600 Euro, der Beitrag für die Künstlersozialkasse beinahe ebenso viel – aber ach, Geld war doch nicht wichtig. Trotzdem wäre es leichter, wenn mir mehr bliebe. Vielleicht könnte ich aus dem von Vincent aus Mitleid angeleierten Deal mit der Bäckerin von unten aussteigen. Die 100 Euro für unbegrenzt Backwaren und Kaffee bei Mandys Backshop waren einfach zu viel. Die Frau hatte es schwer, ja, aber ich auch, und ihre Ware war so ungenießbar, dass ich selten für mehr als ein Zehntel der Summe einkaufte. Den Schlüssel, den sie dafür für uns verwahrte, würde Tanja gratis für uns aufheben. Mir war ohnehin nicht wohl bei dem Gedanken, dass diese Frau jederzeit in unsere Wohnung spazieren konnte. Aber Vincent war eben ein Guter, er dachte an so etwas nicht und hatte obendrein ja auch nichts zu verbergen. Einem Schulfreund und dessen Tochter spendierte er jedes Jahr den

Sommerurlaub, einem afrikanischen Brunnenprojekt überwies er monatlich ebenfalls einen großen Betrag und dann hatte er noch Adoptivkinder in Asien, damit sie zur Schule gehen konnte. So war Vincent. Wenn ich mehr Geld gehabt hätte, hätte ich auch mehr verteilt, aber mit noch weniger auf der hohen Kante würde ich nicht mehr ruhig schlafen können. Ich war und blieb eben im tiefsten Inneren egoistisch und materialistisch, da hatte er recht. Vielleicht würde ich dieses Problem bei Yoga und Meditationen ja loslassen können. Doch zurück zu weltlicheren Dingen.

Da ich mit einem Koffer voll schöner Kleidung verreisen würde, musste auch meine Frisur dazu passen. Normalerweise übertünchte ich das Grau mit auf Pflanzen basierten Eigenkolorationen, sodass es im Lauf der Zeit etwas scheckig geworden war. Ich ging zum Friseur, ließ mir einen flotten Pagenkopf schneiden und den Rest meiner ehemals hüftlangen Mähne in einem satten Schokoladenbraun färben. Ich wollte nichts von meiner Veränderung sehen, bevor das Werk nicht vollendet war, und so steckte ich die Nase in einen Psychothriller. Gerade, als der Ermittler einen Keller voller verstümmelter Mädchen entdeckte, stellte die Friseurin den Föhn ab. Zunächst erkannte ich mich selbst nicht, dann freute ich mich immer mehr, bis ich schließlich vor Begeisterung lachte. Ich sah zehn Jahre jünger, quicklebendig und vor allem fast fröhlich aus!

Kurz darauf schrie Bea begeistert auf, und dann ging es los in die Tropen, und zwar Business Class, weil Bea heimlich ihre Meilen für ein entsprechendes Upgrade benützt hatte. Ich freute mich so sehr, dass ich ihr um den Hals fiel.

Auf dem entspannten Flug prosteten wir uns kichernd mit Champagner zu, schlemmten Lachs und kuschelten uns in den Pyjamas, die die Airline uns zur Verfügung stellte, in die bequemen Liegesitze aus weichem Leder. Wie früher, als wir noch so jung waren, dass wir beieinander übernachteten und in einem Bett schliefen, erzählte sie mir flüsternd mehr von ihrer Scheidung. Richard war sechs Jahre älter als sie und wollte eigene Kinder, doch Bea wollte nicht noch einmal von vorne anfangen. Die Zwillinge reichten ihr. Außerdem wollte sie keine komplizierte Patchwork-Situation, bei der sie sich benachteiligt fühlen konnten. Aber vielleicht, so vermutete sie, sei das nur ein kleiner Punkt oder gar eine Ausrede. Wie so oft bewunderte ich sie für die Gefasstheit, mit der sie einen Umstand oder eine einmal getroffene Entscheidung trug, und das sagte ich ihr auch. „Wenn Vincent mit mir Schluss machen würde, würde die Welt zusammenbrechen. Ich glaube nicht, dass das Leben dann noch einen Sinn hätte." Sie schwieg eine Weile, dann sagte sie bedrückt: „Das dachte ich bei Richards erster Affäre auch."

„Bei der ersten?"

„Ja, die aktuelle ist die zweite. Anfangs hoffte ich, es sei eine vorübergehende Phase und er würde zu mir zurückkommen. Ich habe mir eingeredet, dass er mich liebt, weil er mir von ihr erzählt und mich nicht belogen hat. Aber das war dumm, sehr dumm sogar."

„Warum denn?"

„Nun, zum einen bin ich mir sicher, dass er mit der Ehrlichkeits- und aufgeklärte-Partnerschaftssache nur deshalb anfing, weil Lügen anstrengend ist. Er musste sich keine Ausreden suchen, sondern konnte mir das trügerische Gefühl geben, dass wir auf Augenhöhe wären, was wir natürlich nicht waren. Er hat mich in eine unmögliche Situation gebracht und mich klein gemacht. Er warf mir vor, ich würde ihn nicht lieben und nicht verstehen, weil ich ihn und seine Bedürfnisse nicht verstand. Also habe ich Verständnis geheuchelt, wo ich keines hatte. Ich habe mich selbst belogen. Fremdgehen tut weh, es nimmt einem die Würde."

Ich nickte zögernd, ohne mir sicher zu sein. Sie fuhr fort: „Das Schlimme und Absurde ist, dass nun ich mich selbst belog statt er mich. Ich habe mir eingeredet, dass das mit der anderen „nur" Sex sei, dass er aber nur mich lieben würde. Ich habe dabei ignoriert, dass das unmöglich und ein Widerspruch in sich selbst ist."

„Findest du? Aber wieso denn? Man kann doch Sex ohne Liebe haben."

„Das vielleicht schon, aber ganz gewiss kann man nicht Sex mit Person A genießen, wenn man Person B liebt."

„Also, ich weiß nicht."

„Ich schon. Bei einem reifen Menschen, der sich im Griff hat, ist die Liebe stärker als die Triebe."

„Na, das ist aber ganz schön viel verlangt, findest du nicht?"

„Viel verlangt? Nein, das ist das Mindeste. Bist du schon mal fremdgegangen?"

„Ich? Nein, nie."

„Siehst du. Und warum nicht?"

„Ich weiß nicht so genau. Es hat sich nie ergeben. Es ist nie soweit gekommen, weil mir zwar auffällt, dass ein anderer Mann gut aussieht, aber das nichts in mir auslöst."

„Na, da haben wir's doch! Und warum würdest du das nicht von deinem Partner erwarten?"

„Tja, weil ..."

„Weil du denkst, du darfst das nicht verlangen?"

Ich sagte nichts.

„Würdest du Vincent Seitensprünge oder Affären verzeihen?". Sie ließ einfach nicht locker!

„Vincent geht nicht fremd! Und selbst wenn, dann würde es auf die Umstände ankommen."

Wir tranken unseren Champagner aus und schliefen ein.

Delia

Bei unserem Abflug war es windig, kalt und dunkel, aber bei der Landung empfingen uns Wärme, Sonne und Ajit. Der Fahrer war hager, um die fünfzig und offenkundig Buddhist, denn auf dem Armaturenbrett klebte eine dickbäuchige neongelbe Figur. Sobald wir in dem tiefkühl-klimatisierten Toyota saßen, erzählte er uns Wissenswertes über sein Heimatland, nur den Bürgerkrieg ließ er aus, dafür schimpfte er uns, weil wir nur für die Kur hierher gekommen waren. Von dem langen Flug waren wir ein wenig müde, dennoch entging uns die üppige Schönheit der Insel nicht und wir bedauerten, dass wir uns keine Zeit für eine Rundreise genommen hatten. In zehn Tagen könnten wir den gesamten Süden sehen – Kandy, Colombo, Galle, die Nationalparks. Unsere Einwände, dass man bei so einer Hetzjagd ja nicht wirklich was davon hätte, ließ er nicht gelten. Das nächste Mal müssten wir alles anschauen, und zwar mit ihm.

„Immerhin können wir vom Hotel aus ein wenig die Gegend erkunden", trösteten wir uns, als wir an langen Sandstränden, Palmen und endlos grünen Feldern vorbeifuhren. Die neue Schnellstraße war besser als die meisten in Deutschland und führte vorbei an saftig grünen Hügeln und Reisterrassen und weiter durch Städte, die alle gleich aussahen. Die in der schmucklosen Beton-Bauweise errichteten Wohn- und Geschäftsgebäude waren zwei-, maximal dreistöckig. Ein Einzelhändler reihte sich an den nächsten, dazwischen befanden sich Supermärkte und Banken. Einfach gestaltete Plakate warben für Jeans und Mobilfunkanbieter, die wir nicht kannten, und Fotos von ceylonesischen Sixpacks für Mitgliedschaften in Fitnesscentern. Weite Strecken fuhren wir die Küste entlang. Immer wieder blitzte das tiefblaue Meer zwischen Palmen und Häusern neben uns auf. Einmal hielt Ajit, um uns das Denkmal für die Opfer des Tsunamis, bei dem Frau Ich-mach-mir-die-Welt um ein Haar ums Leben gekommen wäre, zu zeigen. Betroffen schwiegen wir und beteten, dass so etwas nie wieder und besonders nicht in den nächsten drei Wochen passieren würde.

Etwa auf halber Strecke nach Galle fuhren wir durch buddhistisch, muslimisch und christlich geprägte Viertel. Der Buddhismus war zwar die Staatsreligion, aber laut Ajit lebten alle friedlich zusammen. Was Bea und mich an den Straßenzügen faszinierte, war, dass wir keine Kruzifixe, dafür aber überlebensgroße Christusstatuen unter einer Glasglocke sahen. Jesus trug, wie die Madonna von Lourdes, ein blau-weißes Gewand. Er breitete die Arme aus, als würde er zu uns und wir zu ihm kommen und strahlte heilbringend in die Welt.

„Das hätte der Oma gefallen", sagten wir und baten, Ajit bei einer besonders großen für ein Foto zu halten.

Was für ein Unterschied. Statt Leid und Tod – Freude und Leben.

Nach knapp zwei Stunden hielten wir vor einem haushohen Schiebetor, das kurz darauf wie von Geisterhand zur Seite glitt. „Pagoda" stand in geschwungenen Lettern über dem von Palmen halb verdeckten Dach. Ajit parkte vor einem runden Springbrunnen, sofort kamen emsige Hotelangestellte herbeigeeilt, begrüßten uns mit ihrem strahlendsten Lächeln und reichten uns kleine, feuchte Handtücher zur Erfrischung. „Welcome, welcome", sagten sie immer wieder in ihrem melodischen Sing-sang Englisch, verneigten sich mit gefalteten Händen vor uns und hängten uns Blumenketten um den Hals.

Eine kleine, wendige Frau in einem dunkelroten Sari führte uns durch das breite Portal in die Eingangshalle. Kurz verlor ich die Orientierung. Das Erste, was ich sah, war das Meer, das Zweite ein Teich, und zwar unmittelbar vor mir. Waren wir drinnen oder noch immer draußen? Die Lobby reichte über alle drei Stockwerke bis zum Dach und bestand zur Meerseite hin aus Fenstern, die teils geöffnet, teils geschlossen waren, und durch die das mattgoldene Licht der Nachmittagssonne fiel. Zwischen Teich und Meer erstreckte sich im Erdgeschoss eine gemütliche Sitzlandschaft von Sesseln, Chaiselongues und Liegen aus dunkelbraun glänzendem Holz und hellem Wiener Geflecht, was die Helle und Luftigkeit des Raumes aufgriff. In der ersten Etage befand sich zur Meerseite hin der Speisesaal, darüber nichts mehr. Ich drehte mich um und sah, dass es zur Straßenseite hin keine Fenster, dafür aber die Küche und darüber eine Boutique und Apotheke gab.

Es war so ruhig, dass wir das angenehme Plätschern eines Brunnens hörten. Abgesehen von Schalen, in denen kunstvoll arrangierte Blütenblätter schwammen, den Pflanzen und Möbeln war die einzige Dekoration eine Ganesha-Statue, die aber gewiss heilige Zwecke erfüllte. Schon nach wenigen Augenblicken tat mir diese aufgeräumte Klarheit wohl. Tanja hatte nicht übertrieben, es war wirklich wohltuend schön.

Die nette Frau in dem dunkelroten Sari führte uns zu einer Sitzgruppe mit zwei Sesseln und einer Chaiselongue. Ein in Weiß gekleideter Kellner, auf dessen Namensschild zu unserer Belustigung das deutsche Wort „Lehrling" stand, brachte uns zur Begrüßung einen roten Saft, der mit einer ebenso roten Hibiskusblüte verziert war. „Red juice, Madame, good for the beauty."

Eine blonde Frau mittleren Alters in westlicher Hose und einem blauen Batik-Top kam zu uns. „Hallo, willkommen, ich bin Sabine Koch. Schön, dass Sie hier sind. Hatten Sie eine gute Anreise?", erkundigte sie sich mit einem leicht schwäbischen Einschlag. Wir bejahten und sie erzählte alles, was wir wissen mussten. Das waren vor allem die Essenszeiten, das schwarze Brett mit den Veranstaltungen, Vorträgen und Ausflügen. Sie zeigte uns den Behandlungtrakt, den Medizinschrank, an dem man jeden Abend seine Medizin abholte, und schließlich die Bar. Genauer gesagt: die Wasserbar. Denn eine andere gab es nicht. Auch kein Bistro, keinen Snackautomaten – nichts! Was machte man denn nur, wenn man zwischendrin Hunger bekam? Wenn ich das gewusst hätte, hätte ich ein paar Vorräte gebunkert! Ob ich von dem üppigen Früchtebüfett, von dem Tanja uns vorgeschwärmt hatte, etwas horten konnte? Ich bekam oft starken Hunger, besonders, wenn es nur Obst und Gemüse gab – und ich hasste Hunger! Die meisten Menschen waren einfach hungrig und warteten, bis es etwas zu essen gab, ich jedoch konnte Hunger weder aufschieben noch ignorieren. Wenn er da war, war er da, und bestimmte alles andere. Er tat weh wie ein Loch im Bauch, er vernebelte mein Gehirn und solange ich nichts zwischen die Zähne bekam, war ich wie ein Raubtier. Das war nicht schön, ich weiß, aber ich konnte nicht anders. Daran hatte auch unsere vorbereitende Keine-Snacks-Phase nichts geändert, da ich mir zu den Mahlzeiten den Magen vollgeschlagen hatte, was man ja auch nicht tun sollte. Meinem feurigen Metabolismus sei gedankt, dass ich nicht kugelrund war.

Zuletzt führte Sabine uns zu den Terminlisten für die ärztlichen Konsultationen und die Massagen, die hier

Behandlungen oder sogar Therapie hießen. Ihr Finger fuhr suchend über die Namen. „Ach ja, hier, Frau Schweiger und Frau Cavendish. Sie sind beide von 13:30 bis 15:30 Uhr eingeteilt." Ich wollte gerade in Jubel ausbrechen, weil tatsächlich schwarz auf weiß zwei Stunden Massage für mich reserviert waren, und das jeden Tag! *Paradies, ich komme*, frohlockte mein Herz übermütig, da jedoch irritierte mich Sabines gerümpfte Nase. „Halb zwei. Hm. Für viele ist das die schlechteste Zeit, weil man spätestens eine Stunde vor der Behandlung das letzte Mal essen darf und nach der Therapie eine Stunde ruhen muss. Bei der geringen Auslastung, die wir zurzeit haben, dürfte es aber kein Problem darstellen, zu wechseln, falls Sie es wünschen."

Bea und ich sahen uns an. Und ob wir das wünschten! Wir waren hier schließlich im Urlaub und hatten keine Lust, uns in einer halben Stunde durch das Mittagsbüfett zu schlingen, noch dazu, wo gründliches Kauen im Ayurveda ja als entscheidend für eine gute Nahrungsaufnahme und Verdauung galt.

Wir checkten ein und Bea wurde in die zweite Etage zu ihrem Luxuszimmer mit Dachterrasse geführt, ich in mein Erdgeschosszimmer mit direktem Zugang zum Garten. In der Nebensaison kosteten Einzelzimmer nämlich genau so viel wie Doppelzimmer, und da Tanja uns von Schlaflosigkeit und dem Vorteil von zwei Betten pro Person erzählt hatte, hatten wir getrennte Zimmer gebucht.

Ein feierliches Gefühl überkam mich, als ich in meinem eigenen Reich für die nächsten drei Wochen stand. Wann hatte ich zuletzt ein Zimmer nur für mich gehabt? Noch dazu ein so schönes! Auch hier waren die massiven Möbel aus dunkel glänzendem Holz mit Wienergeflecht. Der Schrank war gemauert, über den zusammengeschobenen Einzelbetten hing ein Moskitonetz. Es gab keinen Fernseher, dafür einen Schminktisch, einen Schreibtisch und eine Art von Stuhl, die ich nicht kannte. Die Lehne war um etwa 45 Grad nach hinten geneigt und die Sitzfläche verlängert, sodass man darin bestimmt entspannt Lesen konnte.

Ich malte mir aus, wie wunderbar ordentlich und sauber alles bleiben würde. Es würde keine Kleidung auf dem Boden, keine Zahnpastatube auf dem Schreibtisch und keine Brösel im Bett liegen. Alles wäre immer rein, klar und hell. Bevor ich mich ans Auspacken machte, schob ich die Glas- und die Gittertür auf und trat auf die Terrasse. Ich hörte und roch es, bevor ich es sah, das sanfte, gleichmäßige Rauschen, der salzige Geruch. Dunkelblau und Gold besprenkelt lag es vor mir wie ein Teppich. Endlich – das Meer. Ich legte die Hände ans Herz, schloss die Augen und atmete tief ein. Ich war wahrhaftig da, wo ich sein wollte.

Ich ging wieder hinein, um rasch auszupacken und dann in den Bikini zu steigen. Dabei blieb mein Blick im Spiegel hängen. Kurz erkannte ich mich selbst nicht und ich fragte mich, wer die attraktive Frau sei. Die neue Frisur, Beas schöne Kleidung und dieses Strahlen – war das wirklich ich? Sollte der Ort tatsächlich jene magischen, und obendrein rasend schnell wirkenden, Kräfte haben, von denen Tanja geschwärmt hatte?

Kurz darauf klopfte es an der Tür und Bea stand in einem sonnengelben, hübsch bestickten Sari vor mir. „Na, meine Liebste, bist du bereit für dein erstes Bad im Meer?"

„Du meinst – im Hausriff?", fragte ich kichernd, weil uns das Wort in dem Begrüßungsschreiben so gut gefallen hatte. Rasch zog ich mich um, dann gingen wir durch meine Terrassentür in den Garten.

Da das Hotel auf einer kleinen Anhöhe lag, gab es keinen Strand. Stattdessen trennte eine niedrige Mauer das Land von dem einige Meter darunter liegenden Meer, das man über eine Treppe erreichte. Da ein Hausriff zwar schön klang, allerdings spitz, kantig und glitschig war, musste man zum Baden Plastikschuhe tragen.

Auf dem Weg dorthin schlenderten wir durch den weitläufigen Garten. Gäste lagen dösend oder lesend unter Sonnenschirmen und Palmen. Kellner servierten Getränke, hier und dort unterhielt sich jemand leise und das Meer rauschte heran.

„Das sind ja wirklich nur alte Knacker", stellte Bea mit einem Flunsch fest.

„Nun, wir waren gewarnt. Aber schließlich sind wir nur zum Gesundwerden, nicht zum Flirten hier, oder willst du mit gebrochenem Herzen nachhause fliegen?"

Ein zahnlos grinsender Wachmann sah uns dabei zu, wie wir uns die Plastikschuhe anzogen. In einfachem Englisch erklärte er uns, dass wir wegen der Flut nur an einer bestimmten Stelle planschen, aber nicht schwimmen dürften. Er schloss das Tor auf. Bea ging voraus und wich so plötzlich zurück, dass ich gegen sie prallte, was sie elegant ignorierte.

„Hallo, bitte schön", sagte sie in ihrem melodischen Queen's Englisch.

Hintereinander tauchten zwei Männerköpfe auf, einer schöner als der andere, und das lag nicht nur am Licht, das die Wassertropfen auf ihrer gebräunten Haut wie Edelsteine glitzern ließ.

„Vielen Dank, sehr nett", antworteten sie und der mit den dunkelblonden Haaren fügte breit grinsend „Es ist wie in einer Badewanne. Viel Spaß!" hinzu, während der mit den dunkelbraunen mich ansah, wie mich wahrscheinlich noch nie ein Mensch angesehen hatte. Es war ein kurzer, vielleicht sogar zufälliger Blick, sodass ich mir sicher war, dass der Mann nicht meinetwegen so glücklich, lebendig, hell und klar aussah. Ich spürte den Blick auf meiner Brust und in meinem Bauch, und in meinem Kopf war auf einmal alles leicht. Er brachte mich aus dem Gleichgewicht, sodass ich mich auf dem Weg ins Wasser am Geländer festhielt.

„Meine Güte, wer war das denn?", sprach Bea aus, was ich dachte.

„Wohl doch nicht nur alte Knacker hier", krächzte ich.

Vorsichtig wateten wir über die glitschigen Steine zu einer Stelle, wo wir uns sitzend von den warmen Wellen umspülen ließen und die wärmenden Sonnenstrahlen auf der Haut spürten. Ich schloss die Augen und hielt mein Gesicht der Sonne entgegen.

„Die klingen, als wären sie aus den USA", sagte Bea.

„Ja, Amis."

„Hat Tanja nicht gesagt, dass hier nur Deutsche seien?"

„Doch, hat sie. Deswegen sind auch „Yogasaal", „Lehrling", „Schwimmbad" auf Deutsch angeschrieben."

„Merkwürdig." Bea zog die Knie an und umschlang sie mit den Armen. „Eigenartig, dass zwei Männer allein so eine Kur machen. In dem Alter und noch dazu allein. Vielleicht sind sie schwul."

„Oder nicht allein."

„Ach ..."

„Na, was wäre jetzt schlimmer?", neckte ich sie. „Aber sag mal, Bea, du bist doch nicht etwa auf einen Urlaubsflirt aus, oder?"

„Darauf aus? Nein", antwortete sie ernst. „Aber wenn sich die Gelegenheit mit einem charmanten, gut aussehenden Mann bieten sollte, würde ich nicht nein sagen. Ein paar Tage Spaß, einmal wieder unbeschwert sein, warum nicht?"

„Oh nein, Bea, bitte verlieb dich nicht", stöhnte ich besorgt.

„Nein, Unsinn, ich würde mich nicht verlieben, nur ein bisschen flirten, darauf hätte ich Lust. Mein letzter Flirt ist vierzehn Jahre her und mit der Heimreise hätte sich ohnehin alles erledigt, mir würde nichts außer schönen Erinnerungen bleiben."

„Wenn du meinst ...", sagte ich wenig überzeugt.

Delia

Nach einer Weile schlug ich vor, dass wir zurückgehen und uns für das Abendessen umziehen sollten. Ich rappelte mich auf und reichte Bea die Hand, um sie hochzuziehen, da hörten wir laute Rufe. Unter einer Palmengruppe standen etwa acht Männer, die uns mit weitausholenden Bewegungen zuwinkten.

„Meinen die uns?", fragte ich kichernd.

„Na klar meinen die uns, was denkst du denn?" Bea winkte zurück. Schnell tat ich es ihr gleich und sagte: „Die sind ja noch freundlicher, als Tanja erzählt hat."

Bea lachte vergnügt: „Freundlich, Deli? Geschäftstüchtig sind die! Das sind Beach Boys!"

„Was sind das?"

„Beach Boys!"

„Ja, und?" Natürlich war das hier ein Beach, und das waren Boys, aber ...

„Die wollen mit uns in die Kiste!"

„Mit uns?" Ich erschrak. Das sagte sie so lapidar, während wir wie auf dem Präsentierteller dastanden.

„Hast du etwa gedacht, dass das Wachpersonal wegen Einbrechern da ist?"

„Ja, natürlich, was denn sonst?"

„Na, wegen der Loverboys!" Sie rieb Daumen und Zeigefinger aneinander. „Das stand doch auch in dem Anmeldeschreiben."

Dunkel erinnerte ich mich an die Bitte die Kontakte zu den – dito – Beach Boys auf außerhalb der Hotelanlage zu beschränken. „Du meinst, die wollen ... dass wir sie kaufen?"

„Quatsch, nicht gleich sie, nur ihre Dienstleistung."

„Aber ..."

„Das ist normal hier. Gut aussehende Jungs verdienen somit viel Geld. Sie geben den Eltern und Geschwistern davon ab. Das ist wie ein richtiger Job, fast so etwas wie eine Ehre."

„Ehre? Aber das ist männliche Prostitution!"

Sie schnalzte mit der Zunge. „Nein, sie vereinbaren doch keinen festen Preis pro Schäferstündchen, zumindest nicht, soweit ich weiß. Es geht mehr um das Bezahlen von Arztbesuchen, Ausbildungen, Investitionen wie ein Tuktuk oder ein Ticket nach Deutschland."

„Ach. Du meinst, so hintenrum?" Nun dämmerte es mir.

„Eigentlich logisch. Welche Frau würde schon direkt für Sex bezahlen? Wir wollen doch eher Gefühle, Verständnis und eine feste Beziehung."

„Ich glaube, nicht alle Frauen sind so festgefahren. Wenn sie aus ihrer langweiligen Ehe mal ausbrechen, die eine Kur mit einer anderen verbinden können, warum nicht?"

„Das sagst ausgerechnet du nach deinen großen Worten, was Liebe und Treue angeht!", rief ich missbilligend.

„Na, ich sag ja auch nicht, dass diese Frauen als moralische Vorbilder dienen sollen, aber wenn sie niemandem schaden, kann man sie doch machen lassen, oder?" Sie zuckte die Schultern.

„Aber auf einen Beach Boy hast du keine Lust, oder doch?", fragte ich.

„Nein, sei unbesorgt. Wenn schon, dann will ich, dass der Mann mich erobert und hofiert, egal, wie klein der Flirt ist."

„Du bist ja echt ganz schön altmodisch."

„Ja, na und? Ich steh dazu."

Kein Wunder, dass es Richard mit ihr zu langweilig geworden war, dachte ich, erschrak darüber und sagte versöhnlich: „Wir sind eben sehr verschieden. Woher weißt du das alles eigentlich?"

„Aus einem Roman von Hera Lind, „der Prinz aus dem Paradies", oder so. Darin geht es um einen jungen, feschen Kerl von hier, der eine mittelalte deutsche Frau umgarnt, die ihn mit nach Deutschland nimmt, sehr viel Geld für ihn ausgibt und am Schluss ..."

„Heiraten sie", seufzte ich.

Bea schüttelte den Kopf. „Das tun sie zwischendrin. Am Schluss ist Schluss."

„Oh, das ist aber kein schöner Liebesroman."

„Es ist ein Tatsachenroman", entgegnete sie sachlich.

„Dann bleib ich lieber bei meinen Thrillern. Habe ich dir gesagt, dass „Der Regler" in Galle, ein paar Kilometer von hier, beginnt?"

„Nein", seufzte sie. Ich verstand nicht, warum, bis sie weitersprach: „Mal ehrlich, und nix für ungut, aber ich fände es zielführender, wenn du deinen Geist nicht mit so grässlichen Geschichten füttern würdest. Der kann doch nicht unterscheiden, ob das, wovor du dich fürchtest, tatsächlich oder nur fiktiv passiert."

„Bea, also wirklich! Jetzt übertreibst du's aber ganz schön."

„Entschuldige, ich mein ja nur."

„Schon gut, komm, beeilen wir uns, ich habe ganz schön großen Hunger."

Während ich mir das Salzwasser abduschte und den Reisestaub aus dem Haar wusch, dachte ich darüber nach, wie Vincent das Haus eigentlich bezahlen wollte, wie es überhaupt aussah und ob ich mich bei ihm melden sollte. Ich war hin- und hergerissen. Einerseits drängte es mich, ihm zu schreiben, andererseits sträubte sich etwas in mir dagegen. Wir hatten uns bis zum Tag meiner Abreise ignoriert, dann aber doch noch Vernunft angenommen und eine „Kommunikationspause" vereinbart. Er hatte gesagt: „Es wird wohl am besten sein, wenn wir die Zeit nutzen, um in uns zu gehen und herauszufinden, ob wir wirklich uneingeschränkt Ja zueinander sagen können." Damit hatte er mir den Boden unter den Füßen weggezogen, ich hatte mich angespannt, die Luft angehalten und mich innerlich zu einem Knäuel zusammengerollt. Natürlich hätte ich etwas sagen sollen wie: „Ach Vincent, aber das weiß ich doch, darüber brauche ich nicht nachzudenken! Ich liebe dich, natürlich will ich mit dir alt werden! Wie kannst du daran zweifeln?", doch die Worte blieben mir im Hals stecken. Wie durch einen Wall hatte ich stattdessen hervorgepresst: „Ja, das wird wohl das Beste sein." Seitdem hingen der stumme Vorwurf und die damit verbundene Drohung, ihn so stark enttäuscht zu haben, dass er unsere gemeinsame Zukunft infrage stellte, wie ein Damoklesschwert über mir. Immer wenn ich daran dachte, ging es mir grauenhaft. Ich wollte und ich konnte ihn nicht verlieren. Er war der Kompass in meinem Leben. Was tat ich hier überhaupt ohne ihn?

„Gesund werden", rief ich mir in Erinnerung und schob die Gedanken an ihn beiseite. In ein flauschiges Handtuch gewickelt ging ich zu dem großen, gemauerten Schrank mit der dunkelbraunen Flügeltür, in die schöne Lochmuster geschnitzt waren. Beas strahlend weiße Kleider hingen ordentlich in dem gemauerten Schrank. Sie hoben sich kaum von der weiß getünchten Wand ab. Entzückt nahm ich ein knielanges aus weißer Baumwoll-Lochspitze heraus und zog es mir über. Es saß wie angegossen. Was hatte ich nur für ein Glück, dass Bea erst dieses Jahr fünf Kilo zugenommen und ihre Garderobe behalten hatte! Verträumt drehte und wendete ich mich vor dem Spiegel. Ich fühlte mich wunderbar weiblich, trug dezentes Make-up auf und legte den Modeschmuck in Messingoptik an.

Als ich in den Speisesaal kam, war das Büfett bereits eröffnet und die meisten Tische schon besetzt. Ich sah mich nach Bea um, die mir von einem großen, runden Tisch am anderen Ende zuwinkte.

„Die Fensterplätze waren schon alle belegt, sorry", begrüßte sie mich.

„Macht doch nichts, der Tisch ist doch schön", sagte ich. Zur Meerseite bestand der nach allen Seiten offene Speisesaal aus Fenstern, zur Hausinnenseite hin öffnete sie sich in das hohe Atrium. Eine Brücke führte über den eine Etage darunter liegenden Teich. Die Tische standen in geräumigen Abständen, was den Eindruck von Weite und Freiheit verstärkte.

Nachdem uns eine Art Aperitif – natürlich ohne Alkohol – gereicht und aus einer Karaffe warmes Wasser eingeschenkt worden war, wollten wir gerade das reichhaltige Büfett inspizieren, von dem Tanja so geschwärmt hatte, da ließ uns eine bekannte Stimme mit amerikanischem Akzent innehalten.

„Guten Abend, die Damen. Sind hier noch zwei Plätze frei?", fragte der dunkelblonde Mann von vorhin. Ich erstarrte, weil sie die gleichen körperlichen Empfindungen wie der Blick an der Treppe zum Meer auslöste. Als ich mich umdrehte, blickte ich in die klarsten, dunkelblausten Augen, die ich jemals gesehen hatte.

„Natürlich, bitte, setzen Sie sich doch", antworteten wir beide gleichzeitig, wobei ich meine Stimme wie ein Echo hörte.

„Vielen Dank, das freut mich. Das ist mein Freund Max und ich heiße Aurel." Lächelnd setzten sich die beiden Männer zu uns. Er sagte „friend", nicht „boyfriend", dennoch war ich mir nicht sicher, wie es um ihre sexuelle Orientierung stand.

„Aurel? Das ist ja ein seltener Name. Gefällt mir gut. Hießen nicht alle Männer in Hundert Jahre Einsamkeit so?", fragte ich, bevor ich mich selbst vorstellte. Dabei dachte ich, dass ich ihm nicht so lange so tief in die tiefblauen Augen schauen und vor allem dabei nicht erröten sollte.

Er lachte, tief, melodisch und entzückt. „Nein, nicht alle. Nur drei. Die Wichtigsten."

„Q.e.d. Nur an die erinnert man sich." Auch ich lachte, dann stellten wir uns vor und sie erkundigten sich, ob wir aus England seien, was wir verneinten. Mich wunderte es nicht, weil Bea ein wunderschönes Queen's English sprach, während meins ein bisschen unter die Räder gekommen war.

„Wir sind aus Berlin, und ihr?"

„Aus Berlin! Na, dann können wir ja auch Deutsch sprechen!", rief Aurel in akzentfreiem Deutsch.

„Na, das ist ja eine Überraschung! Woher seid ihr denn?", fragte Bea.

„Ach, von überall und nirgends. Unser modernes Nomadentum ist eine lange und langweilige Geschichte."

„Wir würden sie gern hören", lud Bea sie mit ihrem charmanten Lächeln.

„Wir erzählen sie euch gern einmal, wenn ihr versprecht, dabei nicht einzuschlafen, und wenn wir diesen fürchterlichen Hunger besänftigt haben. Wie geht's euch denn mit den langen Strecken zwischen dem Essen?"

„Das wissen wir noch nicht, weil wir vorhin erst angekommen sind. Aber mir schwant Schreckliches. Ich hätte mir vor der Selbsteinweisung Vorräte zulegen sollen", scherzte ich leicht aufgeregt, aber zum Glück lachten alle.

Auf dem Weg zum Büfett ging Aurel neben mir. Ich spürte seine Nähe, ohne ihn anzusehen, was mich sehr beschäftigte, da ich derart heftige Reaktionen nicht gewohnt war.

„Wenn du so großen Appetit hast wie ich – darf ich dir dann einen Tipp geben?", fragte er.

„Natürlich, was denn?"

Er blieb stehen und sah mich ernst an. Dann sagte er leise, als verriete er mir ein verbotenes Geheimnis: „Schlag heute noch mal richtig zu, ab morgen gibt's nämlich nur noch Suppe."

„Nur Suppe?" Vor Entsetzen fiel mir die Kinnlade herunter. Er machte eine wegwerfende Bewegung. „Ja, aber das ist gar nicht so schlimm, wie es klingt. Die Suppen sind richtig gut!" Ich schluckte beinahe panisch. „Nein, nicht im Ernst, nicht nur Suppe!" Nur Suppe wäre die Hölle, nicht das Paradies auf Erden! Ich brauchte etwas Ordentliches zum Kauen, sonst wurde ich nicht satt und hatte schlechte Laune! Was hatte Tanja mir da nur vorgegaukelt?

Aurel betrachtete mich eine Weile mit schelmisch glitzernden Augen, dann lachte er. „Ach komm, so schlimm ist das alles nicht! Ich übertreibe gern mal ein bisschen. Bislang habe ich niemanden getroffen, der zu allen drei Mahlzeiten ausschließlich Suppe essen darf. Wenn, dann müssen die Leute nur am Abend nur Suppe essen, und das auch nur sieben oder zehn Tage lang."

„Wie bitte? Eine Woche lang nur Suppe am Abend? Das ist ein Albtraum. Das überlebe ich nicht!"

„Klar überlebst du das. Man ist viel stärker, als man denkt. Eine Zeitlang nur Suppe macht einen sogar richtig gesund."

Ich konnte mich noch immer nicht bewegen. „Sag, dass das nicht wahr ist, bitte."

Bedauernd musterte er mich von Kopf bis Fuß. Seine Stimme war sanft und weich. „Ich hab das nicht erfunden. Schau, da, das Paar dort drüben: Zwei Teller Suppe, sonst nichts, das war's!" Er drehte die Handflächen nach oben und sah mich an, als wäre dies das Einfachste der Welt. Dann jedoch kratzte er sich am Kinn. „Aber ... Hm, so entsetzt, wie du reagiert hast, halte ich eine Suppendiät in deinem Fall für eher unwahrscheinlich."

Hoffnungsvoll holte ich Luft. „Ja? Warum? Bist du Arzt oder Ayurveda-Profi?"

Kurz lachte er auf. „Nein, aber du bestimmt Pitta." Seine Lippen kräuselten sich und seine Augen glitzerten amüsiert. „Ich übrigens auch."

„Pitta?" Pita, das Fladenbrot, wäre mir jetzt recht. „Das Feuer Dosha-Dingsda? Sind das die, die nicht fasten dürfen?"

Wir gingen weiter und gelangten zu den Vorspeisen, wo er sich reichlich von den gegrillten Auberginen, Zucchini, gekochten Karotten und Artischocken auf den Teller lud. Ich tat es ihm gleich.

„Nein, das sind die Luft-Typen, die Vatas. Pittas werden unerträglich bis gemeingefährlich, wenn sie Hunger haben. Und so, wie du gerade reagiert hast, kann eine Suppendiät niemand verantworten." Er lachte stillvergnügt, wobei sich seine Brust lustig hob.

Mit gespielter Empörung sah ich ihn an, musste aber ebenfalls lachen. „Du bist aber ganz schön frech dafür, dass wir uns nicht mal richtig kennen!"

„Entschuldige bitte, ich wollte dir nicht zu nahetreten. Ich scherze einfach gern, nimm's mir nicht übel."

Ich machte eine wegwerfende Bewegung und hoffte, dass man die Wärme in meinen Wangen nicht sah. „Tu ich nicht, keine Bange. Aber wenn das so ist, dann bin ich garantiert Pitta. Lass uns also lieber schnell essen, die letzte Mahlzeit ist nämlich schon gefährlich lang her", flachste ich.

Bea und Max saßen bereits ins Gespräch vertieft am Tisch und ließen sich die köstlichen Vorspeisen schmecken – niemand aß nur Suppe! - als wir dazu kamen.

„So, jetzt schießt aber mal los: Woher kommt ihr wirklich und wieso soll das langweilig sein?", forderte Bea sie auf.

Sie erzählten uns, dass ihre Väter Diplomaten und sie deswegen zeitlebens umgezogen seien. Im Ruhestand wollten jedoch alle wieder dorthin zurück. Max Eltern hatten eine große Wohnung in Wien, die von Aurel suchten noch zwischen Hamburg und Berchtesgaden. Max war in Washington D.C. geboren, hatte also die us-amerikanische Staatsangehörigkeit, ein Glück, das Aurel leider nicht beschieden war.

„Ich kämpfe noch um meine Greencard."

„Willst du denn dort wohnen?", fragte ich mit unverhohlenem Entsetzen.

„Natürlich! Du etwa nicht?"

„Ich? Nie im Leben."

Bea sah mich verwundert an. „Ach, das ist aber neu. Vor ein paar Jahren wolltest du unbedingt nach New York oder San Diego ziehen."

„Das waren alberne Mädchenträume. New York ist ein Albtraum und San Diego viel zu weit weg. Da war ich noch jung, naiv und geldgeil", verteidigte ich mich bemüht lustig, weil ich die unbeschwerte Stimmung retten wollte. „Aber zurück zu euch. Da seid ihr also alle fünf Jahre in ein anderes Land gezogen? Das stelle ich mir echt toll vor!"

„Na ja, es hat schon Vor-, aber auch Nachteile. Man muss immer wieder von vorn anfangen und sich neue Freunde suchen. Das ist echt ätzend. Aber wir beide hatten das Glück, dass unsere Väter zweimal gleichzeitig an den gleichen Ort entsandt wurden, so haben wir fast die gesamte Schulzeit miteinander verbracht, nicht wahr, Max? Wir haben das alles nur deshalb halbwegs unbeschadet überstanden, weil wir einander hatten." Aurel zog eine mitleidsauslösende Schnute wie ein Welpe und klimperte mit seinen erstaunlich langen Wimpern, sodass ich lachen musste.

„Entschuldigt bitte, aber darf ich fragen, ob ihr ..." Bea zeigte von einem zum anderen und überkreuzte dann Zeige- und Mittelfinger, „Schwul seid?"

Die beiden zwinkerten sich zu, und einen Augenblick lang war ich merkwürdig traurig. Dann aber schüttelten sie lachend die Köpfe, und Max klärte uns auf: „Nein, sind wir nicht, auch wenn das viele vermuten, und wir uns ab und an einen Spaß damit erlauben. Alles andere als politisch korrekt, ich weiß."

„Wir sind Cousinen", sagte ich schnell, um meine unangebrachte Erleichterung zu überspielen.

„Ach, echt? Also, das passt, ihr seid euch sehr ähnlich", sagte Max und musterte uns beide.

„Früher hat man uns für Schwestern gehalten", sagte Bea und lächelte mich, nicht ihn, so strahlend an, dass die kleine Sonne in mir noch kräftiger schien.

Dann sprachen wir darüber, warum wir hierhergekommen waren.

Max sagte, dass er nach der Trennung von seiner langjährigen Freundin eine Auszeit brauchte.

„Da hast du mit Bea was gemeinsam", rief ich aufgeregt, weil ich mittlerweile fand, dass er genau der Richtige für ihren Urlaubsflirt war. Verlegen lachend zuckte sie die Schultern.

Max ließ sie nicht aus den Augen und schmunzelte, als er langsam sagte: „Ich bin fast übern Berg, aber soweit ist Aurel leider noch nicht."

Der reagierte leicht verärgert darauf. „Bei mir geht es nicht um eine Trennung, sondern um die Frage, wie wir heiraten sollen."

Ich merkte, dass ich mich versteifte. Er wollte heiraten?

„Also, das ist ja was, na, da haben wir noch so eine Kandidatin an Bord", sagte Bea, woraufhin ich ihr einen bösen Blick zuwarf.

„Der wahre Grund, warum ich hier bin, ist aber der, dass ich haarscharf an einem Burnout vorbeigeschrammt bin", lenkte Aurel das Gespräch in andere Bahnen, woraufhin ich erneut zusammenzuckte.

Bea sah mich an. Weder ihr Blick noch die vielen Gemeinsamkeiten mit Aurel waren mir geheuer. Ich hatte den Verdacht, dass er genau so wenig wie ich seine Wunden zeigen wollte, denn er fuhr flott fort: „Ich muss zu Kräften kommen, bevor wir mit unserer eigenen Beratungsfirma richtig durchstarten."

Ich schwieg, denn mittlerweile betrachtete ich Unternehmensberatungen und die USA als die Ausgeburt des Kapitalismus und die Vernichtung aller menschlichen Werte, ich übertreibe nur wenig. Ich rief mich zur Vernunft, denn diese leichte Benommenheit im Kopf und das sanfte Kribbeln waren nicht nur wegen Vincent völlig fehl am Platz, sondern auch, weil Aurel überhaupt nicht mein Typ war. Er war viel zu teuer gekleidet, viel zu erfolgsorientiert und erfolgreich, viel zu – aber woran dachte ich da eigentlich? Ich verdrängte die Gedanken und schaltete mich wieder in die Unterhaltung ein. Dabei fiel mir auf, dass Max die ganze Zeit über Bea ansah, was mich nicht wunderte, denn in ihrem weißen Kleid, mit den halbhochgesteckten blonden Haaren und ihrer natürlichen Eleganz war sie der wahr gewordene Traum eines jeden Mannes.

Sie schien vor seinem Charme ebenfalls nicht gefeit zu sein, denn warum sonst hätte sie gleich das Wichtigste klarstellen wollen? „Meine Zwillinge, Diana und Philipp, sind seit Anfang

September für das Schuljahr bei meiner Schwester in Spanien. Es ist ein eigenartiges Gefühl, dass die beiden schon flügge sind."

Wenn Max etwas in der Hand gehalten hätte, hätte er es bestimmt fallen lassen. Mit offenem Mund starrte er sie an.

„Wie bitte?"

„Meine Kinder. Sie sind 16." Lächelnd sah sie ihn an. Schnell hatte er sich wieder im Griff. „Entschuldige bitte, du siehst aus wie Mitte dreißig."

„Ich bin Mitte dreißig." Sie lachte amüsiert, und ich genoss das ungläubige Staunen der beiden Männer. „Ich bin damals unabsichtlich schwanger geworden", erklärte sie und ich wünschte, ich könnte das Gleiche genauso locker flockig von mir sagen.

„Ach so. Dann mal Hut ab vor dem Mut, dazu zu stehen", sagte Max und sah Bea wie eine überlebensgroße Erscheinung an.

„Danke", sagte sie würdevoll. „Habt ihr Kinder?"

Sie schüttelten den Kopf und Max sagte: „Noch nicht, leider, dabei wollte ich immer mit spätestens vierzig Vater sein, aber jetzt habe ich die Altersgrenze knapp verpasst."

Ich taute wieder auf und wir unterhielten uns weiterhin blendend und schlemmten wie die Götter in Sri Lanka. Es gab sogar Nachtisch, wenngleich die Kuchenstückchen so klein wie eine Praline waren. Die meisten Gerichte waren vegan zubereitet, was mir erst auffiel, als Bea es erwähnte. Es schmeckte hervorragend und wirkte nicht so angestrengt bemüht, wie es in Berlin oft der Fall war. Allerdings gab sich hier auch niemand die Mühe, etwas, das nicht aus Schinken und Käse bestand wie Schinken und Käse aussehen zu lassen.

Nachdem jeder von uns ein kleines Kokos-Kakao Schnittchen verspeist hatte, blieben Max und Aurel noch sitzen, weil sie in zwanzig Minuten ihr erstes, und zehn Minuten später ihr zweites Medikament einnehmen und anschließend einen bestimmten Tee trinken mussten.

„Wenn wir nicht alle im selben Boot sitzen würden, würden wir jetzt Witze über alte Männer machen", scherzte Bea.

„Lasst das mal lieber schön bleiben, wenn ihr morgen nichts über alte Frauen hören wollt", scherzte Max zurück. Bea und er lachten auf eine Art und Weise, die keinen Zweifel daran ließ, dass sie einen Narren aneinander gefressen hatten. Innerlich wappnete ich mich bereits für ihren Liebeskummer in 19 Tagen, wenn sie abreisten.

„Wir sehen uns beim Vortrag, oder?", fragte mich Aurel, was ich bejahte. Er war mir sympathisch und er gefiel mir, aber ich hoffte, dass Beas und Max' Flirt ihn nicht auf krumme Ideen brachte, denn ich für meinen Teil wollte mir keinen Kurschatten einfangen.

Aus einem schlechten Gewissen heraus sagte ich Bea, dass ich meine Nachrichten abrufen und mich „zuhause" melden wollte, worunter sie hoffentlich meine Eltern verstand, ich aber Vincent meinte. Ich sah, dass er online war und schrieb ihm, dass es mir gut gehe, ihm hoffentlich auch, und dass es sehr schön hier sei. Dann wartete ich auf Antwort.

Bea

Das lief ja wie am Schnürchen! Ich hatte mit so Einigem gerechnet und anderes von weiter Hand vorbereitet, doch die beiden Sunnyboys übertrafen meine kühnsten Erwartungen. Sie kamen mir wie gerufen, und das nicht nur, weil Aurel und Delia ein Traumpaar abgeben würden, denn damit war nicht zu rechnen. Was mir vorschwebte, war ein süßer, kleiner Flirt für jede von uns. Mir war beim Baden schon aufgefallen, wie ihre Schultern straffer, ihre Haltung aufrechter und ihr Teint rosiger wurden. Ihre kecken Bemerkungen und teils unsicheren Reaktionen beim Abendessen und auch ihr tolles Outfit sagten mir mehr als tausend Worte. Ich kannte sie ja so gut und dachte mit warmem Herzen an unsere Schulzeit zurück, als kein Jungenherz vor ihrem Humor, Charme und feurigen Blicken sicher war. Damals flirteten wir, was das Zeug hielt, und ließen die armen Kerle auf Teufel komm raus auflaufen, weil wir nicht im Traum daran dachten, uns fest zu binden. Bis Florian und kurz nach ihm die Zwillinge kamen. Aber zurück ins Hier und Jetzt. Was mich anging, so hatte ich mein Leben im Griff. Richards Affäre und mein Selbstbetrug im Namen der Aufgeklärtheit hatten mich gelehrt, wie schnell man sich selbst belügen und nicht mehr mögen konnte. Deswegen wusste ich so genau, wie es Delia ging. Nicht, dass ich einen Beweis für Vincents Seitensprünge gehabt hätte, aber bei einem derart geltungsbedürftigen Charakter konnte ich mir beim besten Willen nicht vorstellen, dass er treu war. Doch das nur am Rande. Mir ging es hauptsächlich um Delia, also darum, dass sie wieder so fröhlich, lebenslustig, liebenswert und herzlich wurde, wie sie es bis zu diesem vermaledeiten Februartag vor dreieinhalb Jahren gewesen war. Wenn ich nur wüsste, was genau damals passiert war!

Ich war heilfroh, dass das Hotel helle Kleidung vorschrieb und dass sich in Delias schlabbrigem, erd- und schlammfarbenen Fundus, in dem sie sich die letzten Jahre versteckt hatte, nichts Passendes fand. In Weiß wirkte jeder Mensch heller und offener.

Zu dem knielangen Kleid trug sie modischen Schmuck in Messingoptik, wodurch sie wie eine griechische Göttin aussah. Zwar hatte sie die Schultern noch immer leicht an- und den Kopf eingezogen, aber sie hielt sich doch schon wesentlich aufrechter als noch in Berlin. Ihre Augen waren klarer, auch wenn ihr Blick nach wie vor oft unsicher umherhuschte und sie Aurels schelmisch-neckendem meist auswich; wahrscheinlich immer dann, wenn sie an Vincent dachte und ein schlechtes Gewissen bekam.

Meine Mission bestand darin, ihr die Augen zu öffnen, damit sie erkannte, wie lebensfeindlich er war. Wenn Aurel ihr schöne Augen machte und sie umgarnte, dann würde das hoffentlich wie ein Appetithäppchen wirken. Sie würde erkennen, was sie mit Vincent alles verpasste und wie sehr er ihr schadete.

Um dieses Ziel zu erreichen, war mir keine List zu schade, und so stattete ich dem Bücherschrank einen kurzen Besuch ab, bevor ich Delia von der eleganten, gemütlichen Chaiselongue

abholte. „Komm, wir machen ein Foto von uns vor dem Teich und schreiben allen, dass wir gut angekommen sind." Gesagt, getan. Wir schickten es allen und schrieben dazu, dass wir nicht oft online sein würden, weil hier „digitales Detox" zur Verbesserung der Haltung, der Augen und vor allem zur Reinigung und Beruhigung des Geistes empfohlen wurde.
Apropos Geist: Eigentlich hielt ich mich für einen wohlwollenden Menschen, der niemandem zufleiß wehtat. Ich war mir sicher, dass der Zweck nicht die Mittel heiligte, dennoch hatte ich eine Mission zu erfüllen, und so fragte ich sie: „Hast du es Vincent auch geschickt, damit er sieht, wie toll du aussiehst?"
Wie erwartet zog sie die Schultern hoch und nuschelte, ohne mich anzusehen: „Nee, ich hab ihm doch gerade erst geschrieben."

Delia

Nach dem Vortrag waren Bea und ich ganz aus dem Häuschen über die unzähligen und vor allem unverzeihlichen Ernährungssünden, die wir nichtsahnend bislang begangen hatten. So hatten wir beispielsweise nicht gewusst, dass Honig giftig wurde, wenn man ihn über 40 Grad erhitzte. Folglich musste man den Tee erst auskühlen lassen, bevor man ihn damit süßte. Mit Honig zu backen war denkbar dumm.
Schrecklich schädlich war es auch, Fisch und Fleisch mit anderen Milchprodukten zu mischen, weil sie zusammen schlecht verstoffwechselt werden konnten und somit giftige Rückstände bildeten. Grob überschlug ich die Anzahl der köstlichen Schinken-Käse-Toasts, die ich mir in meinen 35 Jahren hatte schmecken lassen, sah dann aber doch lieber davon ab, genauer nachzurechnen.
„Heiliges Blechle", seufzte ich beklommen, „es grenzt an ein Wunder, dass wir noch leben."
Doch es kam noch schlimmer. Denn mit am allerschlechtesten für Menschen mit meinen Beschwerden war Rohkost, weil sie

von den meisten schlecht verdaut werden konnte. Besser war es, Gemüse und sogar Äpfel leicht anzudünsten. Abgesehen von Alkohol und Nikotin hieß mein Sargnagel aber: Tomaten und Ananas. Die waren im Ayurveda sehr umstritten, aber laut Meinung des vortragenden Arztes überhaupt nicht für alle Menschen bedenkenlos gesund, und gekocht schon gleich dreimal nicht, weil sie dann erst recht alle drei Doshas durcheinanderbrachten. Wie alle Nachtschattengewächse steigerten sie Wut, Stress und Angstzustände. Außerdem verursachten sie, genau wie unreife Ananas, durch den hohen Säuregehalt Vata- und Pitta-Krankheiten, darunter Entzündungen, und sie behinderten die Verdauung, sprich die Nährstoffaufnahme von anderen Lebensmitteln.[1] Ich konnte das nicht glauben. Ich aß doch ständig Tomaten: Tomatensuppe, Tomatensoße, Tomatensalat, Tomatenketchup. Ich trank sogar Tomatensaft! Tomaten, wohin ich nur blickte. Mit einem Mal war ich mir nicht mehr sicher, ob es sich bei der jahrtausendealten Lehre nicht doch einfach um einen riesigen Hokuspokus handelte. Und dann sagte der vortragende Arzt auch noch: „Was Wissenschaftler im Labor über Vitamin- und Nährstoffgehalt herausfinden, ist weitgehend irrelevant für eine gesunde Ernährung und ein gutes Leben, um das es ja letztendlich geht. Entscheidend ist, wie der Körper die Lebensmittel verarbeitet. Dabei spielen, wie wir gesehen haben, auch die Kombination und Zubereitung eine große Rolle. Zudem wirken sie auf jedes Dosha anders, aber das wissen Sie ja schon."
„Das ist echt ein krasser Unterschied zu dem, was unsere Mediziner und Ernährungswissenschaftler predigen", seufzte ich benommen, als wir hinterher zu viert beisammenstanden.

Missmutig schüttelte Bea den Kopf: „Der ganze Salat, zu dem ich mich gezwungen habe, war nicht nur umsonst, sondern obendrein auch noch schlecht für mich!"

1

https://www.ayservice.info/DaSein/ArticleI
D/32/Tomaten-Ayurveda-von-Dr-Honey-Raj-Kur
uvilla

Wir zählten all die vermeintlich gesunden Lebensmittel auf, die uns nun doch nicht gutgetan hatten und waren gerade dabei, uns in das Thema hineinzusteigern, da schritt Max ein. „Hey, hey. Immer mit der Ruhe. Angst hat noch keinem geholfen, und eine einseitige Fixierung auf etwas auch nicht. Ernährung ist wichtig, aber sie ist nicht alles. Sie ist keine Religion, kein Lebensinhalt. Man ist mehr als das, was man isst. Und damit man gesund und erfüllt leben kann, braucht es mehr als nur das richtige Essen, da bin ich mir sicher. Freude, Leidenschaft, Ziele."

„Danke, Max, du bist die rettende Stimme der Vernunft", sagte Bea ehrlich erleichtert und der Blick, den sie ihm schenkte, zeigte mir deutlich, wie angetan sie von ihm war.

 Kurze Zeit später wünschten wir uns eine gute Nacht, und das, obwohl es gerade erst zweiundzwanzig Uhr war. Doch abgesehen vom richtigen Essen umfasst die Lehre des Lebens unter anderem eben auch guten Schlaf, und der fand nun mal vor Mitternacht statt. Außerdem durften wir nicht vergessen, dass wir zum Gesundwerden, nicht zum Schäkern, Flirten und Feiern hier waren.

Delia

Als ich im Zimmer ankam, bemerkte ich, dass ich nur noch wenig warmes Wasser hatte. Schnell schnappte ich mir die zwei Kannen und machte mich auf den Weg zur Wasserbar. Der Barkeeper, der sich mir als Raman vorstellte, war glücklicherweise noch beim Aufräumen, denn auch hier war um zweiundzwanzig Uhr Zapfenstreich. Er war hager und seine Augen wirkten müde, dennoch war er sehr freundlich und erkundigte sich, woher ich käme. „Ah, München! München ist schön! Ich war schon zwei Mal dort!", schwärmte er auf Deutsch und das Erste, was mir dazu einfiel, war: Beach Boy. Von einer Frau eingeladen. Und tatsächlich sprach er von „a friend", den (oder eben die) er besucht hätte.

Er sagte ein paar Worte auf Deutsch, wir lachten und verabschiedeten uns.

Dann ging ich durch die stille, menschenleere Lobby zurück, vorbei an dem großen Blütenmandala und dem Koi-Teich, wo die Fische im Wasser stehend schliefen. Plötzlich faszinierte es mich, dass sie dabei nicht umfielen. Mein Bruder Manuel hatte früher ein Aquarium gehabt, aber damals war es uns völlig natürlich erschienen, dass sie sich zum Schlafen nicht hinlegten.

Schon immer hatten mich Bücher und die darin verborgenen Geschichten magisch angezogen, und so war es nicht verwunderlich, dass ich vor dem gut bestückten Bücherschrank stehen blieb, den Kopf neigte und die Buchrücken überflog. Was es da nicht alles gab! In zwei bis drei Reihen standen Biographien, Reiseführer, Liebesromane, Klamauk und zahllose Psychothriller. In Windeseile hatte ich einen Stapel von Hochspannendem und Blutrünstigem herausgesucht, von dem ich hoffte, dass unser Aufenthalt dafür reichte, als mein Blick an einem voluminösen gebundenen Buch hängen blieb. Ich las den Titel, und mir blieb fast das Herz stehen. „Andre Agassi: Open, das Selbstporträt", stand da in großen Lettern. Mit klammen Fingern zog ich es heraus und drehte es um. Das Gesicht des ehemaligen Tennisspielers zierte das Titelbild. Ernst und gleichzeitig freundlich, jedoch ohne zu lächeln, sah mich der Held meiner Jugend an.

Ein jäher Impuls durchzuckte mich. Ich wollte es mitnehmen und alles andere dafür hierlassen. Das lag nicht nur daran, dass mir die Lektüre der dicken Biographie keine Zeit für den Stapel lassen würde, sondern an dem Zauber, mit dem das Buch mich an sich zog. Ich hielt es schon in der Hand, als mir Zweifel kamen. War so eine Schwärmerei nicht kindisch? Wäre es nicht Arbeit, mich damit zu befassen, was andere Schriftsteller besser machten als ich? Außerdem war Tennis doch spießig, genau wie meine wohlbehütete Jugend. Widerstrebend stellte ich es zurück, sah es aber weiterhin an und streckte die Hand wieder danach aus.

„Nimm's", sagte da jemand mit einer bekannten, vollen Stimme neben mir. „Nimm's, ich habe es gelesen, es ist wunderschön. Es wird dir guttun." Ich wandte mich um und blickte in warm glänzende Augen. Er lächelte sanft und strahlend und fügte ruhig hinzu: „Es macht glücklich."

„Ja?", fragte ich piepsig und hielt mich am Regal fest, um nicht den Halt zu verlieren. Aurels Wirkung auf mich war ebenfalls wunderschön, mir aber nicht geheuer.

„Ja. Vertrau mir", antwortete er ernst und zudem beinahe zärtlich. Genau so sah er mich auch an.

„Okay." Ich stieß ein heiseres Lachen aus und nahm das Buch wieder an mich. Einige Augenblicke lang herrschte Stille zwischen uns und die intime Intensität löste sich auf.

„Spielst du selbst denn auch?", fragte er lockerer.

„Ich? Nein, nicht mehr ..."

„Du sagst das so traurig. Warum? Was ist passiert? Hast du dich verletzt? Bist du deswegen hier?"

„Hm? Nein. Oder doch. Eigentlich habe ich vor dieser, nennen wir es ruhig Verletzung, schon selten gespielt, weil ich wegen der Arbeit kaum noch Zeit dazu hatte."

„Das tut mir leid." Er sah mich voller Mitgefühl an. „Vor allem, weil Pittas Sport lieben, bei dem es was zu gewinnen gibt."

„Nun ja, dieses ewige Gewinnen-und-der-Beste-sein-wollen hat mir ganz schöne Probleme bereitet."

„Dass wir zu Extremen neigen und das Mittelmaß leicht übersehen, ist typisch für uns. Ich muss mich auch immer noch zügeln, und es wird wohl mein Leben lang so bleiben, schließlich bin ich als Pitta geboren und werde nie zum Kapha mutieren."

Ich musste lachen. „Willst du damit sagen, dass es Menschen gibt, denen der Wille um Siegen, der Hang zum Perfektionismus angeboren ist?"

„Absolut, ja." Er nickte ernst. „Pittas. Kannst du überall nachlesen."

„Das ist ja verrückt", murmelte ich nachdenklich. War ich am Ende nur über das Ziel hinausgeschossen, aber ansonsten doch viel mehr bei mir selbst geblieben als gedacht? „Ich war übrigens auch Unternehmensberaterin wie du und bin wegen eines Burnouts aus dem Business ... ausgestiegen."

„Wie bitte?" Er lachte überrascht und seine in dem Dämmerlicht beinahe schwarzblau wirkenden Augen glitzerten neugierig oder aufgeregt. „Du warst auch Consultant und hattest auch einen Burnout?"

Abweisend zuckte ich die Schultern. Ich wollte lieber nicht darüber sprechen. „Nun ja, so in etwa. Was landläufig halt so als Burnout gilt."

„Ach ja, diese Art war es bei mir auch. Ich meine, offiziell gibt es die Diagnose ja gar nicht."

Sie sah zu Boden und zuckte mit den Schultern. „Tja."

„Aber warum hast du beim Essen nichts davon gesagt, als ich mich geoutet habe?", fragte er vorsichtig.

„Ach, weißt du, es ist schon lange her und keine besonders schöne Geschichte."

„Natürlich ist sie das nicht. Aber wenn du darüber reden willst, gern. Auf so einer Kur kann ja alles Mögliche hochkommen. Ich höre dir gern zu, wenn du willst. Aber du hast ja Bea."

„Die hab ich, ja, trotzdem danke."

Nun sah ich ihn wieder an und lächelte zaghaft. Ich konnte mir nicht vorstellen, jemals wieder über diesen Februartag zu sprechen und mir erneut alles in Erinnerung zu rufen. Nur meine Eltern und Stefan kannten die wahre Geschichte, und dabei sollte es bleiben.

„Ich finde es schön, wenn sich Cousinen so gut verstehen. Familie ist etwas sehr Wertvolles, und jeder, der gut mit der Verwandtschaft auskommt, sollte sich glücklich schätzen", sagte er.

„Ja, findest du?" Ich hatte Zweifel an seiner Theorie.

„Auf alle Fälle. Ich habe mir immer engere Familienbande gewünscht, aber da meine Geschwister und Eltern auf allen Kontinenten verstreut leben, kannst du dir vorstellen, wie wenig eng das ist. Aber egal, Familie ist ein anderes Thema."

„Wem sagst du das", seufzte ich.

Er lächelte kurz. „Aber, wie gesagt, hatte ich ja auch fast einen Burnout, bin haarscharf daran vorbei und hab gerade noch rechtzeitig die Reißleine gezogen. Das war mein Weckruf, deswegen bin ich hier. Mir ist klar geworden, dass ich ein paar Dinge radikal ändern muss, wenn ich mein Leben nicht vergeuden will."

Ich fürchtete einen Seelen-Striptease und sagte schnell: „Dann ist die Kur ein guter Anfang."

„Das Gefühl habe ich auch. Nun ja, jetzt wissen wir beide schon ein bisschen mehr voneinander. Aber das ist noch nicht genug, findest du nicht?" Seine Stimme klang noch wärmer als zuvor und sein Lächeln war herzlicher als bei den ernsten Themen.

Ich lachte verlegen. Flirtete er etwa mit mir oder war er immer so? „Wir können uns ja gern ein andermal weiterunterhalten", sagte ich höflich, doch er ignorierte den Wink mit dem Zaunpfahl.

„Und was machst du seit dem Burnout beruflich?"

„Ach, weißt du, das ist echt verrückt." Ich schaute auf Andre Agassis sympathisches Konterfei und schüttelte nachdenklich den Kopf. „Ich schreibe auch Autobiographien für mehr oder weniger berühmte Persönlichkeiten."

„Als Ghostwriterin? Du bist eines von den Genies, deren Namen niemand kennt?"

„Ach, nicht Genie." Verlegen winkte ich ab.

„Warum nicht?"

„Nun, ich gehe schon davon aus, dass ich gut bin, aber ein Genie ist etwas anderes."

„Mhm, verstehe." Er nickte nachdenklich. „Man begegnet selten Menschen, die sich noch nicht für den Schöpfer der Welt halten. Das gefällt mir."

Ich schwieg, weil ich nicht wusste, was ich darauf sagen sollte.

„Was hast du denn geschrieben, vielleicht habe ich ja zufällig etwas davon gelesen?"

Nun musste ich lachen. „Ach, das würde mich wundern. Oder interessierst du dich zum Beispiel für: „Mein Leben, ein Gericht: Der Spitzenkoch Giuseppe Mirandola erzählt" oder „Für ein besseres Land: Tobias Fischfänger".

„Nein, leider nicht, aber das Leben als Gericht klingt spannend." Verschmitzt grinste er mich an.

„Ich hab die Titel nicht gewählt", verteidigte ich mich kichernd. „Aber siehst du, es hätte mich überrascht, wenn du die Titel kennen würdest. Man muss sich schon sehr für diese Personen interessieren, damit man die Bücher überhaupt findet."

„Natürlich, das verstehe ich. Ich suche mir die Titel morgen als E-Book heraus. Es interessiert mich, wie du schreibst, wie du deine Gedanken sortierst und dich ausdrückst."

Ich schluckte, weil mir das eine Spur zu weit ging und etwas sehr Intimes an sich hatte, zumindest empfand ich es so. Warum wollte er das wissen? Wir kannten uns doch kaum! Doch dann sah ich wieder dieses warme Strahlen in seinen Augen und sagte leise „Ja."

Sein Blick glitt über mich, als würde er mich streicheln. Ich erschrak fürchterlich bei dem Gedanken, in den hinein er fragte: „Was ist das für ein Ja?"

Ich wich seinem Blick aus und trat einen Schritt zurück. „Ein Ja, dass es für mich in Ordnung ist, wenn du es tust."

„Du meinst, du vertraust mir und fürchtest dich nicht vor meinem Urteil?"

Ich überlegte. War das der Punkt? Die Angst vor dem Urteil? Oder war es nicht eher so, dass man sich nackt vor jemandem fühlte, der sein Buch las? „Man muss sich der Kritik stellen. Von dir habe ich zumindest nicht den Eindruck, als wolltest du Menschen damit absichtlich wehtun."

Er runzelte die Stirn. „Nein, natürlich nicht, warum sollte ich das?"

Ja, warum sollte man das, dachte ich, wobei es eine Tatsache war, dass es ständig passierte. Vielleicht lag es daran, dass man Menschen mit Worten so leicht und ohne sichtbare Wunden verletzen und sogar zerstören konnte, ohne sie rechtlich belangbar zu beleidigen. Vernichtende Bemerkungen abfällige Blicke, geringschätziges Schnauben – Vincent tauchte wie ein Gespenst vor mir auf, schnell jagte ich es weiter.

Die Lichter gingen aus und nur eine spärliche Notbeleuchtung ließ uns nicht in völliger Dunkelheit dastehen.

„Sollten wir vielleicht allmählich ins Bett gehen?", fragte ich und versuchte, die Stimmung aufzulockern. „Ich komme mir vor wie in einer Jugendherberge, wenn man nachts heimlich in den Schlafsaal der Jungs schleicht."

„Das hast du getan?"

Ich kicherte. „Natürlich, du etwa nicht?"

„Na klar." Auch er lachte mit diesem Blitzen und Funkeln in den Augen, die mich so sehr aus dem Konzept brachten. „Aber lies das Buch. Ich meine es ernst, es ist wunderschön. Du wirst es erst furchtbar schnell, dann immer langsamer lesen, weil du nicht willst, dass es vorbeigeht. Also dann, bis morgen, schlaf gut!" Damit hob er die Hand und ging weg. Verwundert und von dem Auf und Ab der Gefühle ziemlich erschöpft sah ich ihm nach. Nach ein oder zwei Schritten drehte er sich noch einmal um. „Ach, übrigens: Ich finde es schön, dass wir uns kennengelernt haben."

Die Ernsthaftigkeit seiner Worte traf mich. „Ich mich auch", antwortete ich mit brüchiger Stimme, auch wenn ich mich fragte, ob er nicht ein Playboy und einen Tick zu aufdringlich war.

Nachdem ich es mir im Bett gemütlich gemacht hatte, schlug ich das Buch auf und las, bis mir die Augen zufielen, dann zog ich die Lider wieder hoch und las weiter. Von der ersten Zeile an webten die sorgfältig gewählten Worte einen unsichtbaren Mantel um mich.

Gleich zu Beginn wachte Andre Agassi auf dem Fußboden neben dem Bett auf. Ich erschrak und fragte mich, warum er da lag. Die Antwort, dass er sich wegen unerträglicher Rückenschmerzen dorthin gelegt hatte, erfüllte mich mit quälendem Mitgefühl, denn mit Schmerzen kannte ich mich schließlich aus. Bald schon atmete ich jedoch erleichtert aus, denn im Nebenzimmer spielte Steffi mit den Kindern. Trotz seiner Schmerzen schien die Sonne, trotzdem war da Leben, war da Liebe, war da ein Wille und ein tiefer Sinn in allem. Das schrieb der Autor nicht, es stand zwischen den Zeilen. Das Buch war ein Meisterwerk, Aurel hatte Recht gehabt.

Der Held meiner Jugend hatte höllisch gelitten, sowohl seelisch, weil er Tennis hasste und sich einsam fühlte, als auch körperlich, weil sein Rücken kaputt war. Bislang hatte ich es entweder nicht gewusst oder als Teenager nicht als besonders schlimm wahrgenommen. Agassi war nach den ersten Triumphen aus den Top 100 geflogen und in tiefste Täler gestürzt. Er hatte die falsche Frau geheiratet und Drogen genommen. Irgendwann hatte er jedoch auf Wald-und-Wiesen-Turnieren wieder angefangen – und alles gewonnen, was es zu gewinnen gab. Er wurde die Nummer Eins, und mit Steffi Graf überglücklich. Das machte mich fix und fertig. Es war so unsagbar traurig und gleichzeitig so unfassbar schön. Wie Tod und Auferstehung, nur menschlich. Der Text wühlte mich auf, gleichzeitig beruhigte er mich. Ich war wieder Kind, und alles, was danach kam, war wie weggeblasen. Ich spürte den Filz der gelben Tennisbälle und das Griffband aus weichem Kunstleder, spürte, wie ich die hart gespannten Saiten mit den Fingerspitzen auseinanderzog und hörte das dadurch verursachte Knarzen. Ich roch den abgestandenen Schweiß in den Umkleidekabinen, hörte das Ploppen und spürte die Bewegung und Kraft, mit der ich einen Ball schlug. Ich streckte mich zum Aufschlag, rüstete mich zum Return. Ich sprintete zum Netz und lupfte einen Volley darüber. Ich fühlte mich kraftvoll, vital, lebenslustig. Wie damals, zu der Zeit, als wir noch eine Familie waren. Meine Eltern und im Abstand von je zwei Jahren Victoria, Emanuel, Regina und schließlich ich, das Küken. In dem elterlichen Wohnzimmer stand vielleicht noch immer das mittlerweile vergilbte Foto: Wir vier in Tenniskleidung, alle in Schneeweiß, nur ich in den bunten Agassi-Schuhen auf einer Bank am Tennisplatz. Die Haare zerzaust, die Gesichter verschwitzt, die Augen glühend vom Spiel. Wir hielten die Schläger in den Händen und ein zutiefst glückliches, der Welt entrücktes, selbstvergessenes Strahlen erfüllte das Bild. Unter uns der rote Sand, der jeden Sommer den Gartenweg färbte und sich trotz Mamas strenger Schuh- und Taschenkontrolle im ganzen Haus verteilte, wo er in den Fugen klebte wie ein Kitt, der uns alle zusammenhielt.

Ich dachte an meine Geschwister und meine Freunde. Ich dachte an die endlosen Stunden auf dem Platz, an das Zelten im Garten des Tennisclubs, an die Trainingslager in Bergheim, auf Krk, am Gardasee, an das alles umfassende Gefühl, die ganze Welt stünde uns offen und nichts und niemand könne uns trennen, meine Geschwister, meine Freunde, Bea und mich.

Und doch war all das längst vergangen. Bis auf Bea, die wie durch ein Wunder wieder da war.

Ich löschte das Licht und lauschte dem sanften Rauschen des Meeres, das durch die geöffnete Terrassentür zu mir hereindrang.

Es gelang mir nicht, mich gegen meine Gefühle zu wehren. Bedrückt lag ich ihm Bett und schaute an die dunkle Decke. Wieder einmal zog und zerrte es siedend heiß in meinem Nacken.

Morgen, dachte ich voll matter Hoffnung, morgen war der Arzttermin und dann würde endlich alles gut.

Bea

Am liebsten hätte ich den Himmel geküsst und umarmt, als Delia mir von dem „unsagbar schönen Buch", das sie im Bücherschrank entdeckt hatte, erzählte. Ich war mir sicher, dass Aurel nur gut für sie sein konnte, wenn er es ihr so eindringlich ans Herz gelegt hatte. Delia verriet mir, dass sie sich beim Lesen in ihre – unsere - Jugend zurückversetzt fühlte und dabei eine leise Ahnung von dem damaligen Lebensgefühl verspürte. Besser konnte es nicht laufen!

„Es war so schön damals", seufzte sie und blickte verträumt aufs Meer, das goldbesprenkelt vor uns lag.

„Ja, wirklich. Traumhaft schön. Wir waren so ein tolles Team." Ich legte meine Hand auf ihre und wartete atemlos ab, was sie tat. Zu meiner Freude sah sie mich melancholisch lächelnd an.

„Das waren wir, du und ich. Nicht nur, als wir den ersten Platz der Bezirksmeisterschaften im Doppel geholt haben, sondern generell."

Ich war so gerührt, dass ich schlucken musste, bevor ich sprechen konnte. „Es freut mich sehr, dass du dich auf diese Art daran erinnerst."

Sie erstarrte, wandte sich ab und spießte ein Stück Papaya auf. „Ja."

Ich brauchte eine Weile, um mich wieder zu sammeln, dann tat ich, als sei nichts gewesen. „Ist dir eigentlich klar, wie viel besser du es als Victoria hast? Als sie Jahre auf ihn stand, hat er fast nur verloren!"

Langsam hob sie den Kopf wieder, ihre Augen blitzten schelmisch und ein Lachen stieg blubbernd ihn ihr auf. „Im Ernst? Das ist ja was! So hab ich das noch gar nie gesehen, aber stimmt!" Ich begriff, dass die Konkurrenz mit ihrer sechs Jahre älteren und auf allen Gebieten erfolgreichen Schwester noch nicht vorbei war. Victorias ältester Sohn Elias war ein Jahr älter als meine Kinder, die anderen beiden jünger. Sie war mit Wolfgang, dem Erben einer Porzellanmanufaktur, seit fast zwanzig Jahren glücklich verheiratet, und leitete in dem international erfolgreichen Unternehmen die internationale Marketingabteilung. Natürlich hatte auch Victoria, wie wir alle, ihre Tiefschläge erlebt, aber anders als Delia war sie nach einer Verschnaufpause wieder aufgestanden und hatte ihr Leben wieder selbst in die Hand genommen, wie es typisch für unsere Familie war. Es war höchste Zeit, dass Delia das Gleiche tat, und so wagte ich den nächsten Vorstoß.

„Max und Aurel sind sehr sympathisch, findest du nicht?"

Obwohl sie erneut stumm und stur auf ihren reichlich mit frischem Obst beladenen Teller schaute, sah ich das Lächeln, das an ihren Lippen zupfte, und die sanfte Röte, die über ihre Wangen huschte.

„Ja." Sie räusperte sich und zerkleinerte ein Stück saftige Mango. „Ich hatte ja gedacht, oder gehofft, dass Tanja übertreibt, was das Essen angeht. Das Früchtebüfett ist zwar grandios, aber wirklich einseitig. Kein Brot, kein Käse, keine

Milchprodukte, keine Frühstücksflocken, keine Marmelade und natürlich erst recht keine Wurst."

„Ähm, ja, das stimmt", sagte ich und fragte mich nicht zum ersten Mal, wie anstrengend ihre ständigen Stimmungswechsel sein mussten und ob sie selbst bemerkte, wie viel sie verdrängte, vor sich verbarg und nicht zuließ. Ich stellte mir ihr Innenleben wie ein Haus vor, in dessen Keller sie seit Jahren alles, womit sie nichts anfangen konnte, alles, was kaputt war oder was sie für später aufheben wollte, hineinstopfte. Es musste darin so chaotisch zugehen, dass sie nichts mehr finden konnte, sollte sie je nach etwas suchen. Es war voll von Sachen, die sie nicht mehr brauchte und die ihr sogar schadeten, wie die längst abgelaufenen, verdorbenen Lebensmittel in einer Vorratskammer.

Zudem fiel mir auf, wie stark sie auf das Negative und den Mangel fixiert war, auch das war früher nicht so gewesen, und wie alles Schlechte führte ich es auf Vincents zerstörerischen Einfluss zurück. Delia hatte nur das, was es nicht gab, wahrgenommen, anstatt sich über die Fülle von frischem, saftigem Obst wie Papayas, Mangos, Passions- und Sternfrüchten und Bananen aller Art zu freuen. Außerdem gab es einen dickflüssigen, frisch gemischten Papayasaft, zwei Töpfe voll unterschiedlicher Suppen und auf Wunsch bereitete ein Koch Omelette oder Rührei zu.

„Schade, dass du nicht mehr spielst", sagte ich beiläufig und kostete von dem Saft.

Allmählich kehrte wieder Leben in sie zurück und sie sah mit einem sehnsuchtsvollen Glanz in den Augen auf. „Ja. Ich hätte riesige Lust, ein paar Bälle zu schlagen."

„Ich auch! Aber nur ein paar Bälle schlagen oder nicht doch lieber gleich ein richtiges Match fighten?" Ich klatschte in die Hände, so sehr kribbelte die Lust darauf mir in den Fingern und Beinen.

Dann drehte sie sich um und sah mich grinsend an. „Weißt du", sagte sie so leichthin, dass ich es erst nicht fassen konnte, „wenn wir wieder in Berlin sind, sollten wir das tun."

Es dauerte, bis ich den Gehalt ihrer Worte erkannte, doch als ich es tat, wäre ich ihr beinahe laut juchzend um den Hals gefallen.

Delia

Bis zu dem langersehnten Arzttermin blieb uns ein wenig Zeit, die wir mit der ebenfalls lang ersehnten Kokosnuss im Garten verbrachten. Ich fragte mich, was die beiden Halb-Amerikaner taten, weil ich sie nirgends sah.

Im Vorfeld hatten wir uns so gut wie möglich informiert und dabei herausgefunden, dass die drei Doshas, also die bio-energetischen Konstitutionstypen Vata, Pitta und Kapha grob den fünf Elementen Äther, Luft, Wasser, Feuer und Erde zugeordnet werden konnten. Wie immer hinkte die Übertragung von einem geschlossenen und in sich stimmigen System in ein anderes, aber irgendwo musste man ja anfangen. Vata wurde Luft und Äther zugeteilt, also Bewegung; Pitta Feuer und Wasser, also Hitze und Verbrennung; Kapha Erde und Wasser, also Stabilität, aber auch Schwere.

Niemand oder fast niemand war ausschließlich ein Dosha, fast jeder Mensch war eine Mischform, also beispielsweise siebzig Prozent Vata, dreißig Pitta, zehn Kapha. Der Konstitutionstyp wiederum bestimmte, wie man das Leben im Allgemeinen anging und wie man auf gewisse Situationen reagierte, was einem guttat und was einem schadete. Die Liste reichte dabei von Essen über Musik, Stress bis hin zum Wetter. Fühlte man sich gestresst, war das Vata hoch, war man „zu hitzig", also aufbrausend oder heißhungrig, war das Pitta hoch. Träge, antriebslos oder penibel lag meist an viel Kapha. Jedes Dosha hatte selbstverständlich auch positive Eigenschaften, so schrieb man Motivation und Intellekt vor allem dem Pitta zu, Ordnungssinn und Gewissenhaftigkeit dem Kapha. Klar, dachte ich, die hatten aufgrund ihrer Gemütlichkeit ja auch genügend Zeit und Ruhe dafür, während bei mir immer alles schnell gehen musste. Zu viel Kapha hatte ich also bestimmt nicht.

Abgesehen davon konnte man Menschen in gesundem Zustand den Typen auch ansehen. Personen mit hohen Vata-Anteilen neigten beispielsweise zu trockener Haut, waren groß, dünn und ständig körperlich und geistig in Bewegung. Kaphas hingegen hatten einen eher stämmigen bis rundlichen Körperbau und zeichneten sich durch ein ruhiges Gemüt aus. In diesem individuellen ursprünglichen Zustand war man körperlich und geistig gesund. Gerieten die Doshas ins Ungleichgewicht, wurde man krank. Je stärker, desto heftiger. Daraus folgte, dass jeder Mensch auf unterschiedliche Weise gesund war und nichts verallgemeinert werden konnte. Soweit hatte ich das verstanden. Was ich jedoch auch nach zwanzig Selbsttests noch immer nicht wusste, war, wer und was ich nun war.

Ich war ein wenig aufgeregt, als ich in den Ostflügel zu Frau Dr. Singhs Praxis ging und fragte mich, ob ich stark von meinem Idealzustand abwich und wie schlecht es folglich um mich bestellt war. Dann fiel mir auf, wie unsinnig und albern es war, bei meinen andauernden Beschwerden darauf zu hoffen, dass mein aktueller Zustand nicht stark vom Idealtyp abwich, denn das würde ja bedeuten, dass sich nur wenig verbessern ließe. Was ich brauchte, war also ein extrem starkes Ungleichgewicht, damit ich möglichst viel Steigerungspotenzial hätte.

Ich wollte, so wurde mir bewusst, wieder so werden wie zu der Zeit, in der Bea und ich Tennisschläger-schwingend, flirtend und lachend das Leben genossen. Es war mir gleichgültig, was mir fehlte oder wovon ich zu viel hatte, denn ich war fest davon überzeugt, dass die Ärztin mich gesund machen würde.

Vor der Praxis wartete Sabine bereits auf mich, denn sie begleitete die Gäste als Dolmetscherin. Nach einer knappen, aber herzlichen Begrüßung führte sie mich in das in eine Mini-Praxis umfunktionierte Hotelzimmer.

Das erste, was mir einfiel, war „Göttin in Weiß", obwohl Frau Dr. Singh pechschwarze lange Haare hatte, viel Goldschmuck und einen lilafarbenen Sari trug. Doch allein ihre würdevolle Aura, mit der sie mir von ihrem schweren Ledersessel aus milde lächelnd zunickte und mir mit nach oben gerichteter Handfläche zeigte, dass ich mich setzen konnte, prägten diesen Eindruck. Sie strahlte Wissen, Achtung, Güte und Ruhe aus, eine Mischung, die ich lange nicht mehr erlebt hatte. Zunächst übersetzte Sabine den von mir bereits ausgefüllten Anamnesebogen. Das hätte ich zwar selbst tun können, aber ich wusste, dass man nie die Aufgaben anderer erledigen sollte, wenn man nicht darum gebeten wurde. Schnell fand ich heraus, dass Sabine ein wichtiges Glied in der hierarchischen Struktur zwischen Arzt und Patienten darstellte. Mir gefiel das, weil es mich von der Last befreite, alles selbst machen, wissen und entscheiden zu müssen. Und es gefiel mir, dass es vertrauens- und liebenswürdige Menschen gab, die sich um mich kümmerten.

Frau Dr. Singh hörte meinen Schilderungen aufmerksam nickend zu, machte sich Notizen und stellte Zwischenfragen. Ihre Stimme war fein, voll und klar und hob und senkte sich in dem typisch indischen Singsang. Sie sah mich an und notierte „trockene Haut".

„Schmerzen. Wo genau?" Ich strich über meinen Körper.

„Neigen Sie zum Grübeln?"

„Ja."

„Aber haben Sie auch sprunghafte Gedanken?"

„Oft, ja, außer ich konzentriere mich bewusst."

„Werden Sie schnell wütend?"

„Ja!"

„Verdauung?"

„Mal so, mal so, jetzt normal. Oft Magenschmerzen."

„Heißhunger?"

„Tierischen!"

„Haben Sie außer der Haut noch mehr Entzündungen?"

„Vielleicht, aber das weiß ich nicht."

„Hat man bei Ihnen eine Darmspiegelung gemacht?"

„Nein."

Sie nickte, als würde sie die Antwort kennen, nahm einen schmalen Vordruck und notierte darauf etwas in ihrer fein säuberlichen Schrift. „Ich verschreibe Ihnen einen Bluttest." Sabine erklärte mir daraufhin, wohin ich am nächsten Morgen nüchtern, ohne Yoga und ohne die Medizin, die ich am Abend zum ersten Mal erhalten würde, kommen sollte.

Es folgten noch ein paar Untersuchungen, deren Abschluss die Königsdisziplin bildete. Lang und konzentriert maß die Ärztin meinen Puls. Dann endlich erfuhr ich, dass ich im Idealzustand Pitta-Vata war, Feuer und Luft. Ich strahlte vor Freude, endlich zu wissen, wer ich war, und darüber, dass es sich so stimmig anfühlte.

Trotzdem gab es an sich wenig Grund zum Feiern, denn ich war meilenweit von meinem Idealzustand entfernt. Das zeigten mir die Vata- und Pitta- Pfeile, die so hoch über den des Kapha hinausragten, dass mir schwindelig wurde.

„Vata sehr hoch, Pitta auch sehr hoch", sagte die Ärztin ernst und tippte mit dem Kugelschreiber auf das Papier.

Auch ich fand ihre Zeichnung besorgniserregend.

„Sie bleiben drei Wochen, nicht wahr? Gut. In der Zeit sollten wir es schaffen, Sie wieder ins Lot zu bringen", erklärte sie freundlich lächelnd. „Sie brauchen viel Ruhe und müssen Aufregung meiden. Sie müssen sich sammeln und beruhigen, nicht zerstreuen oder ablenken. Also bitte kein Internet, keinen Computer und nur ruhige, harmonische Musik. Meiden Sie Filme und Bücher, bei denen es um Angst, Leid, Gewalt geht. Ihr Körper reagiert auf das Leid und die Angst, als würden Sie es am eigenen Leib empfinden. Das ist sehr schlecht für die geistige und körperliche Gesundheit."

Beklommen nickte ich. Aus ihrem Mund kommend überzeugten mich die Worte, deretwegen ich Bea heimlich ausgelacht hatte.

„Lesen Sie heitere, leichte Sachen, die der Seele guttun", fuhr sie fort. „Meditieren Sie, machen Sie Yoga und Atemübungen, schwimmen Sie, gehen Sie spazieren, schauen Sie aufs Meer, malen Sie, legen Sie Puzzles. Verzichten Sie zumindest am Anfang auf Ausflüge und meiden Sie Wind und Regen. Sie werden bald merken, wie stark uns äußere Eindrücke beeinflussen."

Ich nickte unablässig und war angesichts der Fülle von Empfehlungen froh, dass Sabine fleißig Notizen machte. Dabei, so dachte ich zynisch, war es ja ganz einfach: Ich durfte nur nichts mehr so machen wie bisher.

Sie lächelte beruhigend. „Ihr Körper und Geist sind stark überhitzt. Sie werden gesund, Delia, seien Sie sich sicher, aber Sie müssen einiges ändern."

„Okay." Ich nickte erleichtert, weil ich ihr glaubte.

Dann wurde es noch einmal ernst. Frau Dr. Singh notierte die für mich geeigneten Massageeinheiten, was meiner Meinung nach so gut wie alle zur Auswahl stehenden sein mussten, nämlich: „Kopfmassage, Ganzkörpermassage, Bauchmassage, Handmassage, Gesichtsmassage, Fußmassage, abschließend Kräuterdusche. Gesamtdauer: eine Stunde und fünfzig Minuten. Beginn heute."

Ich konnte mein Glück kaum fassen und nachdem ich mich von Frau Dr. Singh und Sabine verabschiedet hatte, lachte ich laut auf. Ich würde gesund und täglich fast zwei Stunden massiert werden! Außerdem amüsierte es mich, dass Aurels Diagnose zutraf, ich sei Pitta. Zudem war ich froh, endlich zu wissen, wer ich war, nämlich fast alles, also Wind, Feuer und Wasser, und das gefiel mir.

Abgesehen davon war ich erleichtert, dass Aurels zweite Vermutung nicht zutraf und ich abends mehr als nur Suppe essen durfte. Nur Suppe wäre wirklich unerträglich gewesen.

Mit der Zuversicht, dass ein besseres Leben vor mir lag, traf ich mich kurz darauf mit Bea zum Mittagessen. Das alles bestimmende Thema war natürlich unsere Diagnosen, die bei ihr ergeben hatte, dass sie Pitta- Kapha, eine im Westen sehr selten gewordene Mischung, war. Allerdings war ihr Kapha zu hoch, was sich in ihrer Gewichtszunahme und gefühlten Trägheit widerspiegelte.

„Ich habe schon nachgelesen, hier, schau." Sie zog ein Ayurveda-Buch das sie sich in der Hausbibliothek geliehen hatte, hervor. Schwarz auf weiß stand dort ihr Charakter beschrieben, der von Sicherheitsdenken und Selbstbestimmung bestimmt war. Ich fand bestätigt, dass sie sich durch eine überdurchschnittliche Ausdauer, Perfektion und Beharrlichkeit beim Umsetzen ihrer Aufgaben und Vorhaben auszeichnete, aber auch zu Raubbau am eigenen Körper neigte. Scharfsinn, Charisma und Durchsetzungsvermögen waren ihre Stärken. Allerdings konnte es auch passieren, dass sie als Genussmensch durch Bewegungsmangel, Unterforderung und einem unausgeglichenen Verhältnis zwischen Beruf, Freizeit und Gesundheit aus dem Gleichgewicht kam.

„Das stimmt alles!", rief ich erstaunt. „Das bist zu hundertprozentig du!"

„Unglaublich, oder? Es ist fast wie bei einem Horoskop oder bei einer Wahrsagerin."

„Komm, gib mir deine Hand – ah, hier steht, Sie werden einen reichen Amerikaner heiraten ..."

Lachend zog sie die Hand weg. „Ich bin ja noch nicht einmal geschieden!"

Delia

Wir beeilten uns, wegzukommen, und wider besseres Wissen holte ich mein Handy, um zu sehen, was Vincent mir geschrieben hatte. Der Zeitunterschied nach Deutschland betrug viereinhalb Stunden, folglich war er längst wach und ich sah, dass er meine Nachricht mittlerweile zwar gelesen, aber nicht geantwortet hatte. Ich wurde unruhig und überlegte fieberhaft, ob ich ihm erneut und wenn ja, was ich schreiben sollte. Oder war es besser, ihm Zeit zu geben und mich an unsere Abmachung mit der Kommunikationspause zu halten? Doch was wäre, wenn er aus irgendeinem Grund sauer auf mich war und ich nichts tat, um den Sachverhalt zu klären, und ihn in seinem Ärger schmoren ließ? Ich wusste schließlich, dass er über seine Gefühle nur sprechen konnte, wenn ich ihm dabei half. Ich beschloss, dass ich ihn nicht leiden lassen konnte und schrieb ihm, dass ich mir Sorgen machte und ob alles in Ordnung sei. Sobald ich die Nachricht abgeschickt hatte, bereute ich es jedoch, weil ich mir mit einem Mal sicher war, dass ich ihm keinen Anlass gegeben hatte, böse auf mich zu sein. Außerdem bestand nun die Gefahr, dass er sich über meine Aufdringlichkeit aufregte. Dann aber rief ich mir ins Gedächtnis, dass man zu seiner Liebe stehen und sie dem anderen zeigen musste, auch wenn der sie momentan nicht erwidern konnte. Ich schaltete das Handy aus und legte es zurück ins Zimmer.

Dann war es endlich Zeit für das Highlight meiner Reise, die Massage. Dafür hatte uns das Hotel schwarze Einmal-Slips aus einem labbrigen, großmaschigen Stretch-Netzgewebe bereitgelegt. Auf meinem stand zwar „S", allerdings hätte sich damit auch ein Elefantenbaby auf die Massageliege legen können. Ich fragte mich, wie groß L erst sein musste und drehte mich kichernd vor dem Badezimmerspiegel hin und her. Was die Beach Boys wohl sagen würden, wenn wir darin vor ihnen herumwackeln würden?

Vergnügt ging ich in den Behandlungstrakt, der sich im Westflügel über dem Yogasaal befand. Eine rundliche, etwas ältere Frau in einem blauen Sari empfing mich geschäftig mit Klemmbrett und Stift. Auf ihrem Namensschild stand „Frau Perera".

„Delia Schweiger", stellte ich mich vor. Nickend hakte sie meinen Namen ab und führte mich in den langen, safrangelb gestrichenen Behandlungsraum. Vor den Western-Saloon-Türen der einzelnen Kabinen warteten jeweils zwei Männer beziehungsweise Frauen auf ihre Patienten. Im gesamten Hotel war es angenehm lauschig, doch hier herrschte eine geradezu heilige Ruhe. Frau Perrera übergab mich in die Hände meiner Masseusen, die sich vor mir verneigten, bevor sie mir leise giggelnd beide Hände reichten und sich als Renuka und Charu vorstellten. Renuka war in meinem Alter, hatte kurze, pechschwarze Kringellocken und ein rundes Gesicht mit einer Knubbelnase, weswegen ich afrikanische Wurzeln und viel Kapha vermutete. Die wesentlich jüngere und gertenschlanke Charu hingegen durfte eher der quicklebendige Vata-Typ sein, weil sie flink wie ein Eichhörnchen herumwieselte.

Die Kabine war im Stil des Hotels mit dunklen Holzmöbeln ausgestattet, die Wände waren ebenfalls safrangelb getüncht. Zwischen dem Ende der Trennwände und der hohen Decke waren ein paar Meter frei, sodass großzügig Licht und Luft hereinströmten. In einer Ecke stand ein Kabinett, davor ein schwerer Sessel mit breiten Armlehnen und einem Schemel, und in der Mitte eine spezielle Liege, an deren Kopfende ein rundes Loch war, durch das man bei der Rückenmassage das Gesicht stecken und das Blütenmandala aus kräftig gelben, weißen und blauen Blüten betrachten konnte. Es rührte mich, dass es Leute gab, die für etwas derart Vergängliches einen so großen Aufwand betrieben, selbst wenn sie es, wie ich annahm, gern taten.

Als Erstes durfte ich mich für die Kopfmassage auf den breiten Stuhl setzen. Renuka schob das Schemelchen unter meine Füße, zog mir die Flip-Flops aus und stellte sie beiseite, dann trat sie hinter mich. Sanft verteilte sie warmes Öl auf meinem Kopf und legte ihre Hände sanft darauf. Sie wartete, bis ich mich an die Berührung gewöhnt hatte, dann begann sie mit ruhigen, gleichmäßigen Bewegungen meine Kopfhaut zu massieren. Mit einem entspannenden Seufzer schloss ich die Augen. Es fühlte sich an, als würde sie mir sämtliche Sorgen und Anspannungen herausziehen.

Später erinnerte ich mich nicht mehr an viel, weil ich unter den zarten, geschulten Händen das Raum- und Zeitgefühl verlor. Ich ließ mich fallen, ließ sie machen und folgte träge ihren geflüsterten Anweisungen wie „bitte hinlegen" und „bitte umdrehen". Mal massierten sie zu zweit, dann wieder allein, bis meine Hände, Füße, mein Gesicht und mein gesamter Körper von dem satten Öl genährt und ich wie gelöst war.

Vor langer Zeit hatte ich gelesen, dass der Körper ein eigenes Gedächtnis hätte und sich Berührungen merkte, und dass man, wenn man nicht liebevoll berührt wurde, schneller und heimtückischer krank würde. Damals lachte ich darüber, doch jetzt begriff ich, dass es stimmte, denn unter solch achtsamen

Berührungen konnte man nur genesen. Ich hatte mich so sehr danach gesehnt.

Allein dafür, dachte ich, hatte sich die weite Reise gelohnt. Ich war unendlich dankbar für die glückliche Fügung in dem Café und für meinen Mut, mich gegen Vincent durchzusetzen.

Zum Abschluss führten die beiden mich zur Kräuterdusche. Dort lag ich auf einer Holzliege mit hohem Rand, und abwechselnd gossen sie aus einer großen Kanne warmes Kräuterwasser auf mich. Dabei zogen sie den Wasserstrahl von der Sohle die ganze Seite hinauf, auf der anderen hinunter. Während es also links wohlig warm war, fror ich rechts. War das Absicht, damit man aufwachte? Ich empfand es als so unangenehm, dass ich hinterher Frau Perera fragte, ob man das und die Behandlungszeiten ändern könnte. Die Zeiten stellten kein Problem dar; in drei Tagen konnte ich wechseln. In den Therapieverlauf hingegen konnte Frau Perera nicht eingreifen und ich beschloss, die Dusche hinzunehmen, bis ich meine Ärztin wiedersah.

Zum Abschied überreichten Charu und Renuka mir eine Hibiskusblüte. Liebevoll sing-sangen sie: „Bye, ma'am, see you tomorrow!" und winkten mir nach.

Ma'am? Gnä' Frau? Das gefiel mir, und es tat gut. Wie eine Königin würde ich mich fühlen, hatte Tanja mir augenzwinkernd versichert und damit nicht zu viel versprochen. Ich sah mich nach Bea um, fand sie nirgends und ging in mich versunken aufs Zimmer, um eine Stunde lang zu ruhen. Mein Körper fühlte sich weiter und weicher an, und nicht nur meine Muskeln, sondern auch mein Kopf waren freier, klarer und gelöster. Es war himmlisch.

Ich trank zwei Gläser warmes Wasser, an das ich mich schon gut gewöhnt hatte, und trat auf die Terrasse hinaus. Zu meiner Freude sah ich, dass der Roomboy die vor dem rückständigen Öl schützende Bastmatte schon auf dem Sonnenbett für mich ausgerollt hatte. Glücklich und zufrieden mit mir und der Welt mummelte ich mich in eine Tagesdecke, um nach zu schwitzen, dann lag ich unter der tropischen Sonne am ruhig heranbrandenden Meer und schlief, bis mein Wecker klingelte.

Wieder trank ich reichlich warmes Wasser, duschte und stellte erschrocken fest, dass es schon Zeit für das Abendyoga war. Auch in dem Punkt hatte Tanja weder unter- noch übertrieben: Man war wirklich rund um die Uhr beschäftigt! Beas Luxuszimmer lag auf der gleichen Etage wie der Yogasaal und so holte ich sie ab.

„Na, was sagst du? War das himmlisch oder war das himmlisch?", rief sie, als sie mir die Tür öffnete. Die untergehende Sonne blendete durch das Fenster in den Raum, aber auch sie strahlte so sehr, dass ich nichts außer einem gleißendes Gelb-Weiß erkannte.

„Himmlisch!", rief ich und reckte die Arme gen Himmel. „Es war so schön und tut so gut, allein dafür hat sich die weite Reise gelohnt."

„Finde ich auch. Meine beiden Therapeutinnen sind so lieb und gut! Die lachen und kichern ganz oft."

„Meine auch, sie sind wie Teenies, und richtig, richtig gut." Wir betraten den Yogasaal, dessen Südseite auf den Pool und das dahinterliegende Meer zeigte. Jetzt, am frühen Abend, fiel das Licht der untergehenden Sonne matt und golden auf die kleinen, sich kräuselnden Wellen. Verzaubert schaute ich hinaus, nachdem wir unsere Matten ausgerollt und uns daraufgesetzt hatten. Es war schon andächtig still. Niemand sprach, alle bereiteten sich auf die Stunde vor. Nach und nach füllte sich der Raum und als eine der letzten kamen Aurel und Max herein. Wir hatten uns den ganzen Tag lang noch nicht gesehen. Lächelnd winkte ich ihnen zu, und spürte dabei, dass Bea sich sehr freute. Ob es ein Segen oder ein Fluch war, wenn man sich so leicht verlieben konnte? Mit Stefan war ich fast ein Jahr gut befreundet gewesen, bis ein Paar aus uns wurde. Bei Vincent war es schneller gegangen, aber mit ihm war auch sonst alles anders. Wir hatten nie geflirtet, ich hatte nie von ihm geträumt, war vor Glück nie fünf Meter über dem Boden geschwebt, sondern hatte schnell erkannt, dass er mein Ausweg aus der Misere, mein Wegweiser und der Richtige für mich war. Seitdem waren wir zusammen.

Anna, die zweite Yogalehrerin, holte mich aus meinen Gedanken, indem sie die Tür schloss. Sie war stämmig, bewegte sich kraftvoll und war mir auf Anhieb sympathisch. „Wie einige von euch bereits wissen, machen wir am Abend nur sanfte Dehnungen. Am Morgen geht es ein bisschen aktivierender und kräftigender zu, aber nicht schlimm, schließlich schwächt die Kur erst einmal, bevor ihr zu Bärenkräften kommt. Ihr seid neu, nicht wahr?", fragte sie an uns gewandt. „Okay. Ich schaue auf euch, keine Bange. Wichtig ist, dass ihr nur so weit geht, wie ihr könnt. Tut euch nicht weh, weil ihr mehr wollt, als was an dem Tag möglich ist. Achtet auch auf euch selbst. Entscheidend dafür, wie gut es uns im Leben geht, ist, wie gut wir wahrnehmen, was uns gut- und was uns schlechttut, und ob wir entsprechend handeln."

Ich nickte, auch wenn sich etwas in mir ein wenig sträubte, denn auf keinen Fall wollte ich zimperlich, allzu besorgt oder gar hysterisch werden.

Anders als am Morgen empfand ich diese Stunde als äußerst angenehm und beinahe tat es mir leid, als sie vorbei war. So albern es klang, aber ich fühlte mich, als würde frische Luft in meinem Körper zirkulieren. Alles war weiter und heller, nur in Schulter und Nacken zog es, aber daran war ich ja gewohnt.

Nach der Stunde gab Bea mir ein Zeichen und verschwand, bevor Anna zu mir kam und sich erkundigte, wie es uns gefallen habe und ob ich Probleme mit den Füßen hätte. Ich bejahte und sagte ihr, dass sie morgens beim Aufstehen oft so verkrampft waren, dass ich nicht auftreten konnte.

„Oh weia, aber so etwas habe ich mir schon gedacht. Das sind die Faszien. Bestimmt weißt du, dass sie verkleben, wenn man übersäuert ist, Stress hat, sich viel ärgert, nicht bewegt und so weiter."

„Ja, schon, aber an den Füßen?"

„Natürlich, sie umspannen den gesamten Körper wie ein Netz, bei dem alles miteinander zusammenhängt. Man kann durch Fußmassagen Verklebungen und Verspannungen im ganzen Körper lösen."

„In der Schulter auch?" Ich wurde ganz aufgeregt. Lag hier die Ursache und Lösung meiner Qualen?

„Viel passiert hier ja ohnehin in der Therapie, im Yoga, durch die Ernährung, Ruhe und frische Luft. Aber ich zeige dir gern noch eine einfache Übung. Pass auf!" Sie ging zu einer Holzkiste und nahm etwas heraus. „Den leihe ich dir, aber bitte gib ihn mir vor deiner Abreise wieder. Es ist schwer, hier solche Sachen zu bekommen. Aber nun, du wirst merken, dass du gleich überall im Körper lockerer wirst." Damit bückte sie sich und legte einen neongelben Filzball neben meinen Fuß. „Steig mal drauf."

Fassungslos sah ich den Tennisball an. Ausgerechnet er sollte mich von den schlimmsten Schmerzen befreien? Aufgewühlt drückte ich meine nackten Zehen darauf, schrie aber sofort vor Schmerzen auf.

Anna lachte. „Nicht zu fest, übertreib's nicht. Drück drauf, halte. Dann roll den Ball weiter, wieder drücken und halten. An jeder Stelle ein paarmal, bis du den ganzen Fuß durch bist."

„Ist gut." Ich nahm den Ball in die Hand und drückte ihn sanft. Filzig rau, widerstandsfähig und doch nachgiebig.

„Also, wie gesagt, übertreib's nicht, mit nichts. Der Hang zum Extremen ist eine Pitta-Schwäche, die wollen gern mal zu schnell zu viel. Geh's langsam an. Fang morgen mit zweimal drei Minuten an, mehr nicht, okay?"

Auf dem Weg hinaus spielte ich mit dem Ball. Ich warf ihn hoch und fing ihn wieder. Dabei stellte ich mir vor, dass ich ihn viel höher warf, den Schläger über den Kopf zog, in die Knie ging und aufschlug. Ich sprintete ans Netz und schob den Ball sanft wenige Zentimeter hinter dem Netz an die Seitenlinie – unerreichbar für meine Gegnerin. Ich spürte die Bewegung und den Triumph so lebhaft in mir, dass mir war, als würde ich sie tatsächlich spielen. Ich lief, bremste, schmetterte, vollierte, schlug den Ball mit Topspin die Linie entlang, dass er für den Gegner unerreichbar war. Ich lechzte nach der Bewegung, nach dem unmittelbaren Erfolg, danach mein Bestes zu geben und bis zum Schluss um jeden einzelnen Punkt, aber nicht gegen den Menschen auf der anderen Seite zu kämpfen.

Ich war so in meine imaginäre Welt versunken, dass ich eine Weile brauchte, bis ich bemerkte, dass mich jemand gegrüßt hatte. Als ich erkannte, wer es war, freute ich mich, denn Aurel lehnte schmunzelnd im Türrahmen.

„Aurel, hallo!"

„Hallo Delia, na, da hat dich das Tennisfieber aber ganz schön gepackt, was?"

„Das kannst du laut sagen. Danke für den Buchtipp, es ist wirklich wunderschön, aber schau, was du damit angerichtet hast! Ich würde am liebsten sofort spielen, wenn es nur ginge."

Er lachte. „Wie schade, denn das dürfte hier schwierig werden. Aber danach?"

„Ja, danach. Bea und ich haben uns schon für Berlin verabredet." Ausgelassen streckte ich den Zeigefinger in die Luft. „Wie geht's dir eigentlich?"

„Blendend, danke. Aber zurück zu dir, Madame. Was bist du denn nun: Volle 100 oder doch nur 99 Prozent Pitta?" Er zwinkerte mir zu, woraufhin wir beide lachten.

„Du scheinst mich ja besser zu kennen als ich mich selbst!"

„Tja, ich sag's dir, wenn man sich mit Ayurveda auskennt, dann ist jeder Mensch wie ein offenes Buch. Und du bist Feuer", zog er mich mit einem schelmischen Grinsen auf und machte dazu knisternde Geräusche.

„Und Wasser! Pitta ist beides, ist das nicht eigenartig?"

„Nein, gar nicht, stell dir vor, es wäre anders, da würdest du ja verbrennen."

„Du aber auch!" Ich genoss die Schäkerei und fühlte mich stark und lebendig.

Kurz erzählte er von dem Halbtagesausflug nach Galle, den sie gemacht hatten, anschließend ich von der Diagnose und Therapie. Wir lachten viel und ließen einander nicht aus den Augen, was mich innerlich tanzen ließ. Befremdlich dabei war nur, dass mir dabei abwechselnd heiß und kalt wurde, und dass es in meinem Nacken grässlich zog. Ich schlug den Bogen zu dem Tennisball in meiner Hand.

„Schau, den hat Anna mir gegeben, damit ich die Faszien lockern kann, denn vielleicht sind die ja an meinen Schmerzen schuld." Dieser wurde in rasendem Tempo immer schlimmer, schon schoss er um den Kopf herum und den Rücken hinunter. Ich konnte kaum atmen. Angestrengt sog ich Luft ein und spannte mich an.

„Darf ich?", fragte Aurel und hielt die Hand auf. „Ich kenne mich mit Faszienübungen nämlich ganz gut aus. Die Dinger sind die versteckte und unerkannte Ursache von vielem Leid. Unzählige Menschen werden zum Beispiel an den Bandscheiben operiert, dabei sind nur die Faszien verklebt."

Er sprach angenehm ruhig, dennoch konnte ich ihm kaum zuhören, so stark zerrte der Schmerz an einigen Stellen, während er mich an anderen einschnürte.

Schwerfällig reichte ich ihm den Ball, denn ich wollte hierbleiben und vor allem nicht wahrhaben, dass die Schmerzanfälle mich bis hierher verfolgten. Ich sah Aurel nur noch verschwommen und seine Stimme klang jetzt, als hätte ich den Kopf unter Wasser. Dennoch konnte ich nicht weg, denn er stellte sich hinter mich und drückte den Ball sanft in mein tobendes Kreuz, dann rollte er ihn langsam neben der Wirbelsäule hinauf.

„Zwei Bälle sind eigentlich besser. Einen links, einen rechts, aber so geht es auch. Hier wirst du ohnehin täglich massiert, aber wenn du wieder zuhause bist, kannst du dir so gut selbst helfen."

Ich konnte nicht einmal nicken, dennoch stellten sich die Härchen auf meinen Armen auf, so sehr genoss ich sein konzentriertes Tun und seinen warmen Atem auf meiner Haut. Ich glühte und schwankte und wusste, dass ich hier wegmusste; wegen der Schmerzen und wegen Vincent. Doch es ging nicht, denn Aurel war wie ein Magnet, der mich an sich zog und nicht mehr losließ.

Mir wurde übel, gepresst stieß ich Luft aus.

„Was hast du?" Aurel sprang vor mich. „Geht es dir nicht gut?"

„Nein", murmelte ich schwach. Kalter Schweiß brach mir aus. Schwankend und schwer atmend stützte ich mich an der Brüstung ab.

„Oh Gott, komm, schnell! Ich bring dich zum Arzt!" Er hob mich mit beiden Armen hoch und trug mich im Eilschritt ins Therapiezentrum. Dort herrschte sofort wilder Aufruhr, Frau Perera rief nach dem Nachtarzt, Aurel setzte mich auf eine Bank, stützte mich und alles, was ich denken konnte, war, dass ich mich übergeben musste. Der Doktor kam herbeigerannt und diagnostizierte umgehend akute Migräne, wogegen er mir ayurvedische Pillen gab. Ich sollte gleich eine davon zerkauen. Sie schmeckte wie scharfe, bittere Erde, also so, als würde sie sofort helfen.

Der Arzt verordnete mir Bettruhe und rief in der Küche an, damit man mir ein leichtes Abendessen aufs Zimmer brachte. Dann fragte er Aurel, ob er mich allein in „unser" Zimmer tragen könnte oder Hilfe benötigte. Aurel versicherte, dass er das allein könne, hob mich hoch und trug mich eine Etage tiefer bis zu meinem Bett, in das er mich behutsam legte. In meinem Dämmerzustand bekam ich davon jedoch nur mit, wie wunderbar warm und stark er war.

„Hast du alles, was du brauchst?" Besorgt sah er mich an und streckte die Hand aus, als wollte er mir übers Gesicht streichen, zog sie dann aber wieder zurück. Er befüllte ein Glas mit warmem Wasser und ging los, um frisches zu holen. Ich lag da und wartete, dass der Schmerz nachließ. Alles tobte, pulsierte, pochte und dröhnte. Auch wenn ich die Augen schloss, war es noch grell, hell und laut, obwohl es draußen dämmerte und die Brandung der einzige Laut war. Mir war fürchterlich schlecht und mein Magen zog sich immer spastischer zusammen, sodass ich mich ins Bad schleppte. Als ich das Unvermeidliche hinter mir hatte, ging es mir ein bisschen besser und ich schlich zurück zum Bett. Da die Zimmertür einen Spalt weit offenstand, wollte ich sie schließen, wich aber zurück, als es vorsichtig klopfte und Aurel eintrat.

„Ach, du Ärmste", seufzte er, als er begriff, was ich hinter mir hatte. „Hat die Pille gewirkt oder ist sie weg?"

„Weg."

„Nimm gleich noch eine. Ach Mensch, wie kann ich dir denn helfen?"

Erschöpft sah ich ihn an. Es tat mir gut, dass er hier war und sich um mich sorgte. „Du", wisperte ich schweratmend „Danke. Für alles. Du bist ... sehr lieb, echt. Ich ..."

Er lächelte warmherzig, auch das tat mir gut, genau wie seine Worte: „Das ist doch selbstverständlich. Komm, leg dich hin und schlaf dich gesund. Willst du allein sein, oder soll ich oder Bea bei dir bleiben?"

Ich verneinte durch eine Geste.

„Gut. Ich sag Bea trotzdem Bescheid, ja?"

„Mhm."

Ich war mir nicht sicher, ob er mein Nicken sah, da ich meinen Kopf wegen der unzähligen Nadelstiche kaum bewegen konnte. So schlimm hatte ich das noch nie erlebt, es war die Hölle auf Erden. „Tschau", wisperte ich und hangelte mich wie ein sterbender Käfer an der Wand entlang. Aurel war mit einem Satz bei mir und führte mich zum Bett. Auf dem Nachttisch fand er den Umschlag, pulte eine weitere Pille heraus und drückte sie mir zwischen die Lippen. Mühevoll zerkaute ich sie und schluckte sie mit dem Wasser, das er mir einflößte, hinunter.

„Danke." Wieder fielen mir die Augen zu. Müde und gepeinigt rollte mein Kopf zur Seite.

„Alles Gute. Wir schauen später nach dir", flüsterte er und strich mit den Fingerspitzen über das Laken. Er ging langsam rückwärts aus dem Zimmer, zog die Tür leise zu und ich schlief ein.

Als ich aufwachte, hatte sich mein Kopfweh auf wundersame Weise gelegt. Ich richtete mich auf und sah, dass das angekündigte Abendessen unter einer Servierhaube auf dem Schreibtisch stand. Ich vermutete, dass Bea das bewerkstelligt haben musste, denn niemand außer ihr würde hier Zutritt bekommen. Eine so starke Dankbarkeit darüber, dass ich sie wiedergefunden hatte und sie mich noch immer lieb hatte, erfüllte mich, dass ich zurücksank und die Augen schloss.

Endlich würde alles gut werden.

Delia

Am nächsten Morgen erwachte ich frisch und munter. Ich reckte und streckte mich und konnte kaum glauben, dass mir nichts wehtat. Abgesehen davon, dass ich ein bisschen schwach auf den Beinen war, ging es mir hervorragend. Normalweise litt ich nach einem Anfall tagelang, doch so locker und leicht hatte ich mich seit Jahren nicht mehr gefühlt. Für mich war es ein Wunder.

Auf dem Weg zur Meditation traf ich Bea, die gerade nach mir sehen wollte und mich erleichtert begrüßte. Sie verriet mir, dass sie mit der Rezeption gesprochen und das Essen in mein Zimmer hatte stellen lassen. „Du hast mir so leidgetan. Aurel hat uns erzählt, wie schnell und wie heftig der Anfall gekommen ist. Er war fix und fertig und hat gesagt, dass er jetzt versteht, warum man früher an Dämonen geglaubt hat."

Bei der Erwähnung seines Namens wurde mir zunächst wohlig warm, doch dann schämte ich mich, weil er mich in meinem ganzen Elend gesehen hatte. „Das ist jetzt aber kein schöner Vergleich, ich und Dämonen ..."

„Ach, Deli, komm her." Sie zog mich an sich. „So hat er das nicht gemeint, weißt du das nicht? Er mag dich doch."

Ich nickte verlegen und wir gingen die Treppe hinauf.

„Wusstest du eigentlich, dass es Migräne ist?", fragte sie weiter.

„Nein, gar nicht. Die Ärzte in Deutschland haben gesagt, dass ich vom vielen Sitzen Haltungsschäden hätte und dass die Kopfschmerzen von der Verspannung herrührten. Aber natürlich ist es Migräne. Es beginnt aus heiterem Himmel, ich ertrage kein Licht und keine Geräusche mehr, übergebe mich, also, was soll es sonst sein? Ich frage mich echt, warum nie jemand darauf gekommen ist! Jetzt weiß ich wenigstens, dass ich künftig immer solche Migränetabletten mitnehmen muss."

Sie blieb stehen. „Tabletten? Delia, bitte, wovon redest du da? Du wirst hier doch geheilt! Wenn du wieder daheim bist, hast du keine Schmerzen mehr. Dann bist du gesund!"

Es dauerte eine Weile, bis es Klick machte, dann traf mich die Erkenntnis mit voller Wucht. „Ja, stimmt! Deswegen sind wir hier. Ich werde nicht mehr leiden müssen. Bea, es klingt verrückt, aber ich kann mir ein Leben ohne Schmerzen wirklich nicht mehr vorstellen."

Traurig sah sie mich an. „Doch, doch, doch. Du musst daran glauben, bitte. Nur wenn du glaubst, kannst du genesen. Wer zweifelt, hemmt die Veränderung. Versprich mir, dass du daran glaubst, ja?"

Ich nickte brav, obwohl ich ein Stück Arbeit vor mir sah, und wollte etwas erwidern, da sagte sie leise: „Ach, Moment, da sind ja Max und Aurel." Ein rosiger Glanz legte sich über ihr Gesicht, dann rief sie fröhlich: „Guten Morgen!"

„Guten Morgen", sagte ich leise und wartete, bis sie bei uns angekommen waren. In den hellgrauen Bermudashorts und dem hellblauen T-Shirt sah er umwerfend aus. Schweigend lächelten wir einander an, und als Aurel sprach, tat er es mit einer Stimme, die sich anfühlte wie warmes Öl auf meiner Haut. „Guten Morgen Delia, na, wie geht's unserer Patientin heute? Du siehst aus wie das blühende Leben!"

Meine Wangen wurden noch wärmer und ich lächelte so breit, dass ich es spürte. „So fühle ich mich auch. Das hängt bestimmt mit meinem Retter zusammen. Vielen Dank nochmal."

Auch er lächelte. Die Anziehungskraft zwischen uns war so stark, dass es mir vorkam, als würde ich mich an ihn schmiegen und seine warme, weiche Haut an meiner spüren. Diesmal ohne Schmerzen und deshalb noch intensiver, noch bewusster, noch prickelnder.

Die Meditation, durch die Yasmin uns führte, hätte nicht passender sein können, denn in langen Abständen wiederholte sie ein ums andere Mal: „Liebe fließt von meinen Füßen in meine Beine, in meinen Bauch, meine Arme und Hände, Liebe fließt in meinen Kopf. Liebe durchströmt mein gesamtes Wesen. Ich bin Liebe."

Zunächst zögernd und unfähig, dieses Gefühl zu spüren, ließ ich mich darauf ein. Das himmlische Gefühl mochte fehl am Platz sein, aber es war so lebendig, so wohltuend, so wahrhaftig, dass ich nicht genug davon bekommen konnte und mich fallen ließ. Anfangs spürte ich Beas und Aurels Nähe und unsere wohlwollende Verbindung zueinander. Ich genoss sie und ließ sie zu. Dann löste ich mich von der Außenwelt und es gab nur noch Liebe. Dabei gewann ich einen immer stärkeren Bezug zu mir selbst. Ich erlebte, was ich mir wert war, und was ich demzufolge nicht mehr mit mir machen lassen würde

Danach verabschiedete ich mich zum Bluttest, während die anderen drei zum Yoga blieben.

Auf den Stühlen vor dem Labor wartete eine etwas mürrisch wirkende Frau mittleren Alters, die mich keines Blickes würdigte. Ich beachtete sie ebenfalls nicht, und labte mich stattdessen am Anblick des üppigen Frühstücksbüffets, auf das man dank der lichten, luftigen Bauweise von der Galerie hinunterschauen konnte. Mein Magen knurrte und bei dem Gedanken an die saftigen Mangos, Papayas und kleinen Bananen lief mir das Wasser im Mund zusammen. Da setzten sich zwei weißhaarige Damen zu uns.

Sie plapperten sofort munter in ihrem lustigen Kölner Singsang auf mich ein. „Wir sind Helga und Hannelore, und wie heißt du? Delia? Was für ein schöner, seltener Name!" Sie erzählten mir, dass sie über achtzig Jahre alt waren und seit zwanzig Jahren den gesamten Oktober hier verbrachten, was aber nicht bedeutete, dass die Kur nichts helfen würde, nein, im Gegenteil! Ohne die regelmäßigen Kuren wären sie vermutlich gar nicht mehr am Leben, denn damit rüsteten sie sich auf die Feiersaison mit ihren Geburtstagen, Weihnachten, Neujahr und Karneval. „Da lassen wir es ordentlich krachen! Nicht wahr, man muss das Leben doch genießen! Aber sobald der Aschermittwoch kommt, oh, das sag ich dir, gut katholisch erzogen – dann ist Schluss mit Schnaps und all den anderen Sünden! Dann wird gefastet und gereinigt, bis der Sommer kommt!"

Ich konnte die beiden Hs, wie ich sie nannte, nur an Hannelores wippenden Löckchen und Helgas exakt geschnittenem Pagenkopf unterscheiden. Beide waren gemütlich füllig, geschmackvoll gekleidet, vital und voll herzlichem Humor und wenn sie lachten, wackelten ihre üppigen Dekolletees.

Helga lehnte sich weit zu mir und flüsterte mir zu: „Wir gönnen uns hier einen richtig schönen Urlaub. Wir machen viele Ausflüge und treffen liebe Bekannte. Man kann sich ja nicht einsperren und verschanzen, das tut der Seele nicht gut, egal, was die Ärzte sagen! Das Ergebnis gibt uns recht, denn nach der Kur sind wir immer so quietschfidel wie mit fünfzig."

Bei der Vorstellung, überhaupt fünfzig und dann noch quietschfidel zu sein, musste ich lachen.

„Die Leute, das Hotel, das Land – das ist uns richtig ans Herz gewachsen, was, Helga?" Die nickte. „Wir helfen, wo wir können. Schau", eifrig zog sie ein Kärtchen aus ihrem mattgelben Aigner-Täschchen, „wenn du einen Fahrer brauchst, ruf Karl an."

„Karl?"

„Ja, er nennt sich so, weil es für Deutschsprachige einfacher ist als sein richtiger Name. Karl ist ein Lieber. Er oder sein Bruder Fred fährt uns schon seit unserem dritten Jahr hier. Fred heißt in echt natürlich auch anders, aber jeder kennt ihn als Fred. Du bist noch nicht lange hier, nicht wahr? Also, die Zimtfarm musst du besuchen. Und den Koggala See, den Gewürzmarkt und ..."

„Ja, das muss toll sein. Das haben wir auf der Ausflugsliste gesehen."

Entsetzt riss sie die Hände in die Luft. „Nein, nein! Nicht die Ausflugsliste! Nicht mit dem Hotel! Fahr mit Karl oder Fred! Sie fahren, wohin du willst und bleiben, so lange du willst. Sie zeigen dir Geheimtipps und erklären dir auch alles. Außerdem sind sie sehr gute Fahrer!" Energisch tippten sie mit ihren in Perlmutt schimmernden Nägeln auf die Visitenkarte, die ich artig in beiden Händen hielt. Dann wurde ich aufgerufen.

Nach dem gemeinsamen Frühstück legte ich mich in den Garten und bestellte mir zwei Kokosnüsse. Während ich auf Bea wartete, kämpfte ich mit der Versuchung, nachzusehen, ob Vincent mir geschrieben hätte. Ich wollte das Handy nicht anschalten, da es mir guttat, dass ich weder ständig auf Belanglosigkeiten reagierte, noch „schnell" etwas nachsah und mich auch nicht mit der Flut an Informationen beschäftigen musste. Dennoch konnte ich nur so herausfinden, wie es um meine Beziehung stand. Ich sagte mir, dass ich mindestens bis zum Abend warten sollte, um ihm zu zeigen, dass ich nicht klammerte, sondern ihm seinen Freiraum ließ; dass ich nicht krankhaft eifer- und kontrollsüchtig war, sondern ihm vertraute. Gleichzeitig konnte ich nicht riskieren, dass er sich von mir ungeliebt fühlte und vergeblich auf Zeichen von mir wartete. Nicht zum ersten Mal fragte ich mich, wann Beziehungen so herausfordernd geworden waren.

Aurel und Max kamen in den Garten, winkten mir zu und setzten sich unweit in die Sonne, wo sie in ihre Tagebücher, von denen sie beim Frühstück erzählt hatten, schrieben. Ich fragte mich, wo Bea so lange blieb. Dann sprang ich auf, holte das Handy und setzte mich vor die Lobby. Es trafen einige Nachrichten ein, die ich allesamt ignorierte, weil ich nur auf seine wartete, die jedoch nicht kam. Ich fühlte mich schwach, machtlos und ungeliebt, und besonders für die letzte Emotion verachtete ich mich. Konnte ich denn wirklich nicht begreifen, dass Liebe nichts mit der Häufigkeit von Textnachrichten zu tun hatte?

Bea

Delia saß wie ein Häuflein Elend in sich zusammengesunken da, sodass ich ihr von Weitem ansah, wie schlecht es ihr ging. Der Glanz in ihren Augen war erloschen; freudlos und unsicher sah sie mich an, als sie ächzend „Warum nicht?" auf meine Frage, ob sie mit ins Wasser käme, antwortete.

Sie tat mir so leid, dass ich sie am liebsten in die Arme genommen und getröstet hätte. Doch das durfte ich nicht, denn schließlich war es mein Ziel, dass sie den Kerl endlich durchschaute und erkannte, wie schlecht er ihr tat. Es war mir unverständlich, dass sie sich von ihm so erniedrigen ließ und ihm so hörig war. Meist konnte ich diesen Umstand als eine zu beseitigende Tatsache akzeptieren, doch nach dem gemütlichen Frühstück mit Max und Aurel, bei dem wir herzlich gelacht hatten, machte es mich so wütend, dass ich mich nicht beherrschen konnte. „Gibt's was Neues von Vincent?", fragte ich wohlwissend, dass ich damit Salz in die Wunde streute. Sie sollte die Wunde schließlich endlich bemerken!

Sie erschrak und murmelte: „Hm? Nein. Wir haben doch eine Kommunikationspause vereinbart."

„Und deswegen antwortet er dir nicht mal auf deinen ersten Gruß?"

„Muss er ja nicht", nuschelte sie.

„Natürlich muss er nicht, aber findest du nicht, dass man niemanden ignorieren kann, den man liebt?"

„Mein Gott, er ist halt anders als die anderen! Und ein wenig schwierig, okay, das gebe ich ja zu. Er kann seine Gefühle nicht offen zeigen. Was weiß ich, was genau in seiner Kindheit passiert ist."

„Deli, der Mann ist erwachsen! Er ist ein super Journalist, der dem Land die Meinung geigt. Der kann doch nicht seine Kindheit für sein Verhalten mit 40 verantwortlich machen!"

„Natürlich kann er das. Man ist nie über seine Kindheit hinweg."

„Oh doch, natürlich! Wozu gibt es denn bitte Therapien? Wozu arbeiten Menschen an sich?"

„Damit sie bessere Leistung bringen und den Alltag auf die Reihe kriegen?"

„Damit sie ihren Charakter verbessern!", rief ich fassungslos. Delia schnaubte. „Vincent würde nie eine Therapie machen. Er ist eben so, und entweder komme ich damit zurecht oder nicht."

„Klar!" Nun regte auch ich mich auf. „Jeder Mensch „ist so",
solange er zu feige ist, sich selbst anzuschauen und
anzufangen, an sich zu arbeiten."
Delia seufzte genervt. „Du klingst wie unsere Eltern. Gehen
wir jetzt ins Wasser, oder was?"

Delia

Die vielen Bahnen hatten mich nach dem Gespräch mit Bea
beruhigt. Mit ihr versöhnt, aber mit viel innerem Abstand
gegenüber Vincent stieg ich aus dem Wasser. Vielleicht hatte
sie ja gar nicht so unrecht, denn auch wenn man nichts für
seine Kindheit konnte, so konnte man etwas dafür, wie man
später damit umging.
Auf dem Rückweg zu unseren Liegen winkten Aurel und Max
uns zu sich.
„Hallo ihr zwei Nixen! Wir haben uns gerade nach Ausflügen
umgeschaut und sind dabei auf eine Flusssafari am
Bentota-River gestoßen", sagte Max. „Es ist rund eine Stunde
Fahrt von hier. Wir möchten morgen fahren, denn es wird ja
wohl darauf hinauslaufen, dass wir beide nach der nächsten
Konsultation mit dem Shirodhara beginnen und in etwa dann
damit fertig sind, wenn ihr anfangt. Das heißt, dass wir
wenige Gelegenheiten für gemeinsame Ausflüge haben
werden. Also, was sagt ihr, hättet ihr Lust mitzukommen?"
Max lächelte Bea voller Vorfreude und Zuneigung an, und ich
dachte, wie viel ihm doch an ihr liegen musste, wenn er
derartige weitschweifende Überlegungen anstellte. Während
der Stirnguss-Periode, die den Höhepunkt einer jeden
Ayurveda-Kur bildet, wurde an drei bis fünf
aufeinanderfolgenden Tagen warmes Öl auf die Stirn
gegossen, was wahre Wunder wirken sollte. Man durfte sich
die gesamte Dauer über die Haare nicht waschen und musste,
auch nachts, einen Turban tragen.
Alle Männer verfielen und hofierten Bea, das war ein
Naturgesetz, das früher auch einmal für mich gegolten hatte.
Ich verspürte einen Stich, weil mir so etwas nie mehr

passierte. Dann jedoch schaute ich zu Aurel und erkannte den gleichen Blick bei ihm. Ich war erstaunt und erschrak, gleichzeitig aber war ich tief davon berührt und begann, mich auf die Zeit mit ihm zu freuen. Begeistert stimmten wir zu und klärten Details.

Die beiden Hs mussten ihre Ohren wirklich überall und zudem einen siebten Sinn für Fahrgeschäfte haben, denn just in dem Moment, als wir zustimmten, watschelten sie an uns vorbei. „Bentota-Flusssafari? Da ist Karl Spezialist!", rief Hannelore mit wackelnden Löckchen und Zeigefinger. „Du hast ja die Karte, Delia, viel Spaß und liebe Grüße!" Die übrigen drei schauten verdutzt drein. „Wer war das denn? Und wer ist Karl?"

Ich klärte sie auf und wir lachten herzlich, dann gingen die Männer zu ihrer Behandlung, und über die Vorfreude auf den nächsten Tag vergaß ich Vincent.

Bei unserem hastigen Mittagessen überlegten Bea und ich gerade, welche Tiere wir wohl sehen würden, da blieb Frau Dr. Singh an unserem Tisch stehen und erkundigte sich nach meinem Befinden. Allein diese Aufmerksamkeit freute mich schon, als sie mir aber auch noch sagte, dass sie die Anti-Migräne-Suppe, die ich von nun an jeden Morgen essen sollte, schon in Auftrag gegeben hätte, traute ich meinen Ohren kaum. So viel Fürsorge war doch unmöglich! „Bald werden Sie die Schmerzen vergessen haben. Alles wird gut."

Den Rest des Tages verbrachte ich mit Lesen, Meditation und einer Runde Yoga. Ich lockerte meine Faszien mit dem Tennisball, und in mir steigerte sich das Verlangen ins Unermessliche, endlich wieder den Schläger zu schwingen, zu sprinten, zu kämpfen, den Ball mit Topspin oder Slice übers Netz zu schlagen, vorzustürmen, zu schmettern, zu schieben, das Tempo zu variieren, dem anderen meine Regeln aufzuzwingen, ihn durch meine Ausdauer, Kraft, Technik, Taktik und mentale Überlegenheit zu besiegen. Ich wollte gewinnen!Ich sah, hörte und spürte mich spielen und mir ging auf, warum ich Tennis so sehr mochte, oder gemocht hatte, bevor ich nach einer Reihe von wichtigen verlorenen

Matches aufhörte. Es war ein Sinnbild für das gesamte Leben. Es war ein Spiel, ein Match oder ein Kampf. Der Ball musste im Feld des Gegners landen. Der Ball war das, was man von sich aus in die Welt hinausschickte, er tat das, was man ihm mitgab. So einfach und zugleich so schwierig war das. Wenn es einmal nicht so gut lief, hatte man mit jedem Schlag eine neue Chance, das Spiel zu drehen, Punkte, Spiele, Sätze und schließlich das gesamte Match, das ganze Leben, zu gewinnen. Man konnte schlechte Phasen immer wieder ausbügeln, aber man durfte das Ziel nicht aus den Augen verlieren. Es lag an einem selbst, wie man sein Leben spielte. In der Zählweise des Sports spiegelte sich die Summe der getroffenen Entscheidungen, die letztendlich zu einem guten oder schlechten Leben führten.

Doch da war noch etwas: Tennis war Leidenschaft. Und ohne Leidenschaft war das Leben wie eine ungewürzte Suppe.

Allerdings verkrampfte sich Leidenschaft schnell zu Besessenheit und Verbissenheit, dann wurde sie wieder schädlich. Also lautete auch hier die goldene Regel: das gesunde Mittelmaß halten. Der Gedanke kam mir, als ich selbst bei dem leichten Druck gegen das Fußgewölbe beinahe geschrien hätte. Vielleicht war ich so krank geworden, weil ich zu lange ohne leidenschaftliche Freude gelebt hatte.

Dann dachte ich daran, wie ich Vincent meine Liebe zu dem Spießersport, wie er ihn nannte, erklären sollte, aber dabei tauchten derart negative Gefühle in mir auf, dass ich aufs Meer schaute und mir immer wieder „Ich bin Liebe" einbläute, und dann nicht mehr an ihn dachte. Das gab mir zu denken. Und wie immer suchte ich die Schuld bei mir.

Bea

Um es barock zu formulieren: Es gab Anlass zur Vermutung, dass Max gern Zeit mit mir verbrachte. Als wir nämlich am Frühstücksbüfett nebeneinandergestanden hatten, hatte ich beiläufig erwähnt, wie gern ich einen Ausflug machen würde.

Und siehe da – schon morgen gingen wir auf Flusssafari! So albern und klischeehaft es war, so schön war es doch, regelrecht über dem Boden zu schweben und die Welt durch eine rosarote Brille zu sehen. Unter anderen Umständen hätte ich mich glatt in Max verliebt, aber so ... Nun, zumindest gab es nichts, was gegen eine Urlaubsromanze sprach.

Abgesehen davon war der Ausflug die Gelegenheit, Delia weiter von Vincent wegzulocken. Die tiefen Blicke zwischen ihr und Aurel, die Röte auf ihren Wangen, der Glanz in ihren Augen, wenn sie miteinander redeten, all das ließ mich hoffen, dass der Unhold schon bald der Vergangenheit angehören würde.

Natürlich musste ich den Dingen ihren Lauf lassen, konnte nur hier und dort ein paar Weichen stellen und Wege ebnen, denn obwohl Delia immer mehr aufblühte, so war sie doch labil und sehnte sich auf gefährliche Art nach Liebe. Das hatte ich naiverweise als vorteilhaft eingeschätzt, dabei aber die Gefahr von neuem und geradezu halsbrecherischem Liebeskummer drastisch unterschätzt. Denn gesetzt den Fall, dass wir uns tatsächlich auf eine Romanze einlassen sollten, so gäbe es keine gemeinsame Zukunft. Alles Glück möchte bleiben, jede Liebe strebt nach Ewigkeit. Wir spielten mit dem Feuer, denn das Letzte, was wir brauchen konnten, war neues Leiden. Doch wenn kein Wunder geschah und ich nicht tierisch auf der Hut war, würde genau das passieren. Was also sollte ich tun? Konnte ich überhaupt etwas tun, oder ging nicht ohnehin alles seinen Gang?

Delia

Am nächsten Morgen schwänzten wir allesamt das Yoga und brachen nach der Meditation und einem schnellen Frühstück auf.

Der Tag begrüßte uns mit einem tiefblauen Himmel, über den nur vereinzelt schneeweiße, federleichte Wölkchen zogen. Leise vor mich hin summend wählte ich ein langes Kleid, dessen Saum mit zartgrünen Palmblättern bedruckt war. Bestens gelaunt ging ich in die Lobby, wo Max und Bea schon warteten. Aurel kam gerade die Treppe herunter, und wir lachten auf, weil jeder von uns seine Thermoskannen mit warmem Wasser dabeihatte.

Aurel grinste mich an, in seinen Augen blitzte der Schalk, seine Mundwinkel zuckten. „Und, Miss Pitta, wo steckt denn der Rest von deinem Proviant?"

„Och, Mr. Spicy-Fire, ich bin jetzt schon groß und brauche keinen mehr", gab ich vergnügt zurück, woraufhin er gluckste und sich den anderen zuwandte.

„Leute, wir müssen diesem Karl unbedingt einschärfen, dass wir pünktlich zum Mittagessen zurück sind. Sonst ist die Gefahr geringer, dass wir von einem Krokodil als von einem hungrigen Pitta-Mädchen gefressen werden."

„Na hör mal, das ist eine bodenlose Frechheit, so gnadenlos zu übertreiben! Was denkst du denn von mir? Ich bin mittlerweile fast ein handzahmes Lämmchen. Komm, sei ehrlich: Es geht dir in Wahrheit nur um dich. Du traust dir selbst nicht über den Weg, wenn du Hunger hast, stimmt's oder hab ich Recht?"

Scherzend antwortete er: „Oh, ich bitte vielmals um Verzeihung, du hast natürlich recht, es geht um mich. Wobei – nein, es geht auch um euch! Denn stell dir mal vor, was für einen Eindruck wir hinterlassen würden, wenn wir mitten auf dem Boot ausgehungert übereinander herfallen würden!"

Das Geschäkere wurde immer brenzliger, aber ich konnte nicht widerstehen. Glucksend antwortete ich: „Einen unverzeihlich schlechten. Wir dürfen den Ruf unseres Landes nicht aufs Spiel setzen. Sonst heißt es gleich, dass die Teutonen jetzt auch über Sri Lanka herfallen und den Ballermann 6066 eröffnen. Also Leute, packt Bananen ein!"

Wir alberten noch eine Weile weiter, bis Bea das Wort ergriff: „Können wir allmählich los? Wo ist denn jetzt dieser Karl?"

In diesem Moment rollte ein Wachmann ratternd das große Schiebetor zur Seite und kurz darauf hielt ein glänzender, weißer Toyota vor uns. Die Türen gingen auf und herausstiegen – Hannelore und Helga. Schnell drehte ich mich um, um meine Überraschung zu verbergen.

„Hallöchen, ihr Lieben!", zwitscherte Helga, als sie wie eine Adelige aus dem Fonds stieg. „Da habt ihr ja eine tolle Tour vor euch. Passt auf, dass euch kein Krokodil schnappt! Viel Spa-haß! Tschü-hüss!" Sie lachte so herzlich, dass ihr üppiger Busen wackelte. Ich konnte nicht anders, als mir vorzustellen, was Fred oder Karl damit bis vor Kurzem angestellt haben mochten. Aurel schien es ähnlich zu gehen, denn er knuffte mich verschwörerisch in die Seite.

Da flötete Hannelore: „Wir haben Karl gesagt, dass ihr bestimmt auch die Schildkrötenaufzuchtstation sehen wollt. Sie liegt direkt auf dem Weg und er macht euch einen guten Preis."

„Danke", antwortete Aurel verschmitzt, „wenn es sich ausgeht, schauen wir gern vorbei, allerdings müssen wir strenge Fütterungszeiten einhalten." Nun knuffte ich ihn und bestimmt hätten wir uns weiterhin so kindisch gefoppt, wenn er nicht vorne neben Karl und ich hinter dem Fahrer hätte Platz nehmen müssen.

Der sagenumwobene Karl war um die sechzig, wohl genährt und so groß wie Bea und ich. Nicht nur seinem Körperumfang, sondern auch seinem übrigen Äußeren sah man an, dass er es dank seiner Art der Kundenbindung zu beträchtlichem Wohlstand gebracht hatte. Er trug akkurat gebügelte dunkelblaue Hosen und ein weißes Hemd aus gutem Stoff, glänzende Lederschuhe und einen dicken Goldring mit einem enormen dunkelroten Klunker.

„Guten Morgen, meine Damen und Herren, ich bin Karl, euer Fahrer für den Ausflug zum schönen Bentota-River!", begrüßte er uns strahlend und in fließendem Sing-Sang-Deutsch, das er überdeutlich aussprach. Auf dem Weg erzählte er uns von der wirtschaftlichen Lage des Landes, der wachsenden Abhängigkeit von Indien, dem Reisanbau, der Teeernte und von seinen Reisen nach Deutschland.

Schließlich bog er in das Gelände des mit ihm verbandelten Flusssafari-Veranstalters ein, parkte, führte uns zum Anlegesteg und wechselte ein paar Worte auf Singhala mit einem jungen Mann, der daraufhin das Monatsgehalt eines Lehrers für die einstündige Safari kassieren wollte. Über die Gehälter und Lebensumstände hatte uns Sabine, die Gästebetreuerin, am Vortag etwas erzählt, ebenso wie über Trinkgelder und das hier übliche Feilschen, das wir den Männern überließen.

Nach einer für beide Seiten zufriedenstellenden Verhandlung half der Zwanzigjährige uns Frauen ins Boot, während die Männer selbst hineinsprangen. Bea und Max wechselten einen vielsagend stillen Blick, als sie sich nebeneinandersetzten. Auch Aurel und ich sahen uns kurz an, doch mir fehlte der Mut, ihn an meine Seite einzuladen, und so setzte er sich auf den Einzelplatz im Bug. Ich bedauerte das und fühlte mich buchstäblich zwischen den Stühlen, bis Raman mit seinem Unterhaltungsprogramm begann.

„Hello and welcome to Bentota-River ship-cruise!", begrüßte er uns glucksend. „I'm Raman, your capitain. And you are?"

Wir stellten uns vor, er riss den Motor an und wir tuckerten hinaus auf den breiten, braunen, brackigen Fluss, der einen halben Kilometer vor der Mündung ins Meer kaum floss, sondern beinahe stand.

Raman war hager, sein an den Seiten kurzes, oben langes Haar war mit viel Gel nach hinten gekämmt und seine Wangen zeigten Aknenarben. Er sprach mit einem lässigen, pan-amerikanischen Netflix-Akzent, grinste unablässig und erkundigte sich nach uns. Auch er hatte Deutschland bereits besucht, und zwar den Schwarzwald und Frankfurt.

Die Sonne stach heiß vom Himmel und wir waren froh, dass wir Sonnenhüte- und brillen mitgebracht hatten. Ich cremte mir die Arme ein und wollte gerade den Nacken versorgen, da nahm Bea mir die Tube aus der Hand und verstrich die Sonnenmilch auf dem Teil meines Rückens, den der tiefe Ausschnitt nicht bedeckte. Vermutlich ist man immer angespannt, wenn man vor Zuschauern von jemandem berührt wird. Nun saß mir aber Aurel gegenüber und ich bin mir sicher, dass er genau wie ich an die Sommer am See dachte, deren Highlights das Eincremen des Angebeteten waren. Ich hatte das Gefühl, dass auch er sich vorstellte, er wäre an Beas Stelle. Eigentlich, so überlegte ich weiter, war das Eincremen eine sehr raffinierte und unverfängliche Methode, um unverbindlich herauszufinden, wie grob oder zärtlich jemand war. Und, um sich ein paar unschuldige Streicheleinheiten abzuholen. Ich spürte Aurels Blick, während ich hartnäckig den korallroten Lack auf meinen Zehennägeln betrachtete. Mir war sehr warm, und das lag nicht nur am Wetter.

Wir erreichten das andere Ufer, wo Raman uns imposante Villen und kleine Wohnhäuser mit windschiefen Türen, eine Moschee, einen buddhistischen Tempel und eine große Schule zeigte. Außerdem sahen wir, wie schon auf der Fahrt vom Flughafen, jede Menge Plastikmüll im Gras, im Wasser und am Ufer. Mir fiel ein, wie sehr Vincent sich darüber aufregen würde. Kurz versteifte ich mich, dann atmete ich erleichtert aus. Es war gut, dass er nicht dabei war. Ich entdeckte einen Fischreiher, der reglos auf einem Holzpfosten hockte und entweder auf Beute lauerte, die Sonne genoss oder beides zugleich tat.

Raman steuerte zurück zur anderen Seite, auf der, soweit das Auge reichte, Mangroven wuchsen. Langsam schipperten wir darauf zu, und erst, als wir die Köpfe einzogen, begriff ich, dass wir die Fahrt auf einem schmalen Flussarm fortsetzen würden. Wie durch ein geheimes Tor gelangten wir in den Wald, in dem die Äste selbst über dem Wasser so dicht zusammenwuchsen, dass kaum Sonnenlicht durchdrang. Es war mystisch düster und die Temperatur angenehm warm. In den Baumkronen riefen vereinzelt unsichtbare Vögel, manchmal knackte ein Ast, ansonsten war es bis auf das kaum hörbare, gleichmäßige Tuckern des Motors still. Auch wir sprachen kein Wort. Ich sah die salztoleranten Bäume, die nur in bestimmten tropischen Küstenregionen gedeihen, zum ersten Mal aus nächster Nähe und bestaunte das Wirrwarr der langen Stelzwurzeln, die in die Luft wuchsen und im Flussbett Halt fanden. Verzaubert sah ich auf und dabei direkt in Aurels Augen. Sofort war ich wie gefangen. Anders als vorhin wandte ich mich nicht ab, sondern öffnete mich für seinen Blick, der allein mir galt. Ich sah ihn an, sah nur seine Augen und sah doch nichts, denn das, was ich wahrnahm, ließ sich weder in Worte noch in Bilder fassen. Ich erschrak so sehr über die Intimität und Intensität, dass ich sofort wieder wegsah. Doch als ich mich ihm wieder zuwandte, sah er mich noch immer an, und diesmal lächelte er sogar.

Wieder lenkte Raman uns ab, weil er den Motor abstellte und das Boot an Zweigen in eine winzige Bucht zog. Er legte einen Finger an die Lippen und zeigte nach oben. Es dauerte, bis ich im Halbdunkel den enormen Pulk von Fledermäusen ausmachte, die kopfüber dösend in den Zweigen hingen. Es waren so unfassbar viele, dass mir unheimlich zumute war. Max und Aurel fotografierten die Säugetiere, von denen einige aufgeschreckt davonflatterten, dann fuhren wir wieder weiter.

„Du kannst dich gern zu mir setzen", hörte ich mich selbst sagen, „dann musst du dich zum Fotografieren nicht immer umdrehen."

In dem gedämpften Licht sah ich, dass sich Aurels Adamsapfel hob und seine Augen sich weiteten, bevor er heiser „Danke, sehr lieb. Aber so herum konnte ich dich immerhin anschauen", sagte.

Die Luft zwischen uns schien zu flirren. Er hob die Kamera vor sein Gesicht und fotografierte mich. Dann stand er auf, ich rückte zur Seite und er setzte sich neben mich. Die Bank war so schmal, dass sich unsere Knie und Arme berührten, und ich eine Gänsehaut bekam. Lange gelang es mir nicht, ihn anzusehen, denn mein Gesicht glühte, und ich konnte nicht anders, als zu lächeln, bis es wehtat.

Um uns herum war es vollkommen ruhig und niemand rührte sich, bis Raman den Motor anließ. Schon nach wenigen Metern stellte er ihn erneut ab, forderte uns durch ein Zeichen zur Ruhe auf und zog uns an den Ästen weiter. Als würde ich mich auf verbotenem Terrain vortasten, so vorsichtig stützte ich meine Hände auf die Bank. Mein Atem stockte und meine Haut prickelte, als Aurel das Gleiche tat. Unsere Arme berührten sich und wir hielten uns mit stockendem Atem mucksmäuschenstill. Währenddessen zog uns Raman in eine winzige Lichtung hinein. Bevor ich etwas erkannte, schoben sich Aurels Fingerspitzen blitzschnell auf meine. Wir zuckten beide zusammen, und erst viel später ging mir auf, wie stark er sich mit mir verbunden fühlen musste, um mich in dieser Situation impulsiv zu berühren. Denn vor uns, auf einem großen Stein, sonnte sich ein unterarmlanges Krokodilkind. Es hatte die Augen geschlossen und reckte die lange Schnauze mit den spitzen Zähnen in die Luft. Das Tier wirkte dabei so friedlich und selig, dass ich es liebhatte. Aurels Finger lagen noch immer auf meinen und ich schob meine Hand weiter unter seine. Dann rührte ich mich nicht mehr, bis er sie sanft drückte und ich glaubte, den Boden unter den Füßen zu verlieren. Mir war schwindelig vor Glück, doch damals fragte ich mich noch nicht, was ich damit anfangen sollte.

Max machte Fotos und riss uns aus unserer inneren Trunkenheit. Aurel zog seine Hand fort und ich betrachtete das Krokodil. Nachdenklich sagte ich: „So ein Krokodil hat ein ziemlich schönes Leben, findest du nicht? Es muss sich um nichts anderes als ums Überleben kümmern."

„Als ob das nicht genug wäre!"

Erst da dämmerte mir, was ich gesagt hatte. „Doch, ich meine es wirklich so. Denk mal nach. Wir Menschen sorgen uns ums Aussehen, um Aufträge, Kundenzufriedenheit, die optimale Ernährung, Stressreduktion, Versicherungen, Aktienkurse, Rechnungen, undichte Fenster. Ein Krokodil schnappt sich Beute, wenn es hungrig ist, paart sich, wenn es Zeit dafür ist und passt ansonsten einfach auf, dass es nicht von einem Tiger gefressen oder erschossen wird."

„Das stimmt, aber im Grunde sind unsere Sorgen auch nichts anderes als Überlebensängste, nur auf einem abstrakteren Level", sagte Aurel.

„Meinst du? Hm. Vielleicht, aber bei uns geht es doch so viel um Status, Ansehen, Macht."

„Das tut es bei Tieren auch. Die Alphas kriegen die gesündesten Weibchen mit der tauglichsten DNA, das beste Fressen und die sichersten Höhlen. Das Gehirn der Tiere am unteren Ende ist auf Verlierer programmiert, sie paaren sich mit ihresgleichen, fressen weniger und schlechter, haben weniger Schutz oder gar keinen Bau, sind quasi obdachlos, etc.", erklärte er mir.

Ich schwieg, weil mir nichts darauf einfiel, und er fuhr fort: „So ist die Natur, und das, was wir mit teuren Autos und Klamotten tun, ist eine Imitation davon, um die vermeintlich besten Partner anzulocken, uns das beste Fressen und die tollsten Höhlen zu sichern."

„Aber wir Menschen übertreiben es. Wir verlieren uns dabei selbst. Was sagen zum Beispiel Uhren, Tattoos und extralange Wimpern schon darüber aus, ob man zusammenpasst!"

„Wenig, was die DNA, den Charakter und das Herz angeht, aber viel, was die gemeinsame Vorstellung von Äußerlichkeiten angeht", antwortete er.

Ich schwieg, weil mich die Weisheit seiner Worte überraschte und mich nachdenklich stimmte. Davon beflügelt, sagte ich: „Wenn zwei Tiere erschnuppern, dass sie sich genetisch ideal ergänzen, dann ist das zwar natürlich, aber gleichzeitig so unfassbar genial, dass man dabei fast an einen Gott glauben möchte."

„Gläubige erkennen in der Schöpfung Gott."

Ich schwieg, weil mir das Thema ein wenig unheimlich war. Wenn er mich gefragt hätte, ob ich glaubte, dass die Welt durch einen einzigen Zufall entstanden wäre, hätte ich zwar nicht bedingungslos „Natürlich!" gerufen, aber ich hätte auch keine andere Antwort parat gehabt. Also sagte ich: „Ist es deiner Meinung nach normal, dass wir uns bei der Partnerwahl von künstlichen Dingen wie teurem Parfüm, noblen Autos oder schicker Kleidung blenden und beeinflussen lassen?"

Bevor Aurel etwas entgegnen konnte, tat Bea es mit Grabesstimme: „Oder von dessen Abwesenheit."

Ich erstarrte; nicht, weil sie uns zugehört hatte, sondern weil die Wahrheit einen Augenblick lang wie eine Sternschnuppe in mir aufleuchtete, die ebenso schnell verglomm. Verstört stand ich auf und setzte mich in den Bug, dann sagte ich mit einem schiefen Lächeln: „Jetzt kann ich dich anschauen." Ich fühlte mich schäbig.

Ernst sah er mich an, ernst sagte er: „Lass dich von meiner Uhr nicht blenden." Sie war von Vacheron Constantin. Ich spürte das Blut in meinen Wangen und drehte mich weg, sodass ich mein Gesicht in den Fahrtwind hielt.

Nach der Bootsfahrt blieb uns noch Zeit, eine der vielen Meeresschildkröten-Aufzuchtstationen zu besuchen. Diese Stationen waren nötig, weil Touristen, Hunde und andere Feinde mittlerweile so viele im Sand abgelegte Eier zerstörten, dass die Reptilien vom Aussterben bedroht waren. Um ihren Fortbestand zu sichern, wurden die Eier eingesammelt und in umzäunten Gebieten im Sand vergraben, bis die Tiere schlüpften.

Anders als bei der Flusssafari waren hier die Preise angeschrieben, und man konnte wählen, ob man nur das Sanatorium besichtigen, oder gegen einen hohen Aufpreis ein frisch geschlüpftes Schildkrötenbaby ins Meer tragen wollte.

„Na, sie werden die Eier zwar nicht ausbrüten, um die Zwerge dann verrecken zu lassen. Insofern ist es schon ein gerissenes Geschäft", sagte Max, „aber ich würde trotzdem gern eins im Meer aussetzen und zuschauen, wie es davonschwimmt. Was ist mit euch?"

Wir stimmten zu, weil wir alle ein Tier in die Freiheit tragen und zudem die Anlage finanziell unterstützen wollten. Kein Wunder, dass uns die Einheimischen für märchenhaft reich hielten, dachte ich und folgte den anderen hinein. In großen, langen Becken ohne Sand, Pflanzen oder Wellen schwammen unzählige Tiere nach Alter gruppiert hin und her und warteten auf den Aufbruch ins richtige Leben. In wesentlich kleineren Becken befand sich oft nur ein wesentlich größeres Tier, das sich verletzt hatte oder krank war und nun wieder aufgepäppelt wurde.

Die Kargheit der Becken bedrückte mich, schweigsam und in mich gekehrt folgte ich den anderen.

„Da hatte es unsere Eulalia aber schöner", sagte Bea leise zu mir, als wir vor etwas, das in etwa so groß wie eine Regentonne war, stehen blieben. Eulalia war die griechische Landschildkröte, die wir gemeinsam auf einer Wiese gefunden und uns fortan geteilt hatten, weil niemand sie zurückhaben wollte. Sie war ein früher Vorreiter der „halben Woche" gewesen, denn alle paar Tage zog sie von ihrem in unseren Garten und dann wieder zurück.

In dieser etwas größeren, nur mit Wasser, ohne Sand und Pflanzen befüllten Tonne schwamm ein Tier im Kreis. Es hatte nur noch die rechten Flossen, die linken hatte es bei einem Unfall mit einem Motorboot verloren. In einer anderen Tonne kreiste ein gelb-weißer Albino, der im Sonnenlicht sofort sterben würde. Diese Tiere würden für immer hierbleiben. Sie würden nie mehr das Meer, Weite oder ihre Artgenossen sehen. Sie würden für immer im Kreis schwimmen und darauf warten, dass ihnen jemand Essen brachte. Wozu?

Ich konnte mich kaum bewegen und bekam wenig Luft. Beklommen trottete ich zum nächsten Becken, in dem ein Tier mit einer Kerbe im Panzer das gleiche wie die vorherigen tat. Mir war, als wäre ich der einzige Mensch auf der Welt. Doch da stellte sich jemand neben mich und legte mir eine Hand auf den Rücken. Sie war warm, weich und stark. Ich wusste, wem sie gehört. Es war Aurel. Kurz spannte ich mich an, dann lehnte ich mich aufatmend an ihn und schloss die Augen.

Er berührte mich sanft, sodass ich mich schließlich wie in einer betäubten Trance umdrehte, mein Gesicht an seine Brust legte und mich von ihm halten ließ, bis der schlimmste Schmerz und die tiefste Verzweiflung über die Sinnlosigkeit des Lebens vorüber war. Ich spürte dieselbe Traurigkeit in ihm und ahnte, dass nicht nur er mich, sondern auch ich ihn hielt.

Die anderen warteten ein Stückchen weiter vorn auf uns, auch sie wirkten sehr bedrückt. Wir waren froh, als jeder von uns eine nicht mal handtellergroße Schildkröte aus einem Becken nehmen und ins offene Meer tragen durfte. Auf dem Weg dorthin streichelten wir ihnen über Kopf und Panzer und flüsterten ihnen allerlei von Herzen kommenden Unsinn zu.

Bea und ich standen nebeneinander, und als wir uns bückten, um die Kleinen in die Freiheit zu entlassen, sagte sie zu mir: „Meine heißt Delia." Die Liebe in ihrer Stimme und in ihren Worten berührte mich so stark, dass ich mich am Boden aufstützen musste. „Schwimm in dein Leben", flüsterte ich, als ich meine losließ und ihr verschwommen dabei zusah, wie sie mit den anderen zielstrebig und ohne einen Blick zurück ins offene Meer hinausschwamm. Dann erst wischte ich mir mit dem Arm über die Augen.

Delia

Am Nachmittag hatte ich einen Termin bei Frau Dr. Singh, die mit meinen Fortschritten zufrieden war und mir erklärte, dass meine Kopfschmerzen zwar, wie man mir auch in Deutschland gesagt hatte, sehr wohl Spannungskopfschmerzen seien, aber ihrer Meinung nach eben Migräne, an der das zu hohe Pitta schuld sei. Wie dem auch sei, beides hatte die gleichen Ursachen, nämlich Stressfaktoren in Kombination mit Ama, also unverdauten Stoffwechselrückständen, sprich Schlacke, die krank machten.

Ich merkte, dass ich lächelte, als ich am Abend den Speisesaal betrat und Bea, Max und Aurel bereits am Tisch beisammensitzen sah. Allein das Gefühl, zu einer Gruppe zu gehören, machte mich glücklich, aber beim Anblick Aurels wurde mir warm und ein wenig kribbelig. Wie so oft spürte ich die Berührungen zwischen uns, als würden sie noch immer andauern oder erneut geschehen. Ich spürte, wie er seine Hand auf meine legte und wie wir uns umarmten. Ich spürte seinen Körper, seinen Atem, seine Wärme und Nähe und den gesamten Zauber so intensiv, als wäre er um mich herum, und die Sehnsucht nach einem unendlichen mehr zog wie ein Magnet an mir. Immer wieder rief ich mir ins Bewusstsein, dass Pittas zu extremer Leidenschaft neigten, dass sie ungesund schnell Feuer fingen, dass sie mehr als alle anderen das Mittelmaß finden und halten mussten. Nur leider war das leichter gedacht als gefühlt!

Wir hatten uns gerade Suppe geholt, da kamen die beiden Hs an unseren Tisch, um sich nach dem Ausflug und Karls

Fahrkünsten zu erkundigen. Ich schmunzelte, weil ich zu gern gewusst hätte, wer von den beiden nun etwas mit Karl und wer etwas mit Fred hatte. Es gefiel mir, dass es so viele Formen von Liebe, Treue und Lust gab.

„Morgen findet hier eine ganz tolle Tanzshow statt, die gibt es nur einmal im Monat, weil die Truppe so ausgebucht ist. Lasst sie euch nicht entgehen, denn so etwas bekommt ihr in Deutschland nicht geboten, und wenn, dann nur für sehr viel Geld", rieten sie uns mit wackelnden Zeigefingern, Löckchen und Busen. Wir versprachen es und als sie weg waren, lachten wir herzlich über das liebenswerte Duo.

„Das sind meine Glückstage", rief ich begeistert, „Heute der schöne Ausflug und morgen ein richtiges Spektakel! Da muss ich hin. Kommt ihr mit?"

„Ein Spektakel?", wiederholte Aurel leise lachend. „Das Wort habe ich schon seit einer Ewigkeit nicht mehr gehört, aber klar kommen wir mit. Was gefällt dir denn so gut an *Spektakeln?*"

„Ach, einfach alles. Es gefällt mir, dass es Menschen gibt, die das alles mit viel Liebe vorbereiten und aufführen. Dass sie etwas mit Leidenschaft tun und den Zuschauern eine Freude machen, eine schöne Zeit schenken wollen. Dieses Zusammenspiel zwischen den Künstlern auf der Bühne und dem Publikum, ich glaube, das ist es, was mir am besten gefällt. Und natürlich das ganze Drumrum: Das Bühnenbild, die Deko, die Emotionen und Unterhaltung, dass man für eine Weile alles andere vergisst, die Unmittelbarkeit, der Applaus und, und, und ..."

Aurel beugte sich näher zu mir und sah mich an. Das Glänzen in seinen Augen und der weiche, heitere Zug um seine Lippen verstärkten in mir das Gefühl, dass wir in einem Kokon steckten und von der Umwelt abgeschirmt waren. Seine Stimme war warm und vertraulich leise. „Dass sie den Zuschauern eine schöne Zeit schenken wollen? Bist du deswegen Schriftstellerin geworden, weil du den Lesern eine schöne Zeit bereiten willst?"

Die Frage irritierte mich. „Nein, natürlich nicht, ich rede Unsinn, sorry. Vermutlich gehen die wenigsten Leute auf die

Bühne und sagen sich dabei: „Oh, jetzt mache ich den Zuschauern mal eine Freude". Die hoffen doch bestimmt eher, dass sie ordentlich Applaus und somit weitere Aufträge bekommen."

„Zum Applaus gehört aber, dass die Darbietung dem Publikum gefällt, sprich, dass sie eine schöne Zeit haben."

Nachdenklich nickte ich. „Stimmt. Dennoch ist der Wunsch, jemandem eine Freude zu machen, etwas anderes, als zu hoffen, bejubelt zu werden. Beim einen geht es ums Bekommen, bei anderen ums Geben."

„Im Idealfall ist es das Gleiche: Dass der, der etwas bekommt, sich freut", führte er meine Gedanken fort, dann schwiegen wir beide, bis er leise hinzufügte: „Wie in der Liebe."

In mir hob, senkte und kräuselte sich alles, weil er mich so tief in sein Innerstes blicken ließ. Und weil ich spürte, dass er in meiner Seele las. Ob es ihm schwerfiel, das Gleichgewicht zwischen Geben und Nehmen zu halten? Ohne zu wissen, dass es tatsächlich so war, tat er mir leid und ich verspürte den Drang, ihn zu retten und alles besser zu machen. Schnell sagte ich: „Ich denke gerade daran, wie gern wir im Schultheater mitgespielt haben."

Er stieg sofort darauf ein: „Du hast Theater gespielt? Und jetzt nicht mehr?"

„Ja, ist lange her. Natürlich jetzt nicht mehr, es wäre doch endlos peinlich."

„Wieso peinlich?"

„Na, weil ich es nicht gut kann, weil ich so tue, als wäre ich jemand anderer, weil mir andere Menschen zuschauen. Was soll ich – also wirklich, was soll ich auf der Bühne, das ist doch lächerlich!" Vor meinem geistigen Auge saß Vincent mit gerunzelter Stirn im Publikum. Er biss sich auf die Unterlippe, schüttelte den Kopf, stand auf und ging.

Aurel hingegen blieb und betrachtete still. „Ich finde das gar nicht lächerlich, sondern schade, dass du noch etwas aufgegeben hast, das dir Freude bereitet hat."

„Tja – das kommt wohl automatisch, wenn man älter wird."

„Kann es sein, dass dein Pitta", er zwinkerte mir aufheiternd zu „zu hoch ist und du Angst hast, nicht perfekt zu sein? Oder zu viel von dir preiszugeben?"

„Aber hallo, was denkst du denn! Natürlich hab ich Angst vor Fehlern und Blamagen! Die hat doch jeder, auch wenn sein Pitta völlig in Ordnung ist."

Er lächelte mich warm an. „Gut, ich meinte Perfektionismus, nicht das relativ normale Bestreben, etwas gut zu machen und sich nicht zu blamieren."

Ich schwieg, weil er recht hatte, und er weitersprach. „Das kann sogar soweit gehen, dass man sich nicht mehr geliebt fühlt, wenn man keine Bestleistung bringt. Dann leistet man, um geliebt zu werden."

Ich erschrak, denn meine Eltern und Freunde hätten mich auch dann geliebt, wenn mir kein einziges Wort eingefallen und ich nur Unsinn gestammelt hätte. Dennoch traf Aurel ins Schwarze, und das tat so weh, dass ich außer Dunkelheit nichts sah. „Das ist hart."

„Das ist es, ja. Es ist eine Tragödie. Man lebt nur nach außen, nicht nach innen." Er sagte das so ernst und bitter, wie ich es nicht von ihm kannte. Ich spürte das darin verborgene Leid und wollte ihn berühren, damit alles endlich anfangen könnte, gut zu werden. Manchmal war man auch als Erwachsener entsetzlich naiv.

Er sprach weiter. „Auf der Suche nach Anerkennung und Lob, als Perfektionist verliert man seine eigene Mitte, man brennt aus und landet höchstwahrscheinlich in einem Burnout. Ich weiß, wovon ich rede. Wenn man sich anpasst und alles für jemand anderen tut, ist das eigene Herz leer. Dann ist da keine Liebe, die man geben kann, sondern nur ein Loch, das der Partner füllen soll. Das Dumme dabei ist nur, dass das Loch ein Schwarzes ist, in dem die Liebe auf nie mehr Wiedersehen verschwindet, weil es keinen Nährboden gibt, auf dem sie wachsen und gedeihen kann."

Mir wurde eng zumute, und ich fröstelte. Ich schüttelte mich.

„Das ist grausam", sagte ich nachdenklich.

Er nickte, sein Blick ging in die dunkle Nacht hinaus. Es dauerte, bis wieder Leben in uns kam.

„Aber zurück zum Ausgangspunkt: Wie ist das bei den Büchern, die du schreibst?"

Ich zuckte die Schultern. „Die liest doch eh keiner."

„Was, wieso liest die keiner?"

„Nun, die Auftraggeber lassen die Biographien aus Prestigegründen schreiben, damit es ein Buch über sie gibt, das sie sich ins Büro stellen und verschenken können. Aber wer will schon ernsthaft das geschönte Leben von einem Spitzenkoch oder einer TV-Moderatorin lesen?"

„Na, wenn das so ist, dann sind es ja noch mehr vor die Säue geworfene Perlen!", rief er fassungslos.

„Perlen vor die Säue? Wie meinst du das, und wieso noch mehr?"

„Na, weil du großartig schreibst! Du hast einen enormen Wortschatz, du hast Rhythmus, Tempo, Stil. Deine Worte sitzen. Was du in einem Satz ausdrückst, schaffen andere nicht in zehn! Beim Lesen deiner Texte habe ich das Gefühl, die Herrn Mirandola und Fischfänger persönlich zu kennen."

Ich blühte auf, weil er meine Bücher tatsächlich zumindest angefangen hatte und begeistert davon schwärmte, obwohl er bestürzt klang. „Und jetzt sagst du mir, dass du das alles nicht einmal tust, um anderen eine Freude zu bereiten, sondern in dem Wissen, dass es niemand lesen wird? Es ist ein reiner Job – nur für Geld? Aber da hättest du doch genauso gut Beraterin bleiben und viel mehr verdienen können!"

„So ein Unsinn!", brauste ich auf. „Wenn niemand mein Zeug liest, ist es für die Welt egal. Aber wenn ich die Gier und den Druck steigere, wenn meinetwegen Menschen ihren Job verlieren, ist das etwas anderes. Verdammt!" Mit einem Mal wurde ich niedergeschlagen, weil mir die Sinnlosigkeit meines Schaffens bewusst wurde. Und weil mir dämmerte, dass ich schrieb, weil ich mich dabei an meinem Schreibtisch verkriechen und niemandem schaden konnte, obwohl mir die Einsamkeit nicht guttat. Lieber litt ich, als jemand anderer. Ich kreiste um mich wie die lädierte Schildkröte in der Regentonne.

„Delia, bitte, versprich mir eins." Er beugte sich nah zu mir und sah mich eindringlich an, dabei legte er eine Hand auf meine. Ich konnte kaum noch denken oder hören, so sehr beanspruchte mich seine Berührung. „Denk nochmal über deine Berufswahl nach. Warum bist du Ghostwriterin geworden?"

Ich riss mich los, weil mir diese Art von Einmischung zu weit ging. „Na, weil ich es kann! Das hast du doch gerade selbst gesagt, oder nicht?"

„Das stimmt. Bitte verzeih mir, wenn ich dir zu nahetreten sollte, aber kann es sein, dass du dich versteckst?"

„Versteckst? Wieso sollte ich mich denn verstecken?", rief ich etwas aufgebracht.

„Das frage ich mich, ehrlich gesagt, auch. Denn wenn ich dich so anschaue, sehe ich eine lebenslustige Frau, die andere begeistern und mitreißen kann, die so eine Wahnsinns-Ausstrahlung hat, dass der Raum um sie herum heller wird."

Ich wurde benommen von seinen Worten, noch dazu, weil er selbst für mich ja eine wahrhaftige Lichtgestalt war. Dabei war er noch nicht einmal fertig. „Eigentlich sollten andere Menschen Bücher über dich schreiben, aber doch nicht du über Profilneurotiker!"

Ich lachte spitz auf, weil ich an Frau Lichtenberg denken musste. „Das ehrt mich", antwortete ich so gefasst, wie ich konnte, das, woran ich immer noch glaubte: „Mir sind Lob, Ruhm oder Anerkennung nicht wichtig. Diese Abhängigkeit von etwas, das von außen kommt, ist nicht gut, das haben wir doch gerade besprochen, nicht wahr?" Ich log und grinste viel zu breit. Dabei sah ich immer wieder Vincent vor meinem geistigen Auge, und wie ich wie ein Hund mit zur Seite geneigtem Kopf, eingeknickten Ohren nach einem Leckerli und einer Streicheleinheit hechelte. Mein Gesicht glühte und ich schaffte es nicht mehr, unseren Blickkontakt aufrechtzuerhalten.

„Alle Achtung. Das kann man jedem nur von Herzen wünschen." Sein Blick und seine Stimme verrieten mir, dass er mir nicht ganz glaubte, und ich schämte mich noch mehr.

„Okay, ich, also es gelingt mir nicht immer."

„Das ist normal." Er lachte gutmütig. „Dennoch werde ich den Eindruck nicht los, dass du dich vor etwas verkriechst."

Allmählich reichte es mir aber mit seiner Inquisition! Unwirsch schüttelte ich den Kopf, doch davon ließ er sich nicht beirren.

„Kann das sein?", bohrte er sanft nach und mir war, als würde seine Stimme mir zärtlich über die Wange streicheln.

Ich zuckte die Schultern, murmelte „Schon möglich" und stand auf. „Gehen wir zum Tee? Ich will den Vortrag nicht verpassen."

Es überraschte mich, dass er nur kurz brauchte, um sich mit dem abrupten Wechsel abzufinden, dass er dann aber einfach „Gute Idee" sagte und mitkam.

Delia

In dieser Nacht konnte ich nicht schlafen. Ich versuchte es mit Lesen, Schäfchenzählen, Meditieren und schließlich Beten, weil mir das leichter fiel. Als alles nichts half, stand ich auf, zog mich an und ging in den Garten hinaus, der im schummrigen Licht der in großen Abständen angebrachten Lampen und der Sterne am Himmel friedlich dalag. Es war halb drei, alle schliefen und außer der ruhigen Brandung war es vollkommen still. Ich zog die Flipflops aus und ging barfuß neben dem gepflasterten Weg an der Mauer zum Meer entlang. Das kurzgemähte harte Gras pikste an meinen Sohlen, ich dachte an die Tennisballgymnastik, Wimbledon, Bea, meine Eltern, den Ausflug, die Schildkröten und Krokodile, an Aurel, immer wieder an Aurel, an fröhliche Zeiten, und auch an die Jahre mit Vincent.

Als ich am Ende bei dem Praxistrakt ankam, sah ich eine rundliche Frau mit kurzen Korkenzieherlocken auf einem Stuhl sitzen und Wache halten. Sie stand auf und leuchtete mir mit einer Stablampe ins Gesicht, weil sie mich vermutlich für einen eindringenden Beach Boy oder Einbrecher gehalten haben musste. Als sie erkannte, dass ich nichts davon war, schaltete sie die Lampe aus.

„Hello, Ma'am", sagte sie breit grinsend und ich ging zu ihr, um ein paar Worte mit ihr zu wechseln. Sie hieß Archika und war Renukas Schwester, wie ich aufgrund der Ähnlichkeit vermutet hatte, und auf ihrem T-Shirt stand breit „Wachmann". Wir unterhielten uns kurz und sie wünschte mir, dass ich bald besser schlafen könnte, dann spazierte ich zum anderen Ende der Anlange. Da ich noch immer nicht müde war, holte ich mein Tagebuch, in das ich seit Jahren nicht mehr geschrieben hatte. Lange saß ich vor einer Seite, auf der außer Ort und Datum nichts stand. Schließlich beschrieb ich das Hotel, die Anwendungen, dass man niemals Gurken und Tomaten zusammen essen sollte, weil die den Körper gefährlich stark kühlten, und erst nach drei Seiten kam ich auf Bea zu sprechen. Ich schrieb, wie glücklich ich war, dass wir uns wieder so gut verstanden, dass wir gemeinsam hier waren, und dann schrieb ich den letzten Satz: „Dennoch kommt es mir so vor, als müsste ich mich wieder zwischen ihr und Vincent entscheiden."

In dem gesamten Eintrag erwähnte ich meinen Freund nur dieses eine Mal. Wie von meterhohen Wellen getrieben tauchten die immer gleichen und ewig widersprüchlichen Fragmente in mir auf. Er tat mir leid – er widerte mich an. Er war emotional benachteiligt – er war ein Tyrann. Er liebte mich auf seine komplizierte Art und Weise – er konnte nicht lieben, niemanden, nicht mal sich selbst. Er war ein Genie – er war ein Wurm. Er war der Retter der Welt – er war Satan.

Die innere Zerrissenheit machte mich so unruhig, dass ich aufsprang und erneut durch den Garten ging. Noch immer war alles friedlich still und ruhig, doch auf der Höhe des Pools hielt ich inne. Was waren das für Geräusche? War da jemand? Und wo war Archika? Ich schlich näher zum Schwimmbecken und spähte über die Mauer, die es umgab. Und tatsächlich – da schwamm jemand! Die Person kraulte gleichmäßig und kraftvoll durch das Wasser, und bei jedem Zug tauchte ein glänzend nasser Arm im fahlen Licht der Sterne auf.

Die Ruhe und die Schönheit des Körpers in Bewegung zogen mich in ihren Bann, hingerissen setzte ich mich auf eine Stufe, um den Unbekannten dabei zu beobachten, wie er selbstvergessen und losgelöst von allem Äußeren seine Bahnen zog. Bald fühlte ich mich, als würde ich dazu gehören und wir eine Einheit bilden. Je länger ich ihm zusah, desto ruhiger wurde ich. Irgendwann, viel später, verklang das beruhigende Geräusch, denn der Mann richtete sich am anderen Beckenrand auf. Ich sah seinen breiten Rücken und die starken Arme im Halbdunkel glänzen und wusste schon, bevor er Kappe und Brille abzog, was ich die ganze Zeit über gespürt hatte: Es war Aurel.

Ergriffen und von seiner kraftvollen Anmut beinahe niedergeschmettert beobachtete ich reglos, wie er die Stufen hinaufstieg und dabei immer mehr von seinem wie gemeißelt aussehenden Körper zeigte. Seine nasse Haut spannte sich glänzend über den muskulösen Armen und dem breiten Rücken, der sich von den Schultern zu den Hüften leicht verjüngte. Mit der nächsten Stufe tauchte sein Po aus dem Wasser auf. Ich sah seine strammen Oberschenkel, dann seine Waden und schließlich seine gesamte Rückseite. Ich war wie verzaubert und mir sicher, dass ich noch nie zuvor so viel Ästhetik gesehen hatte. Er sah aus wie die Statue eines griechischen Gottes, nur mit kurzen Haaren.

Er bückte sich, um das Handtuch von der Liege aufzuheben, dann rubbelte er sich Kopf und Haar trocken, anschließend die Arme, Brust, Rücken, Po und Beine. Erst, als er sich den Bademantel anzog, löste sich meine ehrfürchtige Starre und wandelte sich in Begehren. Ich wollte hinter ihn treten und eine Weile nur seine Gegenwart spüren. Ich wollte mit beiden Händen über seine weiche Haut streichen und dabei seine harten Muskeln fühlen. Wollte mit den Fingerspitzen von den Schulterblättern den Rücken hinunter zu seinem Po streichen, die Hände auf die beiden Backen legen, sie sanft drücken, dann den Rücken wieder hinaufstreichen und dabei seine Wirbelsäule hinauf lecken. Über seine Schultern und zurück unter seine Arme streifen, bis meine Handflächen auf seiner Brust lagen. So nah bei ihm stehen, dass sich unsere Körper nahtlos berührten, meine Wange an seinem Schulterblatt, seinen Herzschlag hören, wie meinen eigenen spüren und vor Verlangen vergehen.

Er zog sich den Bademantel über, verknotete den Gürtel und zog die nasse Badehose darunter aus. Ich stand in Flammen. Dann allerdings tat er etwas, das mich verwunderte und meine Erregung kurz drosselte, bevor sie noch höher loderte. Er stieg in eine trockene Unterhose. Ich brauchte eine Weile, bis mir klar wurde, was daran so besonders war und mich innehalten ließ. Es war dunkel, sein Zimmer war nicht weit weg und alles schlief. Doch selbst jetzt wollte er nicht riskieren, jemandem „unten unbekleidet" zu begegnen. Reglos sah ich dabei zu, wie er wegging. Dann aber blieb er stehen und drehte sich um. Eine Weile schaute er über den Pool, ohne mich zu entdecken. Mein Herz blieb beinahe stehen. Ich fühlte mich ertappt, als hätte ich etwas Verbotenes getan. Dennoch starrte ich ihn gebannt an, bis ich spürte, dass unsere Blicke sich im Halbdunkel trafen. Er hielt inne, dann ging er zu mir. Ich hob eine Hand und lächelte ihn verlegen an. Je näher er kam, desto deutlicher sah ich sein Gesicht und darin die wachsende Überraschung. Mit jedem Schritt lächelte er breiter, bis seine Augen glitzerten und strahlten. Als er vor mir stand, setzte er sich neben mich. Eine Weile sagten wir nichts, sondern schauten einander nur an und mir war, als würde ich in diesem tiefen Blick Seiten von ihm entdecken, die mit Worten nicht zu fassen waren. Schließlich hielt ich es nicht mehr aus und sagte in die kokonartige Stille hinein:

„Ich hab dir lange zugeschaut. Du schwimmst gut. Es hat mich beruhigt."

„Mich auch", antwortete er in sich gekehrt.

„Warum warst du beunruhigt?"

Äußerlich bewegte er sich nicht, dennoch merkte ich, dass er mir auswich. „Ach, dies und das. Jeder hat so seine Baustellen, nicht wahr? Ich habe über Max' und meine Zukunftspläne nachgedacht, über deine Reaktion auf meine Frage nach deiner zweiten Berufswahl, und noch ein paar Dinge mehr. Ich gebe zu, dass ich den Finger in die Wunde legen wollte, allerdings ohne dir dabei wehzutun. Das eine geht nicht ohne das andere, ich weiß. Es tut mir leid, dass ich dir wehgetan habe."

122

„Danke, schon gut. Du hast ja recht. Es ist wohl wirklich ein wunder Punkt in mir – ein wunder und ein blinder noch dazu. Aber wie heißt es so schön? „Nur weil du beleidigt bist, heißt das nicht, dass du recht hast."

Er lachte auf und ich fasste Mut. „Aber verrate mir doch mal, wie du darauf gekommen bist."

„Wie schon gesagt, weil ich finde, dass der Beruf nicht zu dir passt. Du bist so lebendig, du fühlst dich in Gesellschaft wohl, du hast so viele eigene Ideen, und da sitzt du den ganzen Tag allein vor dem Computer und machst etwas, das gar nichts mit dir zu tun hat." Ich hörte auf zu lächeln, aber er war noch nicht fertig. „Weißt du, ich frage mich, wo bist du da? Was ist passiert, dass du dich so zurückgezogen hast?"

„Wie in ein Schneckenhaus? Oder wie eine Schildkröte, wie die heute ... Ich hatte mal eine. Eulalia hieß sie. Ich mag Schildkröten."

„Ich auch. So ein Panzer hat viele Vorteile. Aber du weichst mir schon wieder aus." Vertraulich drehte er sich näher zu mir.

„Tu ich das? Kann sein. Vielleicht kreise ich um das Thema wie die Schildkröte in der Tonne um sich selbst. Die geht mir nicht mehr aus dem Kopf."

„Mir auch nicht. Inzwischen glaube ich zumindest zu wissen, warum."

„Warum?" Erwartungs-, oder beinahe hoffnungsvoll sah ich ihn an. „Warum nimmt die uns so mit?"

„Vielleicht, weil wir am Anfang des Besuchs gedacht haben, dass das Am-Leben-Sein alles ist. Dann kamen wir zu den kranken und verletzten Tieren, und wir waren uns sicher, dass Gesundheit und Heilung alles ist. Doch dann war da ein Tier, das gesund, geheilt, vielleicht sogar schmerzfrei ist, aber dennoch gefangen und allein bleibt. Es lebt, aber sein Leben hat keinen Sinn. Wir wünschen ihm die Freiheit und ahnen gleichzeitig, dass selbst die noch immer nicht genügt."

Noch nie zuvor hatte ich mit jemandem so tief verbunden gesprochen und geschwiegen wie mit Aurel. Wir saßen dicht nebeneinander, ich hatte den Kopf auf die angezogenen Knie gelegt und hielt meine nackten Füße mit den Händen fest.

„Ja, das stimmt. Die Lage ist hoffnungslos, weil sie in Freiheit nicht leben kann, nur in der Tonne. Entweder wird sie noch einmal frei, stirbt aber fünf Minuten später, oder sie bleibt gefangen, lebt aber dafür noch viele Jahre. Das kann doch nicht alles sein!"

„Doch, das ist alles", sagte er nüchtern und entschieden.

„Aber ..." Wieder verfielen wir in das nachdenkliche, verbindende Schweigen, bis ich sagte: „Vielleicht ist sie in den paar Minuten so glücklich, dass es ihr nichts ausmacht, gleich darauf, oder dabei, zu sterben."

„Da bin ich mir sicher", sagte er und später: „Wir hätten sie befreien sollen. Was würdest du wählen, die Freiheit oder die Gefangenschaft?"

„Den früheren Tod", antwortete ich sofort.

Er lachte, aber nicht belustigt, sondern überrascht. „Also die Freiheit."

Ich nickte und stützte das Kinn auf die angezogenen Knie.

„Und du? Was würdest du tun?"

„Das Gleiche. Lieber fünf Minuten mit allen Sinnen offen, vollkommen erfüllt leben, als jahrelang dahinvegetieren und auf Godot warten."

„Fünf Minuten leben ...", sagte ich leise und wurde schlagartig abgrundtief traurig, weil die Jahre der lichtlosen Leere in mir plötzlich aufklafften wie ein schwarzes Loch, in dem ich mich selbst verschlang. Ich war Lichtjahre von diesen fünf Minuten entfernt gewesen, bis ... Ich dachte nach, ob es außer dieser lauen Nacht, dem tiefsinnigen Gespräch und Aurel noch einen Grund gab, warum ich mich lebendiger fühlte. Bea. Das Bayerisch, das ich mit ihr sprach, wenn wir unter uns waren. Der Tennisball. Meine Vergangenheit, meine Wurzeln, die Ahnung der vergangenen Lebensfreude. Das Gefühl, bedingungslos dazuzugehören. Meine Familie. Bea. Definitiv Bea.

„Fünf Minuten können lang sein", sagte er nach einer Weile und strich mir mit den Fingern sanft über mein Gesicht.

„Sehr lang", flüsterte ich selig, ließ mich in die Nähe fallen und sah ihm dabei ununterbrochen in die Augen. Zärtlich lächelten wir einander an.

Sanft legte er seine Hand auf meine und drückte sie. Ich ließ mein Bein gegen seins fallen, sein Fuß kroch zu meinem, er entspannte die Arme und endlich berührten wir uns gewollt und beinahe nahtlos, nur unsere Köpfe behielten Abstand. Das Glück umfing mich wie eine Wolke aus Goldstaub und mir war, als würde ich mich ausdehnen, um noch mehr Nähe mit ihm zu ermöglichen. Immer wieder hörte ich in mir die Worte. „Er meint mich. Er meint wirklich mich", bis ich gar nichts mehr hörte und nur noch war.

„Bist du müde?", fragte er nach einer Weile.

„Ich? Nein, gar nicht. Du?"

Er schüttelte den Kopf und trennte sich von meiner Haut. „Gut. Dann komm mit." Mit einer fließenden Bewegung stand er auf und reichte mir die Hand, um mich hochzuziehen. „Gleich kommt die Sonne." Er fasste meine Schultern und drehte mich gen Osten, sodass mein Blick am Hotel vorbei auf das Meer hinaus glitt. Ich wollte so stehenbleiben und mich an ihn lehnen, doch da ließ er mich los und ging voran. Ich war überrascht und einen Moment lang verlor ich den Halt, die Orientierung und mein *Da-sein* seinen Zweck. Mir fiel ein, dass ich einen Freund und er eine Freundin hatte, dass wir das alles hier überhaupt nicht durften und auf der Hut vor unserem unzähmbaren, überschießenden Pitta sein sollten. Trotzdem fiel mir wieder die Schildkröte in der Tonne ein, die keine Hoffnung auf fünf Minuten Leben hatte, und ich erschrak bis ins Mark.

„Wann warst du das letzte Mal dabei, als ein neuer Tag anfing?", fragte ich, um mich abzulenken, woraufhin er so umgehend „Gestern" antwortete, dass ich wusste, auch er hatte etwas sagen wollen.

„Kannst du nachts nie schlafen?"

„Doch, normalerweise schon. Nur wache ich immer früh auf, auch in den USA. Meist bin ich schon um halb fünf oder fünf auf den Beinen."

„Ach so. Na ja, der frühe Vogel fängt den Wurm."

Wir kamen zu der kleinen Pagode nahe dem Nutzgarten und setzten uns. Hier war es dunkler als beim Pool, weil die nächste Außenbeleuchtung weit weg und der Mond bereits untergegangen war.

„Das tut er wirklich. Am Morgen bin ich am produktivsten. Ich bin gern dabei, wenn alles anfängt.“

Ich schmunzelte. „Das passt zu dir.“

Wieder lag dieser stumme Zauber über uns, der sich anfühlte wie ein zärtliches Streicheln.

„Früher bin ich auch früh aufgestanden, aber jetzt komme ich kaum noch aus den Federn“, sagte ich, während ich dabei zusah, wie sich das Pechschwarz der Nacht in ein tiefes Dunkelblau verwandelte und der Welt ihre Konturen zurückgab.

„Man kann sich und sein Leben immer ändern, man muss nur den Willen dazu haben. Entweder man leitet Dinge und Veränderungen selbst in die Wege, oder man ist innerlich so stark, dass man mit allem, was passiert, leben kann.“

„Puh.“ Ich schüttelte mich leicht. „Bea kann beides. Wie sie mit zwanzig die Zwillinge gekriegt und noch dazu fertig studiert hat, das haut mich immer noch um. Das könnte ich nicht.“

Er berührte mich sanft mit den Fingerspitzen, sodass ich ihn wieder direkt ansah. „Doch“, sagte er beschwörend. „Du hättest das auch gekonnt.“

Ich schloss die Augen und schüttelte den Kopf. „Ich hätte die Kinder bekommen, ja, aber entweder hätte ich mit mir gehadert oder mich gehenlassen. Entweder wäre ich dick und ungepflegt geworden, oder ich hätte mich in eine perfektionistische, durchgetaktete Super-Woman verwandelt. Aber entspannt, selbstbestimmt und obendrein liebevoll wäre ich nicht, da bin ich mir sicher. Ich bin es ja nicht einmal ohne Kinder!“

Er seufzte mitfühlend. „Wer weiß“, sagte er zärtlich durch meinen Widerstand hindurch. Allmählich kam das Licht in die Welt zurück, und am Glanz seiner Augen erkannte ich, dass er mich anschaute. Er legte eine Hand unter meinen Kiefer und strich mit dem Daumen über mein Kinn. Mir stockte der Atem, während heiße, schnelle Schauer durch meinen Körper jagten. Ich wollte ihn küssen, weil selbst dieser eine Kuss nah an die fünf Minuten gereicht hätte. Aber wir küssten uns nicht. Dennoch war er so liebevoll, einfühlsam, verbunden und zärtlich, dass die Luft um mich herum sirrte. Ich hatte vergessen, wovon wir sprachen, als er mit einer Stimme wie Samt sagte: „Ich glaube, du bist viel stärker, als du momentan denkst. Du bist zäh. Ich merke dir an, dass du kämpfst, dass du nicht mehr oder noch nicht wieder so bist, wie du gemeint bist. Das geht uns allen so, deswegen sind wir ja hier. Wir wollen alle wieder so werden, wie wir uns selbst und die ganze Welt bedingungslos lieben können."

Ich brauchte so lange, um über seine Worte nachzudenken und das, was sie in mir auslösten, zu verkraften, dass ich nur „Mhm" sagte und mein Bein vorsichtig wieder seins berühren ließ.

„Schau!", rief er aufgeregt, legte eine Hand auf mein Bein und zeigte mit der anderen geradeaus. Dort, weit weg am Horizont, schob sich die Sonne über das Meer und tauchte die Welt in ein dunkellila Licht. Wolken wurden am Himmel sichtbar, die Umrisse von Palmen hoben sich pechschwarz von Land, Wasser und Himmel ab, die Wellen glitzerten blass.

In uns versunken schauten wir zu, wie die Welt neu entstand und wie damit die nachts so endlos und unbegrenzt erscheinenden Möglichkeiten auf das gewohnte Maß zurückschrumpften.

„Wie spät mag es wohl sein?", fragte ich.

„Viertel nach sechs, da geht die Sonne auf."

Ich lachte glücklich, weil es sich anfühlte, als hätten wir gemeinsam etwas vollendet. Dabei war nur ein neuer Tag angebrochen. „Wir haben uns ja stundenlang unterhalten."

„Es gibt ja auch viel zu sagen mit dir. Ich hoffe, du hast es so genossen wie ich."

Ich nickte und konnte gar nicht mehr aufhören, zu lächeln „Das habe ich. Aber nun lohnt es sich nicht mehr, schlafen zu gehen."

„Nein, das tut es nicht. Wir können erst nach der Behandlung Siesta machen."

„Siesta?" Einen kleinen Augenblick lang fragte ich mich, ob er sich auch vorstellte, wie wir bekleidet und nach Kühle dürstend nebeneinander in einem abgedunkelten Raum auf den Betten lagen und dösten, bis die ärgste Hitze vorüber war und das Leben weiterging. Aber vielleicht war er nie lange in Spanien gewesen und hatte keine Ahnung davon, welche Assoziationen das Wort in mir hervorrief.

„Sehen wir uns bei der Meditation?", fragte er.

Ich legte den Kopf in den Nacken, sah den Glanz und die Sprenkel in seinen Augen, sah seine Zuversicht, Vertrautheit und Zuneigung und sagte „Ja", obwohl mir die Müdigkeit wie flüssiger Stahl in die Knochen kroch.

Delia

Bei der Meditation musste ich mir nicht lange einreden, aus reiner Liebe zu bestehen - ich tat es. Zumindest, solange wir mit geschlossenen Augen dasaßen und alles, was in meinem Leben so unstimmig geworden war, nicht zu existieren schien. Ich spürte Aurel auf der Matte neben mir und hatte das Gefühl, als würden unsere Körper ineinanderfließen, als wäre unsere Seele eins. Das klang unendlich kitschig, aber es war wohl typisch für mein Naturell, dass ich nach einer einzigen unschuldigen Nacht so empfand.

Wann immer wir uns davor und danach ansahen, lächelten wir einander selig an, und jedes Mal war mir dabei, als würde ich an ihm lehnen, seinen Arm und seine Brust an meinem Rücken spüren und seine Hand halten. Dabei taten wir nichts dergleichen. In mir pulsierte eine Kraft, die ich wahrscheinlich noch nie oder zumindest seit einem halben Leben nicht mehr gespürt hatte. Sie wollte aus mir heraus, weitete meine Grenzen, dehnte mich und nahm mir jedes Gewicht.

Aufgrund des Schlafmangels wackelten wir beim Yoga und saßen verträumt beim Frühstück. In meinem Dämmerzustand erkannte ich, dass es Bea und Max ähnlich ging wie uns, denn auch sie sahen sich immerzu an, und seufzten dabei leise. Allerdings mussten sie bereits jene Grenze überschritten haben, die wir nie passieren würden, denn jedes Mal, wenn Max aufstand, um sich etwas zu holen, drückte er mit einer zärtlichen Selbstverständlichkeit Beas Schulter oder strich ihr über die Wange.

Nach dem Frühstück nahm Aurel mich zur Seite. Wir standen uns nur eine Handbreit entfernt gegenüber, sodass ich den Kopf in den Nacken legen musste, um seine tiefblauen Augen zu sehen. Seine vollen Lippen zuckten, und nur durch ein Wunder widerstand ich dem jähen Impuls, ihn zu küssen. Langsam strich er mir eine Strähne hinter das Ohr, küsste mich aber nicht. „Ich nehme meinen Tee mit aufs Zimmer, weil ich vor dem ersten Stirnguss noch ein paar Telefonate führen muss."

Ich nickte, glücklich darüber, dass er der Trennung von sich aus einen Grund gab, unglücklich darüber, dass er gewiss seine Freundin anrufen würde. Jene Frau, von der ich so tat, als würde es sie nicht geben. Dabei war sie nur nicht hier! Ich rief mich zur Vernunft, denn das, was wir hier taten, oder einfach zuließen, anstatt es zu verhindern, war trotz aller faktischen Unschuld emotionale Untreue. Zudem hatte es das Zeug dazu, mich in den schlimmsten Liebeskummer meines Lebens zu stürzen, und das, obwohl ich eine Beziehung mit einem anderen Mann hatte, der ein Haus kaufen und Kinder bekommen wollte!

Bei den Samowaren traf ich Bea, die mich einlud, den Tee bei ihr zu trinken.

Bea

Am liebsten hätte ich die ganze Welt umarmt, obwohl ich mich vor Müdigkeit kaum gerade halten konnte. Erst diese wunderbare Nacht mit Max und jetzt auch noch Delia!

Ich schloss die Tür auf und wir gingen durch auf die traumhafte Dachterrasse, von der aus wir einen grandiosen Blick auf das schier endlos weite Meer hatten, das sich dunkelblau vor uns ausbreitete. Die Kronen hoher Palmen und die weißen Sonnenschirme vervollständigten für mich das Bild einer Urlaubsidylle.

Ich stellte unsere Tassen auf dem Tischchen ab, dann drehte ich mich zu Delia und fasste sie an den Schultern. „Sag mal, hat's dich etwa auch so erwischt wie mich?" Ich spürte selbst, wie breit ich grinste.

Delia lachte leise und strahlte mich endlich wieder so an, wie sie es früher immer getan hatte. „Ja, bestimmt genau so." Sie fasste meinen Arm mit beiden Händen und drückte sich an mich.

„Ich bin bis über beide Ohren verliebt", seufzte ich und fiel ihr schwer um den Hals. „Max ist ... Max ist ..." Ich holte immer tiefer Luft, aber ich fand keine Worte, um ihn zu beschreiben.

„Überirdisch. Gottgleich. Himmlisch", half Delia mir überschwänglich auf die Sprünge, dabei sollte doch eigentlich ich sie aus der Reserve locken.

„Ja, das ist er. Ich kann gar nicht genug von ihm bekommen. Er ist so zärtlich und einfühlsam, aber dabei schon noch ein Mann, er ist ... unglaublich! Und ausgerechnet jetzt beginnt ihre Shirodhara Zeit!"

„Wie bitte? Was hat das denn damit zu tun?"

„Da soll man keinen Sex haben."

Delia schlug sich die Hand vor den Mund und sah mich aus riesigen Augen an. „Sag bloß, ihr habt schon einmal ..."

„Einmal?" Mein Oberkörper kippte unter der Wucht der Emotionen nach vorn. „Einmal reicht nicht. Das mit ihm ist wie der Himmel auf Erden. Entweder ich war komplett ausgehungert, oder für Frauen wird es tatsächlich immer besser, je älter sie werden. Jedenfalls ist es unbeschreiblich. Genug, ein Gentleman schweigt und genießt."

„Du bist aber kein Gentleman! Aber hui, Cousinchen, hast du nicht immer gesagt, man soll nichts überstürzen?"

Ich schlug die Hände vors Gesicht, weil ich spürte, dass ich knallrot leuchtete. „Ich weiß auch nicht, wie es dazu kam, weil ich es überhaupt nicht vorhatte. Ich wollte mich nur nett mit ihm unterhalten, doch dann hat er so sagenhaft gut geküsst und mich so unsagbar sinnlich berührt, dass ich, also … dass wir beide gar nicht anders konnten. Es war wie eine Naturgewalt!"

„Oha."

„Erschreckt dich das?", fragte ich leicht bestürzt.

„Nein, Quatsch, es überrascht mich nur. Aber du hast recht, du warst lange abstinent und wolltest einen Urlaubsflirt."

„Ja, eben! Und was für einen!"

„Ich befürchte nur", sagte Delia „dass ich dich bald trösten muss, oder dass du in die USA auswanderst!"

Mich trösten? Ich auswandern? Das waren meine Stichwörter, denn schließlich war ich hier, um Delia von ihrem unterbutternden Unhold wegzukriegen. „Nein, nein, Deli. Das stehen wir gemeinsam durch. Ich kann doch schon allein wegen der Kinder nicht in die USA ziehen. Sie gehen ja höchst wahrscheinlich noch ein Jahr in die Schule, und selbst wenn sie sofort studieren sollten, kann ich mich ja nicht einfach auf einen anderen Kontinent vertschüssen. Abgesehen davon glaube ich nicht, dass ich dort leben möchte."

„Mir brauchst du das nicht zu sagen, für mich kommen die USA nicht in die Tüte!"

„Aber du denkst darüber nach?", rief ich aufgeregt.

„Nein, Unsinn. Die Nacht mit Aurel war nur so unvergesslich, einzigartig, traumhaft wunderschön."

Ich muss gestehen, dass ich quiekte. „Was hast du getan?"

„Nein, nein!" Sofort hob Delia abwehrend die Hände. „Nicht gleich wie du denkst. Bei uns war nichts."

„Nichts, nein?" Das konnte doch nicht wahr sein! „Ach komm, Deli ..."

„Im Ernst. Wir waren ganz brav. Er hat eine Freundin und ich auch. Aber trotzdem ... trotzdem verbringe ich gern Zeit mit ihm. Wir können uns unsagbar gut unterhalten. Bei ihm habe ich das Gefühl, dass er über nichts, was ich sage oder denke, urteilt. Er ist so frei, so offen ... Er kann unheimlich gut zuhören, und wenn er erzählt denke ich gar nicht darüber nach, was ich am besten darauf sagen sollte ..."

Ich hoffte, dass ihr von allein ein Licht aufging, wie hörig sie diesem Moral-Tyrannen war. „Das tut der Seele gut, nicht wahr? Du wirkst so glücklich und ausgeglichen, wenn ihr zusammen seid. So, als würdest du in dir ruhen", sagte ich.

„Ja?"

„Oh ja. Max und ich haben euch gestern beobachtet. Ich fand das bei dem Krokodil so herzerweichend, wie er seine Hand auf deine gelegt hat, als wollte er dich beschützen."

„Das Gefühl hatte ich auch", seufzte sie selig, dann aber straffte sie die Schultern. „Aber das alles muss ein Ende finden."

„Was? Weswegen denn?", rief ich entsetzt und sprang wie von der Tarantel gestochen auf. Bevor sie den Namen, den ich nie mehr hören wollte, aussprechen konnte, redete ich wie ein Wasserfall weiter. „Man soll aufhören, wenn es am schönsten ist, okay, aber das ist ein alter Spruch! Und Delia! Sei doch nicht verrückt, es hat doch noch nicht einmal richtig angefangen bei euch! Das Beste kommt noch! Was ist schon ein Sonnenaufgang, wenn ihr noch so viele zusammenerleben könnt!"

„Viele?", fragte sie erstickt und obwohl mir ihr schmerzlicher Gesichtsausdruck weh tat, jubilierte ich innerlich.

Schnell rechnete ich nach. „Im Ernst, was ich sagen will, Cousinchen, ist, dass ihr noch 15 Sonnenaufgänge zusammenerleben könnt – und du solltest jeden einzelnen davon genießen! What happens in Ayurveda, stays in Ayurveda!"

Delia schlug sich mit der Hand an die Stirn und stieß ein ungläubiges Schnauben aus. „Las Vegas, Bea! Das heißt Las Vegas! Und unser Kurhotel ist das krasse Gegenteil davon, oder sollte es zumindest sein, wenn du es nicht in Sin City verwandeln würdest!"

Ich sog Luft ein und prustete mit gespielter Empörung los. „Ich? Na hör mal, die Beach Boys sitzen seit Jahr und Tag auf der Landzunge und winken sich die Arme aus, Karl und Fred waren schon lange vor unserer Ankunft reich und Frauen wie die beiden Hs benützen die Kur als Ausrede für einen Liebesurlaub! Das Hotel wird den Hinweis über die Beach Boys nicht umsonst in ihre Statuten aufgenommen haben! Ha! Dagegen bin ich das reinste Unschuldslämmchen, also wirklich Delia, ich muss schon sehr bitten!"

Auch sie lachte. „Okay, okay, ich nehm's zurück. Trotzdem wachsen mir jetzt schon graue Haare, wenn ich an die Heimreise denke. Du steckst das nicht so einfach weg, wenn du mit ihm schläfst, da bin ich mir sicher. Lass uns lieber schon mal Taschentücher bunkern."

„Gut, dann machen wir das, aber nur deinetwegen! Du wirst nämlich so und so im Flugzeug Rotz und Wasser heulen. Entweder, weil du ihn vermisst, oder weil dir erst da, und damit zu spät, aufgeht, dass du die Chance deines Lebens auf den allerschönsten Sex der ganzen Welt vergeigt hast!"

Ihr Blick wurde merkwürdig eng und ernst, dennoch lachte sie verhalten. „Ich denke, den hast schon du?"

Die Stimmung drohte zu kippen. „Ja, für mich. Aber jeder hat doch für sich seinen eigenen besten Sex."

Wir sahen uns an. In ihren Augen erkannte ich eine Sehnsucht und Leere, die ich von mir selbst kannte. Auch wenn wir uns noch nie über Details unseres Liebeslebens ausgetauscht hatten, weil ich generell nicht darüber sprach, so war jetzt der entscheidende Zeitpunkt dafür gekommen. Ich gab mir einen gewaltigen Ruck, um den Stein ins Rollen zu bringen, ließ es dann aber bleiben, weil ich keine Bilder von Delia mit wem auch immer in Aktion im Kopf haben wollte. „Ich kann mich ja nicht einmal daran erinnern, wann ich zuletzt geküsst habe!"

„Du ..." Delia schaute mich an, dann ruckelte sie die Schultern und lachte heiser, als ob ich völlig naiv und soeben vom Mond gefallen wäre. „Erwachsene küssen und schmusen doch nicht mehr. Das hört doch auf, wenn man Sex hat."
Wir sahen uns an, und mir war, als würde meine Welt aus den Angeln gehoben werden. Würde Max mich nun nicht mehr küssen, weil ich zu schnell mit ihm ins Bett gegangen war? Niemand sagte etwas, bis die Roomboys kurz an die Tür klopften und wir erschreckt feststellten, dass es höchste Zeit für die vorverlegte Therapiestunde war.

Delia

Da ich den Nachmittag damit verbracht hatte, meinen Schlaf nachzuholen, sah ich Aurel erst bei der Abendmeditation wieder. Ich saß schon auf der Matte, als er hereinkam. Von Bea fehlte jede Spur, was vermutlich an Max' Abstecher in ihr Zimmer lag.
Als ein imposanter Mann mit einem Turban und einer unglaublich klaren Aura den Raum betrat, gefiel dieser mir zwar auf Anhieb, dennoch brauchte ich einen Moment, bis ich ihn erkannte. Ohne die Haarpracht wirkten seine Gesichtszüge einerseits markanter und maskuliner, doch sobald er lächelte, kehrte all die anschmiegsame Weichheit zurück.
Unsere Lippen formten lautlos „Hallo" und er setzte sich neben mich; ich merkte ihm an, wie wohl ihm der erste Ölguss getan hatte. Er schien noch befreiter und gelöster, noch heller und klarer als zuvor.
Zum Abendessen zog ich ein wunderschönes knöchellanges Plisseekleid mit Spaghettiträgern an. Es hatte einen zartrosa Farbverlauf und war mit feinen Goldfäden durchwirkt. Ich selbst fand, dass ich aussah, wie ich mich fühlte, nämlich fantastisch.
Beim Essen, zwischen grüner Suppe, Kürbiseintopf und bitteren Gurken schwärmten die beiden von der Behandlung.

Es musste sagenhaft wohltuend sein, so „als würde sich ein Schalter umlegen". Ich konnte es kaum erwarten, bald selbst in den Genuss zu kommen.

Während dieser besonderen Zeit sollte man noch mehr als sonst jede Aufregung, äußere Einflüsse, Wind und Wasser vermeiden und noch mehr Ruhe als sonst suchen. Aurel würde also bestimmt nicht schwimmen gehen. Das ganze Essen über machte ich mir Gedanken, ob wir uns heute Nacht wiedersehen würden. Wenn ich nicht liiert gewesen wäre, hätte ich ihn einfach gefragt, aber so musste es nach einem Zufall aussehen. Sollte ich den Wecker stellen? Oder würde er lange schlafen? Vielleicht würden diese äußeren Umstände mir das Leben leichter machen, denn ich sollte keine Treffen einfädeln. Mein Freund wollte ein Haus kaufen und ich wollte Kinder. Gut, Vincent fehlte mir kein bisschen und die Beziehung mit ihm war nicht immer leicht, aber welche war das schon? Das schlechte Gewissen begann mit Krokodilszähnen an mir zu nagen. Während ich hier von einem anderen träumte, machte er sich wahrscheinlich gerade Gedanken darüber, wie er den Kredit zusammenkratzen könnte. Um Himmels willen. Mir wurde flau. Ob ich mich nicht doch noch einmal melden sollte? Bestimmt wartete er darauf. Aber hatte das nicht Zeit bis nach der Aufführung, auf die ich mich so freute?

„Wenn das hier ein richtiges Theater wäre, würde ich dir jetzt ein Glas Champagner anbieten. Aber so: Darf ich Sie auf eine Tasse köstlichen Kapha-Tee, Jahrgang 2019 einladen?", fragte Aurel mit einer angedeuteten Verneigung, nachdem wir fertig gegessen hatten. Lachend stimmte ich zu, und zu viert gingen wir hinunter ins Foyer, von dem ein Teil in ein Theater umfunktioniert worden war. Dabei bot Max herumalbernd Bea den Arm an, und wie eine Grand Dame schwebte sie über die Wendeltreppe ins Foyer hinunter. Dort fanden wir auf zwei nebeneinanderstehenden Chaiselongues Platz, Bea teilte sich eine mit Max und ich eine mit Aurel. Ich dachte nicht an Vincent, sondern daran, wie wir auf dem Boot nebeneinandergesessen hatten. Dazu kam die Vorfreude auf die Vorstellung und mein Herz schlug höher. Schon als Kind hatte ich es geliebt, wenn die ganze Familie gut gelaunt und fein gekleidet zu einem Konzert oder ins Theater ging. Die Begeisterung hatte im Kasperltheater begonnen und nie aufgehört. Selbst in Berlin hatte ich mich dafür hübsch gemacht, und erst seitdem ich es nicht mehr tat, hatte es den Reiz des Besonderen verloren, was ich bedauerte. Manches prägte einen eben ein Leben lang, genau wie meine Vorliebe für Lampions und bunt leuchtende Girlanden. Ein Lokal konnte noch so schäbig sein, sobald rote, blaue, gelbe Glühbirnen zwischen den Ästen leuchteten, bestellte ich mir schon ein Glas Wein.

Hier fehlten Wein, Lampions und sogar das Bühnenbild. Dafür schlugen zwei Männer die Trommeln und Pauken so laut, dass ich den Hall in mir spürte. Ansonsten bestand die gesamte Attraktion aus den vier Tänzerinnen, die sich in exotisch bunten, aufwändig genähten Kostümen anmutig zur Musik bewegten. Nach jeder Nummer schlüpften sie in eine neue Verkleidung, unter die Trommeln mischten sich Flöten oder wurden stellenweise ganz davon abgelöst. Ich fragte mich, welche Bedeutung sich hinter den kunstvollen Figuren verbergen mochte. Entzückt klatschte ich nach jeder Einlage, und auch die anderen schienen ihren Spaß zu haben. Der Abend war umso schöner, weil Aurel neben mir saß. Jedes Mal, wenn ich zu ihm schielte, trafen sich unsere Blicke, sodass ich mich heimlich fragte, ob er von der Show überhaupt etwas mitbekam. Das Gleiche galt für Bea und Max, die immer näher zusammenrückten, sich an den Händen hielten und leise tuschelten und kicherten.

Normalerweise lag mein Handy im Zimmer, heute jedoch hatte ich es bei mir, weil ich Fotos machen wollte. Mitten in einem energiegeladenen Drachentanz traf eine Nachricht von Vincent ein. Ich erschrak, weil er sich meldete und ich mich nicht darüber freute. Er kam mir wie ein Eindringling in diese heile Welt vor. Ich ignorierte die Nachricht. Mit der Zeit quälte mich die Neugierde jedoch so stark, dass ich doch nachschaute. Es war nicht viel, was er schrieb, und obendrein hätte ich mir den Wortlaut denken können: „Was stellst du an?"

Verärgert warf ich das Handy in meine Tasche und konzentrierte mich nun verbissen auf die Tänzer. Dabei bemerkte ich Aurels verstörten Blick. Ich wusste nicht ein noch aus. Warum musste nun ich ihm antworten anstatt er mir? Er hatte meine Frage komplett ignoriert! Warum war er emotional so behindert und wieso musste ich mir davon den Abend verderben lassen? Nein, natürlich musste ich das nicht, rief ich mir ins Gedächtnis, denn es lag ja immer an einem selbst, wie man auf etwas reagierte. Dennoch war sein Verhalten unreif, und ich war nicht sein Kindermädchen. Ich wurde so wütend, dass ich ihn am liebsten angerufen und angeschrien hätte, was ich jedoch bleibenließ. Stattdessen tat ich etwas, bei dem ich mich vermutlich wie jemand fühlte, der die Zündschnur einer Bombe abriss. Ich wusste genau, was ich tat. Ich schickte ihm Fotos von der Tanzshow und wartete auf die Explosion. Die Häkchen wurden blau, aber nichts passierte. Ich wartete weiter, aber alles blieb ruhig. Ich hatte das Handy gerade wieder weggesteckt, da vibrierte es schließlich doch und der Knall kam. „Hätte nicht gedacht, dass du auch noch auf dermaßen imperialistische Gewaltakte stehst."

Trotz meiner eigenen Provokation trafen mich seine Worte mit voller Wucht. Ich erstarrte, rang nach Atem und nickte wohl so, wie George W. Bush damals vor der Schulklasse nickte, als man ihm mitteilte, dass zwei Flugzeuge in die Twin Towers gecrasht waren.

„Was ist?", fragte Aurel in die Pause zwischen den Stücken hinein, sodass Bea und Max alles mitbekamen.

„Ach, nichts", stammelte ich. „Nur ein – ein Freund, der die Aufführung als „imperialistischen Gewaltakt" bezeichnet."

„Als was?"

„Nun ja, ich vermute, es hängt damit zusammen, dass er glaubt, dass man die Tänzer ausbeutet, sie zu einer Art kulturellen Prostitution zwingt oder so ..."

„Vincent?", rief Bea aufgebracht, und Max höhnte.

„Kulturelle Prostitution, soso. Schreib ihm, dass er ein moralistischer Diktator ist und dich die Show genießen lassen soll!"

Ich wusste weder ein noch aus. Ich fand Max unverschämt, auch wenn er vermutlich ansatzweise recht hatte. „Entschuldigt mich." Ich sprang auf und lief auf die Terrasse, um allein zu sein, doch Bea folgte mir.

„Sag, war das Vincent?", fragte sie.

„Klar war er es. Wer schreibt sonst solche Sachen?", schimpfte ich und erkannte mich dabei selbst nicht wieder. „Er tut sich emotional schwer, ja. Aber nach drei oder vier Tagen Funkstille kann er doch nicht einfach „Was stellst du an?" Schreiben und so tun, als wäre nichts gewesen, oder?"

„Was stellst du an? So was kann er gar nicht schreiben, außer im Scherz, du bist doch kein kleines Kind mehr! Außerdem spielt er den Ball an dich zurück und sagt wieder nichts von sich, stimmt's?"

„Stimmt", gab ich widerstrebend zu, weil ich trotz allem das Gefühl hatte, Vincent zu verraten. „Es ist so verrückt, denn trotz allem fühle ich mich genötigt, ihn zu verteidigen, zu behaupten, er sei unsicher oder eifersüchtig, weil ich ohne ihn hier bin. Ich sollte sagen, dass er sich immer so verhält, wenn er Angst hat, mich zu verlieren, etc. pp. ad absurdum." Ich schnitt eine Grimasse und schrie „Mann!"

Bea lachte ungläubig. „Aber?"

„Aber ich habe keine Lust und keine Kraft mehr! Es reicht mir! Klar habe ich ihn absichtlich provoziert, damit ich es Schwarz auf Weiß habe. Mir reicht's! Das ist doch der reinste Kindergarten! Ich meine, der Kerl ist einer der angesehensten Journalisten der Republik und bringt solche Sachen! Das passt doch hinten und vorne nicht zu dem, was er in seinen Texten fordert und behauptet, und wie er sich in der Öffentlichkeit gibt! Er ist –" Ich verstummte, weil ich die einzig zutreffenden Worte nicht aussprechen wollte. Verlogen. Erniedrigend. Intolerant. Doppelmoral. Bigott. Heuchlerisch. Ein Schleimer vor der Welt und dem Herrn.

Bea blieb gefasst. „Nein, das tut es nicht", war alles, was sie sagte, und es war genug. Vincents Nimbus bröckelte bereits.

Delia

Ich lag im Bett und las, um mich zu betäuben, ich las, um in ein schöneres Leben zu finden. Doch auch der Tennis-Held meiner Jugend kämpfte gegen einen Drachen, nämlich die Ballmaschine, die sein Vater gebaut hatte. Er hasste die Nick Bolletiere Tennisakademie, in die Bea und ich so gern gegangen wären. Als ich jedoch las, welche Zustände dort herrschten, war ich dem Himmel, unseren Eltern und meinem mangelnden Talent dankbar, dass wir im beschaulichen Bayern geblieben waren und uns eine andere Karriere ausgesucht hatten.

Wie durch ein Wunder schlief ich ein, allerdings auch ohne mir den Wecker für ein vermeintliches nächtliches Treffen zu stellen. Gegen vier Uhr erwachte ich von allein, und da ich ausgeschlafen war, vollführte ich das aufwändige morgendliche ayurvedische Reinigungsritual mit Zunge-Schaben, Ölziehen und Nase-Reinigen. Ich trank den Rest des warmen Wassers, zog mich an und ging hinaus in den Garten. Es begann gerade zu dämmern, die Welt war schon dunkelblau. Das Meer spiegelte sich silbern unter dem Halbmond und den Sternen, und es rauschte so beruhigend wie eh und je heran, schlug an die Mauer, rollte zurück. Ich schloss die Augen und atmete tief ein.

Tief in Gedanken versunken ging ich an der Mauer zum Meer auf und ab. Alle paar Schritte flammte in mir die Hoffnung auf, Aurel möge in den Garten kommen, aber ebenso schnell verbot ich sie mir wieder. Als ich das dritte Mal am westlichen Ende bei der kleinen Pagode ankam, schickte der Tag bereits sein violettes Licht voraus und ich erkannte die Silhouette einer Person, die dort im Lotussitz saß. Erschrocken blieb ich stehen, mein Herz raste, dann ging ich weiter. Es war tatsächlich Aurel, der zusah, wie ich näherkam, ganz so, als hätte er mich erwartet.

„Ich hatte gehofft, dass du kommst", sagte er so unumwunden, dass es mir kurz die Sprache verschlug.

„Ich auch", antwortete ich leise, ohne ihn anzusehen.

„Das freut mich sehr. Es macht mich glücklich, dass wir uns kennengelernt haben."

Nun sah ich ihn doch an, und selbst im Morgengrauen glänzten und schimmerten seine Augen. Wie so oft hatte ich das Gefühl, darin eine ganze Welt zu finden. „Ich sollte das zwar nicht sagen, aber mir geht es genauso."

Er musterte mich eingehend. „Und warum solltest du mir das nicht sagen?"

„Na, weil ... Das weißt du doch."

„Wegen deines Freundes?", fragte er heiser.

„Na klar. Er ist schwierig, es ist schwierig – aber, mein Gott, er ist mein Freund! Wir – er – wir wollen ein Haus kaufen!" Ich wollte nicht weiter darüber sprechen, mit niemandem, und schon gar nicht mit Aurel.

Aurel stieß den angehaltenen Atem aus, sein Blick verdunkelte sich, matt sagte er: „Das sind ja große Pläne."

Ich nickte bedrückt und wir schwiegen, bis ich fragte: „Du hast doch auch eine Freundin, oder nicht?"

„Ja, die habe ich. Danke, dass du mich erinnerst." Er lachte traurig. „Es läuft schon länger nicht mehr gut, und seitdem ich hier bin, werden mir die wahren Gründe dafür bewusst. Das, was ich bislang für problematisch gehalten habe, ist nur die Oberfläche. Die wahren Gründe liegen darunter, und das macht mir zu schaffen."

Ich schluckte, meine Kehle wurde eng, weil ich nicht wollte, dass er traurig war, noch dazu, wegen einer Frau, die ich zwar nicht kannte, aber von der ich wollte, dass sie keine Rolle in seinem Leben spielte, weil – nun, weil ich mit ihm hier saß. Das war entsetzlich unreif, egoistisch und kurzsichtig. Unfair Vincent gegenüber. Und vor allem ziemlich blind.

„Und was sind die?", fragte ich.

Er wandte sich ab.

„Ich weiß nicht, ob ich darüber reden will, oder soll. Aber es hat damit zu tun, dass ich vielleicht mehr will, als ich mir oder ihr gegenüber zugebe." Hieß das, dass er sie mehr liebte, als er ihr sagte? „Wenn das so ist, muss ich mein Leben neu überdenken, denn dann" Ich hielt den Atem an. Gleich würde er es sagen, dann wusste ich, dass die zufälligen Berührungen keine weitere Bedeutung hatten, dass ich wie als Kind tagträumte und fantasierte. Dann aber war doch nicht alles aus, sondern weiterhin im Ungewissen, denn er sagte: „Dann kann ich sie nicht heiraten."

„Nicht?", fiepte ich aufgeregt.

„Nein. Und das würde alles ändern." Seufzend fuhr er sich übers Gesicht. „Aber wer nicht wagt, gewinnt nicht, oder? Hinter dem Drachen liegt doch der Schatz, oder nicht?"

„Das Gleiche hat meine Freundin auch gesagt, damit ich hierherkomme. Weißt du, was der Drache ist?"

„Ich? Ja. Und du?"

„Mir schwant etwas, aber – ja, auch das würde alles ändern." Ich stieß den Rest der angehaltenen Luft aus und schaute in die dunkle Ferne.

Gerade, als die Stille unangenehm zu werden drohte, flüchtete er sich in einen vermeintlichen Scherz: „Vielleicht bin ich dein Drache?" Es sollte witzig klingen, aber es war todernst und traf vermutlich ins Schwarze, deswegen lachte ich nur schwach.

„Das glaube ich nicht", sagte ich kaum hörbar. Eher wäre er der Schatz, aber nun driftete ich vollkommen ins Reich der Utopien ab.

Schnell fing er sich wieder und sprach. „Es ist ein vergeudetes Leben, wenn man zu feig ist, die ganze Bandbreite zu fühlen, findest du nicht?"

„Absolut, aber es ist nicht einfach. Es erfordert viel Mut."

„Natürlich. Je mehr ich darüber nachdenke, desto sicherer bin ich mir, dass die Fähigkeit zum Glücklichsein aus einem selbst kommen muss und nicht von außen kommen kann."

„Du meinst, es ist wie ein Bungeesprung? Der putscht kurz auf, aber es hat nichts mit dauerhaftem Glück zu tun?"

„Ganz genau. Man braucht den Kick, um den Rausch zu spüren. Das gilt für alles, auch für den Traumpartner: Wenn man ihn nicht bewusst schätzt, wird er wertlos und man braucht was Neues, Besseres, Aufregenderes. Man ist nie zufrieden. Nie *in* Frieden, es herrscht ständig Krieg in einem."

Er sagte das so ernst, als würde er über die verlorene Zeit, in der er das nicht getan hatte, trauern.

Mir fiel ein, dass meine Oma immer gesagt hatte, sie wolle nur zufrieden sein, mehr nicht. Alles andere wären Abweichungen von dem einzigen Zustand, den man selbst steuern könnte. Das sagte ich Aurel.

„Deine Oma war sehr weise. Man kann nicht immer glücklich sein, aber man hat es selbst in der Hand, ob man dankbar und zufrieden, also in Frieden mit sich und der Welt ist. Diesen Zustand des inneren Friedens strebe ich an. Klingt das zu esoterisch, zu abgefahren? Hältst du mich für einen Spinner?"

„Wie bitte?" Überrascht, aber auch befremdet lachte ich auf.

„Nein, gar nicht." Seine Worte kamen mir einerseits erfrischend neu, andererseits abgedroschen alt und belehrend vor. Ich begann, mich zu ärgern, ohne zu begreifen, warum.

„Was hast du denn?", fragte Aurel besorgt.

„Ich? Nichts. Gar nichts."

„Doch, da ist doch was. Hab ich was Falsches gesagt, weil du dich ärgerst?"

Warum wusste er, was ich fühlte und wie es mir ging? „Weißt du,", sagte ich schließlich seufzend, „für mich klingt das scheinheilig, so, als würde man sich selbst was vormachen."

Er wich zurück. „Wieso denn?"

Es widerstrebte mir, auch nur zu denken, was ich verzweifelt aussprach: „Da muss doch mehr sein!"

Er strengte sich an, ruhig zu bleiben. Ich wartete auf seine Finger auf meiner Hand, aber sie kamen nicht. „Mehr als was?"

„Mehr als der Wohnzimmertisch, der mein Büro ist – mehr als – ach, verdammt, ich weiß doch selbst nicht, warum ich immer so unzufrieden bin! Denn ich bin unzufrieden! Ich habe alles und will immer mehr, zumindest, seitdem ich hier bin. In Berlin war ich zufrieden!" Ich schlug die Hände vor dem Gesicht zusammen und hätte am liebsten geschrien. Oder, wenn ich ein Krokodil gewesen wäre, hätte ich um mich geschnappt und alles verscheucht, was ich nicht mehr haben wollte.

Aurel wartete, bis mein Jähzorn, auch das ein typisches Pitta-Leiden, verraucht war, dann legte er eine Hand auf meinen Rücken und machte beruhigende Laute. Behutsam zog er mich an sich. Erleichtert verbarg ich mein Gesicht an seiner Brust und ließ den Tumult in mir mit jedem Atemzug ruhiger werden, bis es gut war.

„Wo bist du denn unzufrieden?", fragte er leise.

„Ach, ich weiß auch nicht. Momentan, also hier, bin ich gar nicht unzufrieden. Wenn es nach mir ginge, könnte immer alles so bleiben." Ich versuchte ein Lächeln, dass sich über die Verzweiflung jedoch schwertat.

Er streichelte über meine Wange, dann legte er beide Hände auf mich und hielt mich an sich gedrückt. Ein tiefes Gefühl von Geborgenheit umfing mich. „Vielleicht hast du ja auch Gleichgültigkeit oder so eine schwere, drückende Stille mit Zufriedenheit verwechselt?"

Ich konnte nicht reagieren, weder etwas sagen noch nicken noch den Kopf schütteln. War das möglich?

„Und vielleicht bist du jetzt einfach nur glücklich", sagte er heiser und ich spürte die Hitze in seinem Körper. „So wie ich." Ich bewegte mich vorsichtig, doch er hielt mich weiter fest, sodass ich mich seufzend an ihn schmiegte. Seine starke, weiche, warme Brust war der heimeligste Ort, den ich je gekannt hatte, und ich wollte für immer bleiben.

„Vorhin, wie schon bei der Flusssafari, habe ich mir gewünscht, ein Krokodil zu sein, weil es so sorglos lebt", flüsterte ich nach einer Weile, als ich befürchtete, es könnte ihm langweilig werden.

„Ein Krokodil? Nicht auch noch das. Für mich bist du doch schon die kleine Schildkröte mit dem dicken Schutzpanzer." Schwer vor Nähe zog er mich wieder an sich.

„Hey." Ich kicherte matt, weil alles so ewig und unwichtig war. Ich wollte ihm nur nah und noch näher sein, ihn spüren und halten und von ihm gehalten werden, damit alles gut war.

„Das ist wirklich kein schönes Bild. Ich finde es schon schwer genug, an die Schildkröte ranzukommen. Und jetzt sagst du mir, dass du noch lieber ein Krokodil wärst!"

„Sag ich doch gar nicht", seufzte ich glücklich bis ins Mark und schmiegte mich noch enger an ihn.

„Doch. Gerade vorhin. Sag, warum wärst du gern ein Krokodil?", fragte er und rückte von mir ab, um mich anzusehen und zum Sprechen zu animieren. Wir waren einander so nah, dass ich außer seinen tiefgründigen, warmen Augen mit den dichten Brauen und langen Wimpern nichts sah. Unsere Blicke trafen sich und sanken ineinander. Eine Weile, die genauso gut endlos hätte sein können, bewegte sich nichts. Alles war, wie es sein sollte. Da man die Ewigkeit und endlose Glückseligkeit aber nicht fassen und genauso schwer ertragen kann, durchbrach ich den Zauber, indem ich sprach.

„Nein. Ich will auf keinen Fall ein Krokodil sein."

„Nein?"

„Nein." Ich schluckte. Ich wusste, spürte, wollte, was kam. Es fühlte sich an, als würde ich nach einem langen, beschwerlichen Marsch durch Schnee und Eis, spät nach Einbruch der Nacht ein letztes Mal das Bein heben, um über die kniehohe Schwelle in die warme Hütte eines Fremden zu treten, in der auf einem offenen Feuer ein nährendes Mahl kochte. Der letzte Schritt war der, für den ich so weit gekommen war, dennoch war er der schwierigste, weil der Mann am Herd zwar mein Ziel, aber dennoch fremd war. Er sah zwar aus wie meine Rettung, aber konnte ich ihm trauen? Was, wenn die Hütte zum Gefängnis wurde? Wäre der Tod im Schnee nicht besser, weil freier? Denn es ging um Leben und Tod, nicht mehr und nicht weniger. Ich musste mich entscheiden, was ich wollte, musste wissen, wozu ich überhaupt losgegangen war und so lang gekämpft hatte: Sterben oder leben. Und Letzteres bedeutete volles Risiko.

Ich wollte Wärme, Nahrung, ein Heim, einen Ort zum Bleiben. Ich wollte Liebe.

Deswegen sagte ich, gedanklich wieder bei den Krokodilen: „Die können sich ja gar nicht umarmen, weißt du?"

„Mhm." Sein Gesicht kam mir noch näher, ich konnte kaum noch atmen. „Und beim Kuscheln tun sie sich auch schwer", wisperte er so rau, dass die Härchen in meinem Ohr flimmerten und ich stockend einatmete.

Mein Herz klopfte bis in die Ohren. „Und ... und küssen können sie sich auch nicht."

Einen Moment blieb alles still. Dann schloss er beide Arme um mich und zog mich mit einem lauten, befreiten Stöhnen an sich. „Außer sie haben sich zum Fressen gern." Er drückte mich so stark an sich, dass es wehtat, dann ließ er locker, hielt mein Gesicht mit beiden Händen zart fest und küsste mich. Wir küssten uns mit einer Hingabe und Zärtlichkeit, die ich niemals für möglich gehalten hätte. Die Erde unter mir schien zu beben und der Himmel sich zu senken.

Noch nie in meinem Leben hatte ich so geküsst wie an diesem Morgen und noch nie war ich so liebevoll und beinahe ehrfürchtig geküsst worden wie von Aurel.

Er streichelte mich, als wäre ich zerbrechlich oder das Wertvollste, was es gab.

Wir küssten uns erst zögernd, tasteten uns ungläubig vor, hielten immer wieder inne und sahen einander verzaubert an. Da wir keine Schranken fanden, fielen wir ineinander. Seine Lippen waren weich, warm und voll. Er fasste meine Wange, hielt meinen Hinterkopf in einer Hand und küsste mich immer leidenschaftlicher. Langsam sank ich auf den Rücken, er lag halb auf, halb neben mir, und während wir uns unablässig küssten, erkundeten unsere Hände so ehrfürchtig den Körper des anderen, dass ich beinahe weinte. Unser Atem ging schleppend, unsere Bewegungen waren schwer vor Trunkenheit und ich drängte mich ihm und seiner wachsenden Erregung immer begehrlicher entgegen. Meine Hände glitten unter sein T-Shirt und endlich spürte ich seine nackte, weiche, warme Haut, von der ich so lange geträumt hatte. Genüsslich stöhnte er vor sich hin, streichelte mein Gesicht, meinen Hals, meine Taille, meinen Po. Zitternd flehte ich innerlich, er möge meinen BH öffnen oder zumindest zur Seite schieben, doch er tat nichts dergleichen.

„Bitte", wimmerte ich und hakte meine Finger unter den Saum seiner Bermuda, doch er hielt mich sanft davon ab. „Später", keuchte er. „Lass dir Zeit. Wir haben so viel Zeit. Küss mich einfach weiter. Bitte, küss mich, es ist so schön. Ich will nicht, dass es aufhört."

Er hatte die Augen halb geöffnet, aber ich sah keine Pupillen, nur das Weiß seiner Augäpfel. Sein gesamtes Dasein vibrierte vor Verlangen, aber er tat nichts, um es zu befriedigen. Stattdessen rollte er auf den Rücken, zog mich an sich und wir küssten uns so fantasie- und hingebungsvoll weiter, dass mir die Sinne schwanden. Ich zerfloss in diesem blinden Vertrauen, dieser grenzenlosen Hingabe und berauschenden Lust, von der ich nicht gewusst hatte, dass es sie gab.

Ich war so völlig weggetreten, dass mir nicht auffiel, dass ich nichts Besonderes tat, um ihn heißzumachen: Ich keuchte nicht extra laut, ich stöhnte nichts Versautes darüber, was er tat oder tun sollte, ich sah ihn nicht schmollend oder lechzend an. Ich tat nichts von alledem, was ich normalerweise tat, und er tat nichts von dem, was Vincent normalerweise tat.

Wir küssten und streichelten uns, bis die Sonne goldgelb am Himmel stand und zwei Damen hüstelten. Es waren die beiden Hs. Blitzschnell und beschämt drehten wir uns auf den Bauch, steckten die Köpfe unter die Arme und lachten aufgedreht.

Delia

Ich meldete mich nicht bei Vincent, weil mir nichts einfiel, was sich in einem Chat hätte klären lassen, egal, wie angestrengt ich über mögliche Formulierungen nachdachte. Ich beschloss, ihn anzurufen, erreichte ihn aber nicht und hinterließ auch keine Nachricht. Stattdessen schwebte ich durch die Anlage.

Bea und Max waren offiziell ein Paar, und um ehrlich zu sein: Sie waren ein Traumpaar. Sie hielten Händchen, schmachteten sich an und verbrachten viel Zeit auf den Zimmern. Ich freute mich für sie, zweifelte aber zugleich daran, dass Bea die Affäre am Kurende einfach so als „mein schönstes Ferienerlebnis" würde abschreiben können.

Allerdings schien auch ich mich in die gleiche Gefahrenlage zu manövrieren, denn mein Blick suchte permanent Aurel und selbst wenn er nicht da war, glaubte ich, wir würden uns berühren. Ich verdrängte die Probleme zuhause und genoss das Gefühl der Schwerelosigkeit, der Grenzenlosigkeit und dieser unendlichen Lebendigkeit, die wie die Blasen eines Whirlpools in mir blubberten und konstant nach oben drängten.

Den Nachmittag verbrachten wir alle vier im Garten, Bea teilte sich einen Schirm mit Max und ich einen mit Aurel. Natürlich übertrieb ich gnadenlos, aber in dem Moment, in dem er sich neben mich legte, kam es mir wie ein offizielles Bekenntnis vor. Das war verwirrenderweise wunderschön und furchterregend zugleich. Ich sah ihm dabei zu, wie er in ein in weiches Leder gebundenes Tagebuch schrieb, und las in meinem Buch. Aurel hatte Recht gehabt: Der Text war so schön, dass ich immer weiterlesen wollte, aber gleichzeitig nicht wollte, dass es aufhörte.

Wir unterhielten uns über leichte Themen, wie Aurels Kindheit in den vielen verschiedenen Ländern und unsere Zukunftspläne. Während er mit der 925-Beratung große hatte, hatte ich keine.

Er erzählte mir mehr von seiner Geschäftsidee, die man nine-to-five, also neun-bis-fünf aussprach, weil es ihr Ziel war, zu einem verträglichen Maß an Arbeit, nämlich von „neun bis fünf" zurückzukehren und sein Leben wieder selbst in die Hand zu nehmen. Das hatte viele Komponenten, die einfachste und zugleich schwierigste davon schien mir: „Das Kernstück ist dabei die Zerstreuung. Wir beginnen damit, dass Handys verboten sind und dass man während der Arbeit nicht privat ins Internet darf. So ist man voll und ganz bei der Sache und kann um fünf oder sechs nachhause gehen. Mehr als sieben Stunden pro Tag ist ohnehin niemand produktiv, aber das weißt du ja. Ein Großteil der Burnouts rührt daher, dass so viel Verschiedenes gleichzeitig auf einen einprasselt. Man ist völlig zerrissen, zer-streut. Jeder Einzelne ist für sich selbst und andere verantwortlich. Das fängt damit an, dass man sein Anliegen in eine einzige E-Mail packt, anstatt zwanzig kurze zum gleichen Thema zu schreiben, oder dass man anruft und alles auf einmal klärt. Dann wäre eine Sache erledigt und man hätte noch dazu persönlichen Kontakt. Der Arbeitstag muss wieder kompakter, weniger zerklüftet werden."

Ich war Feuer und Flamme für seine Idee, auch wenn ich leise Zweifel am Erfolg hatte. „Das klingt aber gar nicht nach den Big Players wie Google etc."

„Nein, ganz und gar nicht. Die wollen ja, dass die Belegschaft nur für die Firma lebt. Wir wollen, dass die Angestellten ihr Privatleben wieder selbst in die Hand nehmen. Es braucht mutige Unternehmen mit Weitblick. Aber der Gewinn wird gigantisch sein. Die Mitarbeiter werden zufriedener und weniger krank, sie machen weniger Überstunden, was viel Geld spart."

„Das klingt echt gut", sagte ich. „Bietet Ihr auch Programme für Über-Ehrgeizige wie mich an, damit die nicht ganz ohne Internetablenkung ausbrennen?"

Wieder einmal hatten wir die Nacht halb durchgemacht, sodass wir erneut erst nach der Behandlung zum Schlafen kommen würden. Das war alles andere als im Sinne der Kur, aber was konnte man tun, wenn das Leben auf einmal mit voller Wucht da war?

Wir sahen uns bei der Meditation, einem überflüssigen Unterfangen, da ich ohnehin nur noch aus Liebe, Güte, Wohlwollen bestand. Anschließend waren wir zu müde fürs Yoga, rollten die Matten auf und gingen nebeneinander aus dem Saal. Verträumt lächelten Aurel und ich uns an, und als seine Hand nach meiner tastete, meinte ich, vor Glück zu zerspringen. Max schien Bea in ihr Zimmer folgen zu wollen. Ich war hin- und hergerissen, ob ich sie um ein kurzes Gespräch bitten sollte, da sagte sie von sich aus zu Max: „Hey, Schatz, wir sehen uns beim Frühstück, okay?"

Er gab ihr einen Kuss und drehte sich zu Aurel, dem er einen Arm um die Schultern legte und mit sich fortzog.

„Na?", fragte Bea gedehnt, als sie die Tür hinter uns geschlossen hatte, und sah mich wie das achte Weltwunder an.

„Na, was wohl!" Ich kicherte, bevor ich ernst wurde. „Bea, halt dich fest, aber ich glaube, ich bin verliebt", seufzte ich mit der gebotenen Dramatik und ließ mich rückwärts auf ihr unbenütztes Bett fallen. Ich starrte auf das Moskitonetz und den Ventilator, und sah doch nur Aurels wunderschönes, gottgleiches Gesicht, das ich in Gedanken noch immer streichelte und küsste, und an dem ich mich niemals würde sattsehen können.

Bea jubelte los und hüpfte sogar in die Luft. „Das gibt's ja nicht! Ich werd verrückt! Endlich! Och, Mensch, ist das schön! Ich freue mich ja so. Aber sag, wie war's?"

„Es?" Ich lachte weggetreten. „Es gibt kein es. Wir haben uns nur geküsst, Bea, ewig lang nur geküsst. Wie Teenager. Es war – es ist - wie im Traum, oder wie ein Rausch. Ich sag's dir, ich glaube, ich war noch nie so glücklich. Es stimmt überhaupt nicht, dass Erwachsene nicht mehr küssen! Im Gegenteil!"

Sie sah mich so selig an, wie ich mich fühlte. „Nur geküsst? Ach komm, erzähl mir nichts. Das glaub ich nicht! Du meinst Petting, Deli, Mensch, du hast sogar die Wörter vergessen!"

Sie boxte mich in den Arm und hüpfte auf dem Bett neben mir auf und ab.

„Quatsch." Ich lachte und boxte zurück. „Nur geküsst und gestreichelt, sonst nichts. Und es war viel schöner als Sex. Viel, viel schöner. So entspannt, vertraut, so zärtlich."

Bea

Am liebsten hätte ich die ganze Welt umarmt und wäre jubelnd durch das gesamte Hotel gehüpft. Endlich! Das war der Durchbruch! Delia war verliebt! Sie hatte diesen elenden Mistkerl vergessen! Ich merkte ihr an, wie unendlich glücklich sie war. Sie schwebte, sie strahlte, sie lebte! Alles an ihr war licht, war leicht, war lebendig. Es war fast zu schön, um wahr zu sein, und dann war da noch mein eigenes Glück mit Max, an den ich noch auf meinem Sterbebett denken würde. Vielleicht so wie Kate Winslet an Leonardo di Caprio, nachdem die Titanic untergegangen war. Und von wegen, Küssen war schöner als Sex – Delia hatte ja keine Ahnung! Ich schloss die Augen und wünschte ihr, dass sie sie bald hätte. Ob ich den Dingen einfach seinen Lauf lassen oder nachhelfen sollte? Und wenn ja, wie?

Delia

Wie können Wunschtraum und Albtraum zusammenfallen? Jahrelang hatte ich mir gewünscht, dass Vincent sich einmal, ein einziges Mal nur bei mir entschuldigen würde. Ich hatte gehofft, dass er über sein Verhalten nachdenken, seinen Fehler einsehen, mit mir darüber reden und mich achten würde. Ich hatte es mir zwar nie offen eingestanden, doch nun fiel es mir wie Schuppen von den Augen.

Leider haben alle Wünsche das Potenzial, früher oder später Wirklichkeit zu werden, und dabei ist es ihnen egal, ob es zur Unzeit geschieht.

Als ich nach dem gemütlichen Frühstück mein Handy einschaltete, kam eine Nachricht von ihm: „Wollte dir den Spaß nicht verderben."

Ich glaubte, verrückt zu werden, und starrte die Worte an, während sich das Rädchen drehte, um Fotos zu laden.

Vincent! Jetzt? Jetzt war es zu spät! Er sollte weiter schweigen und sich totstellen. Ich wollte, nein, ich brauchte die Pause, den Abstand, die Ruhe! Das tat mir gut! Es ging mir besser! Was wollte er, und von welchem Spaß redete er überhaupt? Ach, richtig, von der Tanzvorführung, aber die war doch eine Ewigkeit her! Warum hatte ich mich bloß bei ihm gemeldet? Ich wollte hier nichts von ihm wissen. Er störte die Ruhe und er störte mein Glück. Ich spannte mich an, schloss die Augen vor der Wirklichkeit, aber als ich sie wieder öffnete, sah ich es doch, das Foto von dem Haus mit dem Satz: „Hier werden wir wohnen."

Wir? Vincent und ich? Zusammen? Noch dazu da drin? Das war - unvorstellbar. Ich geriet in Panik. Nach etlichen tiefen

Atemzügen rief ich mir die Umstände ins Bewusstsein: Ich war hier nur im Urlaub. Ich flirtete mit einem Mann, der sagenhaft gut küsste, von dem ich aber nicht das Geringste wusste. Gut, wir hatten uns viel erzählt, aber Worte waren oft Schall und Rauch. Im wahren Leben hatten wir nichts gemeinsam: Er lebte in den USA, wollte hoch hinaus, war verlobt, legte Wert auf Luxus, hatte Geld – ich saß hier in Beas Kleidern, hatte in Deutschland keine Wohnung und wusste nicht einmal, was ich außer Kindern und nicht ins Ausland ziehen überhaupt wollte. Vor allem hatte ich nur noch knapp 8000 Euro. Meinen gutbezahlten Job hatte ich an den Nagel gehängt und der neue hing von Vincent ab. Und da überlegte ich? Da wollte ich ernsthaft wegen leichtsinniger Gefühle, ein paar Schmetterlingen von dem bisschen Küssen meine Existenz aufs Spiel setzen? Ich war 35, keine 16! So unverantwortlich konnte nicht einmal ich mit meinem Hang zur Leidenschaft sein. Ein Haus auf dem Land und eine Familie waren mein einziges, mein letztes Ziel. Endlich war es dabei, in Erfüllung zu gehen, und ich bekam kalte Füße? Nur, weil Vincent nicht küsste? Und weil Küssen mit Aurel schöner als Sex mit Vincent war?

Ich sprang auf und tigerte an der Mauer am Meer entlang. Ich musste Vernunft annehmen, dachte ich, während ich gen Osten ging, und auf dem Rückweg nach Westen fragte ich mich, ob das nicht alles ein wenig schnell ging. Sollte Vincent mich nicht fragen, ob ich dorthin- und einziehen wollte? Aber vielleicht freute er sich auch nur so, dass er etwas Passendes für uns gefunden hatte. Bestimmt war es nur ein Vorschlag, der für mich wie ein Beschluss klang. Ich sollte mir die Fotos erst einmal in Ruhe genauer anschauen. Das tat ich, und was ich sah, gefiel mir nicht.

Es war ein schmutzig weißes, symmetrisches kleines Kniestockhaus, hatte in der Mitte eine Tür und zu jeder Seite pro Stockwerk ein Fenster. Die Tür war von einem Windfang aus gelbem Plexiglas umgeben, das an mehreren Stellen gebrochen war. Die Seitenansicht zeigte Faserzementplatten und ein kahles Fenster im Erdgeschoss. In dem winzigen Garten wucherten Sträucher und Gräser hoch über den rostigen Maschendrahtzaun. Die Terrasse war ebenfalls zugewachsen, eine verblichene rote Markise hing schief in den Angeln und rissige, verblasste bräunlich-gelbe Fliesen. Gut, das müsste und konnte man alles erneuern, aber dennoch: Das konnte doch nicht sein Ernst sein! Wir wären Jahre damit beschäftigt, alles auf Vordermann zu bringen, und würden uns über tausend Kleinigkeiten streiten, weil ich alles anders haben wollen würde als er. Abgesehen davon war das nicht die ländliche Idylle, nach der ich mich sehnte, denn die hatte gepflegte Rosen- und Himbeersträucher, ordentlich gestrichene Holzbalkone, Blumen vor den Fenstern. Wo stand dieser Verhau überhaupt? Und wie wollte er ihn bezahlen? Teuer konnte die Bruchbude nicht sein, aber mehr als 8.000 Euro würde sie schon kosten, selbst *JJWD*. Aus Ärger schüttelte ich mich. Er konnte das Haus unmöglich gekauft haben, ohne mit mir zu reden! Und falls doch ... Nun, dann hätten wir ein ernsthaftes Problem, denn alles in mir sträubte sich gegen dieses architektonische Verbrechen. Ein großes Haus im Voralpenstil tauchte vor mir auf. Das Haus, das ich nicht haben wollte, weil es in Bayern lag, weil es spießig, privilegiert, bonzig, großkotzig, konservativ, ein Erbe war. Man erbte nicht. Weil ich ... Weil es ... Was sagte Vincent immer darüber?

Verdammt, Vincent!

Ich hatte ihn betrogen.

Ich war fremdgegangen.

Mein Herz schlug wegen eines anderen Mannes höher. Ich hatte Vincent verdrängt und vergessen. Ich hatte meine Ziele und mein Leben verdrängt und vergessen. Ich war eine Verräterin. Damit würde ich, zumindest vorerst, leben müssen, denn in einer Textnachricht oder am Telefon konnte ich das nicht beichten. Trotzdem musste ich etwas sagen, und so bat ich ihn um mehr Fotos.

Bea

Ich war fassungslos. Ich schrie und tobte.
Sie konnte doch nicht allen Ernstes so dumm, so dressiert, so unterwürfig sein! So verflucht hörig! Hatte sie denn gar keinen Stolz, kein Selbstwertgefühl, keine Würde?
„Was? Das Ding da hat er gekauft? Hat er es überhaupt gekauft? Und wo steht es? Zwei Stunden von Berlin entfernt? Was willst du da? Bist du von allen guten Geistern verlassen! Da kannst du nicht hinziehen! Da ist nichts und niemand! Delia bitte, nimm Vernunft an!"
„Ich lerne dort schon Leute kennen. Vincent will längere Texte, vielleicht sogar Bücher schreiben, dort findet er die Ruhe. Wir beide finden Platz und Ruhe zum Schreiben. Es ist bestimmt sehr günstig. Das Leben in der Region ist billig ..."
Sie zählte mir weitere sinnlose Gründe auf, die mich allein wegen ihrer Häufchen-Elend-Haltung und piepsigen Stimme allesamt null überzeugten. Wo war meine gerade noch so strahlende, bis über beide Ohren verliebte Cousine geblieben? Wie konnte man so schnell von einem Extrem ins andere fallen?
„Ruhe zum Schreiben?", polterte ich. „Du gehst doch in Berlin schon an der Einsamkeit zugrunde! Und jetzt willst du noch mehr davon?"
Sie kniff die Augen zusammen. „Die Kinder haben dort mehr Platz."
„Kinder? Welche Kinder? Du bist noch nicht mal schwanger!"
„Noch nicht, aber das werde ich schon noch werden!"
„Und bis dahin willst du die Bruchbude renovieren?"
Sie zuckte die Schultern und begann zu weinen, hatte sich aber sofort wieder im Griff. Ich beruhigte mich und setzte mich neben sie. Wenn ich mich nicht so aufgeregt hätte, hätte ich sie umarmt, aber daran war nicht zu denken. „Komm, Delia, im Ernst, nimm mal Vernunft an! Das ist doch ein Albtraum. Du wirst dich dort nie und nimmer wohlfühlen. Weder in dem Haus, noch in dem Dorf, noch mit Vincent."

Sie sah mich halbtot an, und ich redete weiter.

„Was ist mit Aurel und seinen Küssen, die schöner sind als Sex mit Vincent?"

„Das hab ich so nicht gesagt, oder nach drei Jahren wird es doch bei jedem eintönig. Das sind Flausen. Kein Mensch sollte wegen Verknalltsein seine Zukunft riskieren!"

„Welche Zukunft? Wie stellst du dir das Leben dort ernsthaft vor?"

„Ruhig. Entspannt. Überschaubar", entgegnete sie trotzig. „Ist das so schlimm?"

So kam ich nicht weiter. „Okay, gut, aber wolltest du nicht wieder Berge? Dort ist alles flach. Du wolltest viele Freunde, dort ist niemand. Du brauchst fast einen Tag, wenn du deine Eltern besuchen willst. Da kannst du gleich nach New York ziehen! Dort gibt es keine Cafés, keine Theater, kein Kino, nichts ..."

„Irgendwas wird's da schon geben ...", nuschelte sie, dann kam Leben in sie. Verzweifeltes, gezügeltes Leben. „Aber ich habe Vincent betrogen!"

„Ja, und das ist gut so! Weil alles in dir nach Liebe, Zuneigung, Zärtlichkeit schreit! Delia, wach auf! Wenn zwischen dir und Vincent alles stimmen würde, dann hättest du Aurel nicht stundenlang geküsst und wärst bis vor zehn Minuten meterhoch über dem Boden geschwebt! Dann würde dir dein Freund nicht Fotos von einer Bruchbude schicken und dir befehlen, dort einzuziehen! Dann hättet ihr euch zusammen ein schönes Haus ausgesucht und alles besprochen! Du bist doch keine Marionette!"

Gequält sah sie mich an. „Er wird das Haus bezahlen. Also kann er auch bestimmen."

„Delia!" Entsetzt starrte ich sie an. „Das kann doch nicht dein Ernst sein! Du kannst das Haus in Bayern haben, du hast doch noch wo Geld auf dem Konto, das kann doch nicht alles weg sein."

„Bea, bitte", stöhnte sie. „Es ist bis auf ungefähr 10.000 Euro alles weg, und Vincent will nicht nach Bayern."

„Aber du!"

„Was soll ich denn allein in dem riesigen Haus, auf dem Land, wenige Minuten von meinen Eltern weg. Ach Bea, sagst du nicht immer, man soll das Leben nehmen, wie es ist?"
Ihre Augen waren tot.
„Aber doch nicht so! Was du machst, ist Selbstmord. Da kannst du die Kur ja gleich abbrechen!"
Sie sah tatsächlich aus wie ein Zombie, der zur Vollstreckung seiner Todesstrafe schritt: „Das ist jetzt mein Urlaub. Ich werde gesund, damit ich dann bei den Kindern fit bin. Wer weiß, wie Aurel in echt ist. Ich muss mich bei ihm entschuldigen, weil es ein Fehler war. Ich kann wegen eines Flirts nicht alles aufgeben und wegwerfen."
Ich war wie gelähmt, dann wurde ich fuchsteufelswütend und es war mir egal, wie viel Porzellan ich zerbrach: „Nein, Delia, nein! Tu das nicht! Genieß jetzt einmal das Leben! Mein Gott, merkst du denn wirklich nicht, wie sehr du dich seit Vincent verändert hast? Wie er dich manipuliert und unterjocht? Wie hörig du ihm bist? Du bist doch gar nicht mehr du selbst!"
Delia flippte nicht aus, sondern wurde bedrohlich ruhig und gefasst. Aus schmalen Augen sah sie mich an, und ihre Stimme war kalt. „Jeder Mensch hat seine guten und schlechten Seiten und jeder Mensch verdient Liebe."
War es denn zu fassen! Ich schäumte vor Wut. „Welche guten Seiten hat Vincent? Er tut gut, aber er ist zum Kotzen scheinheilig! Der Kerl fällt über jeden sein gnadenloses moralisches Urteil, er bestimmt, wer gut und wer schlecht ist, ja, er bestimmt, wer noch etwas sagen darf und wer die Klappe halten muss. Und du, Delia, du verbiegst, verkrümmst und verkriechst dich und tust alles für ein jämmerliches Gramm Anerkennung von diesem widerlichen Narzissten! Du erniedrigst dich, nur damit du mit diesem madigen Wurm auf Augenhöhe bist! Mein Gott, was ist denn bei dem Burnout wirklich passiert, dass du das mit dir machen lässt? Was? Sag es mir! Ich verstehe dich nicht!! Ist dir dein Leben denn gar nichts wert?"
Sie war eiskalt. „Das muss ich mir von dir nicht gefallen lassen. Geh jetzt bitte."

Ich erstarrte. „Delia – das ...", stammelte ich, weil mir bewusst wurde, dass ich nicht nur nichts gewonnen, sondern möglicherweise alles für immer zerstört hatte. Mir fiel nichts Gutes ein, stattdessen drehte ich mich in der Tür noch einmal um und setzte einen drauf. „Denk an deinen 32. Geburtstag."
„Raus!"

Delia

Ich fand Aurel im Garten und bat ihn um ein Gespräch. Er merkte mir an, dass etwas nicht stimmte, und folgte mir in mein Zimmer, wo ich ihm die Ereignisse knapp erläuterte. Er verschloss sich, wurde ernst und sachlich, von der Nähe und Verbundenheit war nichts mehr übrig. Ich betrachtete das Geschehen wie eine unbeteiligte Fremde, denn so tat es nicht weh.
„Er hat das Haus gekauft, ohne dass du es gesehen hast und ohne, dass er dich um deine Meinung gefragt hat?"
„Ich glaube nicht, dass er es schon gekauft hat", sagte ich abweisend, und auch Aurel klang so steif wie ein Therapeut, als er fragte: „Bist du sicher, dass du dort glücklich wirst?"
Ich zuckte die Schultern und schaffte es nicht, ihn anzusehen. Ich wollte, dass er ging, weil ich zwar einerseits klein wie eine Amöbe war, andererseits aber das Gefühl hatte, in dem Zimmer keinen Platz zu haben. Ich schaffte es nicht, ihn anzusehen. „Das mit uns war schön, aber rein objektiv betrachtet doch ohnehin nur eine Knutscherei."
Er stieß ein lebloses Lachen aus, das zeigte, wie sehr ich ihn verletzte. Ich erschrak, doch er fasste sich schnell. „Wir sind erwachsen, wir werden damit umgehen können, auch wenn ich – egal. Aber du? Bist du sicher, dass du mit ihm glücklich wirst?"
Einen kurzen Augenblick lang hoffte ich, er würde mich an sich ziehen, mein Gesicht streicheln und mir sagen, dass alles gut werden würde. Dass ich mir um Kinder, Geld, Beruf keine Sorgen machen müsste, dass aus unseren Küssen Liebe

wachsen und wir bis ans Ende unserer Tage glücklich bleiben würden. Aber wir waren erwachsen, und natürlich sagte er das nicht. Abgesehen davon nahm er mich ernst.

„Hör auf, bitte hör auf. Es war ein Fehler. Es hätte nicht passieren dürfen. Ich bin davor noch nie fremdgegangen."

„Zählt Küssen als Fremdgehen?"

„Für mich schon."

„Weil es so schön war?" Er fragte das völlig distanziert, seine Stimme klang so hohl, wie ich ihn wahrnahm, als säßen sich nur unsere äußeren, abgestreiften Hüllen gegenüber.

Ich zuckte stur die Schultern.

Bis auf das hörbare Schlucken und Einatmen zeigte er keine Reaktion.

„An Beziehungen muss man arbeiten. Jeder hat den Partner, den er verdient und der zu einem passt", betete ich einen Lehrsatz moderner Massenpsychologie auf.

„Möglich. Ich habe nur nicht das Gefühl, dass die Frau, die ich in den letzten Tagen kennengelernt habe, zu dem Mann aus euren Erzählungen passt." Ein schmerzliches Lächeln huschte über sein Gesicht und brach mir beinahe das Herz.

„Du kennst mich doch gar nicht." Er sollte mich einmal in meiner eigenen Kleidung und ohne die neue Frisur sehen, dann würde er bestreiten, mich jemals auch nur berührt zu haben. Ich musste ihn vergessen. Das mit uns hatte aus tausend Gründen keine Zukunft. Es war ein schöner Traum gewesen, aber meine Realität lauerte in Berlin. Wie anders würde die Welt mit einem gut gefüllten Konto aussehen, aber ich hatte ja alles verschenkt, weil ich ein so guter, selbstloser Mensch sein wollte. Das hatte ich nun davon.

„Aurel, es tut mir leid."

Mit einem Ausdruck verblassender Hoffnung stand er auf. „Es war schön, aber kurz mit dir. Danke für die Küsse und Träume. Mach's gut."

Dann ging er fort.

Bea

Ich sagte Max, dass es mir nicht gut ginge, setzte mich in mein Zimmer und weinte.

Warum war Delia nicht zu helfen? Wieso sträubte sie sich so hartnäckig gegen ihr Glück? Wozu verschloss sie sich so vehement gegenüber der Freude und Fülle, der Liebe und dem Leben? Musste ich klein beigeben und sie ihrem Schicksal überlassen? Konnte ich wirklich nichts tun? Wie würden Tante Hanni und Onkel Otto darauf reagieren? Ich konnte es ihnen nicht antun, unverrichteter Dinge zurückzukommen.

Zaghaft klopfte es an der Tür, kurz hoffte ich, es wäre Delia, aber es war Max.

„Komm her", sagte er und nahm mich in die Arme. Stockend erzählte ich ihm von dem Streit mit Delia und dem gescheiterten Plan, sie zu retten.

Delia

Wenn ich nicht zur Therapie gemusst hätte, hätte ich wahrscheinlich geweint. Aus Wut, aus Ohnmacht, aus Selbsthass. Nach der Behandlung taten mir wieder die Schultern und der Nacken weh und ich verkrümelte mich für den Rest des Tages in meinem Zimmer; zum Abendessen erfand ich eine Ausrede. Ich wollte niemanden sehen und ließ mir Suppe bringen, irgendwann schlief ich ein. Als ich im Morgengrauen aufwachte, ging ich auf meine nach Westen gerichtete Terrasse, sodass ich vom Sonnenaufgang nicht die Sonne, sondern nur das Licht sah, das den Tag überflutete. Aurel hingegen erblickte ich nicht.

Bei der Meditation grüßte ich alle stumm mit einem Handzeichen, setzte mich ans andere Ende und ignorierte ihre mitleidigen, anklagenden, verständnislosen Blicke. Vor dem Yoga sagte ich kurz angebunden zu Bea, dass ich großen

Hunger hätte und gleich frühstücken gehen würde. Das Essen schmeckte mir nicht und ich bekam kaum etwas hinunter, so verloren und ausgeliefert fühlte ich mich.

Beas traurige Augen und diese grässliche Distanz zwischen Aurel und mir lagen mir schwerer im Magen als die Tatsache, dass ich Vincent noch immer nicht geantwortet hatte. Die Fragen türmten sich mittlerweile Twin Towers hoch in mir auf; ich wusste nicht einmal noch, wo ich anfangen sollte. Aber anfangen musste ich.

In Berlin war es kurz vor sechs Uhr, Vincent schlief bestimmt noch. Doch wenn ich bis nach der Therapie wartete, wäre er womöglich schon bei einem Geschäftsfrühstück. Die einzige Lösung, die ich sah, war, ihm eine Nachricht aufzusprechen, und so legte ich mir die richtigen Worte zurecht. Endlich schaffte ich es, ihn friedlich zu fragen, ob der Kaufvertrag schon unterschrieben sei oder ob ich das Haus von innen und in natura sehen könnte, bevor wir uns entschieden. Dabei verkniff ich mir den Hinweis darauf, dass mein Vater ein Bauunternehmen hatte und ich mich mit Bauweise, Substanz, Material, Instandhaltung etc. auskannte. Dafür fragte ich ihn, wie „wir" es finanzieren wollten, wie er das „Objekt" entdeckt hätte und wie ihm der Ort gefiel. In mir brannten noch unzählige weitere Fragen, die ich mir jedoch alle für später aufhob, denn wahrscheinlich war er mit diesen Fragen schon überfordert und würde nur eine beantworten. Obwohl ich mich so gewaltfrei und umsichtig wie möglich ausdrückte, sorgte ich mich, dass ich ihn verärgern könnte, doch es half alles nichts. Ich könnte noch ewig nach den richtigen Worten suchen, aber nicht länger warten, und so fasste ich mir ein Herz, setzte mich in eine ruhige Ecke der Lobby und schaltete das Handy ein, um die Nachricht abzuschicken.

Es rödelte eine Weile, bis meine Nachricht rausging, dann trafen mehrere bei mir ein. Ich ignorierte die von Tanja und meiner Mutter, denn Vincent hatte wieder Fotos geschickt! Gespannt hielt ich den Atem an. Ich wusste nicht, was ich erwartet hatte, aber mit Sicherheit nicht das.

Es war gut, dass ich saß, aber schlecht, dass ich mich nicht in einem schalldichten Raum aufhielt, denn mit einem spitzen

Schrei ließ ich das Handy fallen. Das erste Bild zeigte kein Haus, sondern, um es mit seinen Worten zu sagen, eine Art Tippi, und zwar in seiner Unterhose. „Ich steh auf Zelten", stand darunter. Und dann – das Ganze ohne Stoff. „Und auf Türme." Als ob das nicht gereicht hätte: „So hart ist ein Morgen ohne dich." Schließlich ein letztes Foto, ein paar Minuten später aufgenommen, als nichts mehr hart war. In mir krachte und flog alles durcheinander. Mir war, als würde ich ins Bodenlose sinken und jeden Augenblick zerspringen. Ich war unfähig, mich zu bewegen, unfähig, normal Luft zu holen, unfähig, nicht auf die Bilder zu starren. Warum schickte er mir so etwas? Wir hatten uns noch nie Nacktfotos geschickt. Wieso also jetzt? So völlig unvorbereitet? Warum kam mir das wie ein Überfall vor? Wo blieben die Fotos von dem Haus, um die ich ihn gebeten hatte? Und warum freute ich mich nicht, dass er mich so sehr begehrte?

Die Fotos stießen mich ab, was bewies, wie konservativ, katholisch und verklemmt ich war. Wahrscheinlich wollte er mich aus der Reserve locken. Oder er war eifersüchtig. Bestimmt war er eifersüchtig, ja natürlich war er das. Er konnte seine Besitzansprüche nicht anders zeigen, weil er sie nicht einmal offen zugab. Er war ja so hilflos.

In mir erstickte ein Schrei und Tränen stiegen in mir auf. Aber ich weinte nicht. Niemals. Schon seit Jahren nicht mehr. Mein Kopf dröhnte und drohte zu zerspringen. Ich musste vor der Therapie etwas tun, schließlich konnte er sehen, dass ich die Nachricht gelesen hatte. Und wer wäre nicht zutiefst verletzt, wenn der Partner auf Derartiges nicht reagieren würde?

Aber was, was, was? Die Aufnahmen und seine Worte stießen mich ab, anstatt mich anzuturnen und mich stolz zu machen. Daran war nur Aurel schuld. Wie durch einen dichten Nebel spürte ich seine Küsse und Berührungen, roch den Duft seiner Haut und dachte an Sex mit Vincent.

Sein unstillbarer Drang. Der viele Sex, überall. Die nuttige Reizwäsche. Die derben Worte und Fantasien, die ich für ihn erfinden musste. Seine „Erleichterung". Meine fehlenden Höhepunkte.

Ich saß wie erschlagen da, den Kopf in den Händen, und hörte von weit weg Helga und Hannelore. Etwas in mir fiel um oder stand neu auf, wie genau, war egal, denn mit einem Mal sah ich, wie fragmentarisch meine Erinnerungen waren. Vollständig lauteten sie nämlich so:

Der viele Sex, auch an unmöglichen Orten. Die schnellen Nummern in Hauseingängen, Aufzügen, in der U-Bahn oder auf Toiletten, die ich besonders hasste, ihn aber so richtig geil machten. Die grelle Unterwäsche, in der ich mich billig und nuttig fühlte, auf die er aber erst so richtig abging. Die Obszönitäten, die er stakkatohaft keuchte und die derbe Sprache, in der ich ihm meine erfundenen Fantasien erzählen musste, während er zugange war. Und erst die Pseudo-Shades of Grey Nummern, denen ich zumindest ab einem gewissen Grad einen Riegel vorgeschoben hatte, um nicht restlos mit blauen Flecken und roten Striemen gezeichnet zu sein. War ich wirklich jemals stolz und sicher gewesen, dass er mich „begehrte wie keine andere", weil ich irgendeine Hörigkeitsprüfung bestanden hatte?

Plötzlich schäumte ich vor Wut. Immer, wenn es etwas zu bereden gab, ging er zu Sex über. Er nahm sich, was er wollte – mich. Und dabei hatte ich jahrelang mitgespielt! Ich hatte mir selbst wehgetan, körperlich und seelisch. Und nun, da es mir endlich besser gegangen war, zerstörte ich alles, um mit ihm zusammenzuziehen? War ich denn von allen guten Geistern verlassen?

Wegen dieses selbstverliebten Sadisten hatte ich Aurel aufgegeben! Wie sehr hasste ich mich eigentlich selbst? Vor allem aber hasste ich zunächst einmal Vincent und schrieb etwas, von dem ich niemals gedacht hätte, dass ich die Wörter in mir hatte. Ich schrieb: „Fick dich." Und dann war da noch eine dunkle Ahnung, die ich nicht abschütteln konnte: Die Fotos waren nicht für mich bestimmt gewesen.

Ich stürmte in die Therapie, und während Charu und Renuka alle Hände voll zu tun hatten, um mich und mein Pitta halbwegs zu beruhigen, wurde mir das Ausmaß meiner

Tragödie immer bewusster. Ich hatte jeden Orgasmus vorgetäuscht, damit es schneller vorbei und er der tolle Hengst war. Ich hatte mich selbst belogen und verleugnet, hatte ihm nicht gesagt, dass ich das alles nicht wollte, sondern hatte ihn im Gegenteil auch noch angefeuert, damit ich einzigartig und unersetzlich für ihn würde. Damit er keine Frau fände, die besser wäre als ich, damit er bei mir bliebe. Schließlich hatte ich alles für ihn aufgegeben und war seinetwegen ein neuer Mensch geworden.

Ich war selbst schuld an meinem Elend und den Schmerzen! Ich hatte mich selbst verraten. Wie hatte es soweit kommen können? Und was würde aus mir werden? Ich stand vor dem Nichts, denn unter keinen Umständen würde ich zu ihm zurückgehen. Hätte ich doch bloß nicht auf ihn gehört und alles verschenkt und gespendet!

Nach der Therapie legte ich mich ausgelaugt auf meine winzige Terrasse, danach wollte ich mit Bea sprechen, doch so weit kam es nicht. Denn gerade, als ich frischgeduscht aus dem Zimmer kam, sprach mich ein Rezeptionsangestellter an.

„Ma'am, wir haben einen Anruf für Sie. Wenn Sie mir bitte folgen wollen?"

Erschrocken rannte ich zur Rezeption. Das konnte nur Tanja, Vincent oder meine Eltern sein, weil niemand sonst wusste, in welchem Hotel ich wohnte. War ihnen etwas passiert? Ein Unfall? Ein Herzinfarkt? Wie würde ich am schnellsten nachhause kommen? Ob es heute noch Flüge gab?

„Ja?", meldete ich mich atemlos und ging keine Sekunde später in die Luft. Es war Frau Lichtenberg!

„Frau Schweiger!", plärrte sie vom anderen Ende der Welt durch den Hörer. „Erreiche ich Sie endlich!"

„Frau von Lichtenberg!", schrie ich zurück. „Ich bin in Urlaub!"

„Na und? Das ist kein Grund, einfach unterzutauchen."

Ich holte tief Luft. Mein Zorn war eiskalt. „Doch. Das ist sehr wohl ein Grund, noch dazu, weil ich erstens eine Ayurveda-Kur mache, weil wir zweitens vereinbart hatten, dass wir uns nach meiner Rückkehr hören, und weil es drittens unverschämt ist, dass Sie mich hier aufspüren, schließlich habe ich Ihnen den Namen des Hotels nicht gesagt. Was glauben Sie, was die Leute sagen würden, wenn sie von Ihrer Übergriffigkeit in der Zeitung lesen würden? Das würde ganz schön am Image des erleuchteten Gutmenschen kratzen, meinen Sie nicht?"

„Nun werden Sie mir aber mal nicht frech! Sie arbeiten für mich, da werde ich wohl Kontakt verlangen dürfen!"

„Ich arbeite bei der Agentur."

„Pft, dass ich nicht lache. Die Agentur arbeitet für mich. Sie sind einfach eine Stufe weiter unten. Genug palavert. Hören Sie, ich brauche Ihren Einsatz, und zwar sofort. In vier Stunden muss alles fertig sein."

Ich lachte ungläubig, wovon sie sich natürlich nicht aufhalten ließ.

„Morgen habe ich ein Interview mit Lorenz Willems. Ich will in der Show etwas aus meiner Autobiographie vorlesen, und zwar den Agadir-Aufenthalt, über den wir uns ja neulich schon unterhalten haben. Könnten Sie das nun endlich bitte flugs so umarbeiten, wie ich es Ihnen damals schon nahegelegt habe?"

„Nein! Das kann und das werde ich nicht! Seit unserem letzten Gespräch hat sich nichts geändert."

„Völlig korrekt. Es ist immer noch mein Text, den ich bezahlt habe."

„Noch nicht. Die Rechte gehen erst bei vollständiger Bezahlung an Sie über, und die Hälfte steht ja noch aus, nicht wahr?"

Sie schnaubte und schnappte nach Luft. „Sie werden einiges tun müssen, damit Sie das Geld kriegen! Also fangen Sie an!"

All meine angestauten, ortlosen Emotionen entluden sich in dem Machtkampf zwischen uns beiden. Das war unverzeihlich kurzsichtig, denn für mich stand alles auf dem Spiel, aber ich war so wütend, dass es mir der Höchstgewinn - ein Pyrrhussieg – egal war. So weit dachte ich gar nicht. Ich wollte nur meine Haut retten und mich endlich nicht mehr herumkommandieren lassen, koste es, was es wolle.

„Täuschen Sie sich nicht. Ich werde Ihnen die Abschlagzahlung zurückzahlen und den Text selbst veröffentlichen. Allerdings in der Originalversion." Ich zitterte, weil ich ihr so heftig Konter gab, aber vor allem, weil ich eiskalt bluffte. Ich hatte keine Ahnung, ob der Vertrag das überhaupt zuließ.

„Das würden Sie nicht wagen, Sie ... Sie ..."

„Fordern Sie mich besser nicht weiter heraus, sondern wenden Sie sich, wie gesagt, direkt an die Agentur."

„Das ist ja die Höhe! So eine bodenlose Frechheit habe ich ja noch nie erlebt!! Kein Wunder, dass Ihr Freund ..."

„Dass mein Freund was?"

„Nichts, ach nichts", flötete sie leichthin.

In meinem Kopf machte es Plopp, und eine merkwürdige Ruhe überkam mich. Ich sah völlig klar. Vincent hatte den Kontakt hergestellt. Ich hatte nie gefragt, woher er sie kannte. Waren die Fotos am Ende für sie bestimmt gewesen? Ich war wie ferngesteuert, oder in einer Art selbstzerstörerischem Blutrausch.

„Sie können mich nicht schockieren, Frau von Lichtenberg. Vincent und ich führen eine offene Beziehung, wir reden über alles. Was genau möchten Sie mir denn sagen?"

Sie schwieg, und ich spürte ihre wabernde Wut den ganzen weiten Weg von Berlin nach Galle. Nun schlug ich einen höhnisch flötenden Tonfall an. „Gut, wenn es nichts mehr zu sagen gibt, dann würde ich mich jetzt gern von Ihnen verabschieden, Frau von Lichtenberg, ich habe einen Termin. Lassen Sie mich bitte über die Agentur wissen, wie Sie sich entschieden haben. Auf Wiederhören."

Die Lobby drehte sich um mich, als ich auflegte. Entweder war sie oder ich erledigt, und es war sehr unwahrscheinlich, dass der Schwächere gewann. Welcher Teufel hatte mich da nur geritten? Ich brauchte das Geld! Wenn ich ihre Anzahlung tatsächlich erstatten musste, wäre ich pleite!

Ich hatte die Orientierung noch nicht wiedererlangt, als ich eine H hinter mir hörte. „Na, der haben Sie's aber mal richtig gegeben!", rief sie und boxte mit der Faust in die Luft. „Gut so!

Ich steh auf Frauen, die sich durchsetzen und ihren Mann stehen können!"

„Hut ab, meine Liebe!", pflichtete Hannelore ihr Löckchen wippend bei. „Aus Ihnen wird noch mal was!"

„Aber erlauben Sie mir die Bemerkung", sagte Helga und kam verschwörerisch nah. „Lassen Sie das mit der offenen Beziehung, das tut nicht gut."

Delia

Im Laufschritt eilte ich in den Osttrakt zu meinem Termin mit Frau Dr. Singh, vor deren Praxis Sabine bereits auf mich wartete. Entsetzt starrte sie mich an.

„Was ist denn mit dir los? Geht's dir nicht gut? Du siehst total geladen aus."

„Das bin ich auch! Man sollte diese ganze verfluchte Telekommunikation abschaffen, und zwar jegliche Form davon! Da lässt man extra das Handy aus, dann schnüffeln die so lange rum, bis sie das Hotel ausfindig machen und an der Rezeption anrufen! Geht's noch?" Meine Wut war wieder stärker als die Angst geworden, was mir recht war.

Sabine lächelte unbehaglich, und ich hörte auf zu schimpfen. Bestimmt hatte sie ein derart beschämendes Verhalten seit ihrem Umzug hierher nicht mehr erlebt. In dieser Kultur galt, dass nur charakterlich ungebildete Menschen ihren Emotionen freien Lauf ließen. Respektable Menschen hatten „sich im Griff", um sich selbst und das Zusammenleben nicht zu belasten.

„Entschuldige", sagte ich verlegen.

„Schon gut, schnauf ein paar Mal tief durch, so kannst du der Ärztin nicht gegenübertreten."

Als ich so weit war, dass ich zumindest nicht mehr alles kurz und klein hacken wollte, gingen wir hinein. Frau Dr. Singh sah mich prüfend an, bestimmt spürte sie meine negative Aura. Sie maß meinen Puls und malte wieder Pfeile, doch diesmal passte der Pitta-Pfeil nicht mehr auf das Blatt. Ernst, oder sogar mahnend, sah sie mich an. „Beim letzten Termin ist es Ihnen schon besser gegangen. Was ist passiert? Halten Sie sich nicht an die Regeln? Wir beginnen morgen mit Shirodhara. Eine Woche, so haben wir danach noch genügend Zeit, um Sie auf den Alltag in Deutschland vorzubereiten. Sie müssen sich beruhigen. Ernährung und Behandlung können nicht wirken, wenn Sie nicht mithelfen."

Das wusste ich, aber auf zwei derart hinterhältige, existenzbedrohende Überfälle war ich nicht vorbereitet gewesen. Umso dringender musste ich mich von allem Negativen befreien. Ich verbockte mir gerade die teuer erkaufte Chance auf Genesung, und das wegen Leuten, die mit mir umsprangen, als wäre ich ihr Leibeigener ohne Rechte! Wenn ich vor drei Jahre nicht am Boden liegen geblieben, sondern aufgestanden wäre, hätte mich Frau Ich-mach-mir-die-Welt mit Sicherheit schon in ihre dämliche Show eingeladen! Jeder fiel mal hin, aber nur Verlierer blieben freiwillig liegen. Ich würde aufstehen, besser spät als nie! Ich würde hart, sogar sehr hart kämpfen müssen, und paradoxerweise würde mein Trainingscamp mit größtmöglicher Ruhe beginnen. Eine Woche Shirodhara. Wenn das nicht die optimale Vorbereitung war.

„Sie haben sehr viel Ärger und Wut, das erhöht das Pitta, ihre Symptome, die Entzündungen. Meditieren Sie täglich zwei Mal. Und nochmal: kein Handy, kein Internet, keine Horrorfilme, am besten auch keine Nachrichten, nichts, was uns Sie aufregt. Denn alles, was wir auf welchem Weg auch immer aufnehmen, beeinflusst uns, egal, ob es Medikamente, Nahrung, Informationen, Emotionen und Energien anderer sind. Wir müssen alles verarbeiten, integrieren oder wieder ausscheiden. Ein Film, Buch oder Musikstück wirkt wie Hypnose auf uns. Unser Unterbewusstsein kann nicht unterscheiden, ob es wirklich ist oder nicht. Für unsere Seele ist das, was wir Fühlen, real. Wenn wir eine Bedrohung im Film miterleben, erleben wir sie so, als würde sie uns wirklich passieren. Damit schaden wir uns enorm. Tun Sie alles dafür, dass Sie sich wohl fühlen. Wir können Ihnen, wie gesagt, die ideale Ernährung und Behandlung geben, aber für den Rest sind Sie selbst verantwortlich. Hören Sie harmonische Musik, lesen Sie schöne Geschichten, malen Sie, legen Sie Puzzles. Die Stirngüsse werden Sie emotional fordern. Also achten Sie auf sich. Sie allein sind für Ihr Leben verantwortlich. Sie selbst. Niemand anderer. Es ist Ihr Urlaub, Ihr Geld, Ihre Gesundheit, Ihr Leben." Sie verschrieb mir andere Abkochungen und ein Pulver, dazu die sieben Stirngüsse. Sie musste es nicht aussprechen, ich hörte den Untertext auch so klar und deutlich: *Sie sind krank, sehr krank. Und daran sind Sie selbst schuld.*

Ich war wie gerädert und sehnte mich nach Beas ruhiger Art, ihrer Freundschaft, ihrem Halt, ihren immer offenen Ohren und Armen. Ich wollte mich dringend mit ihr aussprechen und so machte ich mich auf die Suche nach ihr, fand sie aber weder im Garten, noch in der Lobby noch in ihrem Zimmer. Sie konnte nur bei Max sein. Die Glückliche. Wie war es möglich, dass ihr immer alles gelang und sie das Leben genoss, während bei mir alles schieflief und es mir schlecht ging?
Das Glück fiel vom Himmel und landete zuverlässig vor Beas Füßen. Sie bückte sich, um es aufzuheben. War das der Unterschied zwischen uns? Sie hatte zwei fast erwachsene Kinder, die sich prächtig entwickelten, ein grandioses Penthouse im Herzen Charlottenburgs, Schränke voll schicker Kleidung - und ich? Gut, ich war am Großteil meiner Misere selbst schuld, dennoch fragte ich mich, wie es sein konnte, dass Menschen wie Bea erst gar keine falschen Entscheidungen trafen. Bea hätte niemals Aurel in den Wind geschossen, weil ihr ein dahergelaufener Chauvi ein Leben in einer Bruchbude anbot! Es lag an mir. Ich sah meinen Weg und mein Ziel nicht. Als ob ich nicht schon genügend ungelöste Probleme vor mir stapeln würden, so musste ich mich auch dieser Tatsache stellen: Was wollte ich eigentlich wirklich?
Um meine Gedanken zu beruhigen, schwamm ich lange im Pool und dachte dabei an die Nacht, in der ich Aurel dabei zugesehen hatte. Noch immer konnte ich den Zauber spüren,

wenngleich er sich schon unerreichbar weit entfernt anfühlte. Ob ich noch einmal mit ihm reden sollte? Doch wozu eigentlich? Ich konnte nicht nach Belieben mit ihm umspringen, heute hü, morgen hott. Er würde, er konnte mich nicht mehr ernst nehmen. Und was wollte ich überhaupt? Stunden und Nächte voll Zärtlichkeit, die doch keine Zukunft hatte? Vielleicht wäre genau das meine Rettung. Eine Art Übergang, eine Brücke zurück in ein Leben, das mir gefiel und entsprach. Vielleicht könnten wir füreinander ein Teil der Therapie werden, nach der ich wusste, wie ich den Rest meines Lebens gestalten wollte? Das klang verrückt, oder auch nicht. Ich konnte nicht klar denken und so schwamm ich weiter, bis ich beschloss, in mein Tagebuch zu schreiben, das ich auf Tanjas Anraten hin mitgenommen hatte.

Seit Jahren hatte ich nichts mehr hineingeschrieben. Als ich es aufschlug, fiel ein Bild heraus, das in etwa so groß wie eine Karteikarte war. Diana hatte es vor Jahren gemalt. Es zeigte zwei Krokodile, die auf ihren kurzen Hinterbeinen standen und sich umarmten. Sie versprühten rote Herzchen und ihre langen Schnauzen mit den dreieckigen Zähnen lachten. Ungläubig sah ich es an. Sie konnten sich wirklich nicht richtig umarmen. Dunkel erinnerte ich mich an den Abend, an dem es entstanden war. Stefan, mein Exfreund, und ich waren bei Bea zu Besuch gewesen, und während wir Erwachsenen uns unterhielten, malten die Kinder still vor sich hin. Damals waren Krokodile gerade schwer angesagt und die beiden sollten Stefan und mich darstellen. Bei der Erinnerung an Stefan wurde mein Herz eng. Auch damals hatte ich geglaubt, glücklich zu sein und geliebt zu werden, und mich bitter getäuscht. Wie konnte ich mir da noch selbst trauen?

Meine seelische Müllhalde war so hoch, dass jeder Versuch, sie aufzuräumen, wie eine Sisyphusarbeit erscheinen musste. Wer hatte gesagt, dass man sich den armen Mann als einen glücklichen vorstellen sollte? Ich wusste es nicht mehr, und es spielte auch keine Rolle, denn ich weigerte mich, an eine göttliche unentrinnbare, endlose Strafe zu glauben. Ich glaubte an das Schicksal, das einem Steine in den Weg warf, aber auch daran, dass man den Stein wegräumen und den weiteren Wegabschnitt selbst bestimmen konnte. Folglich musste ich sofort damit aufhören, weiterhin Schutt anzuhäufen, und stattdessen anfangen, meine „Mitte", mich selbst, oder wie auch immer man es bezeichnen wollte, in all dem Dreck zu suchen.

Ich fing damit an, Seite um Seite mit dem, was ich wollte und was nicht mehr, zu füllen, und hörte erst damit auf, als meine Hand wehtat und meine Schrift unleserlich war. Ich sah auf die Uhr und raste zur Meditation. Dort wich meine Wut einer tiefen Traurigkeit, als ich Aurel vor mir sitzen sah. Er war allein. Ich wollte zu ihm gehen, die Arme um ihn legen, ihn streicheln, ihn um Verzeihung und einen Neuanfang bitten, ich wollte ihm nah sein, ihn spüren und endlich wieder endlos küssen, in dieses Meer aus Zärtlichkeit eintauchen, Halt und Orientierung verlieren, völlig eins mit ihm sein, zu ihm, zu mir, zu uns finden.

Er war der Weg zu allem, was ich verloren hatte.

Nach der Stunde lächelten wir uns an, und seine Frage „Kommst du zum Abendessen?", beruhigte mich und gab mir Hoffnung, dass wir uns zumindest unsere Gespräche fortsetzen würden.

Ich wählte ein besonders schönes Kleid aus Beas Fundus, den ich mehr denn je schätzte. Ich war etwas spät dran und aufgeregt, als ich an „unseren" Tisch kam, wo die übrigen drei bereits saßen.

„Hallo", grüßte ich unsicher n in die Runde. „Darf ich?"

Alle luden mich erfreut ein, und ich versuchte, so zu tun, als wäre alles wie zuvor, was mir jedoch schwerfiel.

„Wie war denn dein Arzttermin? Bekommst du auch Stirngüsse?", fragte Bea mit ihrem typisch warmen Lächeln.

Ich gab mich unbeschwert. „Ach, wie man es nimmt. Die Ärztin war so entsetzt über meinen Zustand, dass sie mir gleich eine ganze Woche verschrieben hat."

„Eine Woche?", wiederholten alle wie aus einem Mund.

„Korrekt. Eine Woche." Ich lächelte matt. „Wie geht's euch denn nach den drei Tagen?"

„Gut, sehr gut, fast wie neu geboren", versicherten sie, ließen sich jedoch nicht ablenken.

„Was ist denn passiert, dass es dir so schlecht geht?", fragte Bea beinahe gleichzeitig.

„Ich? Ach, zu viel für ein Tischgespräch." Nur, weil sie mich baten und bettelten, ihnen alles zu erzählen, rückte ich schließlich mit der Sprache heraus, was Frau Ich-mach-mir-meine-Sklaven anging. Dann ließ ich die Bombe platzen. „Ich glaub, ich bin Single."

Ich sah, wie Aurels Augen groß wurden, ich hörte Beas fassungsloses „Was?", dann Max' polterndes und Aurel ungläubiges Lachen. Ich sank zurück in einen Strudel aus widerstreitenden Emotionen, aus dem Bea mich riss, indem sie von ihrem Stuhl aufsprang und Sachen wie „Wirklich? Im Ernst? Was ist denn passiert!", rief.

„Ich habe, nun ja, sagen wir mal so, emotional wohl leicht überreagiert."

„Wie bitte?"

„Also, in etwas anderen Worten habe ich ihm gesagt, dass er sich zum Teufel scheren soll, und er hat sich bis jetzt nicht mehr gemeldet."

Aurel schwieg. Max schwieg. Nur Bea fragte: „Und?"

„Und ich will, dass er beim Teufel bleibt."

Bea ließ die Arme sinken und starrte an die Decke, dann umarmte sie mich fest. „Das war die richtige Entscheidung. Jetzt wird alles gut", flüsterte sie mir zu, und als sie mich wieder losließ, tanzte der Schalk in ihren Augen. Ausgelassen zwinkerte sie mir zu: „Dann könnt ihr zwei eure Zeit jetzt ja ungestört genießen!"

Ich wurde tiefrot und wich Aurels Blick aus. Seit wann war sie so plump und direkt?

Aurel lachte verlegen, und seine Worte beunruhigten mich, obwohl er mir zulächelte. „Darüber müssen wir uns erst mal in Ruhe unterhalten."

An diesem Abend wurde ein Film gezeigt, der uns alle nicht interessierte. Ein wenig unschlüssig stand ich herum, dann nahm ich Aurel zur Seite und bat ihn um ein Gespräch unter vier Augen, dem er für den nächsten Tag zustimmte. Ich hätte lieber gleich mit ihm gesprochen und alles geklärt – falls es sich überhaupt klären ließ. Wenn er eine Nacht „ungenützt" verstreichen lassen wollte, war die Hoffnung dafür wohl eher gering. Aber falls doch, dann wollte ich diesen Flirt, diese Affäre, diese Liebschaft. *Liebschaft*, das war ein schönes und passendes Wort. Das Einzige, was ich dabei nicht wahrhaben wollte, war, dass wir Menschen unfähig sind, Liebe ohne Zukunft zu denken, auch wenn wir uns noch so sehr vornehmen, nur im Augenblick zu leben.

Aurel verabschiedete sich nicht unfreundlich, aber doch kurz angebunden, und Bea vertröstete Max, weil sie darauf brannte, von mir alles haarklein zu erfahren. Wir gingen in mein Zimmer und sie erschrak genau wie ich, als ich ihr von den Nacktfotos erzählte. „Auch als dein Freund kann er dir nicht einfach so etwas schicken, noch dazu ohne Vortasten. Das ist ja wie ein Überfall. Als wärst du seine Sexsklavin, allzeit bereit und willig ergeben. Außerdem ist der Knilch einfach feig und nicht in der Lage, seine eigenen dunklen Flecken zu sehen. Sobald etwas an seiner goldenen Oberfläche kratzt, wechselt er das Thema – am besten mit Sex, damit du denkst, er liebt dich und alles ist in Butter, stimmt's oder hab ich recht?"

„Beides, wie immer", seufzte ich schwach lachend. „Es fällt mir gar nicht so leicht, dass ich mir das eingestehe. Ich habe dieses Muster bislang nie durchschaut. Einerseits passt es überhaupt nicht zu ihm, andererseits total."

„Stille Wasser sind tief. Die, von denen man es am wenigsten vermutet, sind oft die Schlimmsten. Das weiß ich von einer befreundeten Psychologin. Und denk an die Kinder, die von Geistlichen missbraucht worden sind. Es ist gut, dass es vorbei ist, glaub mir."

Ich glaubte ihr, konnte aber dennoch nicht fassen, dass Vincent und ich tatsächlich nichts mehr miteinander zu tun haben sollten, dass ich neue Wege einschlagen würde, und vor allem: Dass ich allein weitergehen würde. Wann war ich zuletzt ohne Partner gewesen? Der Weg zu einem noch immer noch verschwommenen Ziel erschien mir manchmal leicht, dann wieder so steil und steinig, dass mir sogar die Gefangenschaft als Vincents Freundin verlockend vorkam. Aber sowohl Bea als auch ich sagte mir immer wieder, dass ich auf dieses Trugbild nicht hereinfallen durfte.

Delia

Vor dem ersten Stirnguss kam ich nicht mehr dazu, mich mit Aurel zu unterhalten, und danach war alles anders.

„Frau Schweiger? Kabine 12", singsangte Frau Perera, zeigte mit ihrer typisch majestätischen Geste den Gang hinunter und hakte meinen Namen schwungvoll ab. Ich nickte ihr lächelnd zu, denn ich war immer in Kabine 12, vor der, ebenfalls wie immer, meine beiden Masseusen schon auf mich warteten.

„Heute Shirodhara beginnt", flüsterten sie mir so strahlend zu, dass ich den Eindruck hatte, sie würden sich genauso freuen wie ich, dabei stand ich der Sache teilweise mit gemischten Gefühlen gegenüber. Die Güsse lösten angeblich energetische und seelische Blockaden. Aurel und Max hatten sich dabei wohlgefühlt, was, wie ich vermutete, damit zusammenhing, dass sie weitgehend mit sich selbst im Reinen waren. Ich hingegen saß auf einer Müllhalde, sodass mir Schreckliches schwante. Aber wer zum Gold wollte, musste den Drachen töten, oder eben im Dreck wühlen.

„Werde ich weinen?", fragte ich in angepasst einfachem Englisch.

„Weinen?" Aus weit aufgerissenen Augen sahen sie mich an. „Oh no, no, no! Nicht weinen! Shirodhara ist schön! Wenn weinen, dann gute Tränen. Gute Tränen!" Charu und Renuka tätschelten liebevoll lächelnd meine Hände, dann führten sie mich zu dem Stuhl, um wie üblich mit der Kopfmassage zu beginnen. Allmählich entspannte ich, und mir war beinahe feierlich zumute, als ich mich nach dem ersten Teil der üblichen Massage auf den Rücken legte. Nun wurde es ernst.

Mein Kopf ruhte bequem über einer Schale, in die das warme Öl abfließen konnte, den Rest meines Körpers deckte Charu fürsorglich zu. Mit den achtsamen Berührungen, die ich so sehr genoss, drückte Renuka mir zum Schutz vor dem Öl Watte in die Ohren und auf die Augen, wo sie sie zusätzlich mit einer Solariumbrille beschwerte. Gespannt wartete ich auf das, was kam, und lauschte den leisen Geräuschen. Ein Behälter wurde aufgeschraubt und Flüssigkeit in einen anderen gegossen. Ich hörte ruhige Schritte. Eine Weile geschah nichts, dann berührte eine der beiden meine Wange. Ich spannte mich an. Die Hand hielt mich noch immer, als das Öl auf meine Stirn floss. Sofort ließ ich locker. Das Öl war warm und wohltuend. Ich seufzte gelöst auf und begann, zu genießen, allerdings tat sich lange nichts weiter. Doch dann wurde es auf einmal still in mir. Das Dröhnen, das so lange da gewesen war, dass ich es gar nicht mehr wahrgenommen hatte, hörte auf. Eine friedvolle, tiefschwarze Ruhe erfüllte mich, ohne Bilder, ohne Geräusche, ohne Gedanken. Da war nichts, was mich von dem Weg in mich selbst ablenkte, und der Weg war frei. Das spürte ich, ohne etwas zu sehen, denn in mir war nur Dunkelheit. Ich fühlte mich frei, getragen und geborgen. Ich fiel, wusste aber, dass ich weich landen würde, und das nahm mir die Angst.

Irgendwann holten mich die Frauen aus meinem Traumzustand zurück. Behutsam tupften sie erst das Öl ab, dann entfernten sie die Watte. Nun nahm ich alle Sinneseindrücke weit stärker als zuvor wahr. Verwirrt, aber glücklich blinzelte ich, und wir lächelten uns an, als sie mir beim Aufstehen halfen. Sie banden mir einen Turban, den ich bis zur nächsten Behandlung nicht abnehmen durfte, und verzierten ihn mit einer großen Hibiskusblüte. Noch immer in angenehmes Schweigen gehüllt, führten sie mich zur Kräuterdusche, die ich mit stoischer Ruhe über mich ergehen ließ. Ich stand neben mir, über mir, außer mir. Ich war größer als mein Körper, und fühlte mich wacher und ruhender als jemals zuvor. Es war in einem guten Sinn verrückt, und ich begriff, warum man in diesen Tagen noch mehr Raum und

Ruhe brauchte. Selig schwebte ich nach unten in mein Zimmer.

Ich war so in meine innere Welt versunken, dass ich den kühlen Wind und die übers Meer heraufziehenden schwarzen Wolken erst bemerkte, als ich auf der Terrasse vergeblich nach der vorbereiteten Liege suchte. In weiser Voraussicht hatte mir der Roomboy jedoch die freie Betthälfte hergerichtet. Dankbar für die Fürsorge und Umsicht legte ich mich nieder, deckte mich gut zu und schlief ein.

Als mich aber der Wecker aus dem Tiefschlaf riss, fand ich nicht in die Realität zurück. Sie überrollte mich wie eine Lawine, die tonnenschwere Eisplatten ins Tal riss und eiternde Wunden offenlegte. Alles begann damit, dass ich meinen zweiunddreißigsten Geburtstag noch einmal durchlebte.

Delia

Rund drei Monate nach meinem Zusammenbruch wurde ich zweiunddreißig und als Zeichen meines eigenen Überlebens wollte ich mit Freunden so richtig feiern und ihnen dabei Vincent, den neuen Mann an meiner Seite vorstellen. Wir waren schnell ein festes Paar geworden und ich zog zu ihm. Sowohl der Mann als auch das Viertel unterschieden sich radikal von dem, was ich bisher gekannt hatte, und ich stürzte mich enthusiastisch auf die Veränderung. Mein Leben war so abgrundtief schiefgelaufen, dass es nur besser werden konnte, indem ich radikal alles änderte und mich völlig neu erfand. Ich kündigte meine Stelle, verkaufte meine Aktien und die unbrauchbar gewordene Garderobe bei Ebay und in den auf exklusive Marken spezialisierten Secondhand-Boutiquen, die die Seitenstraßen Alt-Charlottenburgs säumten. Den Erlös spendete und verschenkte ich, um mich zu befreien, Gutes zu tun und anderen zu helfen.

Vincent war mit mir zufrieden, und das machte mich stolz. Er war wohl überlegt, politisch engagiert, hatte eine eindeutige Meinung zu allem, und war stets bestrebt, das Richtige zu tun. Er zeigte mir, dass Aussehen, Karriere, Boni etc. nicht nur unwichtig, sondern sogar schlecht waren, weil man den Blick aufs Wesentliche verlor, sein Ego aufplusterte und Geld verprasste, das man doch verantwortungsbewusst ausgeben sollte. Seine Einstellung war von meiner damaligen so weit weg, dass sie mir grenzenlos imponierte. Bald schon war ich überzeugt, dass Vincent mehr vom Leben verstand als meine Therapeutin, und brach die Behandlung ab.

Für meine Feier nun hatte ich einen Tisch bei einem gemütlichen Spanier reserviert und den Rest meines einst so großen Freundeskreises eingeladen. Zusammen mit Tanja, Bea und anderen Freunden, mit denen ich keinen Kontakt mehr hatte, schlugen wir uns den Bauch mit leckeren Tapas und süffiger Sangria voll. Bald hatten wir ordentlich einen im Tee und lachten uns über alles Mögliche schief und scheckig. Alle waren begeistert von Vincents Wortwitz, Einfühlungsvermögen und Charme. Vor dem Treffen hatte ich ihm schon von der bunten Truppe erzählt, und nun überraschte er sie mit Sätzen wie: „Dell hat mir erzählt, dass du ...". Er unterhielt sich am liebsten zu zweit. Dabei hörte er aufmerksam nickend zu, fragte nach, äußerte vorsichtig seine Meinung, kurzum: Er gab jedem das Gefühl, einzigartig zu sein. Ich war erleichtert, dass er und meine Freunde sich so gut verstanden, und malte mir mein neues Leben in den schönsten Farben aus.

Je mehr Krüge Sangria wir leerten, desto ausgelassener wurden wir. Ich hatte gerade Prosecco zum Anstoßen um Mitternacht bestellt, als Kaja einen Witz erzählte.

„Was ist der Unterschied zwischen einem Arzt und einem Polen?", rief sie und lachte schon Tränen, bevor sie die Antwort gackernd herausposaunte: „Der Pole weiß, was dir fehlt!"

Wir bogen uns vor Lachen, und Kaja fiel glatt vom Stuhl, weswegen wir noch lauter lachten. Konstantinos zog sie wieder hoch, und als ihr Kopf neben der Tischplatte erschien, hing ihr das glatte blonde Haar ins Gesicht, sodass Bea fand, sie sähe aus wie Nessie, das Seeungeheuer. Ihr verschmiertes Augen Make-up erinnerte Pepi an einen Waschbären, und wir lachten und lachten, bis wir ohne erkennbaren Grund immer stiller wurden. Einer nach dem anderen saß wieder aufrecht da und drehte sich zu Vincent, der uns streng anstarrte. Ich fühlte mich, als würde mein Lateinlehrer oder Vater im nächsten Augenblick einen Tobsuchtsanfall erleiden.

Vincents Gesicht bewegte sich kaum, seine Stimme war hart und kalt. „Das ist nicht lustig. Über Polen oder andere Ethnien macht man keine Witze."

Eiskalte Stille. Ich sah ihn benommen an. Ich hoffte, dass er scherzte, wusste aber, dass er es bitterernst meinte. Von da an war das Fest gelaufen, obwohl Kaja ungläubig lachend rief: „Hey, das war ein Witz, ich bin doch selbst Polin!"

Doch Vincent wäre nicht Vincent, wenn er nicht bei seiner Meinung geblieben wäre. Schneidend wies er uns zurecht: „Ihr bedient nicht nur rassistische Vorurteile, sondern lacht auch noch über andere, weil sie anders sind. Ihr verallgemeinert und generalisiert. Man macht sich nicht über Gruppen welcher Art auch immer lustig. Das erniedrigt den anderen und erhöht einen selbst. Es mag unter den Polen Diebe geben, genau wie bei jeder anderen Nationalität auch, aber das bedeutet nicht, dass alle Polen stehlen und man sie deswegen verunglimpfen darf. Solche Witze sind diskriminierend und verachtend. So etwas gehört endlich verboten!"

Wir saßen sprachlos da, ich fühlte mich schwach, unwohl und das Ganze war mir entsetzlich peinlich. Kaja versuchte, mein Fest zu retten. „Natürlich spielt der Witz mit Vorurteilen. Das tun alle Witze! Sie bestätigen eine allgemein bekannte Grundannahme und stellen diese in einen anderen Kontext, wodurch etwas überraschend Neues entsteht, das uns zum Lachen bringt. Aber bitte, wir alle sind klug genug, zu wissen, dass nicht alle Polen stehlen!"

„Natürlich wissen wir das!", riefen wir, bis auf mich, denn ich saß zwischen zwei Stühlen und zog den Kopf ein.

Vincent blieb stur. „Nett, wenn du dir das einredest. Aber du hast dir den germanozentrischen Diskurs zu eigen gemacht, willst dazugehören und suchst über die Verunglimpfung deiner Landsleute Anschluss an etwas vermeintlich Erstrebenswerterem. Als Außenstehende beleidigst du Polen. Darüber lacht man als demokratisch gesinnter Mensch nicht. Eigentlich solltest du dich entschuldigen."

Kaja sprang auf und funkelte ihn wütend an. „Ich bin Demokratin! Aber ich habe meinen Humor noch nicht beerdigt! Nochmal, Vincent: Ich. Bin. Selbst. Polin! Was soll ich deiner Meinung nach jetzt tun? Soll ich etwa sagen: „Entschuldigung, Kaja, dass ich über mich selbst gelacht habe?"

Verächtlich schnaubend rutschte Vincent vom Barhocker. „Wenn du das nicht weißt, kann ich dir auch nicht helfen. Ich sehe, dass ich hier fehl am Platz bin. Ich geh nachhause. Schönen Abend noch!"

Und das tat er.

Ich blieb so schockiert zurück, als hätte ich gerade einen tödlichen Unfall miterlebt. Der Prosecco kam, bedrückt stießen wir an, dann löste sich die Runde auf und ich sah die meisten nie wieder. Ich ging in die neue Wohnung zurück und war dort allein, bis Vincent am späten Vormittag ebenfalls dort eintraf.

Verwirrt blinzelte ich, als ich aus dem Backflash erwachte und mich auf meinem Bett in Sri Lanka vorfand. Ich fühlte mich so falsch, leer und wertlos wie damals. Wie gelähmt und in mir gefangen lag ich da und starrte an die Zimmerdecke, an der sich der Ventilator drehte. Ich hörte das Meer ungewöhnlich laut an die Mauer donnern, es war fast dunkel und der Wind wehte heftig. Mein Brustkorb hob und senkte sich immer schneller, zog sich schmerzhaft zusammen, und mein Gesicht verzerrte sich. Im Nu heulte ich Rotz und Wasser. Ich bekam kaum Luft und meine Brust war eng wie ein Korsett. Ich krümmte mich und schrie, weil der Schmerz mich auseinanderzureißen drohte. All das unterdrückte Leid brach wie Eiter aus mir heraus und entblößte meinen gnadenlosen Selbstbetrug.

Ich sah Vincent bedrohlich echt vor mir. Er kam auf mich zu, ich stieß ihn weg, trat nach ihm, bespuckte und beschimpfte ihn, aber nichts half. Ich wurde ihn nicht los. Er gab genau so wenig auf wie ich und kam immer wieder. Er war überall – hinter, neben, vor und über mir, wie eine Plage, eine Pest, ein Oktopus mit meterlangen, tödlich giftigen Tentakeln. Und dann war da noch Stefan, viel weiter hinten, von einem Schleier getrennt in einem anderen Raum. Stefan, der sich über mein Krankenhausbett beugte, meine Hand hielt und sagte, dass „es jetzt doch ohnehin nicht gepasst hätte".

In meinem Hotelzimmer schrie ich vor Schmerz – erneut nach langer Zeit oder zum ersten Mal, das wusste ich nicht, denn ich hatte vergessen, wann mir die Kraft und der Mut zum Weinen ausgegangen waren. Vielleicht bei diesem Satz. Ich weinte mich in eine Art Trance, in der es nur noch mich, den Schmerz und die Tränen gab, die irgendwann versiegten und mich leer und erschöpft zurückließen. Wie damals im Krankenhaus starrte ich an die Decke. Wieder war ich leer. Doch diesmal war die Leere nicht bedrohlich und alles auslöschend, sondern machte Raum für etwas Neues. Ich wollte die Erinnerungen verdrängen, weil ich zu schwach dafür war, wusste aber, dass ich mich stellen und damit auseinandersetzen musste, und zwar schonungslos, wenn ich dieser Sickergrube entkommen wollte. Und das wollte ich, trotz der Lähmung und Schmerzen. Also weinte ich weiter, weil es das Einzige war, was ich tun konnte. Ich sah das tote Kind, die zerbrochene Karriere und gescheiterten Beziehungen, die Selbstverachtung, den Selbstbetrug und meine grenzenlose Hörigkeit in dem noch viel größeren Streben nach Anerkennung, die ich für Sprossen auf der langen Leiter zu verdienter Liebe gehalten hatte.

An einem Montagmorgen Mitte Februar war ich wie seit Jahren um vier Uhr aufgestanden und zum Flughafen Tegel gefahren, um den 05:30 Uhr-Flug nach Stuttgart oder sonst wohin zu erwischen. An jenem Tag ging es mir nicht gut, ich fühlte mich schwach, mir war schwindelig und ich hatte keinen Appetit. Ich hätte zuhause bleiben sollen, was mir damals jedoch nicht im Traum eingefallen wäre, denn ich lebte für meinen Job. Ich wollte Spuren hinterlassen, jeden Tag aufs Neue mein Bestes finden und geben. Auch dann, wenn ich wie jetzt persönliche Schicksale und sentimentale Regungen abwehren musste: Ein verzweifelter Mitarbeiter, der entlassen werden musste, hatte mit Selbstmord gedroht. Ein anderer hatte mich mit dem Tod bedroht. Das geschah gelegentlich, man durfte das nicht ernst nehmen und schon gar nicht an sich ranlassen. Ich war einer der hundert hellsten Sterne am deutschen Himmel weiblicher Nachwuchs-Manager, ich blockte das ab, ich machte meinen Job - bis zu jenem Tag, an dem es mir rapide schlechter ging. So schlecht, dass ich zeitgleich mit dem letzten Aufruf zum Boarding auf die Toilette raste, wo ich mich erst übergab, bevor etwas Warmes und Feuchtes meine Schenkel hinablief. Sehr viel Warmes und Feuchtes, das noch dazu aus mir kam. Mit einer grauenvollen Vorahnung sah ich nach und erschrak zu Tode. Schlagartig wurde mir bewusst, was passierte. Wann hatte ich das letzte Mal geblutet? An Silvester? An Weihnachten? Nein, davor. Lang davor, um Nikolaus herum.

Ich öffnete die Kabinentür und bat eine Frau, am Schalter Bescheid zu sagen, dass ich nicht käme. Entsetzt versprach sie, Hilfe zu schicken. Ich brach zusammen, saß auf dem schmutzigen Boden und begann immer verzweifelter zu weinen. Ein Notarzt kam, und bei meiner nächsten Erinnerung lag ich im Krankenhaus. Die weiße Decke und die Neonröhre über mir, Stefan an meinem Bett und in mir alles tot, ich und das Baby, das lieber gestorben war, als in mir zu bleiben, weil es spürte, was für ein schlechter Mensch ich war.

Stefan saß da, hielt meine Hand, in der die Nadeln für die Infusion steckten, und sagte etwas. Er schien meilenweit entfernt. Er redete auf mich ein, aber der einzige Satz, der zu mir durchdrang, war: „Es hätte jetzt doch ohnehin nicht gepasst." In dem Moment starb auch er für mich, und das Letzte, was ich zu ihm sagte, war: „Geh. Für immer. Ich will dich nie mehr sehen." Er gehorchte, und als er weg war, heulte ich mich in gleichgültiges Selbstmitleid. Wer brauchte so einen Mann? Ein Baby passte selten! Was hätte Bea da erst sagen sollen? Sie hatte es auch geschafft, noch dazu ganz großartig! Doch Bea war stärker als ich. Wo ich mich abplagte, ging sie spazieren. Ich war bereit zu kämpfen, hatte aber nicht einmal begriffen, wofür, wogegen, mit wem. Ich hatte nichts vom Leben begriffen. Ich war ein Versager, der sich im überbezahlten, ruchlosen Berater-Business durch Jugend, Aussehen, schlaue Sprüche einen Namen gemacht hatte. Ich verdiente mein Gehalt nicht, weil ich es denen, die meinetwegen auf der Straße standen, stahl. Es war alles Lug und Trug, Schall und Rauch, und ich war darauf hineingefallen. Das Leben – das wahre Leben – war ganz wo anders. Das wurde mir in den betäubten Tagen im Krankenhaus und danach klar. Meine Eltern, die sofort nach Berlin gekommen waren, drangen nicht zu mir durch, auch meine Schwestern Regina und Victoria nicht, und Bea erst recht nicht. Die wollte ich nicht einmal sehen. Wie auch? Sie war zum Inbegriff all dessen geworden, was mir versagt blieb, und grenzenloser Neid fraß sich immer tiefer in meine Seele. Ich war ausgehöhlt und innerlich tot. In mir starb der Glaube an das Gute, an die Liebe, an mich selbst. Das Leben hatte mir gezeigt, dass es mich nicht wollte, dass ich es nicht wert war. Ich war zu oberflächlich, zu egoistisch, zu – alles. Ich musste mich radikal ändern.

Nach meiner Entlassung aus dem Krankenhaus begann ich eine Therapie, und da nach der ersten oder zweiten Stunde das Wetter mild war, setzte ich mich auf eine Parkbank am Lietzensee. Wenig später saß Vincent neben mir, und bis heute weiß ich nicht, wie er dorthin gekommen war, weil er sich normalerweise nie in die Gegend verirrte. Er hörte mir zu, fragte nach, wusste Rat und beantwortete meine Fragen, noch bevor ich sie überhaupt in meinem Kopf formuliert hatte. Er zeigte mir neue Wege, eine andere Welt, ein besseres Leben. Ich glaubte seinen Heilversprechen und hielt ihn für den Messias. Ich brach die Therapie ab und hörte nur noch auf ihn. Er wurde zum Zentrum meines Daseins und ich ihm hörig. Von da an war ich allein.

Wie hatte es soweit kommen können? Gehörte ich zu den Frauen, die sich immer die falschen Männer aussuchten? Mit Vincent hatte ich mich nie glücklich, nur entweder gut und richtig oder falsch gefühlt. Stefan und ich hingegen hatten viel gelacht, aber auch ernste Gespräche geführt. Ich war glücklich gewesen und hatte das weitgehend sorgenfreie Leben genossen, hatte Freunde gehabt und meine Eltern, Geschwister und Bea geliebt. Die Welt war mir bunt und bestaunenswert erschienen, ich hatte die Menschen an sich gemocht und sie genommen, wie sie waren. Ich war ihnen und dem meisten Neuen aufgeschlossen begegnet, die Andersartigkeit hatte mich bereichert, nicht bedroht. Ich hatte gern diskutiert, andere Meinungen erkundet, widerlegt, meine eigene verteidigt oder revidiert. All das verschwand auf einen Schlag. Wo einst Farben, Freude, Faszination waren, gab es nur noch Schwarz und Weiß, richtig und falsch, gut und böse. Und all das im Namen der Toleranz.

Wie hatte ich zulassen können, dass ein Gift in mich troff, das mich abweichende Meinungen am liebsten verbieten und ausrotten lassen würde? Das mich auf erfolgreiche, wohlhabende, gut gekleidete Menschen herabsehen und sie verachten ließ? Wie kam ich zu den vernichtenden Urteilen und dieser brennenden Wut auf alles, was nicht meinen – oder eher Vincents – Werten, Wünschen und Ansichten entsprach? Aus Neid, oder weil sie der Vorstellung von einer gerechten Welt scheinbar im Weg standen? Trug ich mit meiner Haltung, meinem Verhalten und meinen Emotionen, die energetisch auf meine Umwelt und Mitmenschen wirkten, wirklich Friede oder nicht viel eher Hass in die Welt? Und war es nicht diese unterschwellige Aggression gepaart mit der ewigen Angst, Vincent zu enttäuschen und zu verärgern und auf eine diffuse Art wieder zu versagen, die mich krank machte?

Fragen über Fragen, eine ganze Sickergrube voller Fragen, deren Antworten irgendwo in den trübsten Tiefen verwesten.

Es klopfte an der Tür, es war Bea. „Delia, bist du da?"

„Ja", ächzte ich. Meine Zunge klebte am Gaumen, meine Haut spannte unter der Salzkruste. Schwerfällig stemmte ich mich auf.

„Kann ich reinkommen?"

„Ja. Gleich. Warte, ich muss erst ins Bad."

„Schon gut, ich komm über die Terrasse, okay?"

Ich schnäuzte mich und wusch mir das Gesicht. Als ich ins Zimmer zurückkam, stand auf dem Tischchen ein Tablett mit zugedeckten Tellern und Bea saß mit Turban auf dem Bett. Sie sprang auf und umarmte mich besorgt. „Mensch, Delia, was ist denn mit dir los?"

„Ach, es ist wegen Vincent. Er hat ... aber, nein, lass, du hast ja auch Shirodhara und brauchst Ruhe. Danke für das Essen, das ist echt lieb von dir."

„Nichts da, mir geht's gut. Komm, sag schon, was ist passiert?"

Ich fing wieder an zu weinen, aber leiser und ruhiger als zuvor. Es war mehr ein stiller Bach als der tosende Strom von vornhin. Es tat gut, dass Bea da war. Als Erstes sagte ich ihr, dass ich ihre Abneigung gegen Vincent nun verstand und wie leid es mir tat, dass ich seinetwegen den Kontakt mit ihr abgebrochen hatte. Dann erzählte ich ihr alles. Es war das erste Mal, dass sie von der Fehlgeburt hörte. Sie war bestürzt und fragte mich, warum ich nichts davon gesagt hätte.

„Ich habe mich geschämt. Für mich war es das schlimmste Versagen als Frau, dass ich die Schwangerschaft erst bemerkt habe, als sie schon vorbei war. Und dann hat Stefan mich obendrein am Krankenhausbett sitzen lassen, weil *es jetzt doch eh nicht gepasst hätte.* Was soll man da noch sagen?"

Bea sah mich fassungslos an. „Stefan hat dich doch nicht am Krankenhausbett sitzen lassen!"

„Wie bitte? Natürlich hat er das!"

„Aber nein! Er hat doch am Vorabend mit dir Schluss gemacht!"

„Wie bitte?"

„Erinnerst du dich denn nicht? Du wolltest warten und hast ihm vorgeworfen, dass er deine Karriere behindern und dich ausbremsen will, dass er keine erfolgreiche Frau neben sich erträgt, und dann ... Sag mal, weißt du das wirklich nicht mehr?" Sie kratzte sich am Kopf. Mir wurde unbehaglich zumute. Was sie sagte, klang unglaublich, aber in mir dämmerte etwas lange Verdrängtes wieder auf.

„Ich glaube, du hast recht. Wir hatten viel Streit deswegen. Ich wollte warten, er nicht. Ich wollte mich in meinem Höhenflug nicht aufhalten lassen, das stimmt. Aber dass ich deswegen keine, oder zumindest später, Kinder wollte und Stefan schon ... Ich weiß nicht."

„Denk mal daran, wie er mit Diana und Philip umgegangen ist. Die haben ihn doch genauso vergöttert wie er sie! Er wünschte sich früh Kinder, weil er nicht in Rente gehen wollte, wenn sie Abitur machen."

Erneut quollen Tränen in mir hoch, als ich die Zwillinge wieder auf ihm herumklettern und ihn mit Fragen löchern sah. Ich nickte. „Stimmt. Meinst du, dass ich deswegen so auf Vincents Dogmen angesprungen bin?"

„Davon gehe ich aus. Du hast die Schuld bei dir gesucht, er hat sie dir und deinem Karrierestreben gegeben und dir eingeredet, dass das Leben gut wird, wenn du alles anders machst. Aber na ja, das weißt du ja."

„Ja, ich weiß", seufzte ich. „Ich habe wirklich geglaubt, dass ich Vincent liebe und mit ihm auf eine aufgeklärte, erwachsene, vernünftige Art glücklich bin, war es aber nicht. Es gibt kein vernünftiges Glück, so ein Unsinn. Das ist mir jetzt völlig klar, aber die ganze Zeit habe ich in dem Irrsinn gelebt! Ich habe geglaubt, dass er mein Weg in ein gutes, richtiges Leben sei – dabei war es die Vorhölle. Ich habe mich wohl weit mehr in mir selbst als in ihm getäuscht. Und weißt du, ich spüre zwar heute noch, dass ich Stefan geliebt habe, aber auch in ihm habe ich mich getäuscht. Wem kann ich denn überhaupt noch trauen? Aber", ich wurde wieder wütend, „wie kann er mir am Krankenhausbett hinreiben, dass „ein Kind jetzt eh nicht gepasst hätte"? Ich hatte ihn für einen guten Menschen gehalten, und dann diese Niedertracht!"

„Aber Delia!" Bea fuhr herum. „Er hat doch bestimmt nicht gemeint, dass er kein Kind wollte oder dass es dir recht geschieht und dir in den Kram passen soll, sondern weil ihr euch am Tag davor getrennt habt!"

Der Raum um mich wankte, oder war ich es selbst? Mir war, als würde ich zum Boden gesogen werden und hart darauf aufprallen. „Was? Wir haben uns getrennt?"

„Er sich von dir."

„Wegen dem Kinderwunsch?"

„Auch. Und wegen deiner, nun ja, wie soll ich sagen, Fixierung auf die Karriere, auf Anerkennung, Beförderung, Reisen, Shoppen, Aktien. Du warst damals etwas schwer zu bremsen, nachdem du das überraschende Angebot bekommen hast."

„Ich weiß! Dafür habe ich ja auch die Kehrtwende hingelegt. Aber ihm hat das nicht an mir gefallen? Er war doch genauso!"

„Nein, nicht ganz." Ernst schüttelte sie den Kopf. „Anfangs ja, aber dann hat er die Bremse gezogen und versucht, dass du ein paar Gänge runterschaltest."

„Stimmt ..." Die Täuschung hob sich wie ein dicker, schwerer Vorhang von der Wahrheit, und mir wurde unheimlich, als ich das Ausmaß meiner Selbsttäuschung erkannte. „Das hat er. Ich fand das langweilig, oder?"

„Ja."

„Und dann hat er sich getrennt. Das weiß ich nicht mehr, aber es war wohl länger nicht gut gelaufen."

„Er – soll ich es dir sagen?"

„Was denn? Aber ja, mich haut heute nichts mehr um."

„Er hatte sich neu verliebt."

Und da war es wieder, das Bild einer seiner Kolleginnen, die ich von XING kannte. Leuchtend klar sah ich es vor mir. „Christine Meyerhoff." Die Frau, mit der er nicht ins Bett ging, bis es mit mir aus sei, denn das sei er ihr und mir schuldig. Ich hörte den ganzen Hohn und Spott wieder. Was für eine Farce! Damals waren mir dieses Versprechen und Warten auf eine gemeinsame Zukunft noch erniedrigender vorgekommen, als wenn er monatelang mit ihr fremdgegangen wäre.

Bea nickte nur.

„Ich hab die Nacht bei euch geschlafen, und bin von dort aus nach Tegel gefahren, richtig? Oh Mann. Eigentlich war es ganz anständig von ihm, dass er es so gehändelt hat. Aber ich habe die ganze Zeit gedacht, dass er mich wegen der Fehlgeburt sitzenlassen und mir niederträchtig hingerieben hat, dass *mir* ein Kind ohnehin nicht gepasst hätte!" Kraftlos sank ich in mich zusammen. Bea schloss die Arme um mich und zog mich an sich.

„Aber Stefan doch nicht! Du hast dich in ihm nicht grundlegend getäuscht. Ach Delia, was ist das denn für ein Chaos in dir."

Nachdem Bea gegangen war, aß ich die kalte Suppe und das Gemüse mit Reis. Ich brauchte lange, bis ich alles auch noch annähernd verarbeitet hatte. Das, was jeder wusste und was für jeden galt, traf auch auf mich zu. Die Erinnerung war ein Luder. Sie verformt Ereignisse so lange, bis Ursache und Folge, Täter und Opfer nahtlos ineinanderpassen und ein einfach erklärbares Bild ergeben. Brüche und dunkle Flecken liegen ihr nicht.

Als es Zeit für ein warmes Abendessen war, fühlte ich mich noch immer ausgelaugt, aber trotzdem klarer. Ich war gerade dabei, mich frisch zu machen, als Bea erneut klopfte. Sie selbst trug statt des Turbans aus verwaschenem, schlammgrünem Khadistoff, den die Masseusen gemacht hatten, einen jener schönen vorgefertigten Turban-Kappen in Weiß, die wir schon bei vielen Frauen im Hotel gesehen hatten.

„Darf ich?", sagte sie liebevoll lächelnd und reichte mir eine schwarze, deren Knotenpunkt mit kleinen Muscheln verziert war. „Sie soll dir einen klaren Kopf und ein reines Herz schenken."

Zum x-ten Mal an diesem Tag drückte ich sie fest an mich und dankte ihr für alles, was sie für mich getan hatte. Gemeinsam gingen wir in den Speisesaal hinauf, und je näher wir unserem Tisch kamen, desto heftiger schlug mein Herz. Ich sah Aurel von Weitem, aber ohne das Haar erkannte er mich nicht auf Anhieb.

Delia

„Da bist du ja! Wir haben dich schon vermisst", sagte Aurel mit seinem gletscherschmelzenden Lächeln und dem dazu gehörenden tiefen Blick, der mir die Ernsthaftigkeit verriet, zumindest, falls ich mich nicht wieder in einem Mann täuschte. „Dich hat der Stirnguss ganz schön mitgenommen, nicht wahr?"

„Das kann man laut sagen." Ich lachte kopfschüttelnd „Wenn das so weiter geht, bin ich nach der Woche völlig durchgespült und ein anderer Mensch."

„Klingt gut!", fand Max. „Zum Durchspülen sind wir hier. Körperlich, aber auch emotional. Es tut gut, alles Alte loslassen und rausschwemmen."

„Ein anderer Mensch brauchst du gar nicht werden, nur wieder die Alte", sagte Bea so herzlich, dass ich innerlich bebte.

Beim Suppenbuffet hatte ich einen Moment mit Aurel allein und fragte ihn, ob wir unser Gespräch nachholen könnten, was er umgehend bejahte. Mir fiel ein Stein vom Herzen, denn zumindest würden wir rein platonisch befreundet bleiben.

Den Rest der Mahlzeit unterhielten uns die beiden mit einem Stehgreif-Kabarett, in dem sie Politiker und berühmte Persönlichkeiten so gekonnt nachahmten, dass wir uns bogen. Bei Arnold Schwarzenegger lachten wir Tränen, bei Kayne West und Kim Kardashian bekamen wir Bauchkrämpfe, und bei dem erfundenen Treffen zwischen Putin und Trump fiel ich vom Stuhl.

Aurel hielt seine Haare mit einer Hand zur Tolle zurück, beugte sich mit steifen Schultern und geschwollener Brust ohne die Miene zu verziehen zu mir herab und zog mich an einem Arm hoch. „Melania, hat man deinen Drink gepoisonet? Wer war der Schurke? Wir werden ihn fassen! Er muss bestraft werden! Oder bist du betrunken? Mach mir keine Schande! Benimm dich, denn wie sollen wir America make great again, wenn du die Haltung verlierst! Was ist mit deinem osteuropäischen Vollblut, du Vollweib? Bleib sitzen, Frau, ich muss twittern, dass *America* den Anschlag auf dich vereitelt hat." Er formte mit Daumen und Zeigefinger ein O und wir wieherten.

In dieser Nacht schlief ich tief und fest.

Als ich am nächsten Morgen erwachte, landete der Regen in Sturzbächen auf dem Boden und das Meer toste und tobte. Jedes Mal, wenn eine Welle gegen die Mauer schlug, schien die Welt einen Augenblick stillzustehen, bis die Gischt auf den gepflasterten Weg spritzte und alles von vorn begann. Ich spürte den Aufprall der Wassermassen im Bett und überlegte, wie schlimm es werden konnte und wie sicher ich war. Mit einem etwas mulmigen Gefühl stand ich auf und ging in die Lobby, wo ich zuschaute, wie ein Mann das farbenprächtige Mandala für den Tag legte. Aus einer höheren Etage warf jemand Hibiskusblüten in den Koi-Teich. Gierig schnappten die Fische danach, und ich musste lachen, weil sie erst die Stängel in den Mond saugten, sodass der Blütenkelch immer enger kleiner wurde, bis er ganz in ihren Mäulern verschwand.

An der Rezeption versicherte man mir, dass das schlechte Wetter an einem Zyklon läge und für die Jahreszeit normal sei. Unter den Gästen war man sich sicher, dass der Klimawandel schuld daran war, und ich genoss es, zum ersten Mal seit Langem nicht einzuschreiten. Vielleicht lag ja auch hier die Wahrheit irgendwo in der Mitte.

Auch beim Frühstück war das Wetter ein Thema, aber anders als vorhin. Aurel sagte an mich gewandt: „Das Unwetter passt mir gar nicht, weil ich im Zimmer bleiben musste, als ich nachts aufgewacht bin. Und du kannst ja jetzt gar nicht raus. Konntest du wenigstens schlafen?"

„Wie ein Stein."

„Das ist gut für dich. Seien wir mal froh, dass wir immerhin zwei schöne Sonnenaufgänge erlebt haben, hm?"

Ich schwieg und lächelte immer breiter, weil ich begriff, was er mir sagen wollte.

„Das bin ich bestimmt. Aber bei den schwarzen Wolken hätten wir ohnehin nichts gesehen", wandte ich verlegen ein. Mein Körper prickelte angenehm warm.

„Die Sonne geht immer auf, solange es Leben gibt. Immer. Auch wenn man sie nicht sieht."

Mit glühenden Wangen flüsterte ich: „Man kann die Sonne ja auch im Herzen tragen." Ich war so verlegen, dass ich ihn nicht ansehen konnte. „Das Wetter wird hoffentlich bald besser, sodass wir von mir aus gern noch ein paar beobachten können. Ich würde mich freuen."

Meine Stimme war ein heiseres Flüstern. Angespannt wartete ich auf seine Reaktion, jeder Augenblick kam mir wie eine Ewigkeit vor. Mein Herz wollte den Urlaubsflirt mit ihm fortsetzen. Ich konnte es nicht erwarten, ihn wieder zu berühren und zu spüren, und jede Minute, die ohne Körperkontakt verstrich, erschien mir vergeudet. Mein Verstand schrie, dass ich mich nicht emotional genügend abgrenzen und es am Ende nicht einfach als *elysische Erinnerungen*, wie mein Vater sie nennen würde, abspeichern könnte. Ich würde eher Rotz und Wasser heulen, als mich auf die Suche nach einem neuen Mann zu machen. Deswegen sagte ich nichts weiter.

Nach dem Frühstück saßen wir in langen Hosen und Pullovern in der Lobby und tranken unseren morgendlichen Vata-Tee. Das stählerne Grau des Himmels, das Tosen des Sturms und Toben des Meeres beruhigten mich auf eigenartige Weise. Es war wie das erleichterte Aufatmen im Herbst, wenn man nach einem langen, heißen Sommer endlich zur Ruhe kommt, wenn es nichts mehr zu tun gibt, außer die Ernte hereinzubringen und dafür zu sorgen, dass man es im Winter warm hatte.

Wenn man bei dem Bild mit den Jahreszeiten bleiben wollte, dann hatte ich gerade einen langen Winter hinter mir. Die Eisschichten brachen auf, der Schnee schmolz und wie Tauwasser rissen die Tränen alles Alte von mir fort.

Nach dem zweiten Stirnguss weinte ich um Stefan, dem ich Unrecht getan, und das Leben, das ich vergeudet hatte. Ich weinte um die Entfremdung von meinen Eltern und dass ich meinen Beruf weggeworfen hatte, anstatt nach den Wurzeln meines Stresslevels zu suchen. Denn ich hatte unter Strom gestanden und hatte Angst gehabt – Angst, nicht die Beste und damit generell nicht gut genug zu sein. Auch damals schon hatte ich um Anerkennung gerungen. Wieder weinte ich mich in eine Art Trance, in der es nur noch mich, den Schmerz und die Tränen gab, die mich schließlich leer und erschöpft zurückließen. Doch diesmal war die Leere nicht bedrohlich und alles auslöschend, sondern machte Raum für etwas Neues.

Das Korsett sprang auf und fiel von mir ab. Ich atmete tiefer, bewegte mich freier und blühte auf. Überdeutlich wurde mir eins klar: Jeder, der wie Vincent die ganze Welt verbessern wollte, sollte erst einmal bei sich selbst anfangen. Wenn man Menschen einengte und bevormundete, verkümmerten sie und wurden krank, es sei denn, es gelang ihnen, irgendwo in sich drin eine große, helle Weite zu erschaffen, in die sie sich flüchten konnten. Ich hatte diesen Rückzugsraum nicht gehabt und bezweifelte, dass ich ihn jemals würde erschaffen können. Deswegen musste ich umso mehr dafür sorgen, dass ich mich nie wieder bevormunden ließ und nie wieder jemandem oder einer Ideologie hörig wurde.

Ich weinte so lange, dass ich das Mittagessen erneut verpasste. Mein Magen knurrte laut, als ich durch den dichten Schleier aus Tränen und Regentropfen sah, dass sich auf der Terrasse etwas bewegte. Mir war, als würde sich kein Schatten, sondern Licht vor den stahlgrauen Tag schieben, denn es war Aurel. Er stellte ein Tablett auf dem Tisch ab und ging wieder. Ich blieb liegen und spürte Wellen von Geborgenheit, bis sie verebbten. Erst dann stand ich auf.

Aurel hatte mir die üblichen Speisen gebracht. Auf dem Nachtisch-Teller hatte er ein lachendes Gesicht aus einem Stück Papaya, einer Weintraube und Bananen gelegt. Verzückt lächelte ich. Erst, als ich fertig gegessen hatte, fand ich unter dem Teller einen Zettel, auf dem in einer dynamischen, akkuraten Handschrift stand:

Für den Fall, dass unser Pitta-Mädchen Hunger bekommt. Ich hoffe,
es geht Dir gut. Bitte melde Dich, wenn ich etwas für Dich tun kann
oder wenn Du Dir Gesellschaft wünschst.
Liebe Grüße, Aurel

Ich las die Nachricht mehrere Male durch, dann drückte ich sie fest an meine Brust und seufzte laut auf. Obwohl es draußen unvermindert weiter schüttete und stürmte, ging in mir die Sonne auf. Ich nahm einen Bogen von dem Hotelbriefpapier, das es hier noch gab, und verfasste eine Antwort, die ich ihm unter der Tür durchschob, nachdem ich mir das Öl abgeduscht hatte.

Lieber Aurel,
was für eine Überraschung!
Deine Fürsorge rührt mich sehr. Das Carepaket hat nicht nur köstlich
geschmeckt und mich vor dem sicheren Hungertod, sondern auch
das Hotel vor einem Amoklauf bewahrt.
Vielen lieben Dank! Ich hoffe, dass es Dir gut geht. Mir geht es heute
noch nicht hervorragend, aber ich sehe den Regenbogen, und freu
mich schon auf weitere Gespräche mit dir.
Wir sehen uns beim Abendessen.
Bis dahin, herzliche Grüße
Delia

Auf dem Rückweg schaute ich bei Bea vorbei, deren Zimmer gleich neben dem Yogasaal lag. Zu meiner Überraschung war sie allein und wirkte betrübt. Es war schon wieder Zeit zum Meditieren, aber wir konnten uns nicht aufraffen. Stattdessen bestellte Bea uns eine frische Kanne warmes Wasser und wir machten es uns im Schneidersitz auf den Betten gemütlich, weil es draußen noch immer wie aus Eimern goss.
„Dir geht's heute auch nicht besonders, hm?".
„Nicht wirklich. Die Kinder fehlen mir und ich frage mich, was ich ihnen mit der Scheidung antue. Ansonsten geht's schon, und bei dir?"
Wir unterhielten uns über ihre Sorgen und ich sagte ihr, dass Kinder unter schlechten Ehen mehr litten als unter guten

Scheidungen, und dass es schließlich und endlich auch um sie ging. Dann erzählte ich ihr von Aurels Essenslieferung und dem kleinen Brief.

„Ich weiß, er hat mir gesagt, dass er dir etwas bringen wollte. Das mit dem Zettel ist ja süß. Ich glaube, ihm liegt wirklich viel an dir."

„Mhm." Seufzend nickte ich. „Ich mag ihn auch sehr. Mehr als mögen. Mich hat's ganz schön erwischt, aber ich glaube, ich traue mich nicht. Was, wenn ich mich Hals über Kopf verliebe und ihm so heillos verfalle, dass ich ihm nachreise?"

„Ich könnte dir versprechen, dich davon abzuhalten", bot Bea wenig überzeugt an.

„Netter Vorschlag, aber wenn ich mir was in den Kopf setze, lasse ich mich nicht davon abbringen, das wissen wir doch beide."

Sie versuchte einen lahmen Witz. „Selbsterkenntnis ist der beste Weg zur Besserung. Mir graut ja auch vor der Trennung, aber ich sage mir, man lebt nur einmal. Und lieber heule ich mir danach die Augen wund, als dass ich aus Angst auf alles Schöne verzichte."

„Tja", seufzte ich. „Ich könnte jetzt sagen: Schlimmer kann's bei mir ohnehin nicht werden. Vielleicht sollte ich es riskieren, was meinst du? Quasi als Vorgeschmack auf das gute Leben nach Vincent und meiner Hörigkeit. Als Mutmacher, sozusagen. Vorausgesetzt natürlich er will auch."

„Frag ihn", sagte sie eindringlich, fast beschwörend. „Aber warte nicht zu lange."

Ich wurde aufgeregt, Leichtsinn vermischte sich mit Vorfreude. „Okay, dann mach ich das." Eine Weile schwiegen wir, dann sagte ich: „Weißt du, ich habe ihn anfangs ja für einen selbstverliebten Narzissten gehalten. Aber das ist er nicht, oder?"

„Aurel ein Narzisst?" Bea lachte schallend. „Nie im Leben! Weißt du, wer viel eher ein Narzisst ist? Vincent!"

„Vincent?"

„Hochgradig, wenn du mich fragst. Er kann nicht lieben. Weder jemand anderen noch sich selbst."

„Meinst du?" Ich zweifelte, doch je länger ich darüber nachdachte, desto mehr gingen mir die Augen auf. „Mensch, du hast recht! Das ist es! Er kann nicht lieben! Deswegen hatte ich immer das Gefühl, dass ich ihn mit Liebe zuschütten müsste, damit er sich selbst und dann mich liebt!"

„Tja, diesen selbstzerfleischenden Fehler machen die meisten Opfer. Narzissten sind wie schwarze Löcher, die saugen dich aus. Du kannst dich für sie komplett aufarbeiten und wirst doch nichts erreichen. Die halten sich für unfehlbar und wollen nur Bewunderung. Mit Liebe kommst du da nicht weit. Es kann ja nur jemand Liebe nehmen, der Liebe geben kann, auch wenn er sich in den tiefsten Tiefen danach sehnt. Vincent will Lob und Bestätigung. Das erkennt man daran, dass er andere schlecht machen muss, damit er sich selbst gut fühlt."

„Das stimmt", sagte ich nachdenklich. „Da ist Hopfen und Malz verloren. Aber trotzdem will man helfen, nicht wahr, das ist doch natürlich?"

„Ob es natürlich oder über Jahrtausende hinweg falsch verstandene christliche Moraltheologie ist, weiß ich nicht. Es schadet einem ja selbst. Man gerät in eine gegenseitige Abhängigkeit, bei der jeder Beteiligte meint, den anderen retten zu müssen. Dabei kann man sich nur selbst verlieren, wenn der andere keine Hilfe – oder Liebe – annehmen will", erklärte Bea weiter. „Du, als seine Freundin, bist und warst nicht seine Therapeutin. Das ist nicht deine Aufgabe, und das kann ein Laie auch nicht leisten. Natürlich hilft man anderen durch Krisen, aber man kann ihn nicht gegen seinen Willen retten oder therapieren, das hat selbst Jesus nicht getan."

„Nicht?"

„Nein. Egal, das ist jetzt nicht der Punkt."

„Nun ja, so ganz geht deine Theorie aber nicht auf, weil er sich wenig um sein Äußeres kümmert", wandte ich ein.

„Wenig? Er hat sich irre viel daraus gemacht! Seine zerschlissenen Sachen sind doch ein Statement. *Seht her, wie uneitel und genügsam ich bin. Ich entsage dem Konsum! Küsst mir dafür die Füße!*", rief sie wie ein US-Politiker am Parteitag. „Das ist schon fast passiv-aggressiv. Er will die anderen übertreffen und der Beste sein. Er tut nichts von sich aus, aber alles für Beifall."

„So habe ich das noch gar nicht gesehen. Aber weißt du, als Beraterin wollte ich auch irgendwann die Beste sein. Wenn ich nicht die Erste war, war ich gefühlt die Letzte."

Ernst sah sie mich an. „Wirklich? Das habe ich damals nicht mitbekommen. Aber es klingt nach einem typischen Symptom von Leuten in Spitzenjobs. Das ist wirklich ungesund."

Ich zuckte die Schultern. „Wem sagst du das."

Delia

Beim Abendessen hatten wir einen Gast, wobei Gast die höfliche, Eindringling die treffendere Bezeichnung war. Pia war am Vortag aus Bozen angereist und hatte bereits am Mittag, als ich heulend im Zimmer lag, auf meinem Stuhl gesessen. Die Herzchen in Beas und Max' Augen waren für jedermann meilenweit sichtbar, was mich freute. Was mich hingegen nicht freute, war, dass sich Ähnliches bei Pia abspielte, und zwar in Bezug auf Aurel. Sie belegte ihn nicht nur mit zufälligen Berührungen, sondern auch mit derart viel Beschlag, dass ich mir wie das fünfte Rad am Wagen vorkam.

Wäre ich in einer akut weniger labilen Verfassung gewesen, hätte ich mich darüber amüsiert. Da ich jedoch soeben erst von meinem Tränenbett aufgestanden war, ging sie mir tierisch auf den Senkel. Immer angestrengter versuchte ich, dahinterzukommen, ob Aurel nur höflich, persönlich oder sogar erotisch interessiert an ihr war.

Sollte Letzteres zutreffen, könnte er mir nach dem Zettel, der Essenslieferung und der Bemerkung über die Sonnenaufgänge eigentlich gestohlen bleiben. Aber eben nur eigentlich, denn immerhin war ich diejenige, die ihn in den Wind geschossen hatte.

Da Pia wie ein Wasserfall redete, erfuhr ich einiges über die traditionelle chinesische Medizin, worin sie

Ernährungsberaterin war. Ich konnte nicht behaupten, dass sie langweilige Sachen von sich gegeben hätte, aber wir waren wegen Ayurveda hier! Da war TCM wie ein falscher Film, oder ein Information-Overload, unter dem das System zusammenbrach. Außerdem klang ihre Stimme unangenehm gequetscht, irgendetwas musste mit ihrer Atmung nicht stimmen.

„Die TCM ist ungefähr gleich alt wie Ayurveda. In weiten Teilen decken und überschneiden sich die beiden Lehren, auch wenn sie verschiedene Begriffe und Begründungen verwenden. In der TCM werden jedem Hauptorgankreislauf Emotionen zugeordnet, also der Leber Wut und Zorn, der Lunge Traurigkeit, dem Herzen Freude, den Nieren Lebenskraft. Es begeistert mich immer wieder aufs Neue, dass sich diese Weisheit auch in der deutschen Sprache wiederfindet!"

„So wie in „Mir ist eine Laus über die Leber gelaufen? „Oder „das geht mir an die Nieren"?" Aurel strahlte dabei so, wie er mich immer angestrahlt hatte. Meine Hoffnung auf weitere Küsse versank wie Blei im Meer. Appetitlos aß ich fertig.

„In der TCM weiß man, dass bestimmte Lebensmittel bestimmte Organkreisläufe beeinflussen, worüber sie Körper und Geist beeinflussen. Das, was wir essen, verursacht, lindert oder heilt also Krankheiten, das ist klar. Aber es stärkt bzw. schwächt auch Emotionen. Ich habe Menschen durch eine Optimierung der Ernährung sogar von milden bis mittelschweren Depressionen geheilt."

„Das ist ja sagenhaft! Darüber musst du mir unbedingt mehr erzählen", rief Aurel begeistert und boxte Max in die Seite. „Das nehmen wir in unser Portfolio auf! Damit heben wir uns völlig von den übrigen Beratungen ab! Man ist, was man isst – volle Kanne!"

Er und Pia verabredeten sich für ein Gespräch, und mir trampelte nicht eine, sondern eine ganze Horde von Läusen über die Leber. Spitz bemerkte ich: „Das klingt echt spannend, Pia. Besonders interessant fände ich es im Zusammenhang mit anderen Bausteinen, zum Beispiel wie man es vermeidet, Ernährung zur Religion zu erheben, oder wie man es schafft, dass Gesundheit nicht das oberste Lebensziel wird. Also, dass man den Blick auf das große Ganze nicht verliert."

Die Frau schnappte nach Luft, ich spürte Aurels Blick auf mir und lehnte mich zurück. Das mit dem übertriebenen Ehrgeiz und Die- Beste-sein-Wollen war so eine Sache, die ich auf ein gesundes Maß bringen musste. Aber nur ein Loser gab auf, ohne zu kämpfen. Leider gehörte auch Pia nicht zu den geborenen Verlierern, sodass ich keine Gelegenheit fand, Aurel um ein Gespräch unter vier Augen zu bitten, weil sie an ihm kleben blieb wie Harz in den Haaren.

Ein neuer Tag brach an, ohne dass Aurel und ich einen weiteren gemeinsamen Sonnenaufgang erlebt hätten. Noch immer regnete es, was das Zeug hielt. Immerhin war ich früh genug für die Meditation auf den Beinen. Dort übten wir, die Kohärenz zwischen Bauch, Herz und Kopf zu stärken. Aurel war auch da, saß allerdings unangenehm weit weg. Er grüßte freundlich, aber distanziert, und allmählich begann ich mich zu ärgern. Auch Bea wusste keinen Rat.

„Wenn ich heute nach dem Stirnguss zur Abwechslung mal nicht heule, könntest du dann vielleicht eine Spiele-Runde zu viert einfädeln? Wenn du es machst, sieht es weniger verzweifelt aus", bat ich Bea.

„Das ist eine echt gute Idee. So etwas in der Richtung wollte ich auch schon vorschlagen. Pia hat um 15:30 Uhr Behandlung, da haben wir sturmfrei." Sie zwinkerte mir zu und ich hoffte, dass ihr Plan aufgehen möge.

Beim Stirnguss wurde mein Kopf endlich hell, klar und weit, und zu meiner großen Erleichterung musste ich nicht mehr weinen. Ich stellte den Wecker und kam rechtzeitig zum Mittagessen. Die erste Hürde war genommen: Ich war mit dabei. Nun galt es, vom Spielfeldrand ins Geschehen zu kommen.

Pia saß bereits am Tisch. Wie immer dominierte sie das Gespräch. Täuschte es mich, oder war Aurel heute tatsächlich weniger begeistert von ihr oder ihren Themen? Wurde ihm ihre Stimme auch allmählich zu viel? Pia legte sich mächtig ins Zeug, schenkte ihm Wasser nach, durchbohrte ihn mit

Blicken und plante Ausflüge für die Zeit nach dem Regen. Ich hielt mich zurück, weil es mir dämlich vorkam, so offenkundig um einen Mann zu buhlen, den ich abserviert hatte. Stattdessen nahm ich mir fest vor, heute mit ihm zu sprechen, danach wüsste ich mehr.

Der Zyklon schickte noch immer Wassermassen und Wolken zu uns, und wie abgemacht, schlug Bea nach dem Essen ein Spiel vor. „Ein Puzzle, Rommé, Siedler von Catan – was haltet ihr davon?"

„Auf keinen Fall den Siedler, das gibt zu viel böses Blut", wehrte Aurel sofort ab. „Aber ein Spiel ist eine super Idee! Schauen wir doch einfach mal, was sie dahaben."

Die Auswahl bestand nur noch aus Mensch-ärgere-dich-nicht und Dame, alle anderen Spiele waren bereits ausgeliehen. Max kam auf die Idee, Stadt-Land-Fluss zu spielen. Begeistert holten wir Papier und Stifte, dann überlegten wir uns schwierige Kategorien und strenge Regeln. Bei Tieren galten beispielsweise keine Allgemeinbegriffe wie „Hund", sondern nur Rassen und Gattungen. Wir unterschieden zwischen Gewässer und Fluss und fügten neben Ländern gesondert Bundesländer und -staaten ein. Bea wünschte sich die Kategorie „Gewürz", Aurel „Farbe", ich „Schriftsteller" und Max „Gottheit", was wir ihm nicht ausreden konnten. „Es zählen auch nordische, griechische, indische – alle. Da gibt es Tausende!"

Nachdem wir uns auf eine lange Liste geeinigt hatten, legten wir mit Feuereifer los. Der erste Buchstabe lautete L. Max schrieb bei Fluss „Lorenz-Fluss, St.", Bea heimattreu „Lech", Aurel und ich: Limpopo.

„Limpopo? Wie bitte kommt man auf Limpopo?", riefen Bea und Max.

„Du hast abgeschrieben!", warfen Aurel und ich einander scherzend vor, was allerdings gar nicht ging, weil er mir gegenübersaß und wir die Arme wie in der Schule vor unsere Blätter legten.

Bei Land hatte Bea Luxemburg, Max Lettland und Aurel und ich: Laos.

Bei Städten schrieb Bea London, Max Lima, Aurel und ich: Lusaka.

„Komm, du schreibst doch von mir ab!", riefen wir und kringelten uns vor Lachen.

„Great minds think alike", seufzte Bea mit gespielter Resignation, freute sich aber gleichzeitig mit Max darüber, dass sie mehr Punkte als wir bekamen, und das, obwohl wir schwierigere Antworten brachten.

„Komm, so geht das nicht weiter. Nimm du zwei Kontinente und ich zwei andere, Europa lassen wir Bea", schlug Aurel vor.

„Danke, sehr gütig", sagte sie hoheitsvoll. „Ich nehme ja nur deswegen Europa, weil ich weiß, dass ihr es nicht tut."

„Mein doppelt schlaues Mädchen ist uns wie immer einen Schritt voraus." Max zog sie mit beiden Händen an sich und küsste sie auf die Wange.

Wir hatten so viel Spaß beim Spielen, dass wir immer lauter wurden und anderen Gästen Anlass zur Beschwerde gaben. Wir entschuldigten uns vielmals und gelobten Besserung, was uns jedoch nicht gelang.

„Spielen wir doch bei mir weiter, ich bin jetzt so richtig in Fahrt!", schlug Aurel vor. Max und Bea sprangen begeistert auf, nur ich reagierte langsamer. Ein geradezu ehrfürchtiges Gefühl überkam mich, weil es mir vorkam, als würde ich in seine Privatsphäre eindringen. Ich hatte erwartet, dass sein Zimmer dem Beas glich, und war umso überraschter, als ich eine Suite betrat. Sie befand sich in der obersten Etage des Ostflügels und war mehr als doppelt so groß wie meine bescheidene Kammer. Man hatte zwei Zimmer zu einem zusammengelegt, aber nur ein Bad installiert, sodass ein Raum zum Schlafen, der andere als großzügiger Wohnraum mit Sofa, Sitzecke und Fernseher diente. Es war hell und luftig, wie das gesamte Hotel, und sehr ordentlich, was nicht am Zimmerservice lag. Auf dem Schreibtisch standen drei Bücher, die mit geschnitzten Buchstützen aufrechtgehalten wurden. Eins davon war eine dicke, gebundene Ausgabe, Wolfram Fleischhauer, „Die Schule der Lügen", eins behandelte die ayurvedische Lehre und das dritte war ein in dunkelbraunes Leder gebundenes Tagebuch. Daneben lag ein wertvoller Stift, was mir sagte, dass er Statussymbole besaß, sein Herz aber nicht daran hing, denn andernfalls hätte er ihn nicht offen liegen lassen.

„Ist es gut?", fragte ich auf das Buch zeigend.

„Sehr gut, ja. Es geht dabei um Lebenslügen, Sinn und Wahn in Religion und Esoterik, grob gesagt. Ich bin noch nicht weit."

„Klingt verheißungsvoll." Im Stillen setzte ich es auf meine Leseliste.

„Bitte, lasst uns weiterspielen, nicht diskutieren", drängte Max.

Ich sah mich weiter um. Mir gefiel diese klare, selbstverständliche Ordnung. Da lagen keine Zahnpasta, Notizen oder Ladekabel und auch keine Krümel oder braune Bananen herum. Wir mussten über kein T-Shirt steigen, und er musste keine Unterhose vom Boden aufheben, weil überraschend Besuch kam. Die daraus resultierende Klarheit wirkte befreiend. Hier fühlte ich mich wohl. „Schön hast du's hier."

„Ja, nicht wahr? Wir wussten gar nicht, dass es unterschiedliche Zimmergrößen gibt. Bei unserer Buchungsanfrage müssen sie „Wohnort L.A." gelesen und uns mit Hollywood-Stars in eine Schublade gesteckt haben, weil sie uns nur diese Kategorie angeboten haben", erzählte er amüsiert. „Aber mir gefällt's, ich fühle mich wohl hier."

Wir setzten uns auf die Couch, an den Schreib- und Teetisch. Mit Feuereifer spielten wir weiter, und trotz aller geostrategischen Vorkehrungen gewann Bea, die bei „Pflanze mit G: Gänseblümchen", „Land mit D: Deutschland", „Gewürz mit P: Pfeffer" schrieb. Vielleicht lag in der Einfachheit, Menschenkenntnis und unserer Berechenbarkeit der Schlüssel zu ihrer Gelassenheit und Stärke.

Wir hatten gerade die Punkte addiert und die Siegerin ausgemacht, da entschuldigte sich Max, weil er telefonieren musste, und Bea musste plötzlich dringend auf die Toilette.

Endlich waren wir allein.

„Danke für deine Gastfreundschaft", sagte ich in neckendem Ton, auf den Aurel jedoch nicht einstieg. *Jetzt oder nie*, dachte ich, denn wenn er vorhatte, zur Meditation zu gehen, blieb uns nur eine Viertelstunde. Ich wollte etwas Zielführendes sagen und begann mit „Wir wollten uns doch noch mal unterhalten." Da ich das Zucken seiner Mundwinkel nicht deuten konnte, wurde ich unsicher. „Aber es ist schon spät, die Meditation geht gleich los, und ..."

Er rührte sich nicht, sah mich schweigend an und ließ mich reden, bis endlich ein warmes Lächeln an seinen Lippen zupfte und sich jener zarte Glanz in seine Augen schlich, von dem ich ganz benommen wurde. Ich redete immer weiter und sprach mittlerweile schon davon, dass ich vor der Reise Vorurteile gegenüber Yoga gehabt hätte, jetzt aber positiv überrascht wäre, und dass Linsen im Übrigen gar nicht so schlecht schmeckten, je nachdem, wie man sie zubereitete. Er grinste immer breiter, und endlich hielt ich den Mund.

„Ich freue mich sehr, dass es dir jeden Tag ein Stückchen besser geht", sagte er warm in die Stille hinein.

Endlich fing ich mich wieder. „Danke, ich auch. Ich bin echt froh, dass wir hierhergekommen sind und das aus mehreren Gründen."

„Wegen deinem Freund?"

„Exfreund, definitiv Exfreund. Ja. Wegen dem auch, aber der soll uns jetzt nicht beschäftigen."

Er nickte. „Wie du willst. Worüber wolltest du denn mit mir reden?"

„Ähm, ja, über dich, und mich zum Beispiel."

„Oh, jetzt wird es interessant." Leise lachend setzte er sich auf die Kante des Schreibtisches.

Ich hatte noch nie den ersten Schritt gemacht und wurde immer nervöser. „Also ja, das was du gestern über den Sonnenaufgang gesagt, hat, nun, ich meine, davon gibt es ja noch ein paar, bis wir abreisen", stammelte ich wie Hugh Grant in einer Liebeskomödie, nur dass das hier nicht komisch, sondern ernst war. „Ich würde wirklich noch gern ein paar davon mit dir erleben, wenn du willst."

„Sonnenaufgänge?", fragte er vergnügt. „Die mag ich, also, von mir aus gern. Ist das alles, oder ist es eher eine Metapher wie der Drache und das Gold?"

Sofort dachte ich daran, dass er mich einmal gefragt hatte, ob er der Drache vor meinem inneren Schatz sei. „So in etwa." Mir fiel beim besten Willen nichts ein, was nicht furchtbar plump geklungen hätte. „Aber ich würde dich natürlich nicht töten wollen, sondern, also, eher wärst du der Schatz, zumindest auf der Zwischenetappe", stammelte ich.

„Kann es sein, dass du zu viel denkst?", fragte er amüsiert und stieß sich von der Kante ab. Nun fiel mir das Denken noch schwerer.

„Das hat mir schon mal wer gesagt", krächzte ich und sah zu, wie er seine Hand auf meine Schulter legte. Nun konnte ich nicht einmal mehr gleichmäßig atmen.

„Das Denken kann auch eine Art Drachen sein. Vielleicht liegen die wahren Schätze und das Wunder des Lebens ja jenseits des Verstandes, wer weiß?"

„Ja? Das glaube ich nicht. Der Verstand ist doch wichtig", wandte ich ein. „Man kann nicht nur aus dem Bauch heraus handeln, dann wäre die Zivilisation schnell im Eimer."

„Natürlich, ich meinte es nicht so platt pauschal", sagte er wieder flirtend, „sondern hauptsächlich auf eine bestimmte Situation bezogen."

„Und welche wäre das?", fragte ich heiser.

„Weißt du das wirklich nicht?" Sein Daumen streichelte über mein Schlüsselbein.

„Unsere? Du meinst, wir sollten aufhören, uns über alles einen Kopf zu machen, damit wir glücklich sein können?"

„Ganz genau." Seine Stimme war rau, seine weiche Hand strich meinen Hals hinauf, ich schloss die Augen und ließ die Berührung zu. Doch noch immer hatte ich das Wichtigste nicht gesagt. „Aurel, ich ..."

„Ja?"

Jetzt red endlich! „Ich habe unsere Küsse und Zärtlichkeiten sehr genossen. Aber da war mehr. Sie haben mich verzaubert und mir eine völlig neue Dimension von Erotik gezeigt."

Aurel streichelte meine Wange. „Mir auch. Für mich ist diese Langsamkeit genauso neu wie für dich. Ich habe seit der Highschool nicht mehr länger als das, sagen wir mal so, *Nötigste* geküsst. Von Schmusen ganz zu schweigen. Ist das nicht irre?"

Ich glühte. „Ich auch nicht. Obwohl ich Küssen nie als ein *notwendiges Übel* betrachtet hätte. Mir hat es im Gegenteil immer gefehlt und leidgetan, dass es nur noch ein Mittel zum Zweck war."

„Das spricht für dich und deine Bindungsfähigkeit", sagte er ernst und zog seine Hand weg. „Mir war das Unverbindliche immer lieber. Es war einfacher, besonders bei all den Umzügen."

„War?", fragte ich, obwohl es mich nichts anging und ich nicht über seine Freundin sprechen wollte.

„Ich arbeite an mir."

Ich stieß ein trockenes Lachen aus. Woran wollte er denn arbeiten?

„Ich meine es ernst. Man kann und muss seinen Charakter bewusst formen, sonst entwickelt man sich nicht weiter, und bleibt, beispielsweise, ein ewiger Player."

„So wie du?", fragte ich erschrocken, obwohl es mir vollkommen egal sein könnte.

Er zuckte die Schultern. „Früher. Für mich gibt es keine schnellen Nummern mehr. Ich hab das mein Leben lang gemacht, und wurde dabei immer leerer, tauber, kälter. Ich will endlich Nähe und Vertrautheit, nicht nur den Kick. Ich will Erotik intensiver erleben. Man kann nicht schnell genießen oder lieben. Verstehst du, was ich meine?"

„Mhm." Ich nickte bewegt, weil ich in ihm die gleiche innere Einsamkeit wahrnahm, die ich selbst so gut kannte. Dennoch verstand ich nun noch weniger, wie ich in dieses Vorhaben passte.

„Dieses Warten und Sich-Beherrschen klingt einfacher, als es ist. Es erfordert ein hohes Maß an Selbstbeherrschung", sagte er mit einem unglaublich süßen jungenhaften Lächeln. „Und bei unseren letzten Küssen hast du mir einiges davon abverlangt."

Mir wurde heiß. „Ich finde, dass deine Charakterformung sehr gut funktioniert."

„Danke für das Kompliment, aber ich übe noch. Versteh mich bitte nicht falsch, ich will damit nicht sagen, dass ich dich zu Übungszwecken missbrauchen würde."

„Das wäre ja noch schöner!", schimpfte ich gespielt empört.

Er grinste entwaffnend und strich mit den Fingerspitzen meinen Nacken entlang. „Ich würde gern weiter üben."

„Üben? Du meinst deine Selbstbeherrschung und Tugendhaftigkeit?" Ich zwinkerte ihm zu und legte den Kopf weiter in den Nacken.

„Richtig, es ist eine Tugend."

Ich musste lachen. „Himmel, ich weiß gar nicht, wann ich das Wort das letzte Mal gehört habe. Wahrscheinlich zur gleichen Zeit wie „schmusen"."

Aurels Stimme klang tiefer und rauer. „In gewisser Weise ist Schmusen ja auch eine Tugend."

Er kam mir so nah, dass ich nur noch seine Augen sah. Aber da war noch immer das Wichtigste!

„Aber warte nur kurz!" Ich riss mich los. „Ich würde gern von vornherein etwas klarstellen, nämlich dass das mit uns nur eine Urlaubsromanze ist, weil wir uns ja gar nicht richtig kennen, weil der Alltag ganz anders ist, weil du in den USA wohnst und ich in Deutschland, und weil – ach, weil, ich überhaupt erst mal eine Pause nach der aufreibenden Beziehung brauche. Ich meine ja nur, falls du etwas mehr oder anderes erwarten solltest, wovon ich natürlich nicht ausgehe, weil du ja schließlich auch vernünftig und erwachsen und noch dazu verlobt bist, und ..."

Ich hätte wahrscheinlich noch lange weitergeredet, wenn er mir nicht einen Finger auf die Lippen gelegt und lächelnd „Pst", gesagt hätte. „Ich verstehe dich. Was wir beide brauchen, ist ein Übergangsmensch."

„Ein was?" Ich musste lachen. „Ich dachte, du wärst verlobt und einfach untreu? Oder zählt Küssen nicht?" Wollte er etwa nur deshalb nur knutschen, damit es nicht als Fremdgehen zählte? Gleichzeitig überfiel mich das schlechte Gewissen, das mich so lange verschont hatte.

„Ich gehe nicht fremd, oder zumindest nicht mehr, und so wie das mit uns angefangen hat – nun, da würde ich Küssen sehr wohl als Fremdgehen werten. Sharon und ich haben eine sehr offene Beziehung. Aber lass uns ein anderes Mal darüber reden, ja?"

„Okay", wisperte ich kratzig, weil ich plötzlich nicht mehr wusste, ob ich wirklich einen in einer offenen Beziehung lebenden Mann küssen wollte. Aber konnte es mir nicht egal sei? Ich brauchte doch auch einen Bruch von Vincent, und in wenigen Tagen wäre ohnehin alles vorbei. Denken waren Skrupel waren Hindernisse auf dem Weg zum Glück. Nun ja, zumindest, wenn es flüchtig und auf die Horizontale beschränkt war.

„Okay?", fragte er mit angehaltenem Atem und in einem Ton, der jegliche Bedenken wegpustete.

Unsere Blicke versanken ineinander. Ich sah die Wärme und das funkelnde Verlangen in seinen Augen.

„Okay, abgemacht. Also, wenn es nach mir geht, dann könnten wir jetzt damit beginnen, uns in der buddhistischen Tugend des Nicht-Anhaftens zu üben," schlug ich waghalsig vor.

„Unbedingt", flüsterte er heiser. „Wir sollten keine Sekunde länger auf dem Weg ins Nirvana vergeuden."

Starr vor Erregung nickte ich. Aus Erfahrung hätte ich auf den Kuss vorbereitet sein sollen, aber auf ein Wunder kann man sich nicht vorbereiten. Ich spürte seine Hände in meinem Nacken und Rücken, zog ihn an den Gürtelschlaufen so nah zu mir, dass kein Blatt zwischen uns gepasst hätte. Langsam beugte er sich zu mir, bis sich unsere Lippen berührten – zart, behutsam, staunend. Abwartend und doch begehrend. Millimeter für Millimeter tasteten wir uns vor, hielten inne, küssten aber jedes Mal einen Hauch fester. Atemlos spürten wir dem leisen Beben nach, das uns durchlief wie nie endende tektonische Verschiebungen.

Wir wurden stürmischer, unsere Lippen trennten sich nicht mehr voneinander, unsere Körper drängten sich eng aneinander. Meine Hände griffen in sein volles, weiches Haar, hielten ihn, zogen und pressten ihn näher, enger, tiefer an mich. Kraftvoll fuhren seine Finger meinen Rücken hinauf und hinab, kneteten und massierten meinen Po. Seine Erregung pulsierte heiß und hart an meinem Bauch. Mir schwanden die Sinne. Doch wir hielten Wort, wir beherrschten uns, wir küssten, knabberten, leckten und streichelten, ohne uns dabei zu entkleiden. Das war verrückt, das war Neuland, und schon jetzt wollte ich mehr, viel mehr, ich wollte alles, wusste aber, dass auch meine Heilung in den kleinen Schritten lag, dass mein zerstörtes Vertrauen Zeit brauchte, um neu zu entstehen.

Später lagen wir atemlos nebeneinander auf dem Rücken. Unsere Herzen schlugen laut und schnell. Mein Mund war trocken, wir tranken und standen auf, weil es Zeit zum Abendessen war.

Leicht wie eine Feder ging ich mich frisch zu machen. Im Zimmer steckte ich das zerknitterte Kleid und den vom Öl fleckigen Turban in den Wäschesack und brachte ihn zur Rezeption, weil der Zimmerservice erst morgen wiederkam.

„Frau Schweiger?", fragte da der *Lehrling* an der Rezeption.

„Ja, bitte?"

„Einen Moment, wir haben ..." Er durchsuchte die Notizen, wurde dabei aber von seinem Vorgesetzten in einer der Landessprachen unterbrochen, bevor dieser sich an mich wandte. „Fühlen Sie sich wohl bei uns? Ist das Shirodhara angenehm?"

„Ja, sehr", antwortete ich. Etwas stimmte hier nicht, oder lag das nur an den interkulturellen Unterschieden? „Ist sonst noch etwas?"

„Nein, nichts. Es ist alles in Ordnung. Er hat Sie mit einer anderen Dame verwechselt, tut mir leid." Er lächelte breit und legte die Handflächen zum Abschied aneinander.

Bea

„Frau Schweiger?" Die Rezeptionistin hielt mich auf, als ich am Empfang vorbeigehen wollte. Ich dachte daran, wie Delia und Aurel sich wohl gerade näherkamen und wie sehr wir beim Abschied weinen würden.

„Ja, bitte?", erwiderte ich geistesabwesend.

„Wir haben ein paar Anrufe für Sie erhalten. Hier, bitte schön"

Sie reichte mir die Notizen, bevor ich die Verwechslung aufklären konnte.

„16:30, Frau von Lichtenberg: Vertrag beendet."

„16:45, Vincent: Stehen kurz vor Vertragsabschluss. Ruf an!"

Mir wurde heiß. Was sollte das alles? Hatte die Schöller den über die Autobiographie hinterrücks aufgelöst? Dieses Miststück! Und Vincent? Was an „Fick dich" verstand er nicht? Er konnte doch unmöglich den Hauskauf weiterverfolgen! Tickte in dem Mann denn gar nichts richtig? Oder hatte er etwa – meine Gedanken überschlugen sich – hatte er etwa nicht kapiert, dass es aus war? Möglich wäre es, denn thematisch passte ihre Antwort ja zu den Fotos. Sie hatte ihr Handy seitdem nicht mehr angeschaltet, sodass sie nichts mehr von ihm mitbekam, was ihrem Gesundheitszustand guttat. Was für ein Chaos. Was konnte ich tun? Konnte ich überhaupt etwas tun? Wenn ich Delia jetzt davon erzählte, würde sie sich heillos aufregen und nie gesund werden.

Auf was für Unmenschen hatte sie sich eingelassen? Hatten diese egomanischen Narzissten wirklich so wenig Anstand und Achtung vor anderen, dass ihre übergriffigen Nachrichten nicht warten konnten, bis Delia zumindest mit den Stirngüssen fertig war? Was für eine Unverschämtheit!

Und Vincent? Ohne Delias Zustimmung konnte er gern Bruchbuden kaufen, für sie würde das folgenlos bleiben. Somit bestand kein akuter Handlungsbedarf. Trotzdem ließ mich die Sache nicht in Ruhe.

Einem Impuls folgend ging ich zurück zur Rezeption. Die Anrufe waren noch nicht lange her, vielleicht hatte ich Glück.

„Entschuldigen Sie bitte, Sie haben keine Rückrufnummern notiert. Kann man in der Telefonanlage nachsehen, woher die Anrufe kamen?"

„Oh." Der Leiter der Rezeption errötete leicht, drückte hier und dort herum, verschwand im Büro, wo er etwas mehr drückte, einen Kollegen zur Hilfe rief und sie zusammen herumklickten. Es lohnte sich, denn nach einer guten Viertelstunde hatte ich sowohl die Nummer von Frau Ich-mach-mir-die-Welt als auch die von Herrn Verschwinde-aus-der-Welt. Ich wusste nur noch nicht, was ich damit anfangen sollte.

Erst, als ich im Zimmer die Haube abzog, um mir nach drei Tagen Shirodhara endlich wieder das ölige Haar zu waschen, ging mir auf, dass man Delia und mich aufgrund des Turbans verwechselt haben musste.

Als Delia elfengleich quer durch den Speisesaal an unseren Fenstertisch schwebte, sah ich ihr sofort an, wie sie den restlichen Nachmittag verbracht hatte. Alles an ihr strahlte und leuchtete. Sie wirkte größer, aufrechter und so weiblich weich, dass sie die gesamte Aufmerksamkeit auf sich zog. Aurel küsste sie mit Blicken und streichelte ihre Hand, als sie saß. Vor Freude hätte ich beinahe laut gejubelt, lächelte aber nur glücklich. Aus den Augenwinkeln sah ich Pia, die gerade auf dem Weg zu uns war, die Zeichen richtig deutete und auf dem Absatz kehrtmachte. Gut so, ich hatte genug von TCM und der quäkenden Stimme.

Ich wollte Delias Glück um keinen Preis trüben, dennoch konnte ich die Anrufe nicht ignorieren, und so fragte ich beim Hauptgang beiläufig: „Wie geht's euch eigentlich so ohne Internet und Handy? Fehlt es euch denn gar nicht?"

„Null, überhaupt nicht!", riefen alle im Brustton der Überzeugung. Wir waren uns einig, dass diese Ruhe mit zu den Highlights der Kur gehörte. Max fand es schade, dass er vorhin hatte telefonieren müssen, „Aber solange es die Ausnahme bleibt, geht es ja noch. Es ist mir auf alle Fälle lieber als Chatten, dieses Herumtippen, Warten auf Antwort, dazwischen schnell was anderes machen, das nervt mich am meisten. Man ist bei nichts richtig bei der Sache, total zerrissen und zerstreut, fühlt sich gestresst und na klar passieren dann Fehler! Für mich sind Chats ab jetzt gestorben.

Entweder zusammenhängende E-Mails oder Anrufen. Rigoros."

„Das wird doch ein Kernstück von eurem 925 Konzept, nicht wahr?", fragte Delia interessiert. „Ich hänge zwar ohnehin nicht ständig am Handy, aber trotzdem merke ich, wie ruhig ich ohne das Ding bin, obwohl in meinem Leben so viel ungeklärt ist. Oder vielleicht gerade deswegen."

„Bist du sicher?", fragte ich zweifelnd.

„Absolut. Was soll denn schon großartig sein? Vincent wird erst toben und sich irgendwann beruhigen. Im schlimmsten Fall wirft er meine Sachen weg, aber was soll's, das meiste brauche ich ohnehin nicht mehr. Das Buch schreibe ich so, wie sie es will, fertig, aber Aurel hat völlig recht." Sie strahlte ihn an. „Ich werde mir wirklich etwas Neues überlegen, auf Dauer macht mich der Job krank. Ich brauche ein bisschen mehr Power und Action."

„Meinst du, Vincent hat kapiert, dass es aus ist?", preschte ich vor.

„Wie bitte? Na, wenn er das nicht kapiert hat, dann ist er ... ", rief sie ungläubig, wurde dann aber nachdenklich. „Ach herrje, daran habe ich ja noch gar nicht gedacht. Aber wenn nicht, dann nicht." Sie zuckte die Schultern. „Selbst schuld, wenn er tagelang nicht ans Telefon geht. Dann sage ich es ihm halt noch, wenn ich wieder in Berlin bin. Aber jetzt geht es um mich und darum, dass ich das Leben genieße." Sie legte ihre Hand auf Aurels, lehnte sich zu ihm und küsste ihn auf die Wange. Der Auserkorene strahlte noch mehr als sonst, nahm ihre Hand in seine und drückte sie selig.

Erleichtert atmete ich auf. „Das wollte ich hören."

Delia

Die nächsten Tage flossen ineinander und verschwammen zu einem großen Ganzen. Im Nachhinein wusste ich nicht mehr, wann was geschah, wo der eine aufhörte und der andere anfing, ähnlich wie bei unseren Körpern, deren Grenzen sich immer weiter auflösten und sich immer tiefer miteinander verwoben. Auch unser Geist verwob sich miteinander, oft beantwortete einer die noch ungestellte Frage des anderen oder kam auf ein Thema zu sprechen, das dem Geliebten auf der Seele lag.

Ich fühlte mich größer, heller, klarer, stärker, grenzenloser denn je. Ich ließ mich fallen, versank in einer schwerelosen Trunkenheit und tauchte jedes Mal neuer, heiler, ganzer daraus auf. Ich musste mir nicht mehr einreden, dass ich von Liebe durchströmt war, denn von den Zehen- bis in die Finger- und Haarspitzen war ich so randvoll davon, dass ich selbst zur Liebe wurde. Ein bislang nur erahntes, nicht einmal erträumtes Lebensgefühl pulsierte in mir, in dem es nichts Böses, Schlechtes, Schlimmes gab.

Unter Aurels tastenden, streichelnden, neckenden Händen, in seinen zärtlich auf die Haut getupften und leidenschaftlich auf meine Lippen gepressten Küssen wurde ich als Frau neugeboren. Ich erlebte Erotik als etwas Natürliches, das aus der Einheit zwischen uns entstand, als etwas, bei dem ich weder denken noch eine Rolle spielen musste, als etwas, bei dem ich vollkommen ich selbst war.

Inmitten dieser Innigkeit zersprang die letzte Schicht meines Panzers, der mich jahrelang geschützt hatte. Anfangs versteifte ich mich immer, wenn die zärtliche Phase für mein Empfinden schon „zu lange" dauerte und ich mich auf einen Schlag ins Gesicht oder auf den Po, ein Zwicken, Kneifen, Kratzen oder an den Haaren-Reißen vorbereitete. Als ich begriff, dass mir das nie wieder passieren würde, fielen Fesseln und Ketten von mir ab.

Je länger wir beide der Versuchung widerstanden, uns endlich die Kleider vom Leib zu reißen und übereinander herzufallen, desto tiefer wurden unsere Nähe, Innigkeit und Zuneigung. In geflüsterten Worten vertrauten wir einander unsere geheimsten Wünsche und beinahe lyrischen Fantasien an.

„Wenn wir so weitermachen, enden wir im Wahnsinn, nicht bei gestärkten Charakteren", raunte er mir ins Ohr, und dann machten wir doch so weiter.

Einmal unterhielten wir uns über unsere Kindheit, die ich durchweg am Starnberger See verbracht hatte, während er spätestens alle vier Jahre umgezogen war.

„Für uns war die Zeit sorglos, wir hatten ja sämtliche Privilegien, sind auf gute Schulen gegangen, haben überall schnell neue Freunde gefunden, nebenbei Fremdsprachen gelernt und tiefe Einblicke in verschiedene Kulturen bekommen. Das ist ein großer Vorteil und ich kann mit Abschieden umgehen." Er lächelte mich traurig an und strich mir zart übers Gesicht. Ich wandte den Blick ab, weil ich nicht daran denken wollte. „Die Familie war und ist uns sehr wichtig, auch wenn wir nicht ständig Kontakt haben. Wenn jemand ein Problem hat, sind wir sofort füreinander da. Das gibt mir viel Halt."

Ich nickte, das gefiel mir, es war wie bei uns. Oder – wie es bei uns gewesen war, bis ich mich von Vincent gegen meine Familie hatte aufhetzen lassen.

„Ich weiß, dass viele mir vorwerfen, mir sei alles in den Schoss gefallen, aber vielleicht spricht daraus auch einfach nur Neid", fuhr er fort. „Natürlich hatten wir eine bessere Ausgangslage als viele andere. Aber zum einen kommt es immer darauf an, was man daraus macht, und zum anderen fand ich mein Leben auch oft schwierig und traurig." Er erzählte mir von der strengen Erziehung, die keine Ziellosigkeit, Undiszipliniertheit und Nachlässigkeit zuließ, da dies Grundvoraussetzungen für ein gelingendes Leben waren. Es war wie bei uns.

Mit zwölf zog Aurel nach Tokio. Nach zwei Jahren im beschaulichen Bonn erdrückte ihn die japanische Hauptstadt, obwohl es dort selbst in den größten Menschenmassen unglaublich ruhig und gesittet zuging. Er besuchte zwar die Deutsche Schule, die sich aber an die Landeskultur angepasst hatte. Er fühlte sich fremd, fand lange keine Freunde, verzweifelte an der Sprache und hatte schreckliches Heimweh. „Wochenlang verkrümelte ich mich in den wenigen freien Minuten, die ich hatte, in meinem Zimmer. Ich wollte nichts hören, nichts sehen, nur meine Ruhe. Nie zuvor hatte ich mich so fremd gefühlt, und die Aussicht, mindestens vier Jahre hier gefangen zu sein, erschien mir trostlos. Ich lag auf dem Bett, weinte und starrte an die Decke. Meine Mutter gab es bald auf, mit mir zu reden, „weil ja doch nichts zu machen war". Immerhin deckte sie mich vor meinem Vater. Als der herausfand, dass ich nur herumlag und nicht lernte, lief er puterrot an, beherrschte sich aber wie durch ein Wunder und hielt mir stattdessen eine Moralpredigt. Ich sollte dankbar sein, das Leben sei kein Ponyhof und wer Kinder in Watte packte, bereitete sie nicht aufs Leben vor. Die Chance, Japanisch zu lernen, sei Gold wert, ebenso wie die tiefen Einblicke in die verschlossene Kultur. Mein Leben lang würde ich davon profitieren, ich solle mich gefälligst zusammenreißen." Er stieß ein hohles Lachen aus und starrte auf den Boden.

„Und wie wurde es besser?" Ich legte die Arme um ihn und zog ihn an mich.

Wieder lachte er, diesmal jedoch lebendiger. „Als ich mir seine Worte zu Herzen genommen habe. Er hat ja recht: Wenn man am Boden liegt, muss man wieder aufstehen. Er hat mir die Hand gegeben, erwartet, dass ich sie nehme, und mich hochgezogen. Immer. Darauf war Verlass."

„Das kommt mir bekannt vor", sagte ich leise. „Natürlich muss man aufstehen, aber manchmal wäre es schön gewesen, wenn er sich kurz zu einem gelegt hätte, zumindest bis es nicht mehr ganz so wehtut, bevor er einen wieder hochreißt."

Wir hielten uns lange fest, und ich war überrascht, wie sehr sich unsere Leben trotz aller Unterschiede ähnelten.

„Weißt du", sagte ich nachdenklich, „meine Mutter hat eigentlich nichts erreicht, ruht aber trotzdem in sich."

„Nun ja, vielleicht gerade deswegen. Die Frage ist ohnehin, wo wir denn - im übertragenen Sinne – hinwollen, wenn wir etwas erreichen wollen. Oft ist dieses Streben, dieses etwas Außergewöhnliches-Tun, ja nur eine Flucht vor sich selbst, damit man die innere Leere nicht erkennen muss."

„Trotzdem braucht man Ziele."

„Natürlich. Aber die Frage ist, ob die Motivation dazu aus einem selbst oder von außen kommt. Ob man etwas einer Sache selbst wegen macht oder für Lob, Ruhm, Geld etc."
Ich nickte nachdenklich, und er sprach weiter. „Mein Vater wollte immer dem Land dienen, zu Völkerverständigung, Wohlstand und Frieden beitragen. Das ist ihm gelungen. Er hat vermittelt, Krisen entschärft. Er ist völlig in seiner Tätigkeit aufgegangen. Mir hat leider diese Gravitas gefehlt, wie sagt man das besser, ernsthafte Würde? Deswegen bin ich fast ausgebrannt."
Mir ging auf, dass auch mein Vater die Häuser nicht des Geldes wegen baute, sondern weil er Menschen ein Heim geben wollte, wo sie sich wohl und geborgen fühlten. Er wollte den Menschen ein Heim bauen, das lange hielt und sich in unsere Landschaft einfügte, damit die Harmonie erhalten blieb. Einmal hatte er sich geweigert, ein Haus grellgrün streichen zu lassen, weil es die Leute, die es anschauen mussten, stören würde. Er hatte sich geweigert, in einer Reihenhausanlage die Decke durchzugießen und für das Dach dünnes Aluminium zu verwenden, weil das eine hellhörig machte, das andere schnell undicht wurde. Er hatte sich damit Feinde gemacht, er hatte Ausschreibungen nicht bekommen, weil er den ruinösen Preiskampf nicht mitmachte, infolgedessen immer minderwertigere Materialien verwendet wurden. Das alles erzählte ich Aurel, und ich kam beim gleichen Punkt wie vorhin an: Ich hatte aus Arroganz über ihn geurteilt und ihn aus Undank verurteilt.
„Und deine Mutter?", fragte er weiter. „Du hast vorhin nicht weiter von ihr erzählt. Meinst du, sie fühlt sich unzufrieden oder leer?"
„Leere hat sie keine. Sie hat immer gesagt, dass sie sich dieses Leben gewünscht hat, sich kein besseres vorstellen kann, dass sie glücklich, dankbar und die Familie für sie wertvoll ist."
„Nur wertvoll, nicht das wertvollste?", fragte er scherzend.
„Nein, nur wertvoll. Sie hat es nicht so mit Superlativen, für sie greift alles ineinander."

„Wow. Das muss unglaublich befreiend sein, weil sie dadurch ja nicht viel Druck und keine enorme Erwartungshaltung euch gegenüber gehabt haben kann, oder?"

Darüber musste ich erst einmal nachdenken. „Das stimmt wohl. Sie haben uns zu nichts gedrängt. Es war eher selbstverständlich, natürlich, dass wir alle studierten und gute Jobs bekamen und zufrieden bis glücklich sind. Daran hat es nie Zweifel gegeben. Bis ich ausgestiegen bin."

Er sah mich voll Mitgefühl an, sagte aber nichts. „Bis auf dein Trauma ist eure Geschichte der Traum aller Familien, der nur den wenigsten gelingt. Dafür könnt ihr sehr dankbar sein."

„Danke", murmelte ich das Wort, das man so oft achtlos verwendete. Da wurde mir etwas bewusst. Meine Kritik an allem, was mein Vater geschaffen hatte, war nichts als Undank gepaart mit moralischer Arroganz. Mein Vater hatte viel, hart und zielstrebig gearbeitet. Er hatte Talent, oft Glück bei Geldanlagen und einen angeborenen Geschäftssinn, um den ich ihn früher beneidet hatte. Dann aber hatte ich die Fülle, nach der jedes gesunde Lebewesen strebt, verteufelt und meiner Familie Gier, Habsucht und andere niedrige Motive unterstellt, weil diese Weltanschauung permanent von Vincent auf mich eingeprasselt war. Dabei war Fülle ein Geisteszustand, der nichts mit Geiz, Gier oder Protz zu tun hatte, sondern das Ziel allen Daseins. Das Äußere war Ausdruck des Inneren. Das predigten sie uns doch hier auch ständig, aber ich war so zugenagelt gewesen, dass ich den Wahrheitsgehalt erst jetzt richtig begriff. Dabei bestätigte sich Vincents Gehirnwäsche ausgerechnet im Mainstream. In sämtlichen Bestsellern wurde uns eingetrichtert, dass Geld stinkt, dass man auf ehrlichem Weg nicht reich werden konnte, dass Geld nicht glücklich machte und dass Armut edel sei. Dabei ging es wie bei allem im Leben um das richtige Maß und die innere Einstellung dazu.

Aurel und ich verbrachten fast jede freie Minute zusammen, und wenn ich doch einmal allein war, weil er einen Arzttermin hatte, zur Friedenspagode fuhr oder in sein Tagebuch schrieb, dann träumte ich vor mich hin oder las ein paar Seiten. Als wir einmal eine Pause vom Küssen einlegten und seine Fingerkuppen nur noch träge über meine Arme strichen, bedankte ich mich für den Buchtipp. „Ich würde auch gern so gut wie J.R. Moehringer schreiben. Was er mit Wörtern macht, ist unglaublich."

„Er schreibt fantastisch, unsagbar intensiv. Mir hat sein anderes Buch, Tender Bar, auch phänomenal gut gefallen. Aber was sind das denn für Töne? Ich dachte, du möchtest die Schriftstellerei an den Nagel hängen?"

„Das will ich auch. Ich brauche mehr Kontakt mit Menschen, mehr Aktion, Bewegung. Es gibt da nur zwei Baustellen."

„Und die wären?" Interessiert rollte er auf die Seite und stützte seinen Kopf auf eine Hand.

„Erstens weiß ich nicht, was ich stattdessen machen will, oder kann. Und zweitens hat das Schreiben auch Vorteile. Denn sollte ich Kinder bekommen, könnte ich mir die Zeit frei einteilen."

„Hm", nachdenklich atmete er aus. „Da ist was Wahres dran. Aber würde es dir leichtfallen, zwischen Vorlesen, Füttern und Wickeln schnell mal den Computer hochzufahren und ein paar Zeilen zu tippen?"

Ich lachte verlegen. „Um ehrlich zu sein, glaube ich das nicht. Ich weiß, dass es furchtbar altmodisch und überhaupt nicht emanzipiert klingt, aber ich würde die Kinder gern bei mir haben, solange sie klein sind und erst mit drei in den Kindergarten geben. Denn wenn ich schon Kinder habe, dann möchte ich mehr von ihrem Leben mitbekommen als nur die Zeit zwischen Abendessen und Schlafengehen. Zumindest sage ich das jetzt, da ich noch nicht weiß, wie es ist, welche zu haben. Und natürlich vorausgesetzt, dass es sich finanziell ausgeht, denn das ist ja die große Frage, nicht wahr?"

„Das vorausgesetzt, ja. Mir gefällt die Vorstellung, dass die Kinder ein paar Jahre eine feste Bezugsperson haben, auch gut. Ich finde es toll, dass du dir das zutraust."

„Wirklich?" Ich wurde ganz aufgeregt und stützte meinen Kopf ebenfalls auf. Das klang himmlisch! Doch wie so oft eilte meine Hoffnung der Realität meilenweit voraus.

„Ja, von mir aus können die Leute mich Macho, Chauvinist, Frauenhasser nennen. Lass sie reden. Ich werde wohl noch meine Wünsche haben dürfen! Das Leben muss doch für das Paar passen, nicht für Außenstehende, oder?"

„Auf alle Fälle." Das klang so gut – wenn er mein Mann wäre. Das war er aber nicht. Dafür hatte Sharon das goldene Los gezogen. Ich sah ihn und diese Traumfrau schon mit den Kindern im Garten herumtollen. Schnell rief ich mir ins Gedächtnis, dass mich das nichts anging, nichts mit mir zu tun hatte und ich den Übergang von Vincent zu einem besseren Leben genießen wollte. Seufzend kuschelte ich mich an ihn und pokerte, hoch. „Würde Sharon daheimbleiben oder du?"

Prompt spannte er sich an. „Sharon?"

Auch ich rührte mich nicht. Sie war ein wunder Punkt. Ich musste endlich wissen, was da los war! „Nein?"

„Nein, das würde sie nicht", sagte er kalt.

„Oh." In mir purzelten sämtliche Gedanken durcheinander, und um die Stimmung aufzulockern, fragte ich scherzhaft: „Verdient sie so viel besser als du, oder bist du so väterlich veranlagt?"

Er blieb angespannt. „Weder noch. Sharon verdient mal mehr, mal weniger, aber im Großen und Ganzen mies. Abgesehen davon wäre sie eine schlechte Mutter."

Ich erschrak. „Aber wieso denn?"

„Sie ist, nun, sagen wir so, sie kann ein Herz von Mensch sein, aber auch ein Teufel. Sie hat zwei Gesichter, ist nymphomanisch, oder polyamorös, wie man es jetzt nennt, und hat immer wieder mit Drogen zu tun, egal wie viele Entzugskuren sie macht."

Entsetzt starrte ich ihn an. So war seine Freundin? „Das tut mir leid. Entschuldige, ich hatte ja keine Ahnung."

Er seufzte. „Schon gut, warum sollen wir nicht mal über unsere Beziehungen reden, solange es nicht in die trübsten Tiefen hinabführt."

Meine Kehle war wie zugeschnürt. Meine Güte, dagegen klang meine Zeit mit Vincent ja wie das reinste Honigschlecken! Unter Sharon hatte ich mir bisher eine blonde, erfolgsverwöhnte, sorglose Kalifornierin mit Silikon in den Brüsten vorgestellt, aber sicherlich niemanden, der sich derart schwertat im Leben.

Aurel zog mich halb auf sich und vertraute sich mir an. Er erzählte mir, dass sie tiefsinnig und wahnsinnig witzig, knallhart und butterweich sein konnte. Anfangs zogen ihn vor allem ihr Äußeres und ihre unersättliche Lust an. „Ich war so benebelt und berauscht, dass ich Sex für Liebe hielt. Natürlich kam ich mir wie der schärfste Hengst aller Zeiten vor. Mit dem himmelhohen Testosteronspiegel habe ich einen Deal nach dem anderen gemacht, Unsummen verdient, und fast genauso viel verprasst. Es war ein einziger Rausch, inklusive dem unvermeidbaren Kater. Aber wie jeder Süchtige habe ich weitergemacht, anstatt auszusteigen. Auch dann nicht, als sie anfing, Wildfremden im Aufzug einen zu blasen oder auf dem Weg zur Toilette mal kurz den Kellner zu vögeln, während ich am Tisch saß und bezahlte!" Er lachte bitter.

Ich spürte seinen Schmerz, die Demütigung und Wut bis in die Knochen. Beherrscht sagte ich: „Das muss dich sehr verletzt haben."

„Das hat es. Meinen Stolz, aber auch meine Seele, weil ich mich nicht gewehrt habe."

„Das kommt mir bekannt vor."

Neugierig sah er mich an. Ich zuckte die Schulter. „Vielleicht erzähle ich dir später mal davon. Es hat auch mit entwürdigendem Sex zu tun, aber anders."

Seine Augen verengten sich. Er hob den Kopf zu einem knappen Nicken. „Der Sex ist ein Luder."

Ich wollte lachen, aber es blieb mir in der Kehle stecken, und ich fragte mich, warum er noch mit ihr zusammen war.

Er fuhr fort: „Ich fand ihren Verschleiß eklig, außerdem hatte ich Angst um meine Gesundheit."

„Ja, und jetzt?", fragte ich erschüttert. Hatte sie sich doch gebessert?

„Jetzt? Ich war beim Test, alles fein."

„Aha", sagte ich nur halb zufrieden, weil ich noch immer nicht wusste, ob sie miteinander schliefen oder nicht.

Wahrscheinlich wirkte Vincent in mir nach, denn ich war zu feig, um der Sache nachzugehen. Stattdessen fragte ich: „Habt ihr viel gestritten?"

„Anfangs ja. Bis ich begriff, dass sie krank war."

„Und wann war das?"

„Ach, das ist eine lange Geschichte, die nichts mit uns beiden zu tun hat."

„Verstehe. Ich würde dir jetzt auch keine Einzelheiten von Vincent erzählen."

„Warum?"

„Weil es eine Sache zwischen ihm und mir war und ist. Weil ich ihn nicht zwischen uns haben will. Weil wir uns noch nicht gut kennen." Ich zuckte mit den Schultern.

Er setzte sich auf und lehnte sich mit dem Rücken an die Wand. Verschlossen sah er aufs Meer hinaus, das sich endlich wieder gold-blau vor uns ausdehnte. Dann zog er mich wortlos an sich, bettete mein Gesicht an seine Brust und legte seine Wange auf meinen Kopf.

„Das gefällt mir. Der Striptease einer geschrotteten Seele stiehlt das Geheimnis und zerstört den Zauber. Man ist verliebt, der andere ist der Größte für einen, aber dann wird man auf alle Dellen, Schrammen und Kratzer hingewiesen und ein „Achtung zerbrechlich"- „Stopp, nicht weiter"-Schild nach dem anderen geht hoch. So läuft das seit Jahren. Ich lerne eine Frau kennen, und das Interessanteste und Wichtigste, was sie mir beim ersten Date zu erzählen hat, sind schlimme Storys von ihren Exfreunden. Ich bin doch kein Therapeut! Ich meine, natürlich interessiert es mich, wenn man sich besser kennt, aber nicht, wenn ich sonst noch nichts von der Person weiß. Man ist sofort auf einer kopflastigen Schiene, verhält sich nicht mehr spontan, sondern kontrolliert. Da ist nichts Unbeschwertes mehr."

„Nun ja, vielleicht will man den anderen vorwarnen", wandte ich ein.

„Oder Vertrautheit schaffen."

„Hirn frisst Euphorie. Indem man seinen Verstand einschaltet, wird man die überschäumenden Emotionen und Endorphine los und fühlt sich auf der sicheren Seite. Das ist aber falsch. Der Verstand kann das Herz nicht schützen, nur lahmlegen." Ich dachte an Vincent und mich auf der Parkbank. Man nimmt völlig unbegründet an, der andere könne niemals so niederträchtig sein und auf die Schwachstellen zielen, auf die man ihn doch extra hingewiesen hat. Man will sich schützen, indem man sich nackt macht. In der gesamten Evolutionsgeschichte findet sich kein Beispiel, dass diese Taktik das Überleben gesichert hätte.

„Du hast recht", sagte er nachdenklich. „Es ist ein Versuch, sich zu schützen. Wenn man seinen Gefühlen freien Lauf lässt und sie offen zeigt, macht man sich verletzlich."

Mein Herz schlug so laut und schnell, dass ich kaum sprechen konnte. Meine Hände schwitzten, mein Blick war unruhig. Dennoch sagte ich: „Ich weiß. Aber das ist es mir wert. Ich will das große Glück, den Taumel, den Rausch und die Sterne, wenigstens noch einmal, mit dir, in den paar Tagen, die uns bleiben."

Wir wurden still. Das Licht im Zimmer war von der Abendsonne matt, genau wie Aurels Augen, die mich vergnügt anfunkelten. Oder war das eine Träne? Er beugte sich über mich, nahm mein Gesicht in seine Hände und sah mich an. „Das sollten wir schaffen. Wir haben noch acht Tage."

„Sag das nicht", seufzte ich.

Traurig strich er mit den Daumen meine Augenbrauen entlang. „Du wirst mir fehlen."

„Mhm." Ich konnte kaum sprechen. „Du mir auch."

Dann küssten wir uns mit einer Tiefe, dass ich glaubte, wir würden ineinander ertrinken. Sei es in einem Meer der Lust, des Unbekannten oder der kommenden Tränen. Angesichts des unentrinnbaren Schicksals wurden wir stürmischer. Er drehte mich auf den Rücken, drückte meine Handgelenke ins Bett und seinen Oberschenkel zwischen meine Beine. Kraftvoll ließ er ihn kreisen, mir schwanden die Sinne. Meine Hände glitten unter seine Boxershorts, meine Nägel pressten sich in seinen strammen Po, rhythmisch zog ich ihn an mich.

Ich bäumte mich ihm entgegen und wand mich unter seinem Mund.

Bei Vincent war ich nie, bei Stefan immerhin gelegentlich gekommen. Ich brauchte keinen Schauspielunterricht, um die Rolle der ekstatischen Geliebten oscarreif zu inszenieren. Von mir konnte sogar Sally noch was lernen! Und nun das! Seit Tagen riss ich mich zusammen, weil ich ihm gegenüber nicht unfair sein wollte. Anfangs konnte ich nicht glauben, was mit mir geschah. Ich kannte Erregung nur noch als Voraussetzung für Geschlechtsverkehr. Ich mochte das Prickeln, aber aufgrund der Gewalt, die ich mir dabei hatte antun lassen, war es kein Wunder, dass ich keine Gipfel mehr stürmte. Die Lust war jedes Mal an einem bestimmten Punkt stehen geblieben. Jetzt erhob sie sich mühelos darüber hinweg, dehnte mich aus, erreichte jeden Millimeter und jedes Atom von mir. Die echte Ekstase hatte nichts mit der früheren fingierten zu tun. Ich erlebte Sex nicht länger als jemand, der sich selbst dabei zusah. Ich musste nicht mehr ständig reden, schreien, keuchen und meine Grenzen überschreiten, sondern konnte endlich in mir bleiben und nicht mehr denken.

„Warum bist du eigentlich noch mit ihr zusammen?", fragte ich ein anderes Mal.

Aurel rollte sich auf den Rücken, rieb sich mit einer Hand übers Gesicht und schaute an die Decke. „Das frage ich mich mittlerweile auch. Ich mag sie, auch wenn du dir das nach den Schilderungen wohl nicht vorstellen kannst. Deswegen sollte man ja am besten nicht zu viel über den Ex erzählen, aber nun sind wir schon mal mittendrin. Weißt du, ich wollte ihr helfen, wollte, dass sie ihre Therapien erfolgreich abschließt, dass sie ihr Leben auf die Reihe kriegt, einen richtigen Beruf findet, all das. Ich will, oder wollte, ihr Halt geben, ihre Konstante sein. Wenn man sich das vornimmt, wirft man die Flinte natürlich nicht so schnell ins Korn. Ich will nicht, dass sie in die prekären Verhältnisse, aus denen sie kommt, zurückfällt."

Mit dem angemessenen Zynismus sagte ich: „Alle Achtung, das klingt sehr nobel und heroisch. Und im Gegenzug bekommst du durch sie die Green Card."

„Yep." Er blies die Backen auf. „Sie kann auch in einem schönen Haus wohnen und an einem Leben teilhaben, das ihr sonst verwehrt bleibt. Uns erschien der Deal fair".

„Aber?"

„Aber ... ich frage mich, ob es das wert ist. Ob ich das verantworten kann. Vor mir, vor ihr, vor dem Leben an sich. Ich frage mich auch, ob ich die Belastung weiter aushalte. Es wäre ein fairer Deal, wir hätten beide was davon, klar. Nur ist das Leben eben kein Deal." Gedankenverloren sah er an die Zimmerdecke, und mein Herz schlug zum Zerspringen.

„Meine Oma hat immer gesagt, jeder ist seines Glückes Schmied."

„Sie hat recht." Er nickte. „Jeder muss sein Leben selbst in die Hand nehmen. Es bringt nichts, jemanden retten zu wollen, wenn er nicht gerettet werden will und am Schluss beide untergehen. Ich glaube, das muss ich mir endlich eingestehen. Aber lass uns von etwas anderem reden." Er drehte den Kopf zu mir und lächelte mich matt an. Völlig aus dem Zusammenhang gerissen sagte er: „Vielleicht ist es mir ja gar nicht so wichtig, dass ich in den USA bleibe. Die Frage ist nur – was sonst? Max geht auf keinen Fall von dort weg, und ohne ihn mache ich mich nicht selbstständig."

Ich war so überrumpelt, dass ich nichts sagte. Dafür überschlugen sich meine Gedanken. Er könnte nach Berlin kommen, die Stadt war voll von jung gebliebenen Menschen, kreativen Köpfen, Unternehmern. Wir könnten Kinder bekommen und die Familie gründen, von der wir träumten. Zumindest rein theoretisch, denn als Selbstständiger hätte er zumindest in den ersten Jahren keine Zeit dafür. Ich wollte nicht mit der Tür ins Haus fallen und sagte etwas vollkommen Dämliches.

„Nun ja. Aber es muss ja noch andere Wege als eine Heirat geben, um sich in den USA selbstständig machen zu können, besonders mit deinem Lebenslauf. Es klingt nicht gerade so, als ob ihr glücklich werden könntet, noch dazu wenn sie – deine Worte – keine gute Mutter wäre."

Er stieß Luft aus. Ich setzte gerade zu meinem Berlin-Vorschlag an, da sagte er: „Aber die Kinder sind irrelevant. Ich kann keine bekommen. Mumps im Alter von ein paar Monaten."

Meine frischgeborene Hoffnung zerschellte am Boden. Ich sagte ihm, wie leid er mir tat, und tat mir doch auch ein Stück weit selbst leid. Denn – nicht nur die Erotik, auch die Hoffnung war ein Luder.

In der Meditation schöpften wir Kraft, und als wir nach dem gemütlichen Yin-Yoga zu den Medizinschränken gingen, sahen wir einen neuen Spruch, der in noch frischen Farben an der Wand glänzte.

„Niemand rettet uns, nur wir uns selbst.
Niemand kann das und niemand darf das.
Wir müssen selbst den Weg finden." Buddha.

Im Zimmer sagte Aurel das, was ich mir schon die ganze Zeit dachte: „Ich kann Sharon nicht retten, wenn sie nicht will, und sie will nicht."

„Hatte sie die Probleme eigentlich vor dir auch schon?"

„Oh ja, schon immer. Es liegt nicht an mir. Vor ihr wollte ich auch niemanden retten, keine Sorge. Sie ist das krasse Gegenteil von meinen Exfreundinnen."

„Wie bei mir", sagte ich und wollte das Thema damit beenden, doch er kniete sich vor mich und fuhr mit den Händen die Innenseite meine Oberschenkel hinauf. „Wenn die bisherigen Partner entgegengesetzte Extreme waren, dann sollte der Nächste doch eigentlich die goldene Mitte sein, oder nicht?"

„Das wär's", stieß ich gepresst aus. „Zumindest auf einem Gebiet kann es nicht besser werden."

„Ach ja?", entgegnete er ebenso atemlos, fuhr mit den Händen unter mein Top und zog es mir gemächlich über den Kopf. Dann legte er beide Hände auf meine Brüste und massierte sie schon in die Nähe des Nirwanas, noch bevor er den BH aufhakte und die zarte, harte Haut endlich küsste. Ich schlang die Beine um seinen Po und ließ mein Becken kreisen.

So lange, so leidenschaftlich, so hingebungsvoll, dass ich die Beherrschung verlor und wenig später Lichtpunkte wie Sterne hinter meinen Lidern tanzten.

„Endlich", seufzte er selig, während er meinen bebenden Körper hielt.

„Hm?", fragte ich benommen mit einem fernen Feuerwerk im Kopf und Champagner im Blut.

Er kicherte leise und küsste mich auf den Mund. „Ich dachte schon, du kommst nie."

„Wie bitte? Ich habe doch nur deinetwegen verzichtet!"

„Bist du wahnsinnig? Wieso das denn?"

„Na, weil es ungerecht ist, wenn du dich kasteist und ich meinen Spaß habe."

„Delia, bitte! Ich muss lernen, langsam zu gehen, nicht du. Da will ich dir den Himmel auf Erden schenken und du verweigerst dich absichtlich?"

„Du hast recht", seufzte ich. „Es sind vergeudete Höhepunkte der Menschheit, denn schöner als mit dir kann es nicht sein."

„Was soll ich da sagen", murmelte er und drehte das Gesicht von mir weg.

Eine schwarze Traurigkeit legte sich über uns, und ich fragte ihn, ob er denn gar nicht mit mir schlafen wollte.

„Dass ich was nicht will? Hör mal! Ich warte doch nur darauf, dass du endlich den letzten Stirnguss hinter dir hast! Damit ich dich an den Haaren ziehen kann, wie es sich gehört und damit ich hinterher nicht die Bruchstücke deiner erschütterten Seele aufklauben muss."

„Aurel!" Kichernd boxte ich ihn.

„Aua!" Mit übertrieben schmerzverzerrtem Gesicht rieb er sich den Oberarm. „Das ist nicht gerade die Reaktion, die ich mir erwartet hätte."

„So sieht Vorfreude aus!", gluckste ich ausgelassen und sprang im Bett hoch, sodass ich federnd auf dem Rücken landete.

Bea

Lange schlug ich mich mit der Frage herum, ob ich einschreiten und die beiden Tu-nicht-Gute anrufen sollte. Gerade, als ich beschlossen hatte, alles auf sich beruhen zu lassen, trudelte ein Fax ein: „Schick endlich Schufa-Auskunft!!!" War es denn zu fassen? Der Kerl wurde immer dreister!

Ich zog Max zurate. „Du musst mit ihr reden. Wer weiß, was der Typ anstellt!"

„Aber ohne ihre Unterschrift kann er doch nichts tun, oder?"

„Nicht, wenn sie kein gemeinsames Konto oder so haben."

„Haben sie nicht", sagte ich finster. Aber vielleicht doch? Ich musste mit ihr reden und ihr Glück stören, so weh es mir tat.

Ich legte mir gerade die richtigen Worte zurecht, als mein Handy piepste, weil es keinen Akku mehr hatte. Seit Tagen schon lag es unbenutzt herum. Als ich es ansteckte, fand ich mehrere Anrufe in Abwesenheit und Nachrichten, und zwar von Tante Hanni, Onkel Otto und Tanja. Das konnte nichts Gutes bedeuten. Mit einem mulmigen Gefühl im Bauch setzte ich mich aufs Bett.

„Wir können Delia nicht erreichen. Was ist das für eine Geschichte mit Frau von Lichtenberg?"

Frau Lichtenberg? Was meinten, sie, was wussten sie, woher? Ich lief in die Lobby und rief Tante Hanni an.

„Die Frau war gestern bei Lorenz Willems in der Talkshow! Sie wollte das Buch ankündigen, und wir haben voller Stolz eingeschaltet. Aber dann hat sie gesagt, dass sich die Veröffentlichung verzögert, weil die Ghostwriterin inkompetent, unzuverlässig, selbstgerecht und nicht zu erreichen sei." Sie klang völlig verstört. „Damit kann sie doch unmöglich unsere Delia meinen, oder?"

Ich bebte vor Wut. Dieses Miststück! „Das ist ja der Gipfel! Doch, sie meint Delia. Sie hat sogar unser Hotel ausfindig gemacht und sie hier angerufen!" Ich erzählte ihr alles.

Tante Hanni sog erschüttert die Luft ein. „Da hätte sie ja auch bei ihrem alten Job bleiben können."

Ich rief Tanjas Nachricht auf, in der sie den Link zur Sendung geschickt hatte, und erlebte die schleimig verlogenen, vor Gift triefenden Worte der beliebten Talk-Masterin, die Delia in und durch den Dreck zog, ohne dass diese sich hätte wehren können. „Das kommt davon, wenn man nicht alles selbst macht und anderen blind vertraut. Die jungen Leute heute meinen, alles nach ihren Wünschen und Idealen formen zu können. Die Frau wollte mir einreden, wie ich Ereignisse in meinem – meinem! – Leben zu interpretieren hätte und wie sie sie darstellen könnte. Das muss man sich mal vorstellen! Verdreht vollkommen die Tatsachen und ist dann noch nicht einmal erreichbar, wenn ich sie um angemessene und dringend erforderliche Änderungen bitte. Mit so jemandem kann ich natürlich nicht länger zusammenarbeiten, das werden Sie sicherlich verstehen, werte Zuschauer, und deswegen bitte ich Sie um ein paar Wochen Geduld."

Zwei Wochen Ayurveda, tägliche Meditationen, drei Stirngüsse und den besten Liebhaber aller Zeiten hin oder her – als ich das hörte, kochte mein Blut und ich schwor Rache.

Das einzig Gute an dem Schlamassel war, dass Ghostwriter anonym waren und nur die wenigsten wussten, wer da durch den Dreck gezogen wurde.

Meine Kinder wollten mit mir dringend über ihre neuen Berufswünsche sprechen, und obwohl mir der Sinn überhaupt nicht nach Arbeit stand, rief ich sie an, weil ich wusste, wie lästig sie sein konnten, wenn ein Thema sie beschäftigte, und weil sie mir fehlten.

Beim Nachmittagstee brachte mir der Rezeptionslehrling, den ich eingeweiht hatte, eine ausgedruckte, ans Hotel und zu Delias Händen adressierte E-Mail.

„Süße, Liebling, ich verstehe, dass du Ruhe brauchst. Aber wir müssen dringend *(!!!),* unbedingt heute noch *über Finanzierung sprechen! Melde dich! Auch Bürgschaft von deinen Eltern wäre gut. Eigentümer entscheidet sich am Wochenende. Wir dürfen die*

Gelegenheit nicht verpassen! Unser Traum kann wahr werden - Du und ich, ein schreibendes Paar, auf dem Land, die Kinder spielen im Garten. Das war doch immer <u>dein</u> Traum! Ruf endlich an! Zu Vertrag 2: Ich helfe dir!"

Welcher zweite Vertrag? Sollte er doch mit seiner Hilfe sonst wohin gehen!

„Träum weiter, Vincent," dachte ich erbost über seine bodenlose Frechheit. Für wen hielt sich der Kerl und was kam da noch alles? Jetzt wollte er doch ihr Geld, für das er sie so verachtet, erniedrigt und verändert hatte! Das war doch wohl der Gipfel! Was für ein elender Wurm.

Delia

In einer Regenpause lagen wir in Decken gehüllt auf Aurels Dachterrasse. Unsere Lippen waren vom Küssen geschwollen, sein Kopf lag auf meiner Brust und ich streichelte gedankenverloren sein ebenmäßiges Gesicht, fuhr sein Ohr nach und zog die Finger durch sein weiches Haar. Obwohl wir so viel miteinander, wirklich mit- nicht nur zueinander, redeten, hatten wir uns in einem wichtigen Punkt gründlich missverstanden. Es war wohl wahr, dass sich zwei Menschen niemals vollkommen verstehen würden, besonders dann nicht, wenn es um vorbelastete Themen ging – und das war Sexualität für mich.

Je länger wir jedoch ineinander verknäult und ausschließlich miteinander beschäftigt dalagen, je intensiver wir uns streichelten und küssten, je mehr Höhepunkte wir einander schenkten, desto klarer wurde mir, dass Gewalt in egal welcher Form keine besondere Form von Liebe war, sondern schlicht und ergreifend deren blanke Abwesenheit. Wer liebte, konnte nicht absichtlich wehtun. Weder dem angeblichen Geliebten noch sich selbst.

Ich schaue in den hellgrauen Himmel, durch den bereits vereinzeltes Blau blitzte, und versuchte, mir den Sex, den ich mit Vincent hatte, mit Aurel vorzustellen. Es ging nicht, es erschien mir so absurd, dass ich lachen musste, und darüber war ich so erleichtert, dass ich beinahe in Tränen ausbrach. Aurel würde mich nicht runtermachen, um einen hochzukriegen. Er würde mich nicht brechen, um mich zu besitzen.

Ich wollte überhaupt nicht mehr von jemandem besessen sein. Ich war ich, er war er, und selbst wenn wir noch so weit, tief, nah miteinander verschmolzen, würde ich niemals zulassen, dass wir uns im anderen auflösten und verloren. Ich schwor mir, nie wieder jemandem zu gehören oder ihm hörig zu sein. Das Einzige, was ich mir in besonders verzückten und schwachen Stunden wünschte, war, dass wir zusammengehörten, doch das war etwas anderes – und vollkommen Unrealistisches.

Bea

Ich sah wenig von meinem bis über beide Ohren verliebten Cousinchen, was mir ganz recht war, denn so kam ich weniger in Versuchung, ihr von Vincent und der Lichtenberg zu erzählen. Max und ich verbrachten viel, aber nicht die ganze Zeit miteinander. Er brauchte die Stille genau wie ich, ging im Garten spazieren und in den immer länger werdenden Regenpausen auch aus dem Hotel hinaus. Dort streifte er Stichstraßen entlang, war aber jedes Mal froh, wenn er in die Ruhe des Hotels zurückkehrte. Mich trieb es nicht fort. Ich hatte zu malen begonnen und experimentierte mit Farben und Formen. Außerdem hörte ich mehr Beethoven denn je. Dabei erlebte und fühlte ich die Zustände, die ich mir für bestimmte Änderungen in meinem Leben vorstellte. Sei es, wie ich die Kinder an Weihnachten endlich wieder umarmen würde, sei es, wie ich mich bei meiner neuen Arbeitsstelle fühlen würde, sei es den Verlauf und das Ende der Scheidung. Gelegentlich erzählte Delia mir von ihren Gesprächen mit Aurel. Ich war zutiefst dankbar, dass er in ihr Leben getreten war, denn von mir hätte sie gerade die Denkanstöße, die unsere Familie angingen, nicht so leicht angenommen.

Im Pagoda wurden nur in absolut unvermeidlichen Fällen Darmspülungen durchgeführt, und sogar Abführtage waren so selten, dass wir alle bis auf Max davon verschont blieben. Das bedeutete, dass er einen Tag allein auf dem Zimmer verbrachte, während ich mich um die sich häufenden Anrufe kümmern konnte.

Delia

Als ich vor dem letzten Stirnguss darauf wartete, dass Frau Perera meinen Namen auf ihrer Liste abhakte und mir die Kabinennummer nannte, war ich sicher, dass Aurel jedes Fleckchen meiner Haut geküsst und berührt hatte. Auch wenn er nicht da war, fühlte ich mich an ihn geschmiegt. Ich roch seinen Duft, spürte seine Haut und seine Wärme. Ich hörte sein leises Stöhnen, sah sein erregtes Zucken und wusste, dass ich ihn für immer in mir tragen würde. Es war, als hätte er sich in mich eingraviert.

„Today last day Shirodhara", summte Charu, während sie Watte auf meine Augen und Ohren drückte. Wie immer legte sie eine Hand auf meine Stirn, eine Berührung, die mich tief entspannte. „War die Zeit schön für Sie?"

„Oh ja, wunderschön. Es kommt mir vor wie ein Traum." Ich konnte nicht glauben, dass nur eine Woche seit dem ersten Stirnguss und den vielen Tränen vergangen war. Mein ganzes Leben hatte sich von Grund auf verändert, und seit einer gefühlten Ewigkeit schwebte ich auf Wolken.

Wie in den letzten Tagen, so driftete ich auch heute nach dem ersten Tropfen in andere Sphären ab. Ich dachte, hörte, sah nichts mehr, sondern befand mich in dem Zustand, den man ansonsten wohl nur in höchster Meditation erreichte. Wie üblich weckten Renuka und Charu mich sanft und führten mich zu der noch immer unangenehmen Kräuterdusche.

Dabei blitzte in einem kurzen Augenblick eine letzte schlimme Erkenntnis in mir auf, die ich Bea beichten musste. Zum Abschied überreichten Charu und Renuka mir nicht wie gewöhnlich eine einzelne Blume, sondern einen kleinen Strauß aus Hibiskus, Löwenmaul und Blüten, die ich nicht kannte. „See you tomorrow", sing-sangten sie lächelnd mit gefalteten Händen. Im Zimmer stellte ich fest, dass mit den Stirngüssen auch die Regengüsse aufgehört hatten. Endlich schien die Sonne, sodass ich auf der Terrasse ruhen und dem wieder sanften Meeresrauschen lauschen konnte.

Nach dem letzten Mittagessen „unter der Haube", wie alle witzelten, ging ich in den hoteleigenen Schönheitssalon, wo ich schon vor Tagen einen Termin reserviert hatte. Die sympathische Melinda brauchte eine halbe Stunde, um mir das Öl aus den Haaren zu waschen, und ich war heilfroh, dass ich es mir in Berlin hatte schneiden lassen. Die Friseurin föhnte gegen die schwüle Hitze an, und als ich diesmal in den Spiegel sah, erkannte ich mich auf Anhieb.

Das war endlich ich selbst.

Meine Augen waren klar, sie strahlten wie alles an mir. Meine Züge waren weich und sanft, meine Haltung aufrecht.

Ich wurde so sentimental, dass ich der Dame ein viel zu hohes Trinkgeld gab und anschließend Bea suchte. Ich fand sie mit Max am Pool. Obwohl das Bekenntnis grässlich war, war ich auch unendlich froh, die Tatsache erkannt und bald hinter mir zu haben. Wortlos schloss ich sie in die Arme. Mit bebender Stimme gestand ich ihr eine meiner dunkelsten Emotionen. „Bea, erstmal tausend Dank, dass du mich zu der Reise überredet hast. Ich weiß nicht, was aus mir geworden wäre, wenn ich in Berlin geblieben wäre. Ist es nicht unglaublich, dass wir uns vor weniger als drei Wochen zufällig wieder getroffen haben?" Sie versteifte sich ein wenig, was ich darauf zurückführte, dass sie spüren musste, dass das nicht alles war. Ich löste mich von ihr. „Du bist wirklich die beste Freundin, Cousine, Vertraute. Du bist ein wunderbarer Mensch, und hast das, was ich dir gegenüber unterschwellig lange Zeit empfunden habe, nicht verdient. Ich habe es mir nie eingestanden und jetzt erst erkannt. Aber

Bea", ich räusperte mich „ich war neidisch auf dich, und das nicht erst seit Vincent, sondern schon seit der Geburt der Zwillinge. Es tut mir leid. Sehr leid."

Sie gab einen traurigen, aber zugleich erleichterten Laut von sich. „Das weiß ich. Es hat mir anfangs brutal wehgetan, weil ich dich nicht verstanden und mich von dir verraten gefühlt habe." Wir sahen uns an, und die unterschiedlichsten Gefühlsausdrücke huschten über unsere Gesichter. „Aber hey, das ist Schnee von gestern. Inzwischen kann ich dich sogar ein Stück weit verstehen. Danke, dass du es mir gesagt hast. Und jetzt komm her." Sie zog mich wieder an sich.

„Ich begreife es selbst nicht, weil ich dich wirklich immer von Herzen liebgehabt habe", murmelte ich. „Irgendwie ist dir immer alles zugefallen, während ich mich anstrengen und kämpfen musste."

„Das stimmt. Es ist nicht gerecht, und ich weiß nicht, woran das liegt."

Ich lächelte matt. „Ich auch nicht, aber Menschen sind eben verschieden. Du hast einfach die Gabe, alles anzunehmen, wie es ist, und das Beste daraus zu machen, aber das hab ich dir ja schon mal gesagt."

Wir wechselten noch ein paar Sätze, dann ging ich in mein Zimmer und machte mich für Aurel zurecht.

Glücklich tätschelte ich meine Haut, die mittlerweile vollkommen rein und ebenmäßig geworden war. Von den Pusteln und Pickeln war nichts mehr übrig. Also kam wahre Schönheit tatsächlich von innen!

Zu guter Letzt stieg ich in ein luftiges Kleid aus Häkelspitze, in dem ich so jungfräulich aussah, wie ich mich fühlte. Aufgeregt zog ich den Reißverschluss zu und betrachtete mich ein letztes Mal im Spiegel. Fühlte sich so eine Braut, bevor sie zum Altar schreitet?

War es nicht verrückt, was sich in den letzten zwei Wochen, oder gar fünf Tagen alles ereignet hatte? Wenn mein Leben eine Schachtel war, in der sich alle Menschen, Emotionen und Erlebnisse meines Lebens befanden, dann war sie so heftig geschüttelt worden, dass alles Negative herausgefallen war. Gleichzeitig waren meine verschütteten Vorlieben, Freuden und Leidenschaften wieder aufgetaucht. Etwas, das zwar immer da gewesen war, sich aber nie entfaltet hatte, hüllte nun den Inhalt in ein warmes Licht, wie eine Schutzschicht, die alles Böse fernhielt. Ich wusste, dass ich diesen Zustand für immer mit Aurel verbinden und deswegen nie mehr ohne ihn sein würde, egal wo wir wären.

Tränen traten in meine Augen, weil ich ihn erleben durfte. Tränen aber auch, weil das Schönste und das Schlimmste noch vor mir lagen. Ich war hierhergekommen, um gesund und glücklich zu werden. Ich war gesund und glücklich geworden, und dafür dankte ich still jener Macht, die für mich immer noch Gott hieß.

Dann ging ich zu Aurel.

Leise klopfte ich an. Er schien auf mich gewartet zu haben, denn unmittelbar danach hörte ich seine Schritte, den Luftzug beim Aufziehen der Tür – und dann stand er vor mir. Zuerst sah ich nur Licht und Sonne, gelb und golden, warm und weiß, alles flirrte und floss ineinander. Sein Gesicht, strahlend schön, am klarsten seine Augen, die mich bannten und nicht mehr losließen. Ich folgte ihm, der rückwärts ging, ins Zimmer. Ich hörte sein raues „Hallo" und erkannte verschwommen die Umrisse seines Mundes.

„Hallo", sagte ich, meine Stimme hohl wie ein Echo.

Er stand ein oder zwei Schritte von mir entfernt, auch dann noch, als er die Hände nach mir ausstreckte und mein Haar federleicht berührte. „Du siehst toll aus. Wunderschön. Mit und ohne Haare. Aber mit", ich hörte ihn schlucken und Atem holen. „Mit Haaren siehst du weicher und weiblicher aus. So, wie ich dich empfinde." Er presste die Lippen aufeinander und im gleißenden Gegenlicht schimmerten seine Augen feucht. „Es zeigt, dass dein Inneres und Äußeres im Einklang miteinander sind."

Mir fehlten die Worte, ich konnte nur nicken.

Vorsichtig fasste er in mein Haar, hob es hoch, streichelte darüber und ließ es wie Seidenfäden durch seine Finger rieseln.

„Endlich", flüsterte er, dann zog er mich an sich und unsere Lippen berührten sich so zart und neugierig wie beim ersten

Mal. Seine Daumen strichen über meine Lippen, verzaubert sahen wir uns an, bevor wir die Augen schlossen und uns immer leidenschaftlicher küssten.

Wir tasteten erhitzte Haut, strichen darüber und streichelten sie, mal verspielt und hinauszögernd, mal gezielt und vorwärtsdrängend. Liebestrunken glitten meine Hände über seinen strammen Oberkörper, fuhren vom Rücken hinunter zum Po, vor zu seinem Bauch – und endlich hinab.

Ich wollte ihn endlich ganz, zog ihm das T-Shirt über den Kopf und leckte über seine harten Brustwarzen. Er stöhnte und legte den Kopf in den Nacken. Immer wieder tupfte mein Bauch gegen sein Becken und bald hakte ich die Finger in seine Hose, um sie hinabzuziehen.

Wie lange hatte er sich beherrscht und gewartet! Ich wollte ihn erlösen und ihm endlich alles, was er mir geschenkt hatte, geben, doch das wollte er nicht. Noch nicht.

Er streifte mir das Kleid ab, sodass es raschelnd zu Boden fiel. Stockend sog er die Luft ein, schob mich zum Bett und drückte mich rücklings darauf. Andächtig küsste er meinen Busen, meinen Bauch, küsste den vom Slip verdeckten Venushügel und massierte dabei die Innenseite meiner Schenkel. Stöhnend und ungeduldig wand ich mich unter ihm. Von den Fesseln angefangen leckte er meine Beine hinauf. Ich hob das Becken, spürte seinen Blick, hörte seinen schweren Atem und lag mit einem Mal nackt vor ihm. Er erkundete mich mit einer Zartheit, Hingabe und Neugier, die mich zittern und wimmern ließ. Ich stemmte mich hoch und drückte ihn auf den Rücken, um ihn endlich – endlich! – vollständig zu entkleiden. Als ich das letzte Stück Stoff wegzog, erstarrte ich ergriffen und schloss, von seiner Kraft und Schönheit überwältigt, die Augen. Beinahe ehrfürchtig berührte ich ihn. Er zuckte und stöhnte, spannte sich an, dann zog er mich mühsam beherrscht zu sich hoch und hielt meine Schultern mit beiden Händen fest. „Ja?", fragte er mit brüchiger Stimme, und auch meine glich einem Krächzen, als ich „Ja" wisperte und mich auf den Rücken drehte. Ich riss das Kondom auf, das er besorgt und bereitgelegt hatte und reichte es ihm. Was ich dann erlebte, war der Himmel auf

Erden. Wir spürten uns immer tiefer, inniger, fester und rührten uns nicht, weil jede Regung wie ein Paukenschlag wirkte.

Entrückt und ineinander versunken sahen wir einander an, unfähig zu denken und zu sprechen, geboren um zu sein. Ich bewegte mein Becken, nur ein bisschen, nur einen Hauch – genug, damit sich das aufgestaute Begehren Bahn brach. Im Nu trieb ich in einem Strudel, der nur ein Ziel kannte, auf das ich in atemraubendem Tempo zuraste. Wir kamen so gewaltig, wie ich es niemals für möglich gehalten hätte. Erschöpft und schwer atmend lagen wir nebeneinander. Entrückt sahen wir uns an. Dann sprach er aus, was ich schon die ganze Zeit über dachte: Er hatte mich zur Frau gemacht.

Bea

Delia war wie neugeboren. Alle drehten sich nach ihr um, wenn sie aufrecht, vor Selbstsicherheit und Lebensfreude strahlend mit leichten Schritten vorbeiging. Selbst ihre Stimme war tiefer, voller, klarer. Alles an ihr war lebensstark und frei. Doch da war noch etwas. Sie verströmte jene seltene weibliche Sinnlichkeit, die nicht inszeniert, sondern so natürlich war, dass Delia selbst sie nicht wahrnahm. Andere taten das dafür umso mehr, und Aurel musste der am meisten beneidete Mann weit und breit sein.

Ich wollte ihr Glück beileibe nicht trüben, aber es war höchste Zeit, sie mit den Ereignissen in Deutschland zu konfrontieren. Mit einer Tasse Tee setzen wir uns auf eine Chaiselongue.

„Hör mal, Deli, es tut mir echt leid. Ich weiß, dass du deine Ruhe willst, aber so wie es aussieht, kocht daheim gerade alles über." Knapp berichtete ich ihr von der Vertragskündigung, ließ die TV-Show dabei aber vorerst aus.

Sie überraschte mich, oder auch nicht. Was ich sagen will, ist, dass sie völlig anders auf die Hiobsbotschaften reagierte, als sie es vor zwei Wochen in Berlin getan hätte.

Sie lehnte sich zurück und dachte einige Augenblicke nach. „So, so", sagte sie dann gefasst, beinahe amüsiert. „Nun, das macht mir meine berufliche Entscheidung leichter, wobei die ohnehin gefallen ist. Ich wollte nur noch dieses Buch zu Ende schreiben, und zwar so gut, wie ich kann, damit Frau von Lichtenberg glücklich ist, und damit ich nicht das Handtuch werfe. Nun hat sie die Sache anders entschieden. Auch gut, das ist ein Stressfaktor weniger. Soll ein anderer Schreiberling sie glücklich machen. Wobei ich glaube, dass sie niemals glücklich und zufrieden sein wird, meinst du nicht auch?"

Ich pflichtete ihr bei und fügte hinzu, dass sie ohnehin nicht für das Glück eines anderen Menschen verantwortlich sei.

„Aber was ist mit dem Geld? Brauchst du das nicht?"

„Das hol ich mir schon, verlass dich drauf."

„Wie ist so ein Fall denn vertraglich geregelt?"

„Das kann ich dir hier leider nicht sagen. Der Vertrag liegt in Berlin, einmal schön ordentlich ausgedruckt und einmal als Datei auf dem Laptop. Schlau, was?" Sie lachte höhnisch. „Ist alles bei Vincent. Weniger gut. Aber wer nimmt schon seine Verträge mit auf Erholungsurlaub!"

„Na, zumindest niemand, der einen weniger turbulenten erwartet hätte."

„Wem sagst du das." Kopfschüttelnd sah sie aufs Meer. „Egal, wie es ist. Mir fällt schon was ein, um an mein Geld zu kommen. So lasse ich mich nicht behandeln. Was sie kann, kann ich auch. Zur Not stelle ich sie vor die Wahl – Geld oder Wahrheit."

„Du willst sie erpressen?"

„Nein, gar nicht. Sie kann ja frei entscheiden." Abgebrüht zuckte sie die Schulter. „Weißt du, ich hab das mit dem Zweite- Backe-Hinhalten lang genug falsch verstanden. Man tut sich und der Welt nichts Gutes, wenn man sich alles gefallen lässt und sich nicht gegen üble Machenschaften wehrt. Am Schluss redet man sich bloß ein, man sei moralisch überlegen, weil der Klügere nachgibt. Ha! So ein Unsinn. Wenn der Klügere nachgibt, gewinnt der Dumme! Vincent selbst hätte ja auch nie nachgegeben. Er will immer alle überzeugen oder mundtot machen, damit seine Version der Wahrheit gewinnt. Nein, nein, er ist wirklich ein verdammt linker Typ. Ich meine, versteh mich nicht falsch, natürlich braucht man Moral, aber man darf sie nicht als Totschlagargument verwenden, um andere Meinungen zu töten oder unliebsame Fakten auszublenden. Und das tut er nonstop!"

Ich traute meinen Augen und Ohren nicht und schüttelte erleichtert lachend den Kopf. „Sag mal, Deli, so kenn ich dich ja gar nicht mehr."

„Tja, mir kommt es auch so vor, als hätten die Stirngüsse die letzten drei Jahre Gehirnwäsche völlig weggespült."

„Das ist echt unglaublich, wie dieses Ayurvedaprogramm bei dir anschlägt."

„Ach wo. Es ist ja nicht Ayurveda allein. Es liegt auch an euch. An der Biographie. Daran, dass ich wahrscheinlich unbewusst schon lange nach einer Gelegenheit, auszubrechen, gesucht habe, all so was."

„Trotzdem sagenhaft. Also, wenn du willst, kann ich den juristischen Teil bei Bedarf gern übernehmen. Vertragsrecht ist mir ja nicht ganz fremd." Ich zwinkerte ihr zu.

Wir besiegelten den Deal, dann kam ich auf „die Hütte in der Pampa" zu sprechen. „Er will Klarheit über die Finanzen oder eine Bürgschaft deiner Eltern."

Auch hier winkte Delia lachend ab. „Klar, jetzt wäre ihm das Geld meiner Eltern recht. So ein elender Wurm. Keine Ahnung, warum er jetzt so massiv seine Stadtflucht forciert, aber ohne mich. Ich habe nie Ja dazu gesagt, was ich problemlos beweisen kann. Es ist sein Problem, nicht meins."

„Soll ich ihm das sagen, oder sagst du es ihm?"

Seelenruhig sah sie mich an, nur ihre Augen blitzten auf. „Keine von uns. Lass ihn schmoren. Er wollte nicht mit mir reden, hat jahrelang nichts zu meinen Umzugswünschen gesagt, da lass ich mich doch jetzt nicht hetzen. Oder doch. Schreib ihm „Kein Interesse."

Und das tat ich.

Delia

Die letzten gemeinsamen Tage und damit verbunden Phasen der Schwermut brachen an.

Max und Aurel würden in fünf Tagen nach Bali abreisen, Bea und ich zwei Tage später nach Berlin. Wir wollten die gemeinsame Zeit nützen und ein paar Ausflüge machen. Während des Shirodhara hatte ich Hannelore und Helga nicht gesehen, doch als ich nun ausnahmsweise allein im Garten lag und gerade las, wie Agassis Trainer ein Date mit Steffi in Form eines gemeinsamen Trainings arrangierte, stand Hannelore plötzlich neben mir.

„Na, meine Hübsche? Sie sehen ja aus wie das blühende Leben. Das blühühende Leben, sage ich Ihnen! Unglaublich, was so eine Kur alles kann, nicht wahr?" Sie lachte so herzlich, dass ihr Dekolletee schwabbelte, und beugte sich zu mir herunter. „Oder ist es die Liebe, die Sie so schön macht?" Ausgelassen zwinkerte sie mir zu und legte eine Hand auf meine Schulter.

Ich lachte mit. „Es ist doch immer beides, nicht wahr?" Sie drehte sich zu Helga um und schmetterte über die gesamte Liegefläche: „Sag ich's doch! Es ist die Lie-ie-iebe!" Wieder an mich gewandt sagte sie: „Da haben sie sich aber auch ein Prachtexemplar von Mann geangelt, aber hallo! Die Sahneschnitte hätte ich mir in Ihrem Alter sicher nicht entgehen lassen. Da haben so moderne, offene Beziehungen doch was für sich, nicht wahr?"

„Die ist nicht mehr offen."

„Nein?"

„Sie ist vorbei!"

„Was Sie nicht sagen! Ach, das ist ja mal was! Auf die Entfernung? Dazu gehört Mumm! Sehr gut gemacht haben Sie das! Man muss Probleme beseitigen, so schnell es geht! Damit darf man sich nicht länger als unbedingt nötig belasten! Ich habe es ja gleich gewusst, dass der nicht der Richtige für sie war. So bedrückt und verhuscht wie Sie am Anfang hier

rumgeschlichen sind! Und dann das grässliche Telefonat!"
Abwehrend hob sie die Hände. „Nehmen Sie es mir nicht übel,
ich nenne die Dinge gern beim Namen. Ist nicht böse gemeint,
nicht wahr, das verstehen Sie doch?"
Ich spürte, dass ich feuerrot wurde, und verkniff mir ein
Lachen.
„Wenn Sie den Rat einer alten Frau hören möchten, dann rate
ich Ihnen: Treffen Sie sich jedes Jahr hier mit ihrem
Liebhaber. Planen Sie die Auszeit fest ein, so haben sie immer
etwas, worauf Sie sich freuen können, und der Alltag wird nie
langweilig."
Ich wollte schon abwehren, tat es aber nicht, sondern fragte:
„Hält Sie das so jung?"
„Natürlich! Was glauben Sie denn? Was kann es Besseres
geben, als die Gewissheit, dass jeden Oktober etwas
Wunderschönes passiert? Davon zehren Sie bis Mai und dann
freuen Sie sich auf die nächste Reise. Das ist genau die
Verlässlichkeit, nach der sich alle Menschen sehnen."
Das stimmte mich nachdenklich. Konnte Glück wirklich so
einfach sein? War Glück nicht eher unzuverlässig?
Sie wollte schon gehen, da hielt ich sie auf. „Warum sind Sie
eigentlich nicht ganz hierhergezogen?"
„Wir?" Sie schüttelte sich vor Lachen. „Wir passen doch nicht
hierher! Nein, nein. Für immer hier – das täte nicht gut, da
würde uns zu viel von Zuhause fehlen. Außerdem hätten wir
hier ja auch schnell den ollen Alltag mit all seinen Problemen.
Nein, nein, ich sag Ihnen, so wie es ist, so ist es ideal."
Wir lachten, obwohl ich traurig war und nachdachte. Wie
wäre es wohl, fortan für einen Monat Glück im Jahr zu leben?
Wir müssten jedes Mal Abschied nehmen und allein in unser
„richtiges" Leben zurückkehren. Wir würden wenig
gemeinsam erleben, dafür viel reden und träumen. Es wäre
eine Beziehung im Theoretischen, im Traum. Mit
Entscheidungen, Sorgen und Problemen wären wir allein.
Eine andere Art von Vertrautheit und den vielen kleinen
Freuden des Alltags könnten wir nicht teilen. Wir würden im
Kopf leben, zwischen Erinnerung und Sehnsucht, hätten dafür
aber die Gewissheit der Wiederholung. War das nicht mehr

Glück, als was die meisten Menschen je fanden? Vielleicht, so überlegte ich, war so eine Liebe lebbar, wenn man Ehe und Kinder schon hinter sich hatte. Wir hatten sie, hoffentlich, noch vor uns und verwarfen den flüchtigen Hoffnungsschimmer auf acht Prozent Glück pro Jahr als zu wenig. Außerdem, da waren wir uns einig, würden wir so nie in unseren neuen Beziehungen glücklich werden können.

Nach dem Gespräch mit H hatte ich einen Arzttermin. Frau Dr. Singha war höchst zufrieden mit mir. Mein Ungleichgewicht hatte sich fast völlig eingependelt, sodass ich beinahe im Prakrit[1] war. Ich erzählte von dem Glück und der Freude, der Dankbarkeit und täglichen Bewegung, der gesunden Ernährung und Meditation, dass ich keine blutrünstigen Thriller mehr lesen und meinen Geist reinhalten würde, und dankte ihr für die vielen Stirngüsse. Sie lächelte wohlwollend, erlaubte mir fortan wieder weißes Fleisch und änderte meinen Behandlungsplan dahingehend, dass ich statt der warm-kalten Kräuterdusche in der ayurvedischen Kräutersauna schwitzen durfte. War das kein Beweis, dass Durchhalten sich lohnte?

Da uns die Zeit davonlief, fuhren wir gleich nach der Konsultation nach Galle. Da es nur eine knappe halbe Stunde vom Resort entfernt war und wir uns spontan entschieden, ließen wir zwei Tuktuks anstatt Karl rufen.

Als wir in den knatternden Dreirädern, die außer der Windschutzscheibe keine Fenster hatten, auf die Landstraße hinausruckelten, war mir, als würde ich gegen eine Wand prallen. Obwohl wenig Verkehr herrschte, wirkte alles unglaublich laut, schnell und grell. Überall wuselten Menschen, die feilschten, einander etwas zuriefen oder lachten. Da waren Popmusik, der Für-Elise-Jingle, mit dem sich hier die Müllabfuhr ankündigte, und Gehupe. Mit

---

[1]   Prakriti ist die individuelle, natürliche Konstitution, in der man gesund und im Gleichgewicht ist und sich entfalten kann. Weicht man davon ab, fällt man in Vikriti, Ungleichgewicht.

Kokosnüssen beladene Transporter überholten uns ebenso wie bunt bemalte Busse und japanische Limousinen voll westlicher Touristen. Und dann war da noch die Flut an Gerüchen aus Küchen, Abgasen und Abfall. Ich drückte aus vielen Gründen Aurels Hand, von denen einer war, dass ich eine Verbindung zwischen unserem Kur-Kokon und dem quirligen, echten Leben herstellen wollte, einem Leben, das wir nie teilen würden. Immer wieder schloss ich die Augen, weil ich die Eindrücke nicht verarbeiten konnte. Nach beinahe zwei Wochen absoluter Ruhe, Übersichtlichkeit und schlichter Ordnung war mir selbst das gemächliche Landleben Sri Lankas zu viel. Glücklicherweise war die historische Altstadt Galles eine Fußgängerzone, durch die nur ab und an ein Taxi oder Lieferwagen zuckelte, sodass wir gemütlich durch die mit Kopfstein gepflasterten Gassen schlenderten. Die Portugiesen, Holländer und Engländer hatten den einst so wichtigen Handelsstützpunkt, der heute zum Weltkulturerbe gehörte, gebaut und erweitert. Bea und ich waren entzückt von dem ehemaligen Reichtum und Glanz der makellos restaurierten, meist zweistöckigen, kalkweißen Häuser. Es gab zahlreiche Restaurants, die günstig lokale Gerichte anboten, kleine Cafés, Souvenirläden und Geschäfte, die einheimisches Handwerk sowie Edelsteine verkauften. Letztere waren in fast ganz Asien wesentlich günstiger als in Europa. Bea überlegte, ob sie sich welche mitnehmen sollte, um sich in Deutschland daraus Schmuck fertigen zu lassen. Mir hätte das auch gefallen, doch angesichts der nahenden Ebbe auf meinem Konto verbot sich jeder Gedanke daran. Als wir vor einer Auslage standen und auf Bea und Max warteten, quälten mich die beruflichen Überlegungen. Was sollte ich nur machen? Etwas wie Aurel und Max würde mich interessieren, aber da ich Kinder wollte, konnte ich kein Unternehmen gründen. Für die Familie allerdings brauchte ich erst einmal einen Mann, und ... „Aurel, ich hab solchen Durst. Lass uns was trinken gehen", bat ich ihn. Er gab den anderen Bescheid und führte mich in den lauschigen, begrünten Innenhof eines vornehmen Hotels. Bei einem köstlichen Tee fragte er mich, ob ich keinen Wert auf Schmuck legte.

Ich hatte gehofft, das Thema vermeiden zu können, denn bislang hatten wir uns nicht zu viel über unsere Exbeziehungen erzählt. „Doch, eigentlich schon, aber mir ist da was passiert ...", begann ich und erzählte in knappen Sätzen doch, warum ich keine Juwelen kaufen konnte, auch wenn sie noch so günstig waren.

„Das ist ja kacke", entfuhr es ihm auf meine Situation bezogen, und es war wohl das erste Mal, dass ich ihn so ein Wort benutzen hörte.

„Das kannst du laut sagen", seufzte ich.

„Und was ist dein Plan?"

„Wenn ich das wüsste." Ich erörterte ihm meine Überlegungen von vorhin, auf die er allerdings auch keine Antwort wusste.

Als Bea und Max kichernd zu uns kamen, war es Zeit, zurückzufahren, weil wir Frauen spontan Lust auf einen Abstecher im Supermarkt hatten.

„Was wollt ihr denn dort?", fragte Max und strich Bea durchs Haar.

„Na, schauen, was es alles gibt!", rief sie keck. „In einem Supermarkt erfährt man richtig viel über ein Land. Man sieht, welche Produkte es gibt, wie viel sie kosten, also, ich finde das spannend!"

„Na, dann auf in Beas Abenteuerurlaub", scherzte Max, und als wir kurz darauf durch die langen, etwas düsteren Gänge schlenderten, entdeckten wir, dass es nicht nur Nutella, sondern auch Barilla Pasta gab, und zwar zum gleichen Preis wie in Deutschland. Die Auswahl an Shampoos war gering, der Inhalt der Flaschen weniger, und trotzdem war es teurer als bei uns! „Die müssen sich anders die Haare waschen, das kann sich doch kein Mensch leisten! Oder Sabine hat uns nicht die Wahrheit gesagt. Ein Kellner muss sich doch von seinem Monatsgehalt mehr als zwanzig Flaschen Shampoo kaufen können! Bestimmt sind die Importwaren eine Art Luxusartikel."

In einem Vortrag von Sabine, die ja mit einem Singhalesen verheiratet war, hatten wir erfahren, wie niedrig das monatliche Durchschnittseinkommen war. Ein Lehrer verdiente rund 200 Euro, ein Arzt 300, ein Kellner offiziell nur 80, aber darauf kamen ja die üppigen Trinkgelder der Touristen, sodass man im Gastgewerbe ein Vielfaches verdiente. Dabei schien niemand arm zu sein, sondern jeder gut über die Runden zu kommen. Alle waren ordentlich gekleidet, die jungen Leute trugen Jeans und flippige T-Shirts zu trendigen, mit viel Gel zurückgehaltenen Frisuren, und wirklich jeder hatte ein Smartphone. „Vielleicht haben sie einfach wenig Kleidung", überlegte ich. „Sie haben keine Versicherungen, zahlen fast keine Steuern, fahren nicht in Urlaub, das Essen ist billiger, da wird es sich schon ausgehen."
Vor dem Abendessen buchten wir Karl und Fred für eine Fahrt an den nahe gelegenen Koggala-See, der uns an den Bentota-Fluss erinnerte und wenig Spektakuläres bot. Anschließend fuhren wir in das Surferparadies Dickawella, wo die beiden Sunnyboys Bretter mieteten und uns ein unvergessliches Schauspiel boten. Wie freundliche, supersexy Poseidons ritten sie durch die hohen Wellen, und ich konnte mich an den athletischen, kraftvollen Bewegungen kaum sattsehen. Wir schossen unzählige Fotos, und kurz stellte ich mir vor, dass ich eins davon vergrößern und in meinem neuen Wohnzimmer aufhängen würde, wo auch immer das sein mochte. Vielleicht, aber eher nicht, denn wie sollte ich so Abstand schaffen. Und wie sollte ich je mit meinem neuen Mann auf dem Sofa knutschen können, wenn ich dabei Aurel sah.
Am vorvorletzten Tag brachte Fred uns zu einem Zimtbauern. Ich hatte mir nie über die Herkunft von Zimt Gedanken gemacht und war überrascht, dass die „Cinnamon Farm" im Grunde eine Art Baumschule war, denn Zimt wuchs auf, oder besser: in, Bäumen. Wieder überwältigte mich das saftige, satte Grün, das der Seele so guttat wie das der Wiesen und Weiden bei uns daheim. Ich hatte Zimt nie sonderlich gemocht, bis ich mich vor ein paar Jahren zu Franzbrötchen, Apfelmilchreis oder Kaffee mit Zimt hatte überreden lassen,

weil das Gewürz angeblich gesund war und unter anderem den Blutzucker senkte. Das hörte man ja überall. Was jedoch nie jemand erwähnte, erfuhren wir jetzt, nämlich dass Zimt, genau wie Anis, den Körper stark erhitzte, sodass er für Pitta-Menschen, die von Natur aus zu viel Hitze entwickelten und folglich zu Entzündungen neigten, mit Vorsicht zu genießen war. Menschen wie ich. War nicht auch das ein Beispiel dafür, wie leicht man sich von seiner Intuition entfernte und damit schadete?

Wir sahen einem Trupp Männer dabei zu, wie sie mit Macheten Zweige abhakten, die Blätter abrissen, sie bündelten und auf einen Laster luden. Wir folgten unserem Führer Surjo zu einer langen Halle, vor der die Äste in einem Becken gewaschen wurden, bevor sie drinnen verarbeitet wurden. Dort saßen Männer auf bunten Decken auf dem Boden und schabten mit flinken Bewegungen die äußere Rinde ab.

„Wir brauchen nur die innere, denn nur sie duftet und würzt", erklärte Surjo und gab uns ein kleines Stückchen zum Riechen. Weil sich die innere, saftige Rinde an der Luft zusammenrollte, steckten die Arbeiter mehrere davon ineinander, damit sie in der uns bekannten Zimtstangenform trockneten. So einfach, und doch so aufwendig war das also.

Wir bedankten uns mit einem guten Trinkgeld und kauften in dem Laden einige hübsch verpackte Mitbringsel. Während Bea sich ein gutes Dutzend davon einpacken ließ, genügten mir zwei: eins für meine Eltern und eins für Tanja, weil ich sonst keine Freunde mehr hatte. Himmel, da war ja wirklich verdammt viel Luft nach oben in meinem Leben, dachte ich bestürzt, und nahm als Mahnung ein drittes Zimtpäckchen für mich mit.

Delia

Der letzte gemeinsame Tag brach an und in seinem Verlauf wurden unsere Bewegungen immer langsamer, als könnten wir so die Zeit anhalten. Wir sprachen weniger und wenn, dann oft so leise, dass der andere es nicht verstand. Ich saß auf Aurels Tagesbett, auf dem wir so viele innige Stunden verbracht hatten, und sah ihm beim Packen zu. Schleppend legte er erst Hosen, dann T-Shirts, dann die Unterwäsche in den Koffer. Mehrmals war ich nah dran, aufzuspringen und aus dem Zimmer zu laufen, weil ich dieses Heranpirschen des Endes nicht ertrug. Aber ich ging nicht, sondern blieb wie betäubt sitzen trotz der Angst, die die Einsamkeit und Lebensleere vorwegnahm. Und obwohl ich mich dabei quälte, verfolgte ich wie eine Süchtige seine Handgriffe und Schritte, beobachtete das Spiel seiner Muskeln und glaubte, seine bronzen schimmernde Haut unter meinen Händen zu spüren. Die ganze Zeit über sprachen wir kein Wort. Es war schon nach vierzehn Uhr, uns blieben nicht einmal fünfzehn letzte Stunden, und immer noch mehr von ihm verschwand in dem Koffer, wie in einem Maul, das ihn verschlang. Wenn er wieder auspackte, wären wir mehrere tausend Kilometer getrennt, und das für immer.

Dabei war das völlig absurd, komplett unvorstellbar – wie sollte ich ohne ihn leben? Welchen Sinn hätte das? Gab es überhaupt einen Sinn, wenn man kein Ziel hatte? Aber Moment, ich hatte ein Ziel: Kinder. Familie. Glücklichsein. Deswegen hatten wir das alles hier ja auf uns genommen, auch wenn der Leichtsinn nun zum Himmel schrie. Wie hatten wir nur so dumm sein können, zu glauben, wir könnten einander heilen, indem wir als *Übergangsmenschen* füreinander fungierten?

„Hättest du am Anfang gedacht, dass man sich beim Küssen viel mehr verliebt, als wenn man bloß Sex hat?", fragte ich in die Stille hinein. Er hielt inne und sah mich aus leeren Augen an.

„Sicher. Es war ein kalkuliertes Risiko, wenngleich ein sehr schlecht kalkuliertes."

Ich stieß ein hoffnungsloses Lachen aus. „Und das passiert ausgerechnet zwei ehemaligen Unternehmensberatern."

Sein Gesicht leuchtete kurz auf, bevor sich der alte Schleier erneut darüber legte. „Immerhin sind sie dabei Menschen geworden."

„Aber das Wasser ist ihnen noch immer zu tief. Wie bei den beiden Königskindern, die deswegen nicht zusammenkommen können."

„Ich weiß", sagte er heiser und bat mich, Wasser zu holen. Als ich wieder kam, legte er gerade die Zimtgeschenke in den Koffer. Das Zimmer war jetzt bis auf die paar Sachen, die er noch brauchte, geradezu unheimlich leer. Er sah sich um, fand nichts, und nahm als Letztes sein Tagebuch vom Schreibtisch. Er wog es in der Hand, ging damit zum Rucksack, blieb dann aber wieder stehen. In sich versunken verharrte er einige Augenblicke, dann gab er sich einen Ruck und kam zu mir. „Da drin steht mein halbes Leben. Und hundert Seiten voll von dir", sagte er mit brüchiger Stimme und streckte es mir entgegen.

„Für mich?", krächzte ich. „Willst du es denn nicht als Erinnerung behalten?"

Matt schüttelte er den Kopf. „Ich vergesse dich auch so nie. Bitte." Er hob die Hände etwas höher, damit ich es ihm abnähme.

„Das ist ... danke", flüsterte ich. Das Leder war dick und weich, das Buch überraschend schwer. Ich drückte es an mich und sank in seine Arme. Wie zwei Ertrinkende klammerten wir uns aneinander und weinten uferlos, bis es an der Zimmertür klopfte. Es war Max, der uns sagte, dass Karl zur letzten Fahrt nach Galle bereitstehe. Wir wollten uns dort ablenken, ein wenig bummeln und einmal außerhalb des Pagoda zusammen Abend essen.

„Fünf Minuten", schnieften wir, dann lief ich in mein Zimmer, um mich zurechtzumachen. Ich kam als Letzte in die Lobby, Max hatte einen Arm um Aurel gelegt und redete leise auf ihn ein. Als sie mich entdeckten, löste Aurel sich wie in Trance. Er sah nur mich, wir zogen einander an wie zwei Magneten. Ohne ihn an meiner Seite fehlte mir etwas, wie ein Arm oder ein Bein. Wie sollte ich ihn jemals vergessen können?

Allein die Trennung im Auto, weil er vorn neben Karl und ich hinter ihm saß, war wie ein Loch. Aurel streckte die Hand zu mir nach hinten, und die gesamte Fahrt über hielt ich sie unbequem vornübergebeugt.

In Galle trennten wir uns von Bea und Max. Arm in Arm gingen wir auf dem Wall spazieren, bestiegen den Leuchtturm und passierten das im holländischen Stil errichtete Amtsgericht. Allmählich tauten wir ein wenig auf, die Bewegung und das Erkunden von Neuem taten uns gut.

Unvermittelt fanden wir uns vor einer niedlichen Niederlassung von KPMG wieder, die in einem zweistöckigen Kolonialbau in einer Seitengasse lag. Keine Glasfront, keine Leuchtschrift, nicht einmal glänzendes Metall priesen den Namen der international tätigen Beratungsgesellschaft an, lediglich ein etwa zwei Meter langes Schild wies auf sie hin.

Zum ersten Mal an diesem Tag lachten wir.

„Mensch, da haben wir es doch! Das ist die Lösung: Eine entspannte Unternehmensberatung! Da fangen wir an!", riefen wir durcheinander, und für einen kurzen Augenblick schwebte tatsächlich die Möglichkeit einer gemeinsamen Zukunft zwischen uns, auch wenn wir natürlich nicht ernsthaft in Erwägung zogen, hierher auszuwandern. Aber dennoch ... irgendwo ... Vielleicht ... in einem anderen Leben. Nur nicht in diesem.

Der Moment verstrich, Aurel blies die Backen auf, sah erst mich an, dann über mich hinweg, weit hinauf in den Himmel. Ich hielt still und wartete, selbst unfähig, etwas zu sagen oder zu tun, um den Lauf unserer Leben zu ändern. Er ließ die Luft entweichen, legte einen Arm um meine Schulter und zog mich schwach an sich. Wortlos führte er mich zurück zu den belebteren Gassen, wo wir uns vorübergehend trennten, weil ich ihm ein Abschiedsgeschenk kaufen wollte. Ich wusste auch schon, was, selbst wenn es mich dem Bankrott einen großen Schritt näher brachte. Nun verstand ich, wie Menschen in ausweglosen Situationen alles riskieren konnten.

Ich betrat den Edelsteinladen und erkundigte mich nach der Bedeutung und angeblichen Wirkung von Saphiren und

Aquamarins, die beide so gut zu seinen Augen passten. Die Steine waren trotz „billiger" für mich sehr teuer und viel zu wertvoll, als dass er sie in seinem Portemonnaie mit sich tragen würde. Denn was sonst wollte ein Mann wie Aurel mit einem Klunker tun? Ich verwarf den Gedanken und ließ mir einen roten, beinahe herzförmigen, Jaspis empfehlen, der dem Besitzer angeblich dabei half, schwierige Phasen und größere Projekte mit Ausdauer durchzustehen.

Anschließend war ich zum ersten Mal seit Wochen allein – wenn auch nur die wenigen Minuten, die ich zum renommierten Hermitage Hotel brauchte, wo wir in der Kolonnade „das letzte Abendmahl", wie Max scherzte, zu uns nehmen würden. Alle drei saßen schon bei stilvoll zubereiteten *Mocktails* an einem lauschigen Tisch, denn nach drei Wochen Abstinenz hatte niemand Lust auf Alkohol, sondern eher einen Mordsspundus davor.

Ich setzte mich und sah, dass an Bea zwei prächtige Ohrringe und zwischen den Schlüsselbeinen ein Tropfen aus kleinen Diamanten funkelten, die sie bei der Abfahrt noch nicht getragen hatte. Mein Blick ging zu ihrer Hand, doch dort war alles unverändert. Wenn ich gedacht hatte, den Neid ein für alle Mal besiegt zu haben, so wurde ich nun eines Besseren belehrt. Ich schämte mich dafür und sagte mir, dass ich eines Tages auch ein so schönes Geschenk bekommen würde.

„Sind die neu?", fragte ich Liebe denkend, und übers ganze Gesicht strahlend nickte Bea, wobei sie nach Max' Hand tastete. „Funkelnagelneu."

„Wow, der verwöhnt dich ja. Die sind unglaublich schön und sie stehen dir hervorragend", sagte ich nun aufrichtig und ehrlich erleichtert.

„Danke", sagte sie gerührt und gab Max einen Kuss.

Aus den Augenwinkeln sah ich, dass Aurel Max merkwürdig ansah und dass Max die Schultern zuckte.

„Wenn das so ist, dann kann ich auch nicht mehr warten. Kommst du kurz mit?", fragte Aurel und führte mich in den schwach beleuchteten Garten, wo wir zwischen Frangipani-Bäumen relativ ungestört waren. Dort zog er eine Schatulle aus seiner Tasche. „Ich möchte dir eine Freude machen und dir etwas schenken, bei dem du immer an mich und unsere gemeinsame Zeit denkst. Eigentlich wollte ich es dir erst im Hotel geben, aber nun hat Max vorgelegt. Ich hoffe, es gefällt dir. Hier, bitte."

Aufgeregt nahm ich das Kästchen an mich und klappte es auf. Ich traute meinen Augen kaum und schnappte nach Luft, denn darin funkelten Ohrstecker, ein Armband und ein Herzanhänger aus in Weißgold gefassten Rubinen.

„Aurel!" Mein Blick wanderte zwischen dem Schmuck und ihm hin und her. „Das ist ja unglaublich. Es ist wunderschön, aber viel zu viel, das kann ich nicht annehmen! "

„Das ist nicht zu viel. Es ist schön, findest du nicht? Und es ist dein Stein. Er steht nämlich für Liebe und Sexualität. Er soll dich durch dein Leben leiten, dich schützen, auf dem richtigen Weg halten, dich ... ach ..." Seine Stimme brach, und seine Augen waren feucht. „Ich will dir damit nur sagen: Hör auf dein Herz, und denk auch mal an mich." Sein Gesicht zitterte und mir liefen Tränen über die Wangen.

„Das werde ich, bestimmt. Wie könnte ich dich jemals vergessen. Danke, Aurel, danke", schniefte ich und rührte mich nicht, während er mir den Schmuck anlegte. Ich konnte kaum sprechen, als ich ihm meine Kleinigkeit schenkte. „Ich hatte keine Ahnung, dass du mir so etwas Großartiges oder überhaupt etwas schenken würdest. Ich habe keine Erfahrung mit großen Geschenken." Ich lachte verlegen.

„Dann wird es höchste Zeit, Madame", sagte er, nahm meine Hände in seine und küsste mich auf den Mund.

„Das hier kommt aber auch von Herzen." Ich erklärte ihm die Wirkung des roten Jaspis, und dass ich hoffte, er möge ihn ebenfalls schützen.

„Danke, Delia. Er ist wunderschön", sagte er bewegt, während er ihn hin- und herdrehte. „Meine Mutter hat Goldschmiedekurse besucht. Ich werde sie bitten, ihn mir zu fassen, damit ich ihn in einer langen Kette um den Hals tragen kann."

Ich freute und fragte mich, was er seiner Mutter von mir erzählen würde. Würde ich Aurel meinen Eltern gegenüber erwähnen, und wenn ja, wie?

Wir küssten uns und gingen aufgewühlt an den Tisch zurück, wo die Geschenke gebührend bestaunt wurden. Um die bedrückte Stimmung aufzulockern, erzählte ich von der KPMG-Filiale und sagte betont heiter: „Ihr werdet mit eurer Beratung auch ganz schön viel zu tun haben, nicht wahr?"
„Oh ja, das werden wir!", rief Max etwas zu lustig. „So viel, dass wir gar nicht dazu kommen werden, euch zu vermissen!"
„Das ist ja großartig! Na, Gott sei Dank!", seufzte Bea sarkastisch.
Nur ich hatte nichts, was mich ablenken würde. „Das allein ist schon ein Grund für mich, wieder in die Beratung zu gehen", verkündete ich entschlossen. Meine Worte waren mir selbst nicht geheuer, vor allem, weil ich spürte, dass mir ernst damit war. „Mal ehrlich, wir alle werden das Wirtschaftssystem nicht revolutionieren. Abgesehen davon hat der Kapitalismus mehr Wohlstand erzeugt als jeder kommunistische Versuch. Aber", ich sog theatralisch an meinem Strohhalm, „aber man kann ja auch helfen und optimieren, ohne alles wegzurationalisieren. Und das werde ich. Prost!"

Delia

Wir liebten uns bis zum Schluss, doch diesmal war es kein neugierig sprudelndes Erkunden mehr, sondern ein zähes Abschiednehmen, wie das Erfrieren und Ertrinken im Eismeer, wenn das Schiff sinkt.
Mal liebten wir uns zärtlich, dann verzweifelt und wild.
Nach dem letzten Höhepunkt sackten wir verschwitzt, erschöpft und schwermütig in die zerwühlten, nassen Laken.
Ich rutschte unter Aurel und zog ihn auf mich, damit ich vollständig von ihm bedeckt wäre, damit ein letztes Mal nichts von mir ohne ihn und ich vollkommen wäre. „Leg dich auf mich. Deck mich zu mit dir und lass los", wisperte ich.
„Ich trage dich."
„Ich bin zu schwer."
„Ich halte dich. Lass dich fallen."

Er ließ los, jede Anspannung wich aus ihm, sein Gewicht drückte uns so tief in die Matratze, dass ich kaum Luft bekam. Aber ich trug ihn, und in einem übertragenen und pathetisch überspannten Sinne damit die Last des Seins. Ein letztes Mal waren wir uns nahtlos nahe, und ich dachte, dass dies der richtige Zeitpunkt zum Sterben sei.

Doch dazu fehlte mir der Mut.

Aurel bewegte sich und gab mich frei. „*Morituri te salutant*", die dem Tod Geweihten grüßen dich, murmelnd rutschte er ganz von mir und stand auf.

Wir sprachen nicht mehr, weil die Wörter ihre Bedeutung verloren hatten, oder weil es nichts Bedeutsames mehr gab, das wir in Worte hätte fassen können. Als wir gemeinsam duschten, tönte der Saul-Trauermarsch in mir, er wurde lauter und wechselte in den „Denn alles Fleisch, es ist wie Gras"-Choral, als Aurel sich anzog, den Kulturbeutel in den Koffer legte und den Reißverschluss zuzog. In mir tobte die Götterdämmerung, als wir das Gepäck vor die Tür stellten und Hand in Hand zur Pagode gingen, wo wir vor so langer Zeit unseren ersten gemeinsamen Sonnenaufgang erlebt hatten. Wir setzten uns, eine fatalistische Ruhe legte sich auf uns; mein Kopf an seiner Schulter, seine Wange an meinem Scheitel, unsere Hände ineinander verflochten. Sein Atem wurde mein Atem, Gleichklang kehrte in alle Dingen, die Stille, das Schwere, das Unvermeidliche – ein neuer Tag, ein neues Leben, eins, das ich mir gewünscht hatte und nun nicht wollte. Die Schwärze der Nacht wurde dunkelblau, Vorboten der Farben erstrahlten violett über einer grauen Schicht, und dann die Sonne, kreisrund und lebensspendend zog sie in den Himmel ein, nur in mir lag alles im Sterben. Sie schoss in die Höhe und überschüttete uns mit Tag. So schnell und so viel Licht. Licht, mit dem wir nichts mehr anfangen konnten, weil der Morgen das Ende war. Ein letztes Klammern, Drücken, Anspannen, ein paar letzte Küsse, ein ergebenes Seufzen, dann standen wir auf und machten uns auf den Weg.

Es war Zeit.

Die Koffer standen wie bei einem Stillleben neben dem Mandalabrunnen im Eingangsbereich bereit.

Aurel schlang die Arme um mich, ich versteckte mich an seiner Brust, hörte sein Herz schlagen, hob und senkte mich im Rhythmus seines Atems, sog seinen Duft ein. Wir hörten Stimmen und Schritte, dann ein Auto, das anhielt und den Motor abstellte.

„Sir, it's time."

„Ich werde dich nie vergessen."

„Danke für alles."

„Es war so schön."

„Du fehlst mir jetzt schon."

„Alles Gute."

„Leb wohl."

Der Kofferraumdeckel schlug zu, das Gepäck war verladen.

Wir pressten uns aneinander, die Finger knochentief in der Haut des anderen, die Sehnen zum Zerreißen gespannt, ein erstickter Schrei, dann ließ er mich los, erst mit einem Ruck, dann zäh wie in Melasse, schließlich ohne Blick, schon halb verlassen. Schwer umarmte ich Max, dann berührten sich Aurels und meine Hand noch einmal, ein letztes Mal, seine Finger strichen meine Hand entlang, bis wir einander an den Fingerspitzen entglitten und getrennt waren. Die Hand weiterhin zu mir ausgestreckt, drehte er sich um, sah mich nicht mehr an, ging zum Auto, krümmte den Rücken, zog den Kopf ein und verschwand im Fonds. Ein Portier schlug die Tür zu, ein anderer rollte das Tor zur Straße auf, Aurel ließ das Fenster herunter. Ich sah sein gefrorenes Gesicht, seine einst so strahlenden Augen und wollte schreien, wollte zu ihm laufen, wollte ihn festhalten, aber ich stand wie gelähmt. Der Wagen fuhr an und rollte so lautlos, wie es in mir geworden war, hinaus. Das Letzte, was ich von meinem Geliebten sah, war seine zum Abschiedsgruß erhobene Hand, die mich freigab für ein Leben ohne ihn.

Ich umfing Bea, die vor Trauer schwankte und sich die Faust an den Mund presste. Umschlungen stützten wir einander und schleppten uns in mein Zimmer, wo wir schluchzend zusammenbrachen.

Danach war alles gedämpft, beinahe wie tot.

Mein Herz schlug tief in mir drin, ich hörte und spürte es kaum.

Das Hotel, unsere kleine Welt, in der wir so viel geredet, gelacht und geliebt hatten, war öd und leer. Die Einsamkeit kroch in alle Ecken und Ritzen.

Wir waren wir Roboter in einem Vakuum, in einer Welt ohne Töne, ohne Farben, ohne Wärme.

Leer. Leblos. Sinnlos.

Wir schauten aufs Meer.

Wir aßen Reis.

Wir tranken Wasser.

Wir wurden massiert.

Wir schleppten uns von Raum zum anderen.

Aurel.

Überall und nirgends. Aurel.

Die Grenzen zwischen Wahn und Wirklichkeit verschwammen, wir versanken in unserer Trauer.

Delia

Benommen begann auch für uns das „Ein letztes Mal". Ein letzter Termin bei Frau Dr. Singh, die meine Trauer spürte. Ein letzter ganzer Tag, eine letzte Massage, letzte Sauna, letzte Ruhepause, ein letzter Abend, der in die Nacht überging, und damit die – perfekt getimet – letzten Seiten des Buches. Wieder musste ich weinen, als ich daran dachte, wie Aurel mich dazu überredet und wie Recht er gehabt hatte, als er sagte, dass ich erst schnell, dann langsam lesen würde, um das Ende hinauszuzögern.

Beim Lesen erlebte ich den für mich rabenschwarzen Tag, als Agassi früh bei US Open ausschied und damit seine Karriere beendete, erneut, diesmal jedoch aus seiner Sicht, und nun war der Abschied befreiend, nicht mehr traurig. So vieles hatte ich damals nicht verstanden, nicht gewusst, nicht begriffen: Die Schmerzen, das Kämpfen, der Mensch im Körper des Tennisspielers; die Teile des Lebens, die zwar nicht alles, aber ohne die alles nichts ist. Gesundheit, eine glückliche Partnerschaft, Familie. Freude am Spiel und an den Aufgaben, die sich uns stellen. Wachsen. Leichtigkeit. Liebe und Dankbarkeit.

Am Ende des Buches spielen Agassi und Graf zum privaten Vergnügen ein paar Runden, und das, wo er Tennis gehasst hat. Ich überlegte, ob ich aus Spaß ein Buch schreiben würde. Nein, oder vielleicht später, viel später, wenn ich alt und reich war, wenn eine Stunde am Stück genügte und ich an dem Tag schon genug geredet, gelacht und geliebt hatte. Vielleicht irgendwann, oder auch nie. Schleppend langsam las ich die letzten Worte des Buches, und dann war es zu Ende. Ich starrte auf die halb bedruckte Seite, meine Gedanken drifteten ab. In diesem Buch lag eine Welt, ein ganzes Leben. Es handelte von Zwängen und Befreiung, von Last und Lust am Beruf, von Fehlentscheidungen und Fehlverhalten. Es zeigte, wie und dass alles zusammenhing – eine passende Ernährung, ein umfassendes Training, das richtige Umfeld und vor allem Menschen, die einem guttaten und am selben Strang zogen. Dass das gesamte Leben in allen Facetten unter einem falschen Partner litt. Vor allem aber faszinierte mich der Wandel, und ich begann wieder fest daran zu glauben, dass auf das tiefste Tal die höchsten Höhen folgten.

Dieses Wissen trug ich tief in mir. Es war nur durch eine Verkettung von Fehlentscheidungen und Unachtsamkeit soweit verschüttet worden, dass ich bei Vincent gelandet war. Doch aus diesem Albtraum hatte ich mich hoffentlich endgültig befreit.

Ich dachte an Aurel, mit dem ich so viel und doch so wenig erlebt hatte. Wir hatten in unserem Kokon im Hotel gelebt, abgeschottet vom Rest der Welt und dem „wahren" Leben. Von den Ausflügen abgesehen, hatten wir nichts anders getan, als uns selbst und einander zu erkunden, zu klären, zu heilen. Sein Tagebuch lag in meinem Nachttisch. Noch fehlte mir die Kraft, um darin zu lesen, aber ich hatte ja noch mein ganzes Leben Zeit dafür. Wort für Wort, Zeile für Zeile würde ich es lesen, jeden Tag nur ein bisschen, um möglichst lange davon zu haben, bevor ich wieder von vorn begann. Wie in einem Kreis, ausweglos und ohne Ziel.

Anders als Bea und Max hatten wir keine Nummern getauscht, weil für uns mehr auf dem Spiel stand. Bea könnte notfalls mit einer losen Affäre à la 2Hs leben, ich nicht. Ich wollte alles, keine halben Sachen. Aurel und ich hatten uns wie zwei aus dem Nest gefallene Küken aufgepäppelt und ins Leben entlassen. Wir hatten Ziele und feste Orte.

Er würde sich im Januar in den USA, daran bestand kein Zweifel, selbstständig machen und rundum die Uhr arbeiten. Er würde Sharon oder eine andere Frau heiraten. Vielleicht würde er sie lieben, und vielleicht würde ich es eines Tages über mein egoistisches Herz bringen, es ihm zu wünschen. Da war er wieder, der dumme Gedanke, wir hätten es zumindest miteinander versuchen sollen. Entschieden wischte ich ihn beiseite. Dafür war es zu spät und was konnte angesichts der Umstände aus unserer Liebe werden? Nichts. Sie würde verwelken, verwesen und verrotten, bis nicht einmal schöne Erinnerungen übrigblieben. Da waren ein kurzer, harter Trennungsschmerz und die Möglichkeit, dauerhaft glücklich zu werden, weit besser.

Ich wollte das Buch gerade endgültig zuschlagen, da blätterte ich doch, was für mich unüblich war, zur Danksagung weiter. Jemand hatte etwas dazu geschrieben. Die Schrift kam mir bekannt vor. Ich stockte. Es war die von Bea.

„Delia, meine Cousine, Wegbegleiterin und beste Freundin – wenn du es bis hierher geschafft hast, bist Du hoffentlich frei, gesund und glücklich. Hoffentlich hast du auf der Kur alles gelernt, erlebt und abgelegt, was dich am Glücklichsein hindert. Ich schreibe diese Zeilen in Berlin, weil ich das Buch für dich in dem Bücherschrank, von dem Tanja mir erzählt hat, verstecken werde. Mit etwas Glück wirst du es finden und lesen. Das wünsche ich mir, damit Du Dich an bessere Tage erinnerst und Kraft für die vor Dir liegenden schöpfst. Delia, noch etwas: Du bist nicht zufällig hier, weder in einem spirituellem noch in einem materiellen Sinn, aber das erzählt Tanja Dir, wenn Du wieder in Berlin bist."

Fassungslos saß ich da. Was hatte das zu bedeuten? Bea hatte das Buch für mich mitgebracht? Ich war nicht zufällig hier? Warum und wozu? Und was hatte Tanja damit zu tun? Und Aurel ... Aurel, der in Bali wahrscheinlich gerade zu Abend aß, mit Max, aber ohne uns.
Ich fragte sie, was es damit auf sich hatte, aber sie blieb dabei: Tanja würde mir alles erzählen.

Anders als Aurel und Max würden wir am Nachmittag zum Flughafen Colombo losfahren, sodass wir Zeit für eine letzte Meditation, ein letztes hüftöffnendes und emotionslösendes Yoga und ein letztes Bad im Meer hatten. Ich musste mich zwingen, die Stufen hinabzusteigen. Immer wieder bildete ich mir ein, Aurel und Max würden wie am ersten Tag gerade heraufkommen und alles könnte noch einmal von vorn beginnen.
Doch das war nur ein Traum, und schon saßen auch wir in einem viel zu kalten Wagen, der uns von diesem Ort der Wunder wegbrachte.
Ich sehnte mich nach Stille, um in Ruhe Abschied zu nehmen. Die jedoch war uns nicht vergönnt, da dem Fahrer viel daran gelegen war, uns nicht ohne die Quintessenz des Buddhismus nachhause fliegen zu lassen, die da lautete: „Du darfst nichts und niemandem anhaften. Jede Bindung erschafft Leid, weil man nicht frei ist. Bindung ist der Kern von jedem Leid. Das gilt auch für die Liebe, zwischen Mann und Frau, zwischen Eltern und Kindern, zwischen allen Menschen. Nur wer liebt, leidet. Es gibt zu viel Liebe. Zu viel Liebe, zu viel Leid. Wir fürchten den Tod, weil wir anhaften. Wir wollen nicht sterben, weil wir lieben. Lieben ist anhaften. Ohne Bindung und ohne Liebe sind wir frei, frei von allem Leid."
Bedrückt schwiegen Bea und ich etliche Kilometer. Zunächst leuchteten mir die Worte vollkommen ein. Es hieß ja auch, dass sich vor allem Beziehungsunfähige in den Buddhismus flüchteten, weil sie darin eine göttliche Rechtfertigung fanden. Wahrscheinlich war Aurel beziehungsunfähig, wenn er noch nie aus Liebe hatte heiraten und Kinder bekommen

wollen. Als wir in die Außenbezirke von Colombo einfuhren und die Dämmerung hereinbrach, begann etwas in mir zu rebellieren. Wir hielten vor dem Terminal. Der Fahrer hievte mein Gepäck aus dem Wagen und sagte: „Ohne Besitz lebt es sich leichter. Im Hotel gibt es ein Zimmer, in dem man Sachen, die man nicht mehr braucht, für Einheimische dalassen kann." Ich sah ihn an und seine Weisheit prallte an mir ab. Was wusste er von mir und meinem Gepäck, im wörtlichen und übertragenen Sinn? „Ich habe eine ganze Wohnung voller Sachen, die ich nicht mehr brauche, und die im Koffer gehören mir nicht. Er wiegt 16 kg, lassen Sie sich von der Größe nicht beirren." Ich lächelte. „Ich möchte noch etwas zu dem Leid und der Liebe sagen. Ja, es stimmt, dass jedes Leid seinen Ursprung im Lieben hat. Ohne Liebe und dem Willen zum Leben gäbe es kein Leid. Das ist richtig." Er strahlte stolz, weil er mich in so kurzer Zeit bekehrt zu haben glaubte. „Aber", fuhr ich fort, „ohne Liebe ist das Leben nicht lebenswert. Ohne Liebe ist alles nichts. Ohne Liebe sind wir keine Menschen. Vielleicht versuchen wir im Westen, zu viel zu lieben. Vielleicht interpretieren wir Jesu Wirken und seine Worte falsch. Aber wir strengen uns wenigstens an. Wir haben den Mut zu lieben und zu leiden, selbst wenn es uns das Herz zerquetscht und wir lieber tot wären."

Der Stolz wich aus seinem Gesicht, mit aufgerissenen Augen und offenstehendem Mund starrte er mich an. Ich drückte ihm einen Schein in die Hand, dann folgte ich Bea zum Abflugschalter.

Delia

Berlin empfing uns mit Wind, Regen und neun Grad über null. Die meisten Leute waren auf dem Weg zur Arbeit, hasteten mit eingezogenen Köpfen zur S-Bahn hinauf und zur U-Bahn hinunter, warteten wetternd auf die gelben Busse oder schimpften auf den Autofahrer vor ihnen. Bea und ich waren wie gemartert. Mitten in der Nacht hatten wir in Katar umsteigen und vier Stunden auf den Anschlussflug warten müssen. Als ich das letzte Mal unter freiem Himmel gestanden hatte, schien die Sonne. Es war warm, bunt, lebendig gewesen. Und hier? Es musste sich um einen Irrtum, eine schlimme Verwechslung handeln. Wie konnte ich das aufklären? Stumm, beinahe apathisch sah ich die vertrauten und gleichzeitig fremd gewordenen Straßen und Häuser durch die vom Regen beschlagenen Fenster des Taxis. Nichts ergab Sinn. Was tat ich hier? War ich überhaupt vollständig hier, oder hatte ich Teile von mir in Sri Lanka vergessen? Ein Arm, ein Bein? Alles fühlte sich falsch an. Ich kam mir vor, als hätte man die Serie, in der ich bislang die Hauptrolle gespielt hatte, über Nacht abgesetzt, mich ungefragt auf ein anderes Filmset gestellt und mir gesagt, ich solle einfach hier weitermachen. Mehr könne man nicht für mich tun. Aber wozu überhaupt weiterspielen?

„Da wären wir", sagte Bea, als wir am Ludwig-Kirch-Platz ausstiegen. Der bayerische Konjunktiv beschäftigte mich, bis wir oben ankamen. Wir wären hier, als eine Art Möglichkeit, die eindeutig die Realität war.

Wankend vor Müdigkeit und Schwermut betraten wir das Penthouse, das ihre „Perle" für unsere Rückkehr vorbereitet hatte. Alles war sauber und duftete rein, es war geheizt, frische Blumen schmückten die hellen, weitläufigen Räume. Sie hatte frisches Obst und Gemüse eingekauft und das Gästezimmer für mich hergerichtet. Ich bedankte mich bei Bea und nach einer wohl- tuenden Dusche schliefen wir beide bis in den Nachmittag. Als Erstes riefen wir unsere Eltern an, und es tat gut, mit meiner Mutter zu plaudern. Sie fragte weit weniger, als ich erwartet hätte. War sie immer schon so gewesen?

„Ich fühle mich wie amputiert", seufzte Bea, als wir uns schicksalsergeben ans Auspacken machten. „Aber nicht nur ein Bein oder eine Hand, sondern gleich die ganze Haut."

„Hautamputiert? Mehr als nackt? Ausgelöscht? Makaber, aber treffend. Genau das ist es."

Wir versanken in erneutes Schweigen. Ich gab ihr die sauberen Sommersachen zurück und die wenigen schmutzigen, die ich nicht mehr im Hotel hatten waschen lassen, in die Wäsche. „Danke fürs Leihen und die Verwandlung. Kleider machen wirklich Leute: Mir graust sosehr vor den alten Sachen, dass ich sie gar nicht mehr will. Das war nicht ich. Aber ich muss den Laptop, Vertrag etc. holen. Kommst du mit?"

„Klar, aber erst morgen, ja? Bedien dich in meinem Schrank, ich brauche nicht alles, und du weißt ja – *mi ropa es tu ropa.*"

Ich stieß ein schwaches Lachen über die spanische Abwandlung von „Mein Haus ist dein Haus" aus, und beließ es bei einem normalen Danke, weil ich das Wort allmählich überstrapazierte. Ich stellte mein neues Lieblingsbuch auf den Schreibtisch und legte Aurels Tagebuch erst darunter, dann in die Schublade. Mir fehlte die Kraft, jetzt schon darin zu lesen, oder es überhaupt nur zu sehen. Später, wenn ich wieder Boden unter den Füßen und alles Wichtige geregelt hätte, da würde ich es in Ruhe lesen und an die schöne Zeit denken. Doch jetzt könnte ich mit den Emotionen nicht umgehen. Das Buch gehörte mir, für immer. Er hatte es mir geschenkt. Wie einen Teil von sich selbst. Meine Brust wurde eng und ehe ich mich versah, schluchzte ich. Ich würde nie wieder so glücklich sein. Mein künftiger Mann würde sich an ihm messen müssen – wie sollte das gehen? Wie sollte ich mich jemals wieder verlieben? Dabei war Verliebtheit ohnehin die denkbar schlechteste Grundlage für eine gute Ehe, das hatten wir besprochen. Es war gut, dass ich diesen Rausch, dieses Unfassbare mit Aurel erlebt hatte. Nie wieder wollte und würde ich so eine Leidenschaft und Hingabe erleben. Nie wieder würde ich Aurel spüren, hören, sehen, riechen, schmecken. Es war wie Sterben. Aber nach jedem Tod begann ein neues Leben, ob man es wollte oder nicht.

„Hilfst du mir beim Kochen?", riss Bea mich aus meinen Gedanken. Schnell wusch ich die Tränen ab und holte mir einen Hausanzug aus ihrem Schrank. Die Erinnerung an unseren ausgelassenen Roxette-Abend vor drei Wochen fiel mir ein. Es kam mir vor wie ein anderes Leben. Nichts war mehr, wie es gewesen war.

In der Küche schnipselte Bea gerade Kräuter für das Curry, das wir für Tanjas Besuch zubereiteten. Sie wollte alles von unserer Reise in „ihr" Hotel wissen und würde in weniger als einer halben Stunde hier sein. Gleichzeitig wollte ich endlich erfahren, was es mit Beas kryptischer Widmung in dem Buch auf sich hatte.

„Morgen fahren wir in die Wohnung. Aber willst du nicht vorher mit ihm sprechen?", fragte Bea.

Ich hatte keine Lust, für mich war die Sache erledigt, aber es musste sein. „Ich rufe ihn an, wenn hier alles fertig ist."

„Tu das, und ich buche uns für das Wochenende Tennisplätze, abgemacht? Jeden Tag eine Runde?"

Wochenlang hatte ich mich auf flotte Ballwechsel gefreut, aber jetzt bekam ich Zweifel. „Meinst du wirklich? Ich bin total unfit. Ich treffe bestimmt nichts. Das letzte Spiel ist zehn Jahre her!"

„Na und? Da kommst du wieder rein, Tennis verlernt man nicht."

„Puh, Bea, dein Wort in Gottes Ohren, aber mir schwant Grauenvolles. Wirklich. Das Feld ist ganz schön groß."

„Unsinn. Ins Yoga gehen wir auch, ich lasse dir eine Gastkarte in meinem Studio ausstellen, wir suchen dir einen Job und dann melden wir uns bei den Singlebörsen an."

„Okay, abgemacht", seufzte ich tapfer. „Wir lassen uns nicht unterkriegen, das Leben geht weiter. Aber eins nach dem anderen."

„Genau! Auf uns!", rief sie viel zu ausgelassen, als dass es nicht geschauspielert hätte sein können. Wir nahmen unsere Gläser mir warmen Wasser und prosteten uns zu. Wenigstens das war wirklich lustig.

„Ich glaube, ich mache eine Therapie. Du hast mir so gut zugehört, Bea, so viel geholfen, aber ich will und kann dich nicht ewig ausnützen. Es würde mir guttun, mit jemand Neutralem über alles zu reden." Es überraschte mich, dass sie mich verstand.

„Das ist eine gute Idee. Weißt du, zu wem du willst? Ich kenne da eine ganz tolle Frau, Oya heißt sie, die dir bestimmt rasch helfen kann." Sie erzählte mir ein wenig davon.

Erstaunt sah ich sie an. „Woher weißt du das alles?"

„Aus eigener Erfahrung." Sie lächelte tapfer. „Ohne Oya hätte ich Richards Affären nicht überstanden."

Das Geständnis traf mich. Bea war so selbstlos für mich da gewesen und ich hatte noch nicht einmal mitbekommen, wie schlecht es ihr gegangen war. Sie war gar nicht so stark, zäh oder eisern, wie ich immer angenommen hatte; sie war nur weniger stolz und erkannte, wenn es Zeit war, Hilfe zu holen. Machte das ihren Lebenserfolg aus? Dass sie sich eingestand, dass sie alleine nicht weiterkam, und weil sie nicht alles selber machen musste?

Nachdenklich und betroffen schob ich den zerkleinerten Brokkoli von meinem Brett in die Schüssel. „Was ist eigentlich aus dem Vorstellungsgespräch geworden, von dem du damals gekommen bist?"

„Das war kein Vorstellungsgespräch."

„Nein? Was dann?"

„Ich habe damals gesagt, dass ich von einem *Gespräch* komme, und gehofft, dass du *Vorstellungs-* hinzufügen würdest, indem ich gleich danach von meinem Wunsch, eine Ganztagsstelle zu finden, erzählt habe. Tut mir leid."

„Aha. Raffiniert. Aber warum? Und wo warst du?"

„Bei Oya."

„Ach so."

„Und der Job?"

„Den suche ich halbherzig, aber ich weiß genau so wenig wie du, wo. Mir fehlen die Kraft und der Sinn für eine 60- oder mehr- Stunden Woche. Es muss doch auch anders gehen, Himmel! Aber davon reden wir ein anderes Mal, okay? Ruf du Vincent an, ich mach das hier fertig, Tanja kommt gleich. Wir warten auf dich!" Sie drückte mir die Daumen und sah mir nach.

Ich ging in mein Zimmer und rief seine Nummer auf. Dabei fand ich es selbst merkwürdig, dass ich ruhig, beinahe gleichgültig blieb. Wie schnell sich alles ändern konnte. Es läutete, und ich wartete, ungeduldig. Ich wollte es endlich hinter mich bringen und abhaken. Ich wollte endlich nichts mehr mit ihm zu tun haben und ihn aus meinem Leben streichen. Aber er ging nicht ran. Ich lieh mir Beas Handy, deren Nummer er nicht kannte, und hatte ihn prompt an der Strippe.

„Ja? Dahlmann hier."

„Hi, ich bin wieder da und wir sollten reden." Es soll schon freundlichere Gesprächseröffnungen gegeben haben, aber der Sinn stand mir nicht danach.

„Dell?"

„Delia, ja, genau, ich. Wann hast du Zeit?"

„Zeit wofür?", schnautzte er.

„Für ein klärendes Gespräch."

„Ach was." Er lachte abfällig „Das kommt ein wenig spät, findest du nicht? Ich hatte tausend Mal versucht, die Prinzessin zu erreichen. Jetzt ist der Zug abgefahren. Oder kommst du angekrochen, weil dir aufgeht, dass du nicht weißt, wohin?"

Ich hielt die Luft an, damit seine Aggression an mir abperlten. Wie hatte ich ihn nur jahrelang so mit mir umspringen lassen können? „Keineswegs. Wenn es nichts mehr zu besprechen gibt, dann ist ja alles gesagt."

„Korrekt geschlussfolgert."

„Ich hole morgen meine Sachen. Ich nehme an, dass du untertags nicht da bist."

Er lachte. „*Tagsüber*, du lernst es nie. Ich bin nicht da. Viel Spaß dabei!"

Ich legte auf. Sah das Handy an. Sah mich im Spiegel an. Und konnte es nicht glauben. Ich brach in hysterisches Gelächter aus. So einfach war das gewesen? So schnell war alles erledigt? Wovor hatte ich mich eigentlich so lange gefürchtet?

Bea steckte den Kopf herein. „Geht er nicht ran?"

„Doch. Aber das war's."

„Wie, das war's? So schnell? Keine Vorwürfe, kein Streit, nix?"

„Doch", sagte ich und hakte mich kichernd bei ihr unter. „Es heißt tagsüber, nicht untertags."

„Kapier ich nicht. Aber?"

„Nichts aber, das war's. Aus und vorbei! Ich bin ..." Sie kreischte, in dem Moment klingelte es, ich rief „frei", wir sprinteten zur Tür, drückten auf und schmetterten „Ganz oben!" durchs Treppenhaus. Zu unserer grenzenlosen Überraschung joggte Tanja herauf, anstatt den Lift zu nehmen. Sie musste übergeschnappt sein. Oder verliebt. Aber vielleicht war das ja das Gleiche.

Bea fasste mich an den Schultern und hüpfte überdreht auf und ab. Wahrscheinlich lag es auch am Jetlag, aber vor allem an unserer Veranlagung, mit der wir uns aus Tiefpunkten durch übertriebene Albernheiten herauskatapultierten. „Du bist den Scheißkerl los!"

„Bea!", gackerte ich, weil sie nie solche Wörter benützte, aber sie drückte mich an sich und hüpfte weiter. „Sei froh, dass das so schnell ging! Du hast ja keine Ahnung, wie nervenaufreibend Trennungsgespräche sein können!"

„Und hast keine Ahnung, wie nervenaufreibend Jahre langer Selbstbetrug sein kann."

„Was ist denn bei euch los?", fragte Tanja entsetzlich wenig außer Atem.

„Tanja!", riefen wir beide und fielen ihr um den Hals. Ich kam gar nicht dazu, mich über die Vertrautheit zwischen ihr und Bea zu wundern, denn aus Bea sprudelten die letzten Ereignisse wie Wasser aus einer Quelle.

„Strike!", jubelte Tanja. „Ich hab doch gewusst, dass die Kur genau das Richtige für sie ist!"

„Absolut! Du hast voll ins Schwarze getroffen!", rief Bea und sie machten ein High-Five.

„Hey, Moment mal! Was geht hier eigentlich ab? Hat das etwas mit deiner Notiz im Buch zu tun?", drängte ich.

„Hast du ..." Mit funkelnden Augen und weit vorgerecktem Kopf beäugte Tanja Bea. „Hast du ihr etwa noch nichts gesagt?"

„Ich? Iwo! Ich wollte, dass du auch was von dem Spaß hast."

„Spaß? Welchen Spaß?", drängte ich.

„Oder du hattest Angst, dass sie dir die Augen auskratzt",
sagte Tanja, dann räusperten sie sich und stellten sich
kerzengerade hin. „Also, das ist so ... Wir beide haben uns
große Sorgen um dich gemacht", erzählte Tanja und ich hielt
die Luft an. „Ich bin von meiner Kur ja über München
zurückgeflogen, und da saß plötzlich Bea am Gate."
Bea sprach weiter. „Wir haben uns sofort wieder erkannt, und
natürlich über dich geredet, und fanden beide, dass es dir,
dass du ..."
„Dass du so aussiehst, wie du dich fühlst, nämlich Scheiße."
Tanja nahm selten ein Blatt vor den Mund.
„Danke aber auch!", rief ich entrüstet, obwohl sie natürlich
recht hatten. Ansonsten wusste ich nicht, was ich davon
halten sollte. Ich schaute zu Bea. „Du bist gar nicht zufällig
am Doppio Pazzo vorbeigekommen, oder?"
Bea sog die Lippen nach innen und schüttelte den Kopf.
„Nein, es war alles abgemacht. Ein abgekartetes Spiel, von
Anfang an. Wir haben es gut gemeint, und es ist doch gut
gegangen, oder?"
Ich wollte lachen, dann aber blieb es mir im Hals stecken.
„Aurel etwa auch?"
„Nein, der nicht. Ehrenwort. Das war Zufall. Aber da ist noch
etwas", sagte sie ernst. „Ein paar Tage bevor ich Tanja
getroffen habe, war ich bei deinen Eltern, und weil auch sie
sich um dich gesorgt haben, habe ich ihnen versprochen, dich
da irgendwie rauszuholen."
„Mich da rausholen? Meine Eltern und du unter einer Decke?
Was bildet ihr euch eigentlich ein! Und wie habt ihr mich
überhaupt gesehen?"
„Als ein Schatten deiner selbst", sagte Tanja wie aus der
Pistole geschossen. „Mehr tot als lebendig."
Entsetzt sah ich sie an.
„Ich wollte dich retten. Wir alle wollten dich retten", sagte
Bea leise." Delia, bitte, das Einzige, was abgemacht war, war
unser Treffen und das ich mitkommen würde. Allein wärst du
doch nie geflogen."
Das war zu viel für mich. Ich kam mir vor wie ein kleines,
unmündiges Kind, das ich ja vielleicht sogar gewesen war. Ich

lehnte mich an die Wand und rutschte daran zu Boden. „Das haut mich um, echt. Ich komme mir vor wie eine Marionette."

„Aber nein!" Die beiden hockten sich zu mir. „Es konnte doch keiner ahnen, dass Max und Aurel da wären und dass ihr euch verliebt. Es machen so gut wie keine Männer unter 60 eine Ayurvedakur, oder habt ihr welche gesehen?", redete Tanja auf mich ein.

„Nein, eben. Deswegen. Vielleicht habt ihr sie wie Beach Boys angeheuert. Wie in einem billigen Schundroman! Zu unserem ersten Bad im Meer würde es passen. Da hast du mir noch alles über Beach Boys erzählt!", rief ich aufgebracht und zeigte auf Bea.

„Aber Delia, bitte. So etwas würde ich nie tun! Das glaubst du doch nicht im Ernst, oder?"

Trotzig schmollend schüttelte ich den Kopf. „Nein. Nicht wirklich." Aber ein Restzweifel blieb.

„Na, dann ist es ja gut." Seufzend stand sie auf.

„Wir wollten wirklich nur, dass du auf die Kur fährst, Abstand von Vincent bekommst und erkennst, wie krank er dich macht. Dass Körper und Geist zusammenhängen. Und vor allem, dass du gesund wirst. Du hast uns wahnsinnig leidgetan und uns unglaublich gefehlt", redete Tanja auf mich ein.

„Wir haben deinen Anblick kaum noch ertragen", sagte Bea in einem Ton, der mir neu war. Wahrscheinlich hatte ich sie mit meiner Unterstellung verletzt. Jetzt verletzte sie mich. Lag das am Jetlag, an dem Liebeskummer, oder noch an etwas anderem? Mir war das alles so unangenehm, dass ich mich am liebsten im Zimmer verkrochen und geweint hätte, aber das wäre kindisch gewesen. Außerdem hatten sie es gut mit mir gemeint, Bea hatte enorm viel für mich getan und mich tatsächlich aus einer krankmachenden Beziehung gerettet. Also rappelte ich mich hoch, straffte die Schultern und holte tief Luft. „Danke, das sage ich in letzter Zeit inflationär oft, aber es kommt von Herzen. Danke für alles."

Wir alle schienen ein wenig Luft und Bewegung zu gebrauchen, denn Tanja flötete leichthin: „Dankbarkeit ist die Grundlage eines jeden Wachstums! Also bitte gern." Sie tänzelte ein paar Schritte durch den Eingangsbereich, dann drehte sie sich um, schlang die Arme um mich und drückte mich herzlich. „Ich freue mich so, dass du gesund und wieder ganz die Alte bist."

„Mhm. Ich bin auch froh. Ich wollte auf der Reise ja gesund und glücklich werden. Kurz war ich beides, aber jetzt bin ich hunds-schweine-traurig!"

„Och herrje." Sie hielt mich fester.

„Nicht, sonst muss ich heulen."

„Und ich mit", schniefte Bea.

„Aber Mädels, könnt ihr den Kerlen denn nicht einfach nachreisen? Was hält euch hier?", schlug Tanja leichthin vor.

„Alles!", riefen wir. „Alles hält uns davon ab. Das ganze Leben!"

„Was, alles? Nichts! Keine von euch hat einen Job, bzw. keinen, den sie braucht. Ihr habt Kohle und Zeit, was tut ihr noch hier?

„Ähm, Moment. Ich weiß nicht, wen du glaubst, vor dir zu haben ...", fing ich an zu erklären.

Bei einem richtig guten Curry erzählten wir ihr dann alles von der Reise. Immer wieder unterbrach sie uns mit sehnsüchtigen Seufzern und „Habt ihr XY kennengelernt? Fandet ihr AB auch so toll?". Als wir fertig waren, ließ sie ihre Bombe platzen. „Mit mir könnt ihr ab Januar leider nicht mehr rechnen. Dafür könnt ihr mich dann in Tel Aviv besuchen."

„Was? Du kannst doch nicht einfach abhauen! Du machst Witze!"

Machte sie nicht. Ihre Freundin und Kollegin Yael hatte sie mit einem israelischen Geschäftsmann bekannt gemacht, der jemanden mit Tanjas Fach- und Fremdsprachkenntnissen suchte. Er hatte ihr die Stelle angeboten, und sie hatte auf der Stelle zugesagt.

„Erstmal ist es nur für ein Jahr. Ihr müsst mich besuchen, versprecht es mir!", bettelte sie.

„Klar kommen wir, aber du bleibst bestimmt für immer, so fesch wie die meisten Israelis sind", sagte ich traurig lächelnd.

Noch eine Person schied aus meinem Alltag, bald hätte ich

nur noch Bea in Berlin. Da half nur die Flucht nach vorn – in Job- und irgendwann später Dating-Portale.

Delia

„Du bist ja ganz schön sarkastisch!", meinte Bea, als wir später in ihrem BMW saßen und zu meiner ehemaligen Wohnung fuhren. Wir brauchten fast eine Stunde, und das, obwohl nicht viel Verkehr war. Ich buchte online einen Termin zur Ummeldung und bekam einen am 15. Januar – da wäre Tanja schon in Israel und ich weiß Gott wo! Aber so war Berlin, „arm, aber sexy."

„In dem Punkt würde ich sagen: Sexy, ja, wenn man auf Straßenkötersex steht", gab Bea lakonisch zurück und haute auf die Hupe.

„Du bist aber auch ganz schön sarkastisch."

„Ja, aber nur, weil mir zurzeit gar nichts passt. Ich mag Berlin, echt, aber ... Was mach der Depp da vor mir?"

Wir lachten, obwohl mir immer mulmiger wurde, je näher wir kamen. Wir waren gerade in die Straße eingebogen, da rief die Agentur, bei der ich vorhin niemanden erreicht hatte, an und bat mich, morgen Mittag vorbeizukommen.

„Siehst du, es wird nicht langweilig", sagte Bea. „Ist es hier?"

„Zwei weiter vorn."

„Das macht das Kraut auch nicht mehr fett."

Sie parkte, wir stiegen über in paar leere Flaschen und Dosen und gingen an der Bäckerei vorbei, zwischen deren und meiner ehemaligen Haustür jetzt „ACAB", all cops are bastards, stand. „Das ist neu", murmelte ich entschuldigend. Von der eigentlich hellgrünen, aber an den meisten Stellen schwarzen Fassade blätterte der Putz. Die Tür stand offen, weil das Schloss seit Juni oder Juli kaputt war, nicht lange genug, als dass man es in der Zwischenzeit hätte reparieren können. Ich schob den Kinderwagen mit Achsbruch, der schon vor meiner Abreise dort gestanden hatte, zur Seite und ersparte mir jeden Kommentar, genau wie Bea, die nur laut schnaufte. Das Licht funktionierte noch immer nicht und Lift gab es von Haus aus keinen. Egal, er hätte ohnehin nicht funktioniert. Ich holte mein Fahrrad aus dem Innenhof, dann gingen wir in den dritten Stock. Mit jedem Schritt fiel mir das Atmen schwerer, was nicht an meiner Kondition oder an dem Mief lag, sondern an den Erinnerungen, die nun wieder wach wurden. Ich röchelte, als wir vor der braun lackierten zerkratzten Wohnungstür stehen blieben, auf der nur noch „Dahlmann", ohne „Schweiger" stand.

„Oha. Da macht aber mal einer Nägel mit Köpfen", sagte ich überrascht, aber gleichzeitig erleichtert, weil mein Name nie dorthin gehört hatte. Ich stellte die leeren Koffer ab und zog den Schlüssel aus der Tasche. Als ich ihn zum Schlüsselloch führte, riss die Wirklichkeit. Vincent stand hinter mir, schob meinen Rock hoch, presste mich gegen die Tür und bediente sich schnell und hart. Er keuchte, wie dringend nötig ich Luder es hätte, während ich Angst hatte, dass uns die Nachbarn erwischen würden.

Ich wurde so wütend, dass ich gegen die Tür trat und schlug.

„Was hast du denn?" Bea wich erschrocken zurück.

„Nichts. Sorry. Ich bin nur gerade so wütend. Am liebsten würde ich gar nicht reingehen, echt. Es wird grässlich. Was brauche ich schon großartig?"

„Den Agenturvertrag! Komm, das schaffen wir jetzt auch noch, sperr auf."

Das hätte ich getan, wenn es gegangen wäre, aber der Schlüssel passte nicht.

„Schloss ausgetauscht. Der ist ja noch mieser, als ich dachte", stieß Bea hervor.

„Hätte ich mir denken können. Dieses Aas! Aber im Café unten liegt der Ersatzschlüssel. Warte du hier, ich hole ihn schnell."

„Ich komm mit."

„So ein Glück, endlich zahlt es sich aus", rief ich über die Schulter, als wir nach unten liefen. „Ich hatte schon gedacht, dass die 100 Euro völlig für die Katz wären."

„Welche 100 Euro?"

„Ach, das ist so ein altes Hilfsprojekt für die arme Bäckerin, die sich als alleinerziehende Mutter selbstständig gemacht hat und jetzt schwertut, den Kredit zurückzuzahlen." Ich erzählte ihr schnell von dem Deal, zu dem Bea nur den Kopf schüttelte. Mein Magen grummelte eigenartig.

Im Geschäft war eine neue Verkäuferin, die ich noch nie gesehen hatte, und „Chefin, da will wer was", rief. Kurz darauf betrat Mandy den Laden. „Ja?", raunzte sie Kaugummi kauend, strich sich über die platinblonden Zöpfe und wischte sich die Hände mit den bunt lackierten und mit Steinchen besetzten langen Nägeln an der Schürze ab. Als sie uns entdeckte, wurde sie freundlicher. „Tach die Damen, wat kann ick Jutes für Se tun?"

Ich hatte sie nie besonders gemocht, aber nun ertrug ich sie kaum. Vielleicht, weil mir da schon ein Licht aufging. „Hi Mandy, ich bin's, Delia, von oben, Vincent ..."

Sie streckte den Kopf wie eine Schildkröte vor, dann verengte sie ihre schwarz getuschten Augen, verzog die knallroten Lippen und schüttelte sich. „Das gloob ick ja nu nich. Dell is' wieder da. Na, sowas. Haste in der Zwischenzeit im Lotto jewonnen, wa? Muss ja so sein, bei der Luxusreise und dem Outfit. Und Ufer jewechselt haste och, wa?" Mit dem Kinn zeigte sie zu Bea.

„Kannst du mir bitte den Schlüssel geben?"

„Wa?"

„Kannst du mir bitte den Schlüssel geben?"

„Moment mal, Frollein. Erst ma müssen wir eens klarstellen. Die Dame lässt den armen Kerl mitsamt dem Häuschen, det er jefunden hat, häng'n. War dir wohl nicht jut jenug, wa? Und dann kommt se zu mir und will de Schlüssel!"

Ich bemühte mich, ruhig zu bleiben, auch wenn es mich ärgerte, dass sie bestens Bescheid wusste. „Mandy, bitte. Ich war drei Wochen auf Kur, ich muss in die Wohnung. Bitte gib mir jetzt den Schlüssel!"

Mandy stemmte die Hände in die Hüften, legte den Kopf in den Nacken und lachte mich schallend und scheppernd aus. Ihr üppiger Busen, der aus einem zu kleinen BH quoll, hüpfte unter dem dünnen T-Shirt. „Nicht dabei? Dass ich nicht lache!

Deiner passt nicht mehr, Schätzchen, Vinz hat das Schloss ausjewechselt, weil er nichts mehr mit dir zu tun haben will!" Ich stand kurz vor der Explosion. „Okay, dann ist es so. Trotzdem hätte ich gern meine Sachen."

Sie drehte den Schlüsselbund in der Hand. Mit zurückgebogenem Kopf höhnte sie:„Tja, Honey, schätze mal, dass das dein Problem ist, denn nach allem, was du ihm angetan hast, darf ich dir den Schlüssel nicht mehr geben."

„Was ich ihm angetan habe? Wie bitte? Hör mal, es geht dich ja eigentlich nichts an, aber ich bezahle dort oben noch Miete und dir 100 Euro pro Monat dafür, dass du den Schlüssel für Notfälle bereit hast! 100 Euro!" Mir wurde so übel, dass ich mir den Arm vor den Magen presste.

„Dafür konnt'ste ja auch Brot und Kaffee holen."

„Theoretisch! Wie oft habe ich das getan?"

Sie zuckte die Schultern. „Dein Pech, wenn es dir nicht gut genug war und du draufgezahlt hast."

„Gib mir jetzt den Schlüssel, Herrgott nochmal! Dafür war die Kohle auch!"

„Nee! Mach det mit Vinz aus, von mir bekommst du den Schlüssel nicht." Sie drehte sich um.

„Vaffanculo", brauste ich auf, und da war sie wieder, meine gute alte Wut. „Du gibst mir jetzt sofort den Schlüssel!"

Ein Mann in einem Arbeiteroverall kam herein, sie tätschelte sich das Gesicht und erkundigte sich mit einem falschen Lächeln nach seinen Wünschen. „Een Latte, een Donut und den Schlüssel für die Lady", sagte er breit grinsend und warf uns mehrdeutige Blicke zu. Uns blieb die Spucke weg, dann bekam Bea einen Hustenanfall, mir wurde noch mehr schlecht und Mandy konnte nicht anders, als ihn mit einem giftigen Blick und spitzen Fingern auf die Theke zu legen. „In zehn Minuten bist du wieder da, verstanden, sonst hole ich die Polizei!"

„Die hat sie ja nicht alle", meinte Bea, als wir draußen waren.

„Das auch. Aber die hat was mit „Vinz", ganz bestimmt." Ich bebte vor Wut und Demütigung, und mein Magen hob sich gefährlich.

„Ist dir nicht gut?"

„Nee, ich kotz gleich."

„Das würde ich an deiner Stelle auch."

Diesmal ließ sich die Tür öffnen, ein abstoßender Geruch nach wochenlang nicht gelüftet, Müll, schmutzigen Geschirr und etlichem anderen kam uns entgegen. Ich schaltete das Licht an und wollte nichts sehen. Dann stürzte ich ins Bad, machte die Augen zu und übergab mich. Als ich sie wieder aufmachte, übergab ich mich angesichts des Dreckes ein weiteres Mal.

„Deli?"

„Ja."

„Beeil dich bitte, sonst muss ich auch."

„Lieber nicht. Bin schon fertig. Glaubst du mir jetzt, dass wir die Koffer nicht brauchen?"

„Ja. Also, wo ist die Liste? Computer, Ladekabel, Ordner, Unterlagen, Alben, Bücher …"

Wir packten in Windeseile. Kleidung, Schuhe, Bettwäsche und Ähnliches rührte ich nicht an. Er hatte mich nicht in die Wohnung lassen wollen? Dann sollte er selbst sehen, was er mit den Sachen tat. Ich wollte und brauchte die Fetzen nicht mehr, lieber würde ich den ganzen Winter zwischen zwei Outfits wechseln.

„Igitt", entfuhr es Bea, als ich die Tür hinter uns zuzog.

„Ganz so schlimm war es nicht, als ich da war."

Sie sah mich schief von der Seite an, dann liefen wir nach unten. Ich knallte Mandy den Schlüssel hin und verkniff mir jeden Kommentar. Erst, als wir im Auto auf die weichen Sitze sanken, atmete ich aus. Trotzdem drehte sich in mir alles.

„Der hat was mit der, und zwar schon länger, wahrscheinlich von Anfang an", sagte ich. „Das spür ich."

„Gut möglich. Die Intuition trügt einem bei so was eigentlich nie, du Arme. Wobei sie gar nicht sein Typ ist, oder?"

Ich schnaubte. „Nicht für offiziell, aber heimlich? Ohne dass es jemand weiß? Da steht er auf solche Tussen."

„Das tun die meisten."

Ich drehte den Kopf zum Fenster und hielt die Luft an. Auch wenn ich nie ein Bild von Sharon gesehen hatte, stellte ich sie mir genau so vor. Davon sagte ich aber nichts, stattdessen:

„Vincent hat Mandy ja betrunken auf der Straße gefunden,

hat sie in ihre Wohnung gebracht und ..." Ich lachte dröhnend, weil ich so dumm gewesen war. „Ich hab immer schon gewusst, dass das nicht die ganze Geschichte ist."

„Tja, und trotzdem hast du es ihm abgenommen und es dir dann gefallen lassen." Bea zuckte seufzend die Schultern. „Ich glaube, das Schlimmste an der Hörigkeit ist, dass man die Wahrheit opfert und verdreht, damit man dem anderen weiter glauben und mit ihm zusammenbleiben kann. Man stellt den anderen über sich selbst. Man belügt, verliert und verachtet sich selbst."

„So ist es. Deswegen habe ich ja auch in keinen Spiegel mehr geschaut. Ich muss zum Aidstest", sagte ich nüchtern und starrte wie erschlagen auf die Straße. Es passierte gerade so viel, dass meine Emotionen nicht mehr mitkamen.

„Kann nicht schaden", sagte Bea ebenso so sachlich, und einen Moment lang war es totenstill. „Aber mach dir nicht zu viele Sorgen, Aids verbreitet sich hierzulande nur in gewissen Milieus."

„Sagt wer?"

„Jeder Experte und jede Statistik."

Sie erzählte mir, dass sie wegen Richard auch alle Tests hatte machen lassen. „Mach dir wirklich keine Sorgen, in Deutschland haben 0,1 % aller Einwohner Aids, bei Syphilis sind die Zahlen noch geringer. Also, das müsstest du schon verdammt viel Pech haben. Viel eher als Syphilis oder Aids holst du dir Chlamydien oder einen Pilz."

„Pilz?" Erschlagen starrte ich aus dem Fenster. Das war der Beweis. Ich hatte ständig damit zu tun gehabt und nie verstanden, woher ich ihn hatte. „Warum sagt einem das eigentlich kein Arzt?" Mir war zum Heulen. Von wegen gesund und glücklich – es wurde alles immer noch schlimmer.

„Komm, wir holen einen Selbsttest, der dauert nur ein paar Minuten, danach hast du Gewissheit."

„Und was ist mit der Inkubationszeit?"

„Zwölf Wochen. So lange ist das letzte Mal mit dem Kerl nicht her, oder?"

Benommen schüttelte ich den Kopf.

„Na, es müsste ohnehin mit dem Teufel zugehen, dass du es hast. Noch viel unwahrscheinlicher ist es, dass es in den letzten zwei Monaten eurer Beziehung passiert ist. Aber geh mal lieber zu meiner Ärztin, okay?" Sie machte mir einen Termin aus, weil ich als gesetzlich Versicherte dort keinen bekommen hätte, dann versuchte sie weiter, mich aufzuheitern. „An Aids stirbt man nicht mehr. Zumindest nicht in Westeuropa. Du musst nur ein Leben lang Medikamente nehmen und halt aufpassen."

„Und Kinder?" Ich fühlte nichts mehr, mein Körper und Gehirn waren taub. Es war alles umsonst gewesen, das ganze Gesund-und-glücklich-Werden. Was, wenn ich Aurel angesteckt hatte, trotz Kondom? Was, wenn es das mit meinen Träumen gewesen war? Alles umsonst! Ich konnte nicht klar denken, es war alles zu viel. „Ich muss es Aurel sagen! Aber wie?"

„Über das Pagoda. Aber schreck mal keine schlafenden Hunde auf, warte erst mal ab! Du hast bestimmt kein Aids."
Noch nie hatte ich so sehr gehofft, dass sie recht haben möge.

Wir waren beide froh, dass wir uns mit dem Vertrag beschäftigen mussten, denn so waren wir abgelenkt. In all den Paragraphen fand sich nur der Verweis, dass ich für „die erbrachte Leistung" dem Honorar gemäß entlohnt werden würde. Ich suchte also alle Dateien, E-Mails etc. zusammen, damit ich belegen konnte, wie viel von dem Text von mir stammte und was der andere Ghostwriter hinzugefügt und verändert hatte. So und so war es eine maßlose Frechheit, und der Entschluss, mich zu rächen, verfestigte sich. „Es stimmt nicht, dass ich „nichts" davon habe. Mein Stolz, meine Würde - das ist etwas."

„Das ist das Ego."

„Na und? Mein Ego lebt auf der Erde. Ich lass die Schöller nicht so einfach davonkommen!"

„Würde ich auch nicht. Ein bisschen Ego schadet nicht, verrenn dich nur nicht in die Sache."

„Glaub mir, Bea, ich hab so viel Baustellen, dass ich mich in keine davon verrennen kann."

„Es hat ja wirklich alles seine Vorteile", seufzte sie, lachte schwach und sah mich mitfühlend an.

Ich stand auf, holte Zettel und Stift und schrieb eine Liste mit Punkten, die zu klären waren: Job, Geld, Vertrag, Tennis, Wohnung, Partner, Kleidung, Aidstest, restliche Gesundheit, Psychotherapie/Oya. „Krasser geht's nicht, oder? Das klingt nach knapp vor obdachlos."

„Stimmt. Lass deswegen unbedingt das Tennis drin."

„Witzbold."

Auch an diesem Abend weinte ich mich in den Schlaf. Aurel fehlte so sehr, dass es weh tat. Es war, als wäre ich von einer kalten Leere, einem Nichts umgeben. Unablässig stellte ich mir vor, ihn lachen zu hören, in seine Augen zu sehen, mit ihm über dies und das zu sprechen. Seine Fingerspitzen würden über meinen Rücken streichen, ich würde meine Beine um ihn schlingen, wir würden uns tief und innig küssen und in einem zeit-vergessenen Rhythmus ineinander bewegen.

Doch das waren Träume. Süße Erinnerungen, grausame Qualen. Nie mehr. Nie mehr. Nie mehr.

Alles ohne Aurel. Ohne Aurel. Aurel.

Warum hieß er nur wie so viele Männer in „Hundert Jahre Einsamkeit"? Nomen est omen, dachte ich und schlief tränennass ein.

Bea

Ich litt wie noch nie zuvor in meinem Leben. Nach der Trennung von Tobias, dem Vater der Zwillinge, war mir klar gewesen, dass wir nicht zusammenpassten und dass ich das Leben, auf das er zusteuerte, nicht wollte. Insofern hatte ich keinen Liebeskummer gehabt. Als ich erfuhr, dass Richard mir fremdging, war ich schockiert, getroffen, mein Stolz und mein Selbstwertgefühl waren verletzt. Das war und ist noch immer nicht ganz leicht, aber wir hatten so viel zusammen erlebt, dass die gemeinsame Zeit zumindest real war. Wir waren von München nach Berlin gezogen, sein Unternehmen war gewachsen, die Kinder liebten ihn wie ihren Vater, ich kannte seine Eltern und Geschwister, wir hatten ein Leben zusammen gehabt. Max hingegen war und blieb ein Traum. Zu schön für das „richtige" Leben. Wir hatten keine gemeinsame Zukunft. Mit Mitte dreißig und zwei Kindern brach man nicht alle Zelte ab und „versuchte es mal" auf einem anderen Kontinent, noch dazu, wenn er gerade dabei war, sich selbstständig zu machen. Noch dazu mit einer Beratungsfirma! Nur Selbstzerstörerische oder Naive taten so etwas. Oder?

Ich setzte mich hin und sprach mit mir selbst alles durch. Selbstgespräche werden entweder von Verrückten oder von solchen, die es nicht werden wollen, geführt. Ich hoffte, zur zweiten Gruppe zu gehören und ging strukturiert vor. Nach wenigen Runden Frage-Antwort hatte ich den springenden Punkt erreicht: Ich war wahrscheinlich nur in das Verliebtsein verliebt, in die Erotik, die Leidenschaft, Leichtigkeit, Gespräche. Irgendwann jedoch hatte man sich alles gesagt, man kannte sich in- und auswendig, konnte den anderen nicht mehr überraschen. Spätestens da würde Max sich langweilen, ich könnte von den USA zurück nach Deutschland ziehen und nochmal von vorn anfangen. Nein, danke. Da würde ich ihn lieber als wunderbare Erinnerung in mir bewahren, von der ich bis an mein Lebensende zehren konnte. Ich musste etwas finden, das mich ausfüllte. Job, Mann, Hobbys.

Dabei sollte ich nicht jammern, denn Delia ging es wesentlich schlechter als mir. Und das war, wenngleich unbeabsichtigt, zu einem großen Teil meine Schuld.

Delia

Am nächsten Vormittag marschierte ich in einem Hosenanzug von Escada, der Bea gehörte und mich zu einer erfolgreichen Geschäftsfrau machte, die Kastanienallee hinauf. Der Wind wirbelte das Laub auf und trieb es vor sich her, ich stellte den Mantelkragen auf und zog den Kopf ein. Wie sehr ich dieses Wetter hasste. Es tat mir nicht gut, ich bekam Kopfweh davon, und das war keine Einbildung, sondern altes ayurvedische Wissen.

Vor dem Gebäude aus rotem Backstein, auf dessen zweiter Etage die Agentur untergebracht war, blieb ich stehen. Ich legte den Kragen wieder um, strich mein Haar glatt, puderte meine Nase und zog den Lippenstift nach. Dann klingelte ich und ging hinauf. Oben erkannte mich niemand, den Mann am Empfang kannte ich wiederum nicht, er war bestimmt von einer Zeitarbeitsfirma. Ich sah mich um, in den letzten vier Wochen hatte sich hier nichts verändert. Alles war nüchtern, klar, geschliffen. Ich hörte Sanders und Stolz, bevor ich sie sah, und stand auf. Sie sahen sich suchend nach mir um, bis ich sie grüßte.

„Frau Schweiger? Sind Sie das? Die Kur scheint ja wahre Wunder gewirkt zu haben!"

So zuvorkommend und untertänig hatte ich die beiden Bücklinge bislang nur Frau *von* Lichtenberg gegenüber erlebt. Sie überschlugen sich und boten mir zuerst einen Platz, dann Kaffee, Wasser und sogar ein Gläschen Schampus an. Ihre Unruhe gefiel mir. Sie war mir eine Genugtuung. Sanders und Stolz erkundigten sich nach meinem Gesundheitszustand, der Reise, dem Jetlag und dergleichen mehr. Nach etlichem Small Talk ging einer der beiden, Herr Sanders, endlich zum Anlass unseres Meetings über.

„Nun, leider führt Sie ja ein etwas unangenehmer Sachverhalt zu uns ...", begann er die Litanei über die „herausforderndste Klientin der gesamten Agenturgeschichte", die ich „sehr souverän, ganz wunderbar gehändelt" hätte. „Nur leider ..." Auch das Manuskript sei ausgezeichnet, sowohl was Recherche, Quellenangaben als auch Stil anging. „Wäre da nicht ..." Er lobte mich für meine Geduld, Ausdauer und Umgangsformen mit dieser „grand dame" und „Frau von Welt". Doch natürlich, so übernahm Herr Stolz das Wort, natürlich würde ich verstehen, dass „man so einen dicken Fisch nicht von der Angel lassen konnte", dass man den

Wünschen der Klienten nachkommen musste, das dürfte –
und würde – ich um Gottes willen! - doch bitte nicht
persönlich nehmen.
„Das tue ich nicht."
Sie redeten und redeten, während ich mich zurücklehnte und
bestens amüsierte. Je länger ich so da saß, desto stärker
wurde mein altes Berater-Ich. Sie redeten noch immer. Man
dürfte doch auf eine gute weitere Zusammenarbeit hoffen,
Herr Hassler von den Windparks warte schon ganz gierig, es
gäbe ja so viel zu tun.
„Bringen wir doch erst einmal dieses Projekt unter Dach und
Fach, bevor wir uns Neuem zuwenden", bremste ich sie mit
einem unnahbaren Lächeln.
Irritiert sahen sie einander an.
„Lassen Sie uns zum Punkt kommen. Sprechen wir über
Geld."
Noch mehr irritierte Blicke, und ich kam so richtig in Fahrt.
„Was haben Sie denn vorbereitet?" Ich beugte mich zu ihnen,
als würde ich ernsthaft erwarten, dass sie mir ein Papier
zuschieben würden.
Jetzt wurden die Blicke unruhig. Ich wartete, weiterhin
lächelnd.
„Also, Sie haben ja die beiden Abschlagszahlungen erhalten,
die dürfen Sie selbstverständlich behalten", beeilte sich
Sanders nach einigem Hüsteln.
„Und?", fragte ich unschuldig.
„Wie, und?" Verständnislos, leicht verärgert sah er mich an.
„Die dritte steht ja noch aus."
Er stemmte sich mit den Händen im Sitz hoch, setzte sich
aufrechter hin, jetzt war er nicht mehr freundlich. „Die steht
ihnen ja nun leider nicht mehr zu."
Stolz: „Das war doch alles abgeklärt!"
Ich: „Meine Rede. Also, welcher Prozentsatz geht von meinem
Manuskript in die Endfassung ein?"
Stolz: „Was haben wir denn damit zu tun?"
Sanders: „Ja, was geht uns das an?"
Das war ja die Höhe! Ich blieb gefasst. „Weil es so im Vertrag
steht. Paragraph 19f"

Wieder diese Blicke. Waren die beiden schon immer so schlecht gewesen? Kein Wunder, dass die Lichtenberg sie ausgespielt hatte!

Sanders: „Ich habe Ihren Vertrag momentan, wie Sie sehen, nicht vorliegen, aber das Honorar steht dem Autor nur dann zu, wenn das Werk vom Auftraggeber abgesegnet worden ist."

Ich: „Was es ist."

Stolz: „Der Entschluss wurde widerrufen."

Ich: „Der Entschluss ist unwiderrufbar. Es gibt Zeugen, es gibt ein Protokoll, es gibt eine Unterschrift."

Stolz: „Meinungsänderungen, Meinungsverschiedenheiten! Das kommt doch immer mal vor!"

Sanders: „Wir haben bis zuletzt versucht, zu vermitteln. Aber wenn Frau von Lichtenberg nicht mit Ihnen, oder Sie nicht mit ihr, zurechtkommen, können wir dafür nicht die Verantwortung übernehmen. Ein derartiges Zerwürfnis ist mir in meiner gesamten Laufbahn noch nicht untergekommen."

Ich: „Mir auch nicht. Trotzdem müssen Sie sich an die vereinbarten Vorgehensweisen halten, wie: keine Änderung nach Abnahme. Kein Ausspionieren meines Urlaubsortes von Seiten der Auftraggeberin, keine Anrufe, keine Belästigung. Und ich erwarte, dass Sie sich an vertraglich vereinbarte Zahlungen halten. Die dritte Abschlagszahlung steht mir in der Höhe zu, in der der veröffentlichte Anteil meiner Leistung entspricht. Wir können kooperieren, oder meine Anwältin wird mein Manuskript mit dem Buchinhalt abgleichen lassen."

„Das kann sie gern tun." Sanders zuckte mit den Schultern. „Es wird nicht viel übrig bleiben von dem, was Sie geschrieben haben. Frau von Lichtenberg war sehr unzufrieden."

„Jetzt widersprechen Sie sich selbst. Vorhin haben Sie die Arbeit gerade noch gelobt. Hören Sie. Ich weiß, dass der Text gut ist. Sowohl was Aufbau, Inhalt als auch Sprache betrifft. Dennoch rechne ich nicht damit, dass es kein großer Kassenschlager wird. Aber das betrifft ja nur den Bonus, nicht die letzte Abschlagszahlung."

Die beiden lehnten sich zurück, sahen sich an und lachten. „Das Buch wird unter jedem zweiten deutschen Weihnachtsbaum liegen, Sie haben ja keine Ahnung!"

Ich wurde still. „Unter jedem zweiten Weihnachtsbaum?", wiederholte ich siegessicher. „Das ist ja interessant. Da muss mein Ersatz ja rasend schnell tippen. Nun, dann freue ich mich auf die Boni-Zahlungen, denn natürlich werden wir diese auch berücksichtigen." Ich stand auf.

Sie sprangen auf. „Aber, Frau Schweiger! Warum machen Sie sich denn das nicht in Ruhe zuhause, unter vier Augen aus? Warum ziehen Sie uns da mit rein?"

Ich musste mich fangen. „Wie bitte? Ich glaube, ich verstehe Sie nicht ganz."

Stolz: „Ich glaube, ich auch nicht."

Sanders: „Na, Herr Dahlmann ist doch Ihr Partner, da bleibt das Geld doch sozusagen in der Familie. Er zieht den Karren doch nur für Sie aus dem Dreck, weil Sie krank waren und sich erholen mussten. Wir, ähm, wir hatten ja keine Ahnung, dass Sie gleich so verwandelt zurückkehren würden." Er hüstelte, und ich stand wie versteinert da.

„Vincent?" Mein Überlegenheitsgefühl war dahin, dafür würde ich wütend. Stockwütend. Doch ich konnte mich beherrschen.

Entsetzt oder niedergeschmettert sahen die Männer mich an, schlugen sich die Hände vor den Mund und stammelten Sachen wie: „Verzeihung, wir hatten ja eine Ahnung, wie unangenehm ... Das wusste wir nicht. Das ist unvorstellbar! ... Für den Liberté -Award nominiert ... beste Publicity."

Bebend vor Wut stand ich auf der windigen Kastanienallee und rief Bea an.

„Damit kommt der uns nicht davon, diese Kanalratte! Den schnappen wir uns!", wetterte sie aufgebracht, und auf dem Weg zum Tennisplatz, wo wir verabredet waren, schmiedeten wir einen wasserdichten Verteidigungsfeldzug. Wir sahen schon die Schlagzeilen: „Die Wahrheit hinter investigativem Journalismus", „Wie ich mir meinen Erfolg erschlich", „Wenn Narzissmus giftig wird: Der Gutmensch, der über Leichen geht."

Bea vermutete, dass sich Vincents kryptische Nachricht „Vertrag zur Unterschrift bereit", die sie in Sri Lanka abgefangen hatte, auf das Buch beziehen musste, sie aber nur an das Haus gedacht hätte. Ich sagte ihr, dass ich es genau so aufgefasst hätte, dass sie keine Schuld träfe, dass Vincent und die Schöller mich hintergangen und eiskalt ausgebootet hätten. „So was von hinterfotzig hab ich ja noch nie erlebt! Und mit dem wollte ich Kinder! Er muss sich seiner so sicher gewesen sein, wenn er davon ausgehen konnte, dass ich ihm die selbstlose, aufopfernde „Rettungsaktion" abkaufen würde. Und dann noch mit ihm zusammenziehen!"

Das Ausmaß meiner Hörigkeit war niederschmetternd. Ob er das Haus deswegen so dringend kaufen hatte wollen, um mich zu besänftigen? Aber wozu das alles? Weshalb war er überhaupt mit mir zusammengeblieben? Weil ich so praktisch, problemlos war? Weil er einen Anker im Leben brauchte, um den er sich in größtmöglichem Abstand herumtreiben konnte? Warum konnte er mir nicht mal meinen Job lassen?

„Wahrscheinlich bist du ihm zu gut geworden", vermutete Bea. Es fiel mir schwer, das zu glauben, weil ich ihn nach wie vor für einen hervorragenden Journalisten hielt, der komplexe Sachverhalte durchschauen, Zusammenhänge erkennen und einfach und spitz formuliert erklären konnte. Er hatte ein enormes Wissen, das in all seine Arbeiten einfloss. Außerdem war er ein Vorbild in Sachen Recherche, für diese Leistung war er ja nun auch nominiert. Das war natürlich verkaufsfördernd. Das erkannte ich ungeachtet der Tatsache, dass ich ihn bis aufs Blut verabscheute und hoffte, eine andere würde gewinnen.

Im Eingangsbereich des Sportparks wartete Bea bereits mit zwei vollen Taschen auf mich. Sie hatte die Haare zu einem hohen Pferdeschwanz gebunden und sah sehr sportlich aus. Seit mehr als einem Jahrzehnt war ich in keiner Tennishalle mehr gewesen, doch der unverwechselbare Geruch, das Ploppen der Bälle, das Quietschen im Lauf bremsender Gummisohlen, die vereinzelten Rufe „Aus", „Netz", „15-null" waren mir so vertraut, als würde ich nach langer Abwesenheit nachhause kommen. Ein beinahe heiliges Gefühl überkam mich. Ich dachte kurz an Aurel, mit dem ich niemals spielen würde, dann tauchte ich wieder in diese so eigene Welt ab, die für mich so viel Leben und Leidenschaft beinhaltete.

„Na, bist du aufgeregt?", fragte Bea in der Umkleide.

„Das kannst du laut sagen." Einerseits freute ich mich wie das sprichwörtliche Schnitzel und konnte es kaum erwarten, andererseits hatte ich Bammel, meine Hoffnungen könnten enttäuscht werden. Was, wenn ich so schlecht war, dass sich die Begeisterung nicht wieder einstellen konnte?

„Keine Sorge, wir fangen ganz leicht an", redete Bea mir gut zu. Ich schnürte mir die Schuhe und wir begannen mit ein paar Aufwärmübungen, bevor ich den Schläger in die Hände nahm. Im Urlaub hatte ich so lange davon geträumt und mir das Gefühl so intensiv vorgestellt, dass es jetzt wie eine Bestätigung meiner Innenwelt und vollkommen natürlich war. Das Griffband war so weich wie in meiner Erinnerung, glücklich drehte ich das Racket in der Hand, klopfte mit dem Rahmen gegen die Handflächen, schlug mit dem Handballen auf die straff gespannten Saiten und freute mich am Abfedern. Es war alles noch wie früher.

„Ready?", fragte Bea.

Wir stellten uns ins T-Feld, ich ließ den Ball vor mir aufspringen und spielte ihn direkt auf ihren Körper, zum Glück aber so langsam, dass sie ausweichen konnte. Den zweiten Ball traf ich mit der Kante, den dritten lupfte ich ins Netz. Und da hatte ich gedacht, wir würden sofort wieder da beginnen, wo ich aufgehört hatte – mitten in einem heißen Match! Größenwahn ließ grüßen. Es war nämlich gar nicht so leicht, Bewegungsablauf, Kraft und Winkel zu koordinieren. Doch mit der Zeit fand ich mich wieder ein. Von dem Moment an, in dem ich den ersten Ball gut traf und ihn im Spiel hielt, wurde ich zuversichtlicher. Nach jedem geglückten Schlag machte es mir mehr Spaß, aber als wir zu den Grundlinien gingen, kam mir das Feld erschreckend groß vor. Mein erstes Dutzend Aufschlagversuche scheiterten schon daran, dass ich den Ball nicht traf. Als ich ihn dann traf, traf ich das Spielfeld nicht. Ich war so frustriert, dass ich den Schläger am liebsten ins Eck geworfen und „Ich kann das nicht" geschrien hätte. Kindisch, ja, aber aus manchen Mustern wuchs man eben nicht raus. Immerhin hatte ich gelernt, dem Impuls nicht nachzugeben und mir nichts anmerken zu lassen, sondern Hilfe zu holen. Trotzdem kostete es mich einige Überwindung, Bea zu fragen: „Könntest du mir mal bitte zeigen, wie man das macht?", aber es half. Am Ende der Stunde spielten wir sogar zwei Spiele, bei denen mir immerhin drei Punkte gelangen. Doch darum ging es nicht. Es ging darum, den Ball zu erreichen, ihn zurückzuspielen, ihn im Spiel zu halten, mein Bestes zu geben, zu kämpfen, und allmählich wieder besser zu werden. Doch für heute war ich jedes Mal, wenn ich traf, glücklich und zufrieden. Und je öfter ich traf, desto glücklicher wurde ich. Meine Bewegungen wurden leicht, sie flossen immer natürlicher, ich begann zu tanzen und war endlich wieder voll und ganz in meinem Element, wo es außer dem Ball, dem Gegenüber, dem Tennisschläger und mir nichts weiter gab. Tiefe Konzentration, vollständiges Eintauchen und Aufgehen in einer Sache. Eins mit sich selbst, dem Tun und Leben.

„So geil!", jubelte ich am Ende, von neuen Lebensgeistern erfüllt. „Das ist es! Morgen wieder, ja?" Erst da fiel mir auf, dass ich eine ganze Stunde lang nicht an Aurel gedacht hatte.

Bea lachte. „Jeden Tag, bis wir nach München fliegen. Du könntest ja auch ein paar Trainerstunden nehmen, meinst du nicht?"

Theoretisch war das eine gute Idee, nur leider musste ich allmählich jeden Cent zweimal umdrehen, doch davon sagte ich nichts. Stattdessen überlegte ich, ob ich einen kleinen Teil in Aktien investieren, Short gehen sollte und mich so peu à peu zu einem dünnen finanziellen Polster hocharbeiten sollte. Ich wusste ja, wie man Unternehmen analysierte, oder zumindest wäre ich mit der Materie bald wieder vertraut. Ich beschloss, diesen Plan in die Tat umzusetzen, Bewerbungen zu schreiben, meine Geschwister der Reihe nach anzurufen und täglich an meiner körperlichen Verfassung zu arbeiten. Die war nämlich in einem besorgniserregenden Zustand, trotz intaktem Prakriti. Ich hatte kaum nennenswerte Muskulatur und war, trotz drei Wochen Yoga, bei Weitem nicht so wendig wie früher.

Das sollte mich so beschäftigen, dass keine Zeit bleiben würde, um an Aurel zu denken. Was er wohl gerade tat?

Delia

Samstag hatte Bea einen Termin bei ihrer Kosmetikerin und beim Friseur, sodass ich zum ersten Mal allein in ihrer Wohnung war. Der Himmel war stahlgrau, was mir schon immer aufs Gemüt geschlagen hatte, außer in Sri Lanka, aber da hatte ich ja auch nur Augen für Aurel gehabt. Ich vermisste ihn fürchterlich und begann zu weinen. Dazu kam die Angst, das Aids-Virus in mir zu tragen, mein marodes Bankkonto, meine berufliche Ziellosigkeit, und schon krümmte ich mich weinend auf dem Sofa. Nach einer Weile hatte ich genug von meinem Selbstmitleid. Ich musste mich dem Leben stellen und legte mir bei einem großen Jobportal ein Profil an. Ich feilte an meinem Lebenslauf und überlegte, was ich damit eigentlich erreichen wollte. Etwas Bodenständiges, Greifbares, etwas, das etwas mit mir zu tun hatte, bei dem ich nebenher Zeit und Ruhe für andere Dinge hatte, bei dem Gewinnmaximierung nicht an erster Stelle stand. Ich wollte einen Beruf, der den Namen verdiente – Beruf von Berufung, von einer Tätigkeit, in der ich aufgehen und in der ich über mich hinauswachsen konnte. Keinen Job, ein Begriff, der sich von Joch ableitete und genau das meinte – etwas, das man fremdbestimmt mit ausgeschaltetem Inneren tat, um Geld zu verdienen, Karriere zu machen, Anerkennung zu finden. All das wollte ich nicht mehr, nie mehr, trotzdem wollte ich gut leben und nicht mehr knausern müssen. Da mir ohnehin Fotos fehlten, beschloss ich, dieses Aufgabenfeld für den Tag genug ruhen zu lassen und rief als Überleitung meine Mutter an.

Sie war gerade auf dem Weg zum Einkaufen, freute sich riesig, dass ich mich meldete, und fragte, was ich mir zum Essen wünschte. „Grillhendl. Einmal wird es schon gutgehen.", antwortete ich wie aus der Pistole geschossen, schließlich stand auf der Liste der erlaubten Fleischsorten Huhn, und ich hatte nicht vor, Ayurveda zu meiner neuen Obsession, die mein Leben beherrschte, zu machen.

„Bist du sicher? Ich will wirklich nicht, dass du den Kurerfolg kaputtmachst. Ich koche gerne das, was dir guttut. Vergiss nicht, wie grässlich du gelitten hast! Deli, ich kann dir gar nicht sagen, wie froh wir sind, dass es dir wieder gut geht. Also – Suppe? Gemüse und Reis? Schick mir einfach eine Liste, ja?"

„Danke Mama, das ist lieb", sagte ich bewegt und dachte daran, dass ich die Schmerzen so schnell nicht vergessen würde. Sie waren so sehr ein Teil von mir gewesen, dass ich mich regelmäßig wunderte, warum mir nichts wehtat. Auf eine perverse Art und Weise fehlten sie mir, obwohl ich natürlich heilfroh war, dass mir nichts mehr wehtat.

Bea und ich hatten uns schon Gedanken darüber gemacht, wie wir uns während des Besuchs möglichst typengerecht ernähren könnten. Die Antwort lautete schlicht und ergreifend: Gar nicht. Die bestmögliche Lösung war, die schädlichen Dinge zu vermeiden und möglichst viel frische, prana-haltige Lebensmittel, die einem guttaten, zu essen.

„Ich habe mich schon ein wenig in diese Küche eingelesen, werde aber nicht ganz schlau daraus. Hilfst du mir, wenn du da bist?"

„Gern, Mama, ´man kann wirklich extrem davon profitieren, so schwierig sind die Grundlagen gar nicht."

„Nein? Das klingt gut. Mich und Fina", das war ihre Schwester, Beas Mutter, „würde so eine Kur ja auch interessieren."

„Ihr seid doch nicht etwa krank?", fragte ich erschrocken, musste aber gleichzeitig an Hannelore und Helga denken, und deswegen leise lachen.

„Nein, nein. Es ziept und zieht nur hier und dort."

„Da bin ich froh. So ein Aufenthalt würde euch bestimmt guttun und gefallen. Fahrt hin! Ihr dürft euch nur nicht verlieben wie eure Töchter."

Bea

Wenn wir nicht Tennis spielten, waren wir schlecht gelaunt. Zuhause fiel uns trotz noch immer nicht ganz überwundenem Jetlag die Decke auf dem Kopf, sodass wir uns den Samstagnachmittag im Aspria vertrieben, wo wir saunierten, schwammen, einen Yogakurs besuchten und uns gesund ernährten. Natürlich wimmelte es in dem Club nur so vor gut aussehenden Männern, von denen einige mit uns flirten wollten. Doch Delia dachte nicht mal im Traum daran, und mir stand der Sinn ebenfalls nicht danach. Ich würde spätestens nächstes Wochenende über meinen Liebeskummer weg sein, das hatte ich mir vorgenommen, aber Delia durfte sich nicht hineinsteigern.

„Der sieht doch irre gut aus!", raunte ich ihr zu, die einen nach dem anderen abblitzen ließ.

„Tut er nicht."

„Der war sehr charmant."

„Charmant? Dass ich nicht lache."

„Der hatte eine tolle Mischung auf Witz und Intellekt."

Ein vernichtender Blick, und ich hielt den Mund. Vielleicht mischte ich mich gerade wieder zu sehr ein. Delia musste allein gehen lernen, aber dazu brauchte sie ein Ziel. Ohne Ziel konnte man genau so gut stehen bleiben. Hoffentlich würde sie das mit Oya finden. Zielklarheit.

Delia

Das Wochenende war grau und es verging im Schneckentempo.

Nach dem Aspria gingen wir ins Schwarze Café, wo wir die Musik nicht ertrugen, dann in die Bar Paris, wo es uns zu voll und stickig war, bis wir in der Victoria Bar landeten, wo wir einen alkoholfreien Cocktail tranken, uns aber bald vertschüssten, weil geraucht wurde.

„Berlin ist keine Stadt, wenn man gesund leben will", motzte ich.

„Quatsch. Das ist wo anders doch auch nicht besser."

„Und ob! Natürlich ist es das! In München darf kein Schwein in einer Bar rauchen."

„Bis vor Kurzem war dir Bayern genau deswegen zu spießig." Sie klang gereizt.

„Mag schon sein. Sichtweisen ändern sich. Dort könnten wir in einer Bar sitzen, ohne uns zu vergiften."

Bea seufzte, und ich bekam allmählich Angst, dass ich ihr auf die Nerven ging.

Allerdings nervte sie mich genauso. „In den USA darf auch nirgends geraucht werden."

„In den USA ...". Davon wollte ich nichts hören.

„Ich könnte mir vorstellen, in New York zu leben."

Ich fuhr herum. „Seit wann das denn? Plant ihr doch eine gemeinsame Zukunft?" In mir wurde alles bleischwer. Ich fühlte mich benachteiligt, ausgebootet, überholt. Als hätte sie ihr Ziel schon erreicht, bevor ich es überhaupt als erstrebenswert erkannt hatte.

Dabei wollte ich gar nicht nach New York. Ich wollte *heim*, nicht *nachhause*, weil mich kein Gefühl mit dem Wort verband. Daheim, das war am See. Die Einsicht war so befremdend, dass ich stehen blieb, damit sie sich setzen konnte.

Bea

Vielleicht war ich wirklich verrückt.

In mir sangen Sirenen „Niemand rettet uns, nur wir uns selbst. Niemand kann das und niemand darf das. Wir müssen selbst den Weg finden. Wir müssen den Weg selbst finden. Weg selbst finden… selbst finden …" Delia musste selbst ihren Weg finden, und vielleicht mussten sich unsere Wege wieder trennen.

Mit einem Mal flirrten Gedanken von einem Leben mit Max durch meinen Kopf. Wo ein Wille, da ein Weg! Ich könnte ihn anrufen, seine Nummer hatte ich ja. Obwohl wir nur zwei oder drei - eigentlich noch zum Abschied gehörenden – „Ich bin gut gelandet, es ist schön hier, denke noch oft an dich" Nachrichten geschrieben hatten, konnte er mich doch unmöglich schon vergessen haben.

Man lebte nur einmal! Warum nicht jetzt? Ich könnte ihn auf Bali besuchen und wenn es dort immer noch schön mit ihm wäre, könnte ich mein Homeoffice nach New York verlagern, oder einfach nur leben. Ich könnte mich endlich von den Erwartungen, dass man als ehrbarer Mensch einen Job brauchte, lösen. Nebenbei könnte ich ein Auge auf Elias, meinen Neffen haben, der sich an der Columbia nicht sonderlich wohlfühlte. Meine Kinder würden ihre Berufswünsche gewiss noch zehnmal ändern; sollte ich ihnen ein englisches oder amerikanisches College schmackhaft machen, wo sie am Campus wohnen würden? In meinem Leben ging es auch um mich! Vielleicht sollte ich es riskieren, glücklich zu sein, selbst wenn es nur ein paar Monate gutgehen sollte. Es war besser als nichts. Jeder einzelne Tag war besser als nichts.

All das erschien mir plötzlich einfach und logisch, während wir auf der regennassen Potsdamer Straße standen und nicht wussten, wohin.

Delia

Ungerechterweise war ich enttäuscht von Bea oder sauer auf sie, oder beides. Warum war für sie immer alles so leicht?

Wir schauten die Straße Richtung Nollendorfplatz hinunter. „Im *Green Door* wird auch geraucht, lass uns heimgehen, ich bin müde", sagte ich missmutig und stemmte die Fäuste in die Manteltaschen.

Sie stimmte mir zu. Schweigend sahen wir uns nach einem Taxi um, da fiel mein Blick auf einen Sportschuhladen, auf dessen Schaufensterscheibe der Nike-Slogan stand. „Just do it."

Das war Beas Motto. Es war ihr Geheimnis zum Erfolg.

Ich musste endlich aufhören, vor mich hin zu dümpeln.

Bea

Niemand rettet uns, nur wir uns selbst.
Niemand kann das und niemand darf das.
Wir müssen selbst den Weg finden.
Niemand rettet uns, nur wir uns selbst.
Niemand kann das und niemand darf das.
 Wir müssen selbst den Weg finden.
Niemand ...

Warum zögerte ich? Warum schrieb ich Max nicht, was mir auf der Seele brannte?

Etwas hielt mich davon ab, und zum ersten Mal in meinem Leben bekam ich eine Ahnung davon, wie es Delia gehen musste. Als wollte man laufen, tanzen, springen, aber die Füße wären einbetoniert.

Delia

Am Sonntagnachmittag waren wir vom Wochenende völlig erledigt.

Ich saß mit dem Laptop auf dem Schoss im Wohnzimmer und buchte online einen Termin für Bewerbungsfotos, bevor ich mich mit der Aktienanalyse befassen wollte.

„Hast Du Max eigentlich schon gesagt, dass du kommen willst?", fragte ich Bea möglichst beiläufig.

„Was? Wie? Nein. Natürlich nicht.“

Ich stieß die Luft aus und bohrte nicht weiter. Stattdessen weihte ich sie in meinen riskanten Finanzplan ein.

„Hast du denn ein paar Tipps für mich? Sind etwa ein paar neue Einhörner in Sicht?“ Ich lachte verlegen. „So was wie Amazon. Hast du deren Aktien eigentlich immer noch alle?“, fragte ich neugierig, und leider auch neidig, da ich den Börsenkurs gerade vor mir hatte.

„Einen Teil.“

„Und der andere?“

„Steckt in der Wohnung.“

„In der Wohnung?“

„Ja.“

„Ich dachte, die hat Richard dir geschenkt!“

„Ich habe sie von Richard, ja, aber nicht geschenkt, sondern von ihm gekauft. Es gab da mal ein paar Schwierigkeiten im Geschäft.“

Davon hatte ich gar nichts mitbekommen, oder sie nicht ernst genommen. „Das tut mir leid“. Nun schwieg ich betreten. „Ist dabei alles draufgegangen?“

„Nein, Unsinn. Amazon ist jetzt 130-mal so viel wert und hatte obendrein mehrere Splits.“

„Scheiße.“ Für mich, nicht für sie. In dem Moment hätte ich gern geweint. Oder geflucht. Oder sonst etwas. Stattdessen saß ich da, als wäre ich innerlich tot. Bea musste auf einem Vermögen im sieben- wenn nicht gar achtstelligen Bereich sitzen. Verdrängung war ein Segen, ich sollte aufhören, weiter zu forschen. Amazon hatte ich vor zwanzig, Google, Alphabet und Konsorten vor drei Jahren verkackt. Ich war eindeutig nicht zurechnungsfähig gewesen, hatte alles verkauft und gespendet. Wer würde mir jetzt etwas spenden?

„Lenk mich ab. Erzähl was Lustiges“, bat ich beinahe tonlos. Wie ausgehöhlt saß ich da. Das Leben könnte so sorglos sein. Aber ich hatte es nicht gewollt, hatte es weggeworfen und mit den Füßen getreten. Ich war so dumm gewesen. Kaum lebensfähig. So arrogant und überheblich. Die Jobsuche könnte mir gestohlen bleiben, stattdessen könnte ich mit Aurel in Bali unter Palmen liegen, zumindest, bis er im Januar zu arbeiten anfing. Dumpf starrte ich vor mich hin. Endlos zogen die Bilder des Lebens an mir vorbei, das ich führen könnte, wenn ich dankbarer und achtsamer gewesen wäre.

„Was hast du eigentlich mit dem Geld gemacht, dass dir dein Vater damals gegeben hat? Er hat doch alles auf seine Kappe genommen und dir die zwanzigtausend ausbezahlt, nicht wahr?", fragte sie.

„Das hat er. Nun, ich hab sie aufs Tagesgeldkonto gelegt, bin davon nach Kalifornien geflogen, hab den Le Grange Schrank gekauft, der jetzt in Starnberg im Keller steht. Wenigstens den hab ich nicht verscherbelt. Aber stell dir vor, ich hätte die Papiere behalten. Dann könnte ich jetzt allein von den Dividenden leben!"

„Das ist jammerschade, ja, aber nicht mehr gutzumachen", seufzte auch Bea. „Aber tröste dich. Amazon zahlt keine Dividenden."

„Und was war das mit Richards Geschäft?"

Sie seufzte. „Lass. Schnee von gestern. Er hatte eine finanzielle Herausforderung, sagen wir mal so. Oder nein, lass mich ehrlich sein, auch eine juristische. Aber das ist alles geklärt. Schwamm drüber."

Ich sah sie nachdenklich an. „Du bist wie unsere Mütter. Die lassen sich auch nie anmerken, wenn sie etwas belastet."

„Wir hatten damals keinen guten Kontakt mehr, Delia. Du hattest genügend eigene Sorgen."

„Trotzdem war ich nicht für dich da." Ich schwor mir, sie nie mehr im Stich zu lassen.

Delia

Im direkten Anschluss an meine erste Sitzung bei Oya fuhren wir mit dem Zug nach München. Ich grinste von dem Moment an, in dem die ersten S-Bahn-Höfe und Lichter Münchens vor uns auftauchten. München leuchtet, fand Thomas Mann. München gleißt, Martin Walser. München funkelte – meine Wenigkeit.

Daheim, ich war daheim! Ich sah das blau-weiße Rautenmuster und grinste noch breiter. Ich hörte das „Grüß Gott" und hatte Tränen in den Augen. Ich war daheim! Und meine Eltern waren da. Ich sah sie schon von Weitem, wie sie am Ende des langen Bahnsteigs unter der Anzeigentafel warteten und sich suchend umsahen. Ich winkte ihnen zu, sie sahen mich an, lächelten sogar, erkannten mich aber nicht, bis Bea mich überholte. Ihr Lächeln verschwand, überrascht, erschrocken, überwältigt schauten sie mich an, dann stand ich vor ihnen und hörte, wie Papa nach Luft schnappte, während Mama die Hände vor dem Gesicht zusammenschlug. Sie zitterte und ihre Augen waren feucht. Papa umarmte mich, wir lachten und drückten einander so fest, wie es nur ging. „Mein Mäd'l, da bist du ja wieder." Ich fühlte etwas, das ich außer bei Aurel noch nie von einem Mann gespürt hatte – eine Träne. Verlegen ließ er mich los und wischte sich über die Augen. „Gut siehst du aus", sagte er sichtlich bewegt. „Die Kur hat dir gutgetan, was?"
„Sehr. Und ... danke und Verzeihung für alles, was ... in den letzten Jahren passiert ist. Es tut mir so leid."
Jetzt war er noch gerührter. „Schon gut", sagte er leise, klopfte mir auf den Rücken und drehte mich zu Mama. „Schatz, dein Kind ist wieder da."
Die eine Träne meines Vaters war nichts gegen die meiner Mutter, der das halbe Zentralmassiv vom Herzen zu fallen schien. Sie drückte und wiegte mich hin und her, was unsagbar guttat. „Ich hab geglaubt, ich hätte dich für immer verloren. Aber da bist du wieder. Wie früher. So strahlend und voller Lebensfreude. Ach mein Kind."
Wir nahmen Bea mit nach Starnberg, wo wir Tante Fina und Onkel Karl nur kurz begrüßten, weil wir uns ja am nächsten Tag sehen würden. Da Bea und ich bei unseren Eltern, also daheim, schliefen, kamen wir uns vor wie Kinder, als sich unsere Wege zum ersten Mal seit Wochen mit einem gekicherten „Bis morgen am Grab" trennten.

„Setz dich, ich bin gleich da!", rief meine Mutter und verschwand in der Küche, um die grüne Suppe aufzuwärmen, die sie extra für mich gekocht hatte. Ich setzte mich auf meinen alten Platz auf der Eckbank, von wo aus ich sowohl aus dem gemütlichen Erkerfenster in die Nacht als auch zu dem offenen Kamin schauen konnte, den mein Vater gerade anheizte. Während ich ihn von hinten betrachtete, fiel mir auf, wie wenig man ihm seine 71 Jahre ansah, wie rüstig und agil er war und welche Zuversicht und Kraft er zeitlebens ausgestrahlt hatte. Mein Blick wanderte über die vielen Familienfotos, darunter ihr Hochzeitsbild, auf dem sie blutjung waren, wesentlich jünger als ich heute. Mit 35 hatte meine Mutter uns vier längst zur Welt gebracht, ich, das Nesthäkchen, ging bereits in die erste Klasse. Und was hatte ich in dem Alter erreicht? Als ich das Tennisfoto von meinen Geschwistern und mir entdeckte, an das ich in Sri Lanka gedacht hatte, fragte ich ihn spontan, ob er Lust auf ein paar Ballwechsel hätte.

„Mit dir?" Er drehte sich um und stand auf. „Ist das dein Ernst? Wenn ich alter Knacker dir nicht zu langsam bin, dann gern! Ich kann gleich anrufen und einen Platz in der Halle reservieren, die sind immer so schnell ausgebucht! Ach Mensch, das wird eine Gaudi!"

Sein Gesicht strahlte wie das von Aurel und beim Gehen machte er vor Freude einen Schlenker. In Gedanken versunken saß ich da und fühlte mich einfach wohl, bis mein Vater mit einer herrlichen Flasche Weißwein und zwei Gläsern zurückkam. „Für dich wirklich nur warmes Wasser?" Ich nickte, er lächelte.

„Ist das schön, dass du wieder da bist", sagte Mama gerührt, als ich die leckere Brokkoli-Suppe löffelte, und drückte meinen Unterarm, dann ließen wir uns das Essen schmecken. Als wir angenehm satt waren, rutschten wir eng zusammen und ich holte mein Handy heraus, um ihnen Fotos zu zeigen. Ein Selfie von Bea und mir, etliche vom Hotel, dessen Architektur meinen Vater natürlich besonders interessierte, und schon tauchten Aurel und Max auf, und mein Magen verkrampfte sich.

„Sind das die beiden Amerikaner?", fragte Mama vorsichtig.

„Ja, nein. Sie sind eigentlich deutsch, das heißt, Max' Mutter ist Österreicherin, sie wohnen jetzt aber in den USA."

Es wurde still im Raum, und wie mit Samthandschuhen fragte Mama: „Dann ist das da Aurel?"

Ich konnte nur nicken.

„Der gefällt mir", sagte mein Vater merkwürdig stolz.

„Er sieht sehr sympathisch und sportlich aus", sagte Mama leise.

„Mhm".

„Aufrichtig und geradlinig", fand Papa. „Zielstrebig."

„Das ist er." Ich sah sein Bild an, als wäre er lebendig und könnte meinen Blick erwidern, mich in die Arme nehmen und diesen Schmerz vertreiben, indem er die Sehnsucht überflüssig machte.

„Ach Kindchen, mein Liebling, komm her." Meine Mutter zog mich an sich. Sie war zwar immer herzlich gewesen, hatte aber nie Tränen sehen können und uns, abgesehen von Kindertränen, beim Weinen nicht getröstet, sondern immer zur Vernunft gerufen. Von daher fühlte es sich fremd an, schnell hatte ich mich erneut im Griff und löste mich.

„Geht schon wieder", schniefte ich. „Es ist nur – es war so wunderschön mit ihm."

„Aber warum war?"

„Weil ..." Ich begann die Gründe aufzuzählen, angefangen bei seiner Selbstständigkeit, dem Wohnort, der Zeugungsunfähigkeit, dass wir uns kaum kannten und zu alt waren, um für eine Urlaubsliebe alles hinzuwerfen.

„Der Wohnort würde mich nicht stören, du wolltest doch immer in die USA, außerdem kann man dort viel einfacher ein Kind adoptieren", sagte ausgerechnet meine Mutter.

Verwirrt sah ich sie an. „Dann wäre ich ja noch weiter weg."

„Na, Berlin ist auch nicht gleich ums Eck und ..."

„Hanni", sagte mein Vater besänftigend. Sie redete nicht weiter, denn auch so wusste ich, dass meine zwei kurzen Besuche pro Jahr eine „Watsch'n", also ein Schlag ins Gesicht gewesen waren. Wir sprachen über Vincent; ihre Erleichterung über das Aus war spürbar, ohne dass sie viel sagten. Mama fand, ich sollte den Kontakt mit ihm rigoros

abbrechen, auf das Geld und unsere geplante Gegendarstellung verzichten. „Der Klügere gibt nach!"
„Wenn er das tut, gewinnt der Dumme. Rache ist süß", entgegnete ich.
Mein Vater lachte und klopfte mir auf den Rücken. „Das gefällt mir! Setz dich durch, mein Mäd'l! Man darf sich nicht alles gefallen lassen!"
Meine Mutter sah ihn missbilligend an und wechselte das Thema. „Und Aurel und du, ihr habt wirklich keine Telefonnummern getauscht? Oder euch auf Facebook verbunden?" Sie schien äußerst ungern auf diesen Schwiegersohn verzichten zu müssen.
„Nichts. Wir wollten einen klaren Bruch. Es hat keinen Sinn. Wir müssen nach vorne schauen. Ich finde schon den Mann, mit dem ich eine Familie gründen kann."
„Et vite, too", sagte mein Vater gewollt lustig, aber trotzdem ernst. Er seufzte, stand auf und ging aus dem Raum, weil er sich noch nie in das Liebesleben seiner Töchter eingemischt hatte. Wir waren eben doch eine konservative Familie. Dafür fragte meine Mutter: „Was willst du denn machen, wenn du niemanden kennenlernst, den du so liebst wie ihn? Bei dem du dich nicht groß verstellen und anpassen musst? Was, wenn du lauter faule Kompromisse eingehen musst?"
„Da gebe ich dir ja recht, aber ich kenne ihn ja auch nicht. Wie kann man nach zwei Wochen Urlaub von Liebe reden? Er ist der Zwischenmann, der Übergangsmann, der, der einen für den nächsten, den Richtigen vorbereitet."
„So einen Unsinn habe ich ja noch nie gehört!"
„Das ist so. Niemand geht von einer festen Beziehung in die nächste. Dazwischen ist immer ein Übergang zum Ab- und Umgewöhnen."
„Was ist das denn für ein modernes Gewäsch?"
„Das ist so."
„Unsinn, Delia. Liebe wächst. Sie entsteht aus einem starken Gefühl, aus Zuneigung und Vertrauen, aber sie ist auch eine Entscheidung, die man bewusst aus dem Herzen heraus trifft."
„Bewusst aus dem Herzen?"

„Im Einklang von Kopf und Herz."

„Ach so." Ich schwieg, stützte den Kopf auf die Hände und sagte dann, um die vage aufsteigende Hoffnung im Keim zu ersticken: „Aber im Ernst, Mama, ich habe schon einmal alles wegen eines Mannes aufgegeben, das passiert mir nicht noch einmal. Und Kinder kann er ja auch keine zeugen."

Sie schwieg eine Weile und sah mich eindringlich an. Dann gab sie sich einen Ruck. „Delia, versteh mich nicht falsch. Kinder sind etwas Wunderbares. Ich möchte euch um nichts in der Welt hergeben. Aber sie sind nicht alles. Sie bedeuten sehr viel Verantwortung, Selbstlosigkeit ..."

„Das weiß ich! Aber: Ich. Will. Eine. Familie!"

„Dann beeil dich lieber."

Sie wollte noch etwas sagen, aber ich schnitt ihr das Wort ab. „Ich weiß. Die Uhr tickt."

„Ach Deli." Sie legte die Arme um mich und wiegte mich beruhigend hin und her. Das war immer noch fremd, aber es tat gut.

„Schau, ich kenne ihn doch gar nicht richtig", fing ich wieder mit dem Thema an. „Wir hatten keinen Alltag, keine Prüfung, nichts!"

„Also, so würde ich das nicht sagen. Wenn er tagelang auf dich wartet und nicht sofort mit dir ins Bett will ..."

„Wir haben ..."

„Ja, ich weiß, das hast du mir doch am Telefon erzählt. Aber ein erwachsener Mann ist ein erwachsener Mann. Das zwischen euch war doch einzigartig. Ich würde sehr wohl sagen, dass er bewiesen hat, dass er zu seinem Wort steht, seine Vorhaben durchzieht, dass er nicht nur mit dir ins Bett will. Das nenne ich Charakterstärke."

„Das gleiche Wort hat er auch benützt."

„Siehst du!"

Danach schwiegen wir lange, weil ich an die zärtlichen Tage dachte, in denen meine Seele Zeit gehabt hatte, einander kennenzulernen, ihm und mir wieder zu vertrauen, Vincent zu vergessen. *So einen wie ihn finde ich nie wieder und jetzt ist er für immer weg,* war das Letzte, was ich vor dem Einschlafen dachte.

Am nächsten Tag sah ich meine Heimat bei Tageslicht. Der See glänzte friedlich tiefblau. Die Felder waren abgemäht, das dunkle Braun satter Erde wechselte sich mit noch immer saftig grünen Wiesen und Weiden ab. Die Bäume waren kahl, ein Jahr war vorüber und wer wusste, was das nächste bringen würde.

Unter einer müden Herbstsonne standen wir zusammen mit Tausenden anderen an den Gräbern. Die ganze Stadt war hier. Zum Glück regnete es nicht. Ich war viele Jahre an Allerheiligen nicht hier gewesen, aber das Ritual war mir vertraut. Ich grüßte hierhin und dorthin, und freute mich, meine Schwester Vicky mit ihrem Mann Markus und den Kindern wiederzusehen. Sie, sowie Bea und ihre Eltern, kamen danach zu uns zum Kaffeetrinken, sodass wir uns in Ruhe wieder annähern konnten. Wir hatten uns im Lauf der Jahre ein wenig entfremdet, doch überraschend schnell schmolz das Eis. Auf dem anschließenden Spaziergang erzählte sie mir von ihren Eheproblemen, was mich sehr überraschte. Zum einen, dass sie sie hatte, zum anderen, dass sie darüber sprach. Auch ihr Sohn Elias fühlte sich an der Columbia in New York nicht wohl, hatte Heimweh und brachte nicht die erwarteten Leistungen. Es schien ihr zu genügen oder sogar gutzutun, dass ich keine Ratschläge parat hatte und einfach nur zuhörte.

Als sie wieder nach München fuhren und wir ihnen in der Auffahrt nachwinkten, fragte ich völlig unvermittelt Bea: „Wo sind sie jetzt?".

Sie wusste sofort, wen ich meinte. „In Ubud, auf Bali. Hab ich von seinem Status."

Ich dachte an die Monkey Road und den Affenwald, den ich von meinem Aufenthalt vor ein paar Jahren gut in Erinnerung hatte. Gleichzeitig fragte ich mich, wie sehr Bea sich damit quälte, dass sie anhand Max' Status mitverfolgen konnte, wie sein Leben ohne sie weiterging. Andererseits war das die Realität, und sie war immer gut darin gewesen, sich dieser zu stellen.

„Hast du inzwischen eigentlich mal in seinem Tagebuch
gelesen?"
Ich schüttelte den Kopf.
„Aber warum denn nicht?"
„Weil ich es nicht verkraften würde. Ich heule doch so schon
die ganze Nacht. Später, wenn es nicht mehr so wehtut, ist
immer noch Zeit. Ich hab den Rest meines Lebens Zeit dazu!"
„Aber was, wenn was Wichtiges drin steht?"
„Ach komm, Bea, was soll denn bitte groß drinstehen, das er
mir nicht gesagt hätte?"
„Ich weiß nicht ..." Sie hob die Schultern und ließ sie wieder
sinken.
„Siehst du."
Ich sah zu, dass wir das Thema wechselten, weil ich zu feig
war, meiner größten Angst ins Gesicht zu sehen. Die war
nämlich nicht, dass ich ihn noch mehr vermissen würde, denn
das war ohnehin kaum möglich. Nein, meine größte Angst
war, dass ich ihn danach nicht mehr lieben könnte, weil ich
mir eingestehen musste, dass ich mich auch in ihm getäuscht
hatte. Vielleicht, so überlegte ich, hatte er mir das Buch ja
genau zu diesem Zweck gegeben: Damit mir der Neuanfang
leichter fiele. Aber was, wenn ich danach nie mehr auf einen
Mann einlassen könnte?

Delia

Nach dem Tennisspiel mit meinem Vater sprühten wir beide
vor Energie. Wir hätten noch Stunden weiterspielen können.
Er buchte einen Platz für den nächsten Tag und lud mich auf
ein Getränk an der Bar ein. Wir saßen noch nicht einmal, da
kamen schon Bekannte zu uns, machten mir Komplimente,
erkundigten sich, wie es mir ginge (bestimmt gut, das sähe
man ja) und ob ich noch immer in Berlin sei. Ob ich nie
Heimweh hätte? Mein Vater sagte zu all dem nichts, sondern
lächelte, lachte und grinste nur stolz wie Oskar. Papa ergoss
sich gerade in Schwärmereien über den „kleinen" Zverev, der

sein Tief bestimmt bald überwunden hätte, als ein gut aussehender Mann in meinem Alter zu uns kam und sich erkundigte, ob er schon einen Nachfolger für sein Geschäft gefunden hätte.

Der Mann bat um Rückruf, er hätte da nämlich einen viel versprechenden Investor an der Hand. Mein Vater bedankte sich höflich und steckte die Karte ein. Ich wollte ihn gerade fragen, wie es ihm damit ging, da kam er mir zu vor. So schnell, als wolle er auf keinen Fall über das Ende seiner beruflichen Tätigkeit und der Weggabe des von ihm gegründeten Unternehmens sprechen.

„Spielt Aurel eigentlich auch Tennis?"

Ich erschrak, zum einen, weil er so vehement abblockte, zum anderen, weil er so tat, als wäre Aurel noch Teil meiner Gegenwart. „Ja ..."

„Aber in dem Kurhotel, da kann man nicht spielen, oder?"

„Nein, da macht man nur Om, isst Obst und Gemüse und lässt sich massieren."

„Ich glaube, das wäre nichts für mich, so ganz ohne Spaß. Aber für die Hanni wär' das schon was, oder?"

Ich sah ihn von der Seite an, seine gepflegte, glatt rasierte Haut, die hohe Stirn, der klare Blick und die tiefen Lachfalten um Augen und Mund. Je länger ich ihn betrachtete, desto mehr erkannte ich in seinem Gesicht die gleiche Entschlossenheit und Ruhe wie bei Aurel. Sie hätten sich bestimmt gut verstanden. Auf dem Rückweg kamen wir an einer Straße vorbei, um die ich in den letzten Jahren einen großen, demonstrativ desinteressierten Bogen gemacht hatte. Wie hart ich meine Eltern damit getroffen haben musste, wurde mir erst jetzt bewusst.

„Könntest du mal bitte rechts abbiegen?", fragte ich kleinlaut. Papa musste ahnen, was ich wollte, denn er sah mich länger an, als es beim Fahren ratsam war. Zum Glück passierte uns nichts. „Willst du zu", er schluckte „deinem Haus?"

„Ja, bitte."

Wenig später hielten wir vor dem Heim, das er mir gebaut und überschrieben hatte. Er hatte meinen Geschwistern das Vorkaufsrecht eingeräumt, sodass es nicht meinem vincentinischen Armutsgelübde zum Opfer fallen könnte. Jetzt war es vermietet. Ein Teil der Mieteinnahmen ging für Rücklagen und Steuern weg, auch eine Verwaltungsgebühr hatte ich ihm eingeräumt, der Rest floss in verschiedene Rentenversicherungen, weil man ja nie wusste, was kam. Wenigstens ab 67 würde ich mir um Geld keine Sorgen mehr machen müssen.

Ich hatte vergessen, wie groß und wie schön das Kniestockhaus im Alpenstil war. Es hatte zwei Stockwerke, einen ausgebauten Dachboden und einen Keller samt Sauna. Neben dem Wintergarten befand sich sogar einen Whirlpool mit Schiebedach, sodass man sehr romantisch werden konnte, insofern man jemanden dazu hatte.

In jeder Himmelsrichtung bis auf Norden lag eine Terrasse, darüber die für die Gegend typischen Holzbalkone und Fensterläden. Während das Erdgeschoss weiß gestrichen war, bestand die restliche Fassade bis zum Giebel aus hellem Holz. Der Garten war mehrere hundert Quadratmeter groß, und sogar ein kleiner Zierteich zwischen hübsch angelegten Beeten, Bäumen und Sträuchern versteckte sich darin.

Papa stellte den Motor aus. Schweigend sahen wir hinaus in die Dämmerung. Im Radio lief „Country Roads, take me home." In den meisten Fenstern brannte Licht, und in der Küche sah ich einen Mann etwas schneiden, ansonsten rührte sich nichts.

Eine unermessliche Traurigkeit überkam mich, als ich das vor der Haustür abgestellte Dreirad sah. Ich erkannte, mit welcher Zuversicht und Liebe mein Vater das Haus gebaut haben musste. Ich und meine Familie sollten dort ein Heim, einen Ort zum Bleiben finden. Meine Kinder, seine Enkel sollten darin herumtollen, groß werden und sicher schlafen. Das alles nur wenige Minuten von ihnen entfernt, damit wir uns nahe sein und ohne Aufwand am Leben der anderen teilhaben konnten. Meine Geschwister würden mit ihren Familien in der Nähe wohnen, da auch sie ähnliche Häuser bekommen hatten. Doch alle waren vermietet, darin wohnten Menschen, die nichts mit uns zu tun hatten.

Eine Frau kam in die Küche, ein etwa zweijähriges Mädchen auf dem Arm, und stibitzte sich etwas aus der Schüssel.

„Papa, es tut mir so leid ..." Ich konnte kaum sprechen. Er nickte, ließ den Motor wieder an und fuhr weg. Betreten sah ich ihn an. Das Licht der Straßenlampe und des Armaturenbrettes ließ sein Gesicht schattig und kantig erscheinen. Ich fand darin jedoch nur Traurigkeit, keine Verbitterung und keinen Vorwurf. Wie schaffte er das?

Ich wandte mich ab. Der Gedanke war absurd, ich wohnte in Berlin, war verarmt, das Haus war viel zu groß, ich hatte keine Familie, würde vielleicht nie eine bekommen. Dennoch wohnte jemand anderer in meinem Haus. Es war, als würden diese Leute mein Leben führen und ich ihnen vom Spielfeldrand aus dabei zusehen. Ein sehr vertrautes Gefühl.

Als wir daheim hielten, sagte ich, ich müsse noch einmal weg und lief den ganzen Weg zurück. Das war mein Zuhause. Mein Haus und mein Ziel! Was tat ich mit meinen 35 Jahren eigentlich? Ich wohnte bei Bea oder schlief bei meinen Eltern in meinem alten Kinderzimmer, als wäre ich nie erwachsen geworden. Genau so fühlte ich mich auch – wie ein Kind, das nichts erreicht hatte, vor dem aber nur noch ein halbes Leben lag. Mit den Fäusten in den Manteltaschen stand ich reglos vor dem Haus und schaute der fremden Familie zu, wie sie ihr Abendessen fertig kochten. Meine Wahrnehmung spielte mir immer wieder Streiche, nämlich dann, wenn ich dachte, es wäre Aurel, der den Wein entkorkte, mit dem langstieligen Löffel aus dem Topf probierte oder der Frau das Kind abnahm. Als mir kalt war und ich mir wie ein Eindringling vorkam, ging ich heim.

So konnte das nicht weiter gehen. Etwas musste sich ändern, *et vite, too.*

„Wie lange läuft der Mietvertrag denn noch?", fragte ich zerknirscht, als wir vor einer köstlichen Forelle saßen. Mama und Papa hörten auf zu essen und sahen mich ungläubig an.

„Nicht ganz zwei Jahre", antwortete mein Vater heiser, dann räusperte er sich und nahm schnell einen Bissen Fisch.

„Danke." Auch ich aß weiter. Ich hätte nicht einmal das Geld, das Haus einzurichten. Ich würde mich darin verlaufen, ohne

Partner wäre es unerträglich. Also doch Onlinedating? Und wieder Berater? Gott bewahre.

„Fällt es dir eigentlich schwer, dich von dem Baugeschäft zu trennen?", fragte ich, ohne mir die Worte vorher überlegt zu haben.

Wieder wurde es still, aber diesmal rutschte er unruhig hin und her.

„Ja, natürlich", sagte er schließlich, ohne mich anzusehen. Dann aber huschte ein Lächeln über sein Gesicht. „Es gibt aber Neuigkeiten. Elias und auch Darius und Philipp wollen etwas Bodenständiges machen und vielleicht anfangen."

„Aber Elias ist doch in New York! Und die anderen beiden gehen noch zur Schule!"

„Noch, ja." Er rieb sich die Nase. „Aber Elias gefällt es überhaupt nicht. Wahrscheinlich bricht er ab." Er schnaufte tief durch. „Markus tobt, Vicky versteht ihn. Ich ja auch. Lange Rede, kurzer Sinn, wenn einer von den Jungs das Geschäft tatsächlich übernehmen will, halte ich noch ein paar Jahre durch."

Das verschlug mir die Sprache. Die Kleinen kamen heim? Und konnte das gutgehen?

„Und Onkel Karl? Was ist mit seiner Firma?" Onkel Karl, Beas Vater, hatte ein europaweit tätiges Hoch-Tief-Bau Unternehmen.

„Der wartet auch. Es können ja nicht alle drei bei mir anfangen, wenn es überhaupt so weit kommt. Oder wir fusionieren. Aber das sind ja alles ungelegte Eier." Er winkte ab und nahm einen kräftigen Schluck Wein.

„Gar nicht ...", sagte ich so langsam, wie ich dachte. Denn bei und nach einer Fusion könnten sie wachsen, was bislang nicht möglich gewesen war, weil mein Vater alles allein gemacht hatte. Im Grunde waren wir gar nicht so reich, wir waren weit von den oberen zehntausend entfernt, es ging uns einfach sehr gut. Von wegen, *Bonzen!* Dennoch, in diesen Szenarien würden sie jemanden wie mich gut gebrauchen können. Ich könnte ... Ich würde ... Ich wollte. Aber erst einmal sollte ich mir alles in Ruhe durch den Kopf gehen lassen. Ich zwang mich, ruhig zu bleiben, aber in mir brodelte es. So sehr, dass ich nach dem Essen Bea anrief und ihr alles erzählte. Zufällig hatten sie sich über das gleiche Thema unterhalten. Sie war skeptisch, weil sie in Familienunternehmen zu viel Konfliktpotential sah, abgesehen davon wollte sie nicht aus Berlin weg. Ich hingegen sah mich seit Jahren auf dem Land, nur eben auf dem meiner Heimat.

Mit einem unausgegorenen Glücksgefühl schlief ich ein.

Meine Hochstimmung hielt jedoch nur bis zum nächsten Nachmittag, als wir zum Bahnhof fuhren. Der Abschied fiel uns allen schwer, aber spätestens an Weihnachten würden wir uns wiedersehen. Auf dem eingestellten Radiosender lief Musik, die uns nicht gefiel, und so suchte meine Mutter nach etwas Schönerem. Dabei kam sie bei einem Nachrichtensender vorbei, den wir normalerweise nicht hörten. Aus irgendeinem Grund stockte die Unterhaltung gerade und ich horchte ich auf. „...renommierte Journalistenpreis."

Eine unheilvolle Vorahnung erfüllte mich, mir wurde heiß und kalt.

„Pst!", rief ich.

Es war mucksmäuschenstill, als der Sprecher verkündete: „Ausgezeichnet in der Kategorie beste Reportage wurde Vincent Dahlmann für „Am Ende brennen sie alle."

Es blieb alles still, dann schnaubten wir erschüttert. Nun war der Kerl mit seinem Hass auch noch preisgekrönt worden.

Wir nahmen die Nachricht mit fassungsloser Bestürzung auf, doch nachdem ich den ersten Schock überwunden hatte, erwachte in mir eine kalte, klare Kampfeslust. Ich freute mich diebisch auf das Gespräch mit Lennard Bukowski, einem Journalisten von *Das Blatt*, der meine Gegendarstellung veröffentlichen würde.

Auf dem Weg zu dem Treffen mit den Journalisten verfolgte Vincent mich auf Schritt und Tritt, und zwar in Form der Werbung, die mir von allen Seiten „Erlebt, erwacht, erleuchtet" entgegen schrie. Schon in der Vorbestellung erreichte die Biographie einen dreistelligen Verkaufsrang bei den führenden Onlinehändlern und einige Buchhändler hatten Plakate ins Fenster gehängt. Darauf war nur Frau Schöller abgebildet, allerdings stand darunter: „Verfasst von Vincent Dahlmann." So eine dreiste Lüge!

Es war also kein Wunder, dass ich mit gewetztem Säbel im Literaturhaus eintraf, das Lennard Bukowski für unser Gespräch vorgeschlagen hatte.

Er wartete bereits auf mich. In natura sah er besser aus als auf den Bildern im Internet. Er hatte dichtes braunes Haar, ein längliches Gesicht und trug ein Hemd unter einem Wollpullover mit V-Ausschnitt. Er erhob sich, um mir die Hand zu reichen. Alles an ihm war gepflegt und charismatisch. Er führte das Interview gekonnt und einfühlsam, ich hatte nur zwei Mal den Eindruck, dass er mich in eine Falle locken wollte, nämlich dann, als er sich nach unserer privaten Beziehung erkundigte. Möglicherweise war ich in dem Punkt aber auch überempfindlich. Nach gut zwei Stunden dankte er mir für meine Ausführungen und versprach, mir den Abzug vor der Veröffentlichung zuzusenden. Danach unterhielten wir uns ein wenig über dies und das. Er wurde mir immer sympathischer, besonders, da er eine angenehm ruhige Art und Stimme hatte und über interessante Themen sprach. Dann aber kam er doch auf den Grund unseres Treffens zurück.

„Wenn ich das sagen darf, dann fällt es mir schwer, mir vorzustellen, dass eine Frau wie Sie so lange mit einem Vincent Dahlmann liiert gewesen sein soll."

Ich lachte leise und fasste es als Kompliment auf. „Mir mittlerweile auch. Aber das wäre eine Geschichte für ein englisches Tabloid."

Schmunzelnd neigte er den Kopf. „Und dafür wären Sie nicht zu haben?"

„Nein."

„Auch nicht, wenn es hart auf hart kommt?"

„Auch dann nicht."

„Von welcher Summe sprechen wir denn?"

Ich lächelte noch breiter. Geld klang so verlockend. Selbst, wenn es nur tausend Euro sein sollten. Aber: „Von keiner. Ich werde darüber nicht sprechen."

„Unter gar keinen Umständen?" Er nannte eine Summe.

„Nein." Ausatmend lehnte er sich zurück und taxierte mich mit einer erotischen Mischung aus Amüsement und Faszination, die mich angezogen hätte, wenn ich darin nicht Aurel erkannt hätte. „Das tut mir zwar beruflich leid, aber in meinem Ansehen steigen Sie dadurch noch weiter."

„Danke."

„Wobei – mit ein paar saftigen Details würden Sie sich unter uns Journalisten eine Menge Freunde machen."

„Ach ja? Wie darf ich das verstehen?"

„Nun, es dürfte Ihnen sicherlich nicht entgangen sein, dass Herr Dahlmann unter seinen Kollegen nicht sonderlich beliebt ist."

Das war es – und auch nicht. Ich hatte ihn immer für den Überflieger gehalten, vor dem alle in die Knie gingen.

„Zumindest bei den männlichen", sagte ich und verwünschte mich sofort dafür.

„Durchaus auch bei weiblichen."

„Oh?"

„Den Dahlmann mag wirklich fast keiner."

Und nun lachte ich von Herzen. Schadenfreude war auch eine Freude, trotz der Sache mit dem Karma. Allerdings war die bislang nie bewiesen worden.

Wir trafen Tanja zum Yoga und tranken hinterher einen Tee zusammen. Sie lernte schon mit Begeisterung Hebräisch, war aber über *Boker tov* und *Ani Tanja* noch nicht weit hinausgekommen. Während sie vor Vorfreude fast überschäumte, war Bea merkwürdig still. Auf dem Nachhauseweg verriet sie mir die Gründe: Die Kinder fehlten ihr, Philipp hatte Liebeskummer, Diana ihren ersten Freund und sie war nicht dabei. In der Arbeit machte eine aufstrebende Kollegin Ärger. Dokumente verschwanden, in einer Schublade gammelte eine braune, überriechende

Banane vor sich hin (Bea aß keine Bananen) und heute hatte besagte Kollegin sie in einem Meeting vor dem gesamten Team eines Fehlers beschuldigt, den sie nicht gemacht hatte. Zudem entwickelte sich die Scheidung doch weniger freundschaftlich als zunächst angenommen; Hauptgrund dafür war Richards erneutes finanz-juristisches Problem.

„Wie bei Markus, Vickys Mann", sagte ich.

„Markus?", sagte Bea. „Würde mich nicht wundern, wenn die zwei unter eine Decke stecken. Dann Gnade uns Gott."

Wir legten den Rest des Weges schweigend zurück. Ich dachte über meine Eltern, Bea, Vicky, nach, die alle in sich ruhten, obwohl es natürlich ständig Scherereien und Konflikte gab. Dann begriff ich, dass sie nicht wie durch ein Wunder von allen Herausforderungen und Widrigkeiten des Lebens verschont blieben, sondern sich davon einfach

nicht unterkriegen ließen. Sie sahen Krisen als Hindernisse, die man überwinden musste. Sie machten einfach immer weiter, und wenn sie doch einmal hinfielen, standen sie wieder auf. Aber sie blieben nicht liegen und steckten den Kopf nicht in den Sand.

Genau das würde ich ebenfalls nicht mehr tun. Ich würde jeden Tag leben, als ob es mein einziger wäre. Ich würde meine Chancen erkennen und nutzen. Ich würde lachen, lieben und nie mehr am Boden liegen bleiben.

Der einzige Moment, den wir jemals hatten, war jetzt.

Nachdem wir uns gute Nacht gewünscht hatten, setzte ich mich hin und versank in einer Mischung zwischen Gebet und Meditation, dass ich gesund sein und das Richtige erkennen und tun möge.

Delia

Dann holte ich das Tagebuch aus der Schublade.

Als ich das weiche Leder in den Händen hielt, war mir, als würde ich Aurel berühren. Ich schloss die Augen und stellte mir vor, er wäre hier. Ich lehnte mit dem Rücken an seiner

Brust, meine Hand lag auf seinem Bein, seine Fingerspitzen streichelten mir über Gesicht, Hals, Busen und Bauch, bis zwischen die Schenkel. Er küsste mich auf die Schläfe, hob mein Kinn an, meine Lippen suchten seine, genau wie meine Hände die weiche Haut unter seinem T-Shirt, in der Hose, überall, und schon liebten wir uns, als gäbe es kein Gestern, Heute, Morgen.

Ich riss mich aus meinen Träumen und zwang mich zur Räson. Ich musste stark sein, wenn ich ihm und mir selbst nahekommen wollte. War ich das?

War ich bereit, ihn einseitig, ohne die Möglichkeit auf Antworten, tiefer kennenzulernen, Unbekanntes, gar Geheimes von ihm zu erfahren, Dinge, die vielleicht besser im Verborgenen geblieben wäre? Enthüllungen, für die ich möglicherweise zu schwach war? War ich bereit, meine Illusion zu opfern? Bereit für weitere Enttäuschungen und noch mehr Wirklichkeit? War ich stark genug, um danach nicht am Boden liegen zu bleiben, sondern aufzustehen, von vorn anzufangen, weiterzumachen? Stark genug, um mich nicht wieder selbst in Frage zu stellen?

Ich sah auf, ballte die Faust und schwor mir „Ja. Ich bin stark genug für das Leben. Wenn nicht, hole ich Hilfe. Aber ich bleibe nicht mehr liegen. Nie mehr." Ich stand auf und rückte die Kissen im Bett zurecht, damit ich es beim Lesen bequem hätte. Ein letztes Mal strich ich über das weiche, wattierte Leder, dann öffnete ich das Buch so vorsichtig, als wäre es heilig.

„2. August 2019" stand in seiner gestochenen, vorwärts drängenden Schrift auf der ersten Seite, die so ordentlich beschrieben war, dass sie wie ein Gemälde, oder wenn nicht wie ein Gemälde, dann zumindest doch wie etwas Aus-der-Zeit-Gefallenes wirkte. Wann hatte ich zuletzt einen handschriftlich verfassten, zusammenhängenden Text gelesen? Ich dachte an die Nachricht, die er mir in Sri Lanka geschrieben hatte, als es mir nicht gut ging. Das war, bevor wir uns das erste Mal küssten – fast schon ein anderes Leben.

Für den Fall, dass unser Pitta-Mädchen Hunger bekommt. Ich hoffe,
es geht Dir gut. Bitte melde Dich, wenn ich etwas für Dich tun kann
oder wenn Du Dir Gesellschaft wünschst. Liebe Grüße, Aurel

Ich kannte den Wortlaut auswendig und sah die schwungvollen Buchstaben vor mir. Auch damals hatte mir die Ästhetik imponiert, auch damals hatte ich sie als etwas Intimes empfunden. Doch was nun vor mir lag, reichte weit darüber hinaus. Seite für Seite würde ich ihn näher kennenlernen, am Ende so gut, wie er sich selbst kannte. Und vielleicht würde ich dabei auch etwas über mich erfahren. Zärtlich strich ich über die Ziffern und Wörter, als könnte ich ihn berührten, dann blätterte ich um und begann zu lesen. Die Einträge waren teils auf Deutsch, teils auf Englisch verfasst. Nie jedoch wechselte er innerhalb eines Eintrags von einer Sprache in die andere.

Juni 7, 2019
In dem schlauen Buch, das Sharon mir geschenkt hat, steht, man soll jeden Tag drei Dinge, für die man dankbar ist, aufschreiben.
Ich bin dankbar dafür,
Dass Freitag ist.
Dass Sharon für eine Woche in Mexiko ist.
Dass ich müde bin.

Juni 8, 2019
Dass die Magenschmerzen heute nicht so schlimm sind.
Dass ich keinen Hunger habe.
Dass der vorletzte Meilenstein geschafft ist.

Juni 9, 2019
Dass das Kopfweh nachgelassen hat.
Dass ich morgen erst mit der sieben Uhr Maschine nach Chicago muss und so eine Stunde länger schlafen kann.
Dass die Frau nach dem Sex gleich gegangen ist.
Ich bin nicht dankbar dafür, dass ich kein schlechtes Gewissen haben muss, weil wir eine offene Beziehung haben.

So ging das bis Monatsmitte weiter. Wenn jemand für so kleine Dinge dankbar war, war er entweder sehr demütig, oder er hatte den Blick fürs Große verloren und hangelte sich nur noch von Strohhalm zu Strohhalm. War das der Aurel, den ich kannte? Ging die Maske, die er von klein auf zu tragen gelernt hatte, so weit, oder war meine Menschenkenntnis, meine Fähigkeit, einem anderen in die Seele zu schauen, so gering? Er war mir doch so stark erschienen! Seine Schwäche ging mir nahe, sie verstörte mich aber auch, denn sie passte doch gar nicht zu ihm. Oder doch? Vieles ergab nun einen tieferen Sinn, fügte sich in einen größeren Zusammenhang. Ich wollte die Hand nach ihm ausstrecken, ihn an mich ziehen, ihn erlösen, aber das ging nur in meinen Gedanken und Gefühlen, außer denen mir nichts von ihm geblieben war. Und dieses Buch.

17. Juli 2019
Max
Max
Max

18.Juli 2019
1. *Ficken*
2. *Ficken*
3. *Ficken.*
Verficktes Leben.

Für die wenigen Wörter brauchte ich länger als für ganze Kapitel anderer Bücher. Warum Max? Warum Ficken? Mit wem? Ich wollte das nicht lesen. Ich wollte es nicht vor mir sehen. Ich sah es doch und las doch weiter.
Danach kam bis zum 25. Juli nichts.

Wüste Tage. Alles schwarz und leer. In mir kein Gefühl, keine Hoffnung, kein Grund zu leben. Trostlose Stille. Sinnlos, alles. „Something was dead in each of us, and what was dead, was hope." Immer das Gleiche, ausweglos, bedeutungslos, das Projekt, die Bars, der Wodka, die Frauen. Alles für den Sekundenkick und den Ekel danach. Ekel vor mir selbst und Ekel vor ihnen. Sie sind sich genau so wenig wert wie ich es mir bin. Alles nur wegen Sharon? Um sie nicht loslassen zu müssen? Um sie zu verstehen? Ich verstehe sie nicht, werde es nie tun. Ich bin meilenweit von ihr entfernt.

Für mich soll Sex den Schalter umlegen, es soll eine Belohnung sein, ich soll mich groß und stark fühlen – aber das tue ich nicht mehr. Schon lange nicht mehr. Warum tue ich es dann, wie ein Junkie? Und warum, warum, warum verdammt noch mal, braucht sie es so sehr?

Max kam, nachdem ich Sharon weggeschickt hatte. Sie widert mich an, dabei bin ich beinahe wie sie. Versoffen, verlogen, verhurt. Ich kann sie nicht retten. Manchmal denke ich, ich will es nicht mehr. Auf alle Fälle kann ich es nicht mehr, sonst geh ich selber drauf. Wäre gut, wenn ich mich wenigstens selbst retten könnte. Haha. Den ganzen Tag liege ich im Bett und starre an die Decke. Nichts hat einen Sinn. Nichts. Nicht mal unser Ehe-Deal. Der ist das Letzte, an das ich mich klammern kann. Die letzte Aussicht auf Stabilität und Kontinuität. Wir müssen die Kurve kriegen. Nicht noch ein Bruch, nicht noch ein Neuanfang. Ich kann nicht mehr.

Wer außer Max wird da sein, wenn ich zusammenbreche?

Juli 26, 2019
Nichts. Nichts. Nichts.
Außer Liebe.
Welche Liebe?
Ich habe keine Liebe. Ich hab Angst.

Juli 27, 2019
Mein Bruder hat eine Tochter bekommen. Die glückliche Familie. Wenigstens einer, der die Eltern glücklich macht.

Juli 28,2019
Streit mit Sharon, weil ich nicht mehr mit ihr schlafen will. Riesen Streit. Dann: Ob wir Geschwister werden sollen? Ich raus und weg, als ich wieder kam, erneut riesen Szene – diesmal zur Versöhnung. Es täte ihr leid, ich hätte sie falsch verstanden, sie würde mich lieben und brauchen, danach alles friedlich.

Sie will die Hochzeit planen, ich nicht. Ob ich überhaupt noch heiraten will? Ja, klar, warum nicht, halt später. Ich sehe uns nicht als Ehepaar, kann sie aber auch nicht verlassen. Ich hänge an ihr. Heute kam mir der Gedanke, dass ich sie, uns, vielleicht nur deswegen nicht aufgabe, weil ich mir dann mein Versagen, sie nicht gerettet zu haben, eingestehen müsste. Doch das ist natürlich Unsinn.

Es ist eine Frage der Wahrnehmung und Einstellung. Vielleicht sollte ich daran, also, an uns, arbeiten, anstatt an den Umständen. Andere Männer, wie Leo oder Mick, wären froh um eine Frau, die so wenig klammert, ihnen so viel Freiraum lässt, so witzig ist und so gut aussieht. Aber sehnen sie sich nicht nach Nähe? Wollen sie nicht der Einzige sein? Können sie wirklich teilen, was sie lieben? Oder lieben sie nur nicht? Dabei liebe ich Sharon auch nicht mehr, habe es vielleicht nie getan. Nur den Sex, ihren unstillbaren Hunger, das Gefühl, dass es an mir liegt, der Neid der anderen - das war der Hammer. Das Begehrt-Werden war irre. Ich war dauergeil. Aber Begehren ist keine Liebe. Ebenso wenig wie die Sucht nach Rettung. Oder Anerkennung.

Mir graust vor mir. Wenn ich in den Spiegel schaue, sehe ich Michael Douglas als Gecko. Und das war kein Guter. Ich will so nicht sein. Ich will lieben. Aber wie viel Liebe trage ich überhaupt in mir? Kann ich Liebe geben und nehmen?

Juli 29, 2019
Ja. Marla.

Marla. So lang her. Vielleicht sollte ich wieder beten, einen Geistlichen treffen, eine Einkehr machen. Es hat mich von ihr befreit – aber wozu? Was habe ich mit der Freiheit gemacht? Das hier. Karriere. Kendra. Sharon. L.A. Oh Gott. Ich kann nicht heiraten, nicht Sharon. Aber noch mal gläubig werden geht genau so wenig.

Es geht weiter. Es muss. Es wird. Es muss.

Juli 30, 2019
Ich habe Angst. Die Angst lähmt mich und treibt mich an. Ich bin müde, aber ich kann nicht aufhören zu arbeiten, zu denken, zu laufen, weil ich sonst nichts habe, an das ich mich halten, nach dem ich mich richten kann. Was für ein Irrtum, zu glauben, man wäre

ohne Liebe, ohne Verpflichtung sicher, unverletzlich. Klar kann einem nichts passieren. Man lebt nicht richtig. Man ist kein Mensch, sondern ein Zombie.
Das muss aufhören.
Ich will leben und lieben. Faszinierend. Dass sowohl auf Englisch als auch auf Deutsch jeweils nur ein Buchstabe den Unterschied ausmacht. Es ist ja auch fast dasselbe.

August 1, 2019
Max und ich konkretisieren Pläne zur Selbstständigkeit. Sie ist mehr als ein Ausweg. Wir werden Großartiges leisten. Wir werden unabhängig, frei sein. Wir werden - einen Kompromiss eingehen. Sharon und ich werden heiraten. Ich bekomme die Greencard, sie finanzielle Sicherheit und die, dass immer jemand für sie da ist.
Dieses ewige Hin und her macht mich fertig. Ich brauche endlich eine gerade Linie. Nur wie?

August 2, 2019
Sharon hat gekocht und ein Wochenende in Baja gebucht. Sie strengt mich an, laugt mich aus. Ich habe ihr gesagt, dass wir fahren können, ich aber wirklich keinen Sex mehr mit ihr will. Jetzt sind alle Gläser und Vasen kaputt. Ich bin auch kaputt. Sie hat ein Beruhigungsmittel genommen und schläft.

August 6, 2019
Sharons Kampagne läuft irre gut an. Die Fans lieben sie. Das gibt ihr Kraft. Natürlich - Anerkennung, alles von außen. Ich will endlich nach innen.
Ihre Mutter und ihr neuer Partner kommen am Wochenende zu Besuch.

August 11, 2019
Sharons Eltern haben mich bestürmt, bei ihr zu bleiben, alles werde gut werden, sie würden uns ein Haus in den Hills oder sonst wo kaufen. Ohne mich würde Sharon zusammenbrechen, wieder alles hinwerfen, ich sei ihr Anker, ihr Licht, ihr alles, auch wenn sie es nicht zeigen könne. Wir alle sollen zusammen helfen, damit sie eine Therapie macht und durchzieht.

Sie tun mir leid. Sharon tut mir leid. Ich tue mir leid. Selbstmitleid ist widerlich.

August 13, 2019
Sharon ist zwei Wochen auf Tour. Zeit zum Verschnaufen. Volle Konzentration auf den Job. Lange halte ich das nicht mehr aus.

August 16, 2019
Apropos, durchatmen: Es gibt ein Leben ohne Sex. Es ist sogar ziemlich entspannt.

August 18,2019
Was kümmert mich mein Geschwätz von vorgestern. Chloe ist süß, jung, sexy. Am Ende des Monats geht sie nach London zurück, und bis dahin vergnügen wir uns. Eine kleine Affäre, ohne jede Bedeutung, außer, dass es für zwei Wochen exklusiv ist. Nur sie und ich. Unglaublich.

Ich ließ das Buch sinken. Meine Hände zitterten. Nicht nur meine Hände, auch der Rest meines Körpers.
Das war das gleiche Muster. Zwei Wochen unverbindliche Zweisamkeit. Nähe auf Probe. Zukunft von vornherein ausgeschlossen. Deswegen hatte er mir das Buch gegeben. Weil er zu feig war, es mir ins Gesicht zu sagen. Weil er es mir überließ, die Parallelen zu ziehen!
Ich war gerade dabei, mich hineinzusteigern. Statt Wut – Selbstmitleid. Meine Brust wurde eng, schon begann ich zu weinen. Wie hatte ich nur so dumm sein können! Das Buch glitt mir aus der Hand, fiel zu Boden, ich rollte mich auf eine Seite, zog die Beine an, ballte die Fäuste.
Doch dann, in letzter Sekunde, bevor ich in Selbstmitleid und einem Meer aus Tränen versank, erinnerte ich mich an meinen Schwur. Nicht so schnell schwarzsehen, erst Fakten sammeln, die Lage objektiv betrachten. Und vor allem: Aufstehen! Nicht liegen bleiben! Auch dem anderen eine Chance geben. Ich wusste nicht einmal, was passierte! Ich stemmte mich hoch, wischte mir die Augen aus, atmete tief

durch und zwang mich, weiterzulesen. Komme, was wolle. Ich war stärker.

August 23, 2019
Unglaublich, wie sehr man sich täuschen kann. Chloe ist süß, jung und sexy, aber auch unglaublich nervig. Ich kann die Geschichten über ihr Seelenleid und ihre Analyse nicht mehr hören. Allen Menschen ist schon Schlimmes passiert. Aber muss man deswegen die ganze Zeit davon reden? Es ist ein Übel der Zeit, dass sich so viele Menschen durch ihr erlebtes Leid einzigartig machen wollen. Als wäre es eine Leistung, die Anerkennung verdiente. Dabei hat niemand einen Krieg oder den Holocaust überlebt. Ich nenne das Selbstmitleid und Opfertum. Und vielleicht sogar Narzissmus, aber ich bin kein Psychologe. Auf alle Fälle ist es bequem, anderen die Schuld zu geben. Was ist mit Aufstehen, Weitergehen?
Ich habe die Sache beendet.

Na, da hatte ich aber Glück gehabt, dass wir die zwei Wochen voll bekommen hatten!

Chloe hält sich mit ihrer Geschichte für den Nabel der Welt, für einzigartig, für etwas ganz Besonderes. Immer dieses Gerede von „Du bist einzigartig". Ja. Nein. Warum ist das überhaupt so wichtig? Kann es einem Glücklichen nicht vollkommen egal sein, wenn alle anderen auch glücklich sind? Wäre es dann nicht egal, wenn man sich wie ein Ei dem anderen gleichen würde? Man wird kein besserer Mensch, indem man einzigartig ist. Ein Vergleich: Die Wandelröschen auf unserer Terrasse hat drei Blüten. Jede davon besteht aus einer Vielzahl kleiner Blüten. Sie gleichen einander so stark, dass ich keinen Unterschied erkenne. Ist das wichtig? Nein. Was wäre eine einzelne kleine Blüte? Nichts. Erst zusammen entfalten sie ihre gesamte Schönheit, gerade weil sie einander bis zur Unterscheidungslosigkeit ähneln. Das ist ein weit ausholender Vergleich zu uns, ich weiß. Ich vermute aber, dass wir Menschen uns, wenn wir glücklich und erfüllt sind, nicht unterscheiden, weil Verletzungen keine Rolle mehr spielen, weil wir uns nichts mehr beweisen müssen. Wahrscheinlich sind alle gesunden Seelen gleich, denn alles Negative fällt ab, was bleibt, ist reine Liebe, und das ist das Paradies, von dem Jesus sprach.

Davon bin ich meilenweit entfernt. Immerhin habe ich erkannte, dass ich sie weder im Sex noch in einer fingierten Zweisamkeit finden werde, sondern zuerst in mir, und das in aller Tiefe. Nur wer selbst liebt, kann Liebe empfangen.

August 26, 2019

Max und ich haben gekündigt. In zwei Wochen ist alles vorbei. Die Vorstellung, nichts mehr zu tun zu haben, lähmt mich einerseits, andererseits baut sie mich auf, gibt mir Kraft, Zuversicht, Hoffnung. Eine Stunde später: Ich werde panisch. Was soll danach kommen? Sind wir wahnsinnig? Meine Angst liegt nicht am Geld, denn davon habe ich genug, sie liegt daran, dass ich meinen Job brauche, weil ich sonst nichts habe.

Ich will das, was ich nicht habe, finden. Deswegen habe ich mich frei von dem Job gemacht – frei für das Leben. Ruhig. Zuversicht.

Kloster?

August 28, 2019

Kein Kloster, zumindest vorerst nicht, denn ich war bei einer Art Wunderheiler, mit dem ich viel über den Sinn des Lebens gesprochen habe. Luke. Nicht einmal er weiß, warum und wozu wir leben. Es ist einfach so. Immerhin konnte er mir sagen, was man seiner Erfahrung nach für ein gutes Leben braucht, nämlich Gleichgewicht. Alles mit Maß und Ziel, wie meine Oma immer sagte. Dazu, und darin, folgende Qualitäten: Liebe, Freundschaft, Freude und Genuss, Ästhetik, Bewusstheit, Verantwortung, Erfüllung im Dienen/ im Dienst, Dankbarkeit, Ruhe und Muße, Tugenden und ein Leben im Einklang mit etwas Höherem, das er „Das Schöne, das Wahre, das Gute", nannte, kurz Selbsttranszendenz. Über jeden der genannten Punkte soll ich mir bis zu unserem nächsten Treffen Gedanken machen, nachspüren, was es für mich bedeutet – falls es etwas bedeutet. Was ist Erfüllung im Dienst/ Dienen? Ich habe keine Ahnung, deswegen habe ich mit Schönheit, sprich Ästhetik begonnen, denn die ist in L.A. ja allgegenwärtig. Möchte man zumindest meinen. Dabei weiß ich, dass das, womit wir nonstop zugedröhnt werden, lediglich eine Farce ist. Mir ist das Buch wieder eingefallen, das Marla immer schreiben wollte und bei dem sie meines Wissens nach nie über den Titel hinausgekommen ist: The Make-up-Lie.

Wahre Schönheit ist nicht perfekt. Was ist das überhaupt für ein überstrapaziertes Wort: Perfekt.

Vielleicht ist Schönheit Gleichgewicht, das Ebenmaß, die exakte Mitte, der goldene Weg, zwischen zu viel und zu wenig.

Vielleicht ist die Frage aber gar nicht so sehr, was Schönheit ist, denn sie ist für jeden etwas anderes, als viel mehr das, was sie in uns auslöst, wie sie uns berührt und beeinflusst. Fest steht, dass sie im Auge des Betrachters liegt – oder nicht? Gibt es objektive Schönheit? Ich drehe mich im Kreis. Aber woher kommt dieses Empfinden, das einen so glücklich macht, dass man an etwas Höheres glauben will?

Schönheit macht uns glücklich, deswegen floriert die Beauty-Industrie ja wie verrückt. Wieder. Wie viel davon? Es ist ein weiter Weg von OPs, Botox und Silikon hin zu schwarz behaarten Damenbeinen. Wann habe ich zuletzt einen Busen ohne Silikon berührt? Die meisten Frauen lassen sogar die Schamlippen optimieren. Was für ein Wahnsinn, wenn man sich nicht einmal dem, mit dem man ins Bett geht, so zeigen kann, wie man ist. Wobei, was hat Sex mit Liebe und Vertrauen zu tun? Sollte die Liebe nicht besser vor dem Sex kommen?

Ist Schönheit Blendung? Immer eine Lüge? Oder die absolute Wahrheit? Oder keins von beidem? Oder ist auch das am Ende völlig irrelevant?

Nun weinte ich doch, aber nicht aus Selbstmitleid, sondern aus Mitgefühl. Ich spürte Aurels Verlorenheit in der Welt, die Entfremdung von sich selbst, ich kannte sie so gut. Ich sah auf das Datum. Es schien mir unglaublich, wie weit er in so kurzer Zeit gekommen war.

August 29, 2019
Freude und Genuss.
Man kann nicht schnell und beiläufig genießen.
Nicht wie Sharon und ihre Sucht. Ihr zwanghaftes Sexualverhalten. Ihre Krankheit. Sie wird die Leere und den Schmerz nie damit heilen können. Und ich sie auch nicht.

Himmel, wie sehr ich mich nach Zärtlichkeit, Nähe, Vertrautheit und bewussten Genießen sehne. Mit unendlich viel Zeit. Endlich merke ich, was mir fehlt. Nicht der schnelle Kick, sondern das Eintauchen in der Seele des anderen. Klingt kitschig, aber egal, das hier wird nie jemand lesen.

August 30, 2019
Erfüllung im Dienst/ Dienen. Dazu fällt mir mein Vater ein. Für ihn war sein Job kein Job, sondern ein Beruf, eine Berufung, in der er etwas Höherem diente. Es ging nicht um ihn, sondern um die Sache, also das Wohl der Nation, Friede auf der Welt. Er hat gesagt „ich habe Dienst/ bin im Dienst." Ha. Mein Job? Der „diente" der Gewinnmaximierung, er hat Aktionäre in Jubel versetzt, Angestellte in Verzweiflung gestürzt und mir fette Boni in die Kasse gespült. Aber Erfüllung? Dienst? Etwas Höheres? Fehlanzeige.
Das Thema hat mich beschäftigt, aber mit dem anderen bin ich immer noch nicht fertig.
Gibt es denn wirklich keine Frau, die noch nicht beim ersten Date die Beine breit macht? Eine, die dabei nicht unaufgefordert Dinge tut, die man früher nur in Pornos sah? Was ist los? Mich kotzt das so an. Natürlich will ich keine Heilige. Ich will eine Frau, die sich selbst liebt und sich Zeit für uns nimmt. Zeit, um einander zu entdecken. Wie soll man sich „schnell" kennenlernen?
Zeit für Zärtlichkeit - meine halbe Kindheit lang lag ein Buch mit diesem Titel auf dem Nachtkästchen meiner Mutter. Hat sie Zärtlichkeit bekommen? Wenn ja, genügend? Und ich? Seit Marla war da nichts mehr. Ich sollte den ersten Schritt machen, es wagen, es zulassen, schauen, was passiert. Aber nicht mit Sharon, nicht mit ihr, das muss ein Ende finden. Es muss und es wird.
Es heißt „Sprich nur ein Wort, so wird meine Seele gesund". Das stimmt nur, wenn der andere dem Sprecher absolut vertraut, ihm glaubt. Denn reden tun wir allesamt genug. Eine einfachere Version für mich lautet: „Streichle mich wortlos, dann bin ich gesund." Wobei - setzt das nicht auch einen tiefen Glauben voraus?
Ich werde Luke, dem Wunderheiler, sagen, dass er den Punkt in seine Liste aufnehmen muss. Zärtlichkeit.

Entgegen seinen Befürchtungen fiel Aurel nach seinem letzten Arbeitstag nicht in ein tiefes Loch, sondern ging surfen und wandern. Er traf sich mit seinem Bruder, der zufällig in der Stadt war, mit Luke und natürlich mit Max. Er ging sogar in einen Gottesdienst, nahm dann aber wieder Abstand davon, weil ihm die Starre und die Machtstrukturen nicht gefielen. Ich konnte ihn verstehen. Ich zog die Parallele zu Vincent.

September 11, 2019

Luke sagte, ich solle mich als Tier malen oder beschreiben. Was dabei herauskam, ist lächerlich, aber außer ihm und mir wird es nie jemand erfahren. Anfangs war ich ein Welpe, und es ist klar, dass der nur gestreichelt und geliebt werden will und Hilfe von anderen braucht. Das hat mich erschüttert.

Ich bin vierzig, ich bin erfolgreich, zumindest in beruflicher Hinsicht, und hinsichtlich des Selbsterhaltungstriebs, der laut Luke Hygiene, Umgang mit Geld, Gesundheit beinhaltet.

Vermutlich bin ich zwar als Baby geknuddelt worden, aber später nicht mehr. Es hat sich nicht gehört, weder von der Mutter, schon gar nicht vom Vater. Zu ihm habe ich zeitlebens aufgeschaut, er war oft nicht da, und wenn doch, dann war er in seinen Dienst vertieft, wir hatten uns zu benehmen. Er hat mit uns Fußball gespielt oder etwas vorgelesen, uns aber nicht in den Arm genommen, wie Väter es heutzutage tun. Es war damals einfach anders, generell, ich kann ihnen nichts vorwerfen. Bestimmt wurden sie von ihren Müttern, die gerade erst den Krieg überlebt hatten und mit Wiederaufbau beschäftigt waren, auch nicht liebkost.

Alle, meine Eltern, Großeltern, Urgroßeltern, alle hatten Probleme, Krisen, Traumata. Es gab nicht mal eine Therapie. Sie haben mir nicht absichtlich geschadet. Im Großen und Ganzen hatte ich eine schöne Kindheit. Kleine Flecken gibt es überall - und insgesamt betrachtet ist zu wenig Zärtlichkeit ein kleiner Fleck, verglichen mit Schlägen, brutalen Streitereien, Missbrauch, Alkoholismus, Vernachlässigung, schlimmen Krankheiten, bitterer Armut und was es sonst noch alles gibt.

Meine Eltern können genauso wenig aus ihrer Haut wie ich. Sie durften keine Schwäche zeigen, nur Haltung und Leistung - wie sonst hätten sie erreicht, was sie erreicht haben? Und ich? Ich will nicht zerbrechen. Ich will wachsen, so wie der Welpe auf meinem zweiten Bild, der zu einem starken Setter wurde, der von seiner Menschenfamilie gestreichelt wurde und sie im Gegenzug beschützte. Ein Rüde, der ausgelassen über Felder tollte, mit den anderen Hunden spielte, und die Welpen im Nest ableckte. Das tun nur Hündinnen, ich weiß. Ohnehin ist es ein hinkender Vergleich, aber kein Vergleich zwischen Mensch und Tier geht auf.

September 12, 2018
Sharon legt es immer wieder darauf an. Sie hat Angst, mich zu verlieren, aber das wird sie. Wie lange halte ich das noch aus? Sie muss in eine Klinik, anders geht es nicht. Ich bin nicht für sie verantwortlich – ja. Nein. Natürlich nicht, rein theoretisch, aber ich kann sie nicht einfach hängen lassen.
Das nächste Mal, dass ich mit einer Frau schlafe, soll es aus Liebe geschehen, und wenn ich mein Leben lang umsonst darauf warte.

September 13, 2019
Max und ich sind in Dallas, weil wir vielleicht hierherziehen. Es ist günstig, das Klima ist super, die Straßen sind nicht voll mit Obdachlosen, Junkies, Nadeln, Ratten und Müll.
Ich bin müde und habe wieder Magenschmerzen. Außerdem kann ich kaum schlafen.

September 17, 2019
Max und ich haben eine Ayurvedakur in Sri Lanka gebucht. Maddy hat sie uns empfohlen. Verrückt, ich weiß. Aber warum nicht? Es klingt nach dem idealen Übergang, eine richtige Auszeit, Ruhe, Vorbereitung auf das, was vor uns liegt.
Gesundes Essen, schöne Natur, Ruhe. Angeblich droht keinerlei Ablenkung, weil nur um sich selbst kreisende Frauen auf dem Selbstfindungs - und Selbstoptimierungstrip solche Kuren machen (M.s Worte). Wenn wir körperlich und seelisch detoxed sind, bleiben wir bis Weihnachten auf Bali. Gibt es einen besseren Ort, als gechillt das neue Business in Angriff zu nehmen?
Ich freue mich. Endlich ein Lichtblick!

September 20, 2019
Sharon in Scherben. Ich werde die Bilder nie vergessen, aber endlich hat sie sich in eine Klinik bringen lassen. Der Abschied war eigenartig. Wie Regenwolken über dem Ozean, aber dahinter klares Licht. Hoffentlich geht diesmal alles gut.

September 22, 2019
Wir sind am Kistenpacken. Ich verkaufe viel, lagere den Rest ein. Ich bin so oft umgezogen und trotzdem sammelt sich so viel an. Sesshaft sein wäre schön. In Dallas? Wir werden sehen. Ein Schritt nach dem anderen.
Morgen fliegen wir nach Sri Lanka. Dort machen wir eine kurze Rundreise, bevor wir uns von Grund auf reinigen und neu erfinden. Scherz. Ich versuche nur, mich auf die Stimmung dort einzustimmen.

Es folgten Einträge über die Anreise, besichtigte Tempel, bestiegene Berge, eine Öko-Lodge und Elefanten auf freier Wildbahn, wenngleich in einem Reservat. Ich bedauerte, dass Bea und ich nicht mehr von dem Land gesehen hatten. Wir hätten auf Tanja hören und uns mehr Zeit nehmen sollen. Welchen Unterschied hätte das schon gemacht? Die paar Euro näher null wären auch schon egal gewesen. Doch halt – damals war ich noch davon ausgegangen, dass ich zu Vincent zurückkehren, mit ihm eine Familie gründen, die Biografie zu Ende und im Anschluss daran über Windparks schreiben würde! Wenn ich mich nicht mit Stolz und Sanders angelegt hätte, könnte ich zumindest Letzteres tun, wenigstens bis sich etwas Besseres ergab. So aber hatte ich mich auf einschlägigen Online-Plattformen für Schreibaufträge beworben, und schon einen Zuschlag für Produktbeschreibungen bekommen. Das gab mir etwas zu tun und brachte ein wenig Geld ein.
Morgen, oder eher heute, wollte ich damit fertig werden. Es war fast drei Uhr, ich konnte die Augen kaum offen halten und dachte an jene schlaflose Nacht, in der ich Aurel beim Schwimmen zugesehen hatte. Dann schlief ich zum ersten Mal seit Langem mit einem grundlos beruhigten Gefühl ein.

Oktober 1, 2019

Endlich sind wir im Pagoda angekommen. Es kommt mir vor, als hätte ich das Ziel schon erreicht, dabei fängt die große Herausforderung erst an: die Passivität. Ich bin gespannt, wie ich damit umgehen kann, alles von allein werden zu lassen, ohne einzugreifen und die Kontrolle behalten zu müssen.

Die Suite ist geräumig, hell, luftig und geht zum Meer hinaus. Ich habe mich schon gemütlich eingerichtet und bin sicher, dass ich mich wohlfühlen werde.

Die Atmosphäre in der ganzen weitläufigen Anlage ist friedlich, klar und harmonisch. Die Architektur verleiht einem das Gefühl der Weite. Das viele Wasser beruhigt und reinigt. Es gibt einen langen und einen kleinen Teich mit dicken, fetten Koi und Seerosen, viele Wasserschalen mit Blütenmandalas und natürlich den ewig rauschenden Ozean, in dem man zumindest am Hausriff leider nicht schwimmen kann.

Oktober 2, 2019

Madeleine hatte Recht: Hier sind nur Gäste über 60 und Frauen, die allesamt heillos (aber heil-suchend) um sich selbst kreisen. Max und ich haben ganz schön Aufsehen erregt, besonders bei diesen drei „Power-Girls", wie sie sich selbst nennen. Sie sind schon fast drei Wochen hier, aber von Ruhe keine Spur. Den ganzen Tag über meditieren sie oder reden lauthals über Männer, Meditation, ihre Konstitutionstypen, Jobs und Investitionen, von denen die meisten in die Hose gehen werden, aber das sage ich ihnen nicht. Max und mir ist klar, was sie wollen – aber ohne uns. Wir wollen Ruhe, Abstand, Klarheit, also alles andere als bedeutungslosen Sex.

3. Oktober, 2019

Etwas an dem Bild ist falsch: Sie hätte aus dem Meer steigen müssen, nicht ich.

3. Oktober: Das war ich! Da war ich, festgehalten in Buchstaben, in dem Buch, das nun ich hatte, nicht er. Ich sah ihn vor mir auftauchen. Seine strahlend blauen, leicht überrascht wirkenden Augen. Sein ebenmäßiges, gottgleiches

Gesicht. Die bronzefarbene Haut, auf der die Wassertropfen in der Sonne glitzerten. Dieser Blick, dieses Lächeln, diese Zärtlichkeit. Und meine qualvolle Sehnsucht.

Wir haben mit Delia und Bea zu Abend gegessen. Sie sind unglaublich sympathisch und charmant. Beide haben Stil, Intellekt und Humor, sind aber null überheblich. Bea steht definitiv fester im Leben als Delia, meine Venus, die mir vorkommt wie ein frischgeborenes Fohlen, das versucht, auf eigenen Beinen zu stehen. Oder ein Reh. Das passt besser zu dem gelegentlich scheuen Blick, der sich so rasch ändert, dabei aber immer intensiv ist. Belustigt, kämpferisch, in sich gekehrt, neckend, unergründlich.
Sie sind top gepflegt und dabei natürlich, das gefällt mir am besten. Ich bin mir sicher, dass sie nicht operiert, gespritzt oder sonst was ist. Delia ist umwerfend schön, mit kleinen Fehlern. Ein Auge ist größer als das andere und die Nase ist ein wenig schief. Das fällt einem aber nur auf, wenn man sie objektiv betrachten kann. Max hat mich darauf hingewiesen. Ich wollte es zuerst nicht glauben, aber er hat recht. Wie süß.
Delia – was für ein Name! – fasziniert mich, und ich fühle mich bei ihr merkwürdig wohl. Entspannt und aufgeregt zugleich. Verrückt, ich weiß. Verrückt und schön.
Sie ist recht dünn, aber das kann an ihrem nervösen Zustand und Schmerzen liegen. Meiner Meinung nach steckt in ihr richtig viel Feuer, auf das in letzter Zeit erstickend viel feuchtes Holz gelegt worden ist. Ich würde gern erleben, wie sie lodert und brennt. Wenn sie lacht, ist sie die schönste Frau der Welt. Ich will sie öfter lachen sehen.
Es gefällt mir, dass die beiden Cousinen sind. Ich kenne keinen Verwandten, die sich so nahestehen.
Und ja, Max steht auf Bea.
Gestern noch dachte ich, dass wir hier frauen-frei entspannen könnten, aber heute sieht die Welt anders aus. Und das ist wunderbar.
Jedenfalls geschehen in mir gerade Dinge, von denen ich geglaubt hatte, dass sie mit dem Erwachsenwerden aussterben würden.

Ich las den Eintrag fünf Mal. Und dann noch einmal. Und dann las ich von unserem Treffen am Bücherschrank.

5. Oktober, 2019
Delia und ich haben uns nach dem Yoga zu zweit unterhalten. Sie strahlte wie die Abendsonne. Ich zeigte ihr gerade, wie sie sich mit den Tennisbällen massieren sollte, sie war mir so nahe, dass die Luft sirrte, da wurde sie auf einmal vor Schmerzen halb ohnmächtig. Erstverschlimmerung. Ich habe sie sofort zum Nachtarzt gebracht. Sie war kaum noch ansprechbar und tat – tut – mir unsagbar leid. Zum Glück konnte der Arzt ihr gleich helfen. Was sie wohl erlebt hat, dass ihr Körper so tobt? „Somatisiertes Leid" nennt sich das wohl. Wenn ich Delia als Tier malen müsste, wäre sie ein Schmetterling, der in einem stacheligen, giftigen Kokon feststeckt und sich rauskämpft. Ich würde ihr gern helfen – aber wie? Und nein, ich soll und darf nicht wieder den Retter spielen. Das ist keine gute Rolle, weder für sie noch für mich.

Oktober 5, 2019
Ich glaube, ich habe mich verliebt. Richtig. Ernsthaft. Wenn ich sie sehe, kann ich nur noch grinsen und nicht mehr klar denken. Sie hat die Schildkröte in der Tonne angeschaut, als würde sie sich selbst darin sehen. Wir alle, sie, ich und das Tier, waren eins. Ohne zu denken, einem reinen Instinkt folgend, der nichts mit Begehren zu tun hat, zog ich sie an mich. Sie blieb. Vermutlich wollte ich sie beschützten und ihr Kraft geben, dann aber hielt sie mich. Das beschäftigt mich, weil ich noch nie zugelassen hatte, dass eine Frau mich hält. Es war schön.

Oktober 7, 2019
*Ich bin glücklich.
Wir haben uns geküsst, noch dazu bei Sonnenaufgang. Es war wie ein Traum.
Delia.*

Oktober 8, 2019
Wie gewonnen, so zerronnen.

Ihr Macker in Berlin will ein Haus kaufen. Sie ist zwar nicht glücklich mit ihm, das merke ich ihr an und Bea hat es Max erzählt, aber sie hält es für eine vorübergehende Krise. Wer's glaubt, wird selig.

Warum klammern wir uns an etwas, das uns nicht guttut? Weil es besser ist, als den Halt zu verlieren.

Ich sehne mich auch nach Halt, nach Kontinuität und Stabilität. Ich habe die ewigen Brüche so satt. Ich ertrage sie nicht mehr. Ich dachte, Delia sei anders – wie dumm, etwas von jemandem, den man kaum kennt, zu erwarten. Dabei kann man sich nur täuschen, und dann ent-täuscht werden. Besonders im Urlaub, wo alle Sorgen und der Alltag weit weg sind.

Apropos weit weg – in den USA ist Sharon. Jetzt, da ich keine Wohnung mehr habe, da ich theoretisch überall hingehen und neu anfangen kann, kommt es mir vor, als wären wir schon lange getrennt. Was verbindet uns noch? Die Hoffnung? Die Vergangenheit? Weil wir so lange gehofft und gekämpft haben? Angenommen, ihre Therapie sollte diesmal wirken: Würde ich dann mit ihr zusammen sein wollen? Oder wollte ich sie immer nur retten?

Oktober 11, 2019
Ich bekomme noch immer schlechte Laune, wenn ich sie sehe. Ich meide sie.

Oktober 14, 2019
Ich habe kaum noch Zeit, zu schreiben, denn sie ist wieder da. Es ist aus zwischen ihr und dem Kerl, der echt ungut sein muss. Sie ist ... oh Mann, sie ist alles, mehr als alles. Und ich? Ich bin verliebt. So verliebt wie noch nie, und ich bin so leichtsinnig. Es wird verdammt wehtun. Aber wenn ich dieses Glück aus Angst vor dem Ende nicht zulasse, nicht lebe, nicht genieße, dann habe ich umsonst gelebt.

Sie ist die Frau, mit der ich keinen Sex will, damit sie nicht an Bedeutung verliert. Oder nein, falsch. Sie ist die Frau, auf die ich warten will, bis es kein blindes Begehren mehr ist, sondern nur noch um sie und um uns geht.

Ich greife vor. Ich träume.

Oktober 15, 2019

Mein Körper und meine Seele haben keine Grenzen mehr. Wir gehen ineinander über, nahtlos. Wo ich aufhöre, fängt sie an. Überall spüre ich ihre weiche Haut, ihre Hände, Lippen, Küsse. Ich höre ihre Stimme, ihr süßes Seufzen und Stöhnen, selbst wenn sie nicht da ist. Ich sehe ihre sehnsüchtig lockenden Blicke, ihre Unschuld, ihre Hoffnung, ihr Staunen.
Frau der Wunder. Wie kann ich bei dir bleiben?

Oktober 17, 2019
Traum meines Lebens. Venus und Aphrodite. Gottgleich. So schön, so wunder-wunderschön, und ich so unsterblich verliebt, dass ich nicht weiß, wie es ohne sie weitergehen soll.
Was für ein Geschenk.
Und was für ein Verlust. Bald, viel zu bald.

Oktober 18, 2019
Kein Sex, sondern Liebe. Endlich. Tiefer als tief. Innig.
Danke. Danke. Danke.
Ich habe keine Worte. Es übersteigt meinen Verstand. Ich bin ein anderer Mann. Befreit. Erlöst. Frei für die Liebe.

Oktober 19, 2019
Ich liebe Delia, dieses Wunder, und uns bleiben nicht mal zwei Tage. Werde ich den Mut aufbringen, es ihr zu sagen? Aber wozu? Wir haben keine gemeinsame Zukunft. Wir sind beide erwachsen, stehen mitten im Leben – oder auch nicht. Beide haben wir weder Job noch Wohnung. Vagabunden sind wir. Sie ist schon Single, ich werde es spätestens dann sein, wenn ich Sharon nach meiner Rückkehr sehe. Rückkehr oder Stippvisite? Wozu noch die USA?
Ich frage mich, ob der Reiz vielleicht genau in dieser trügerischen Gefahrenlosigkeit liegt. Wir wissen, dass wir einander nie enttäuschen können, wenn wir keine Kontaktdaten tauschen. So kann die Erinnerung ewig weiter bestehen und uns vorgaukeln, wir wären der „perfekte Partner".
Sind wir wirklich so feig? Haben wir so viel Angst vor einer Enttäuschung, davor, den Traum vom vollkommenen Glück zu verlieren?

Es scheint so. Als ich ihr sagte, dass mir ein Leben in den USA nicht mehr wichtig sei, hat sie nicht reagiert. Ob aus den gleichen Ängsten wie ich oder anderen, weiß ich nicht. Wir haben uns so viel voneinander gezeigt, aber nicht diese Wunde. Vielleicht übertreiben wir es damit, dass wir dem anderen nichts von unseren ehemaligen Beziehungen erzählen, dass wir die Wunden, die Verzweiflung, die Orientierungslosigkeit und Haltlosigkeit nicht aussprechen wollen. Als würde es sie dadurch nicht geben. Als würden sie dann nichts mit uns als Paar zu tun haben. Das hat sein Gutes, aber vielleicht auch zu viel Schlechtes.
Es reißt mir das Herz heraus.

Oktober 20, 2019
Unser letzter ganzer Tag. Es ist egal, ob wir noch zwanzig, zehn oder eine Stunde haben. Alles ist zum letzten Mal. Danach nie wieder. Es ist vorbei, wir haben verloren. Uns. Das Spiel, das Leben. Die Liebe. Wir sind feige Versager. Sie und ich, alle beide.
Aber sie will Kinder, das hat sie noch einmal betont. Dazu kann sie mich nicht gebrauchen. Aussortiert. Defekt. Tja.
Wenn ich Vater werden könnte – würde sie bei mir bleiben? Nicht in den USA, irgendwo in Deutschland oder Österreich? Würde sie mir ein Zeichen geben, dass wir es doch, in all dem Irrsinn der Welt, zusammen versuchen sollten? Müssten? Müssen?
Wenn wir im Alltag so verbunden bleiben könnten, wie wir es jetzt sind, wenn aus der Verliebtheit wirklich Liebe wird und wir ein gutes Team – würden wir ein Kind adoptieren? Wäre das ein Weg? Unser Weg? Warum versuchen wir es nicht wenigstens?
Delia, ich kann dich so nicht gehen lassen, aber ich werde es tun. Vielleicht gebe ich Dir zum Abschied dieses Buch. Augenblicke werden darüber entscheiden.
Es gibt da ein Lied von Alex Diehl, es heißt „Du warst hier in meiner Seele". Seit ein paar Tagen, seitdem der Abschied am Horizont lauert, höre ich es immer wieder in mir. Streich die Zeile mit den Trümmern, der Rest ist für dich, von mir. Für immer.
Wir haben gesagt, wir wollten nur Übergangsmenschen füreinander sein. Wegbereiter für ein besseres, ein erfülltes Leben, für den idealen Partner. Wir dachten, wir würden uns selbst lieben und achten. Aber tun wir das? Oder wollen wir uns unbewusst nur selbst bestrafen?

Schützen und strafen zugleich? Wer soll nach Dir kommen? Mit wem soll ich so glücklich, so stark, so sehr ich selbst sein, wie mit dir? Warum? Wenn ich Dir dieses Buch gebe, heißt das, dass ich Dir vertraue, sowohl, was meine Vergangenheit, als auch was meine Zukunft betrifft. Denn es bedeutet, dass ich auf dich warten werde.

Vielleicht, Delia, vielleicht willst Du keinen anderen Mann, nur weil er zeugungsfähig ist, sondern mich, weil ich Dich liebe und Du spürst, dass ich unserem Kind ein guter Vater und Dir ein guter Mann sein würde. Vielleicht willst Du das Leben an sich, und besonders das Leben mit mir so sehr wie ich mit Dir.

Ich will Dich und nur Dich, auch wenn ich nichts von Dir im Alltag weiß, wie gut oder wie schlecht Du kochst, ob Du beim Einkaufen herrisch bist, wie Du die Wohnung einrichtest und ob Du daheim in ausgeleierten T-Shirts herumläufst. Es wäre mir egal, weil ich Dich liebe. Weil ich stark genug geworden bin, um zu wissen, dass diese Äußerlichkeiten nicht zwischen uns kommen können, wenn wir uns so nah bleiben und nicht urteilen. Nie urteilen. Ein Urteil schließt und beendet – wir bleiben offen. Das würden wir einander schwören, bevor wir für immer zusammenblieben.

Es heißt, dass eine Ehe eine Entscheidung ist, das Gute zu sehen, Fünf gerade sein zu lassen und zu erkennen, wenn man leidet. Wir beide aber sind wie die Königskinder, die nicht zusammenkommen können, weil das Wasser zu tief ist. Warum schwimmen wir nicht?

Ich liebe dich, Delia. Ich will bei dir sein, ich will mit dir leben und sterben.

Wenn du das liest und ein Leben mit mir ernsthaft versuchen möchtest, dann schreib mir. Aber bitte nur dann: aurel.schwarzkopf@mail-mir.com

Wenn nicht, wünsche ich Dir von ganzem Herzen nur das Beste für Dein restliches Leben. Es war ein Geschenk, Dich zu lieben.

Immer,
Dein Aurel.

Delia

Ich starrte auf die Zeilen, die Wörter tanzten vor meinen Augen, ich las sie ein zweites und ein drittes Mal. Ich weinte und lachte, beides zusammen. Er liebte mich! Er wartete auf mich, schon die ganze Zeit. Zeit, die ich aus Feigheit hatte verstreichen lassen. Ich sprang auf. Plötzlich zählte jede Sekunde. Mit fliegenden Fingern schrieb ich „Ich will!" und drückte auf Senden. Erst später, nachdem ich in der nachtschlafenden Wohnung hin- und hergetigert war, mir Tee gekocht und mehrmals beinahe Bea geweckt hatte, dachte ich klarer. Ich verfasste eine zweite E-Mail, in der ich ihm mitteilte, wie tief mich sein Vertrauen, seine Geschichte und Gefühle berührten. Ich erzählte ihm, warum ich das Journal erst jetzt gelesen hatte, wie sehr er mir fehlte und schloss mit dem Drängendsten: Wo wir uns - am besten gleich morgen - wiedersehen wollten. Ich überschlug mein Budget. Es reichte für Bali. Das Leben dort war günstig, ich könnte in einem co-Working Space übersetzen und texten und mir den Einstieg in die Firma meines Vaters überlegen. Ob Bea mitkäme? Ich schickte die Nachricht ab und sah ihr lange nach. Dabei wurde ich ruhig und eine tiefe Dankbarkeit erfüllte mich. Alle Bedenken und Grübeleien fielen von mir ab, ich spürte, wie ich leichter wurde. Von jetzt an gab es nur einen Weg. Das Leben in all seiner Fülle, Wunder und Herrlichkeit lag vor - und in mir.
Bald wären wir wieder beisammen.
Dann begann das Warten. Vor Aufregung konnte ich nicht schlafen und arbeitete an dem Auftrag. In Bali wurde es Vormittag und Mittag, bis Bea aufstand und ich ihr alles erzählen konnte.
„Meine Güte, endlich", seufzte sie erleichtert und wir umarmten uns fest. „Jetzt wird alles gut."
„Und du? Kommst du mit?"

Stumm schüttelte sie den Kopf und wandte den Blick ab, fragend sah ich sie an. „Für Max und mich war das wirklich nur ein Urlaubsflirt. Du musst allein fliegen.“

„Ach Bea, das tut mir so leid. Du vermisst ihn doch auch ganz arg.“

„Nicht mehr wie am Anfang. So ist das Leben, es muss dir nicht leidtun.“

Ich zog sie an mich und während ich sie so hielt, fragte ich mich, wo der Haken war, denn schließlich hatte ich noch nie mehr Glück als Bea gehabt.

Wobei ich ja erst dann von Glück würde sprechen können, wenn Aurel sich meldete. Und das tat er nicht. Zunächst mit jeder Stunde, dann mit jeder Minute, in der er nicht antwortete, wurde ich verzagter. Ich zweifelte am Mail-Dienst, durchsuchte den Spam, loggte mich von verschiedenen Geräten ein, schrieb mir selbst Test-E-Mails, die jedoch alle ankamen. Dann dachte ich, dass auf Bali die Regenzeit begann und deswegen vielleicht der Strom ausgefallen war. Ich überlegte mir unzählige Gründe, bis ich mir sicher war, dass ich zu lange gewartet und mich umsonst gefreut hatte. Bestimmt hatte er mittlerweile mit mir abgeschlossen.

Aber war das möglich? Oder lag es nicht doch am Strom, an dem notorisch schlechten Internet in Indonesien oder an sonst etwas, worauf ich im Moment nicht kam?

Es wurde Abend und Morgen und wieder Abend. Inzwischen war ich ein Wrack. Ich bat Bea, Max zu fragen, ob Aurel meine Post bekommen hätte. Eigentlich wollte sie ihn nicht kontaktieren, tat es aber doch. Zweifelnd schaute sie auf das Display. „Nur ein Haken. Grau“, sagte sie verdrossen und hielt mir das Handy hin. „Vielleicht haben sie gerade kein Netz, stecken im Dschungel oder sonst etwas. Gib nicht auf, wenn er dir das Tagebuch gegeben hat, hat er sich überlegt, was er tut.“

Ich antwortete nichts, denn ich hatte ihr Drängen, es endlich zu lesen, lebhaft vor mir. Hätte ich bloß auf sie gehört!

Am nächsten Vormittag, einem Samstag, trafen wir Tanja in dem Café in der Leonhardtstraße, wo vor so vielen Wochen alles begonnen hatte. War das ein Omen oder der Beweis, dass sich alle Kreise schlossen?

Es schloss sich tatsächlich ein Kreis, denn es passierte etwas völlig Unerwartetes und ebenso Unglaubliches. Anders als an dem warmen, fast heißen Spätsommertag waren die Menschen heute dick vermummt und zogen beim Gehen die Köpfe ein. Niemand schlenderte mit einem Eis in der Hand die breiten Gehwege entlang und vor den Cafés saßen nur Raucher. Kein Sonnenlicht fiel durch die dichten Wolken, die Bäume waren kahl, es war trostlos.

Tanja schwärmte gerade von Tel Aviv, als der Mann am Nebentisch die Zeitung, die er wie eine Wand vor sich gehalten hatte, weglegte und auf die Toilette ging. Bea, die neben ihm saß, blickte einem Reflex folgend auf die aufgeschlagene Seite, erstarrte und tastete entgeistert danach.

„Das glaub ich nicht! Schaut euch das an! *„Alles Lüge, oder was? Libertè-Award aberkannt!"* Darunter - ein Foto von Vincent!

Fassungslos rutschte ich auf die Stuhlkante, streckte die Hand aus, aber Bea las schon laut vor: „Eingehende Überprüfungen haben ergeben, dass die den Dokumentationen angeblich zugrunde liegende Gespräche teils nicht geführt, teils stark verändert wiedergegeben wurden. Auch Artikel, auf die der Journalist seine Recherche und Schlussfolgerungen stützt, existieren nicht oder belegen die aufgestellten Thesen nur unzureichend. Es scheint, dass Dahlmann von dem bloßen Willen, die Welt durch seine Brille zu sehen und nach seiner Vorstellung zu bekehren, getrieben wurde. *Die Zeitung* hat sich zwischenzeitlich von ihm distanziert, nicht so jedoch Clara von Lichtenberg, deren Biografie „Erlebt, erwacht, erleuchtet" er verfasst haben soll. Unbestätigten Gerüchten zufolge liegen jedoch auch hier Unregelmäßigkeiten vor."

War es denn zu glauben! Wir gackerten wie die Hühner, gaben uns High-Five und lasen den Artikel immer wieder. Tanja fotografierte ihn sogar ab, und bandelte dabei mit dem Eigentümer der Zeitung an. Ich schrieb Lennard Bukowski, wie weit er mit der Gegendarstellung sei, und beinahe zeitgleich traf seine Nachricht mit der Fahne ein, die wir sofort gemeinsam durchgingen. „Das ist gut, richtig gut!", jubelten wir, und ich gab den Text frei. Lennard versprach, alle Hebel in Bewegung zu setzen, damit der Artikel noch in der morgigen Sonntagsausgabe erschien.

Allmählich wandelte sich jedoch meine Euphorie in Unglauben und Bestürzung darüber, zu welch kriminellen Mitteln Vincent griff, um sein Weltbild zu bestätigen und durchzusetzen. Oder, um Anerkennung zu bekommen. Vielleicht hatte er mich wirklich so klein gemacht, damit ich ihn nie verlassen, sondern immer bei ihm bleiben würde. Dazu passte das Haus, aber die Biographie? Nein. Nicht jeder Irre handelte schlüssig.

Vielleicht war ich selbst ebenfalls drauf und dran, mich in einen Wahn hineinzusteigern, weil ich unablässig meinen Posteingang überprüfte. Nichts. Wieder nichts. Noch immer nichts. Doch da, endlich - ein Kuvert! „Mailer Damon ... Alle Zustellversuche gescheitert und eingestellt ... Betreff: Nachricht eins und zwei an http://mailto:aurel.schwarzkopf@mail-mir.com Was nun?

„Max liest meine Nachricht auch nicht! Vielleicht hat er mich blockiert. Aber warte, warte!" Hektisch wischte Bea auf ihrem Handy herum. „Hier! Dort sind sie! Das sind die Fotos von dem Hotel. Kennst du es zufällig?"

„Nein." Der Zufall wäre zu groß gewesen, dennoch kam mir ein irrer Gedanke. Ich hatte keine Zeit mehr zu verlieren, überhaupt hatte ich nichts zu verlieren, außer Geld, und so setzte ich alles auf eine Karte.

„Kein Hinweis auf den Namen, kein Schriftzug, nichts." Bea vergrößerte die Bilder und suchte alles akribisch ab.

„Gib sie bei Bildsuche", rief ich, aber Bea schickte sie uns weiter und so suchten wir alle gemeinsam alles ab.

„Das ist es! Ich hab's!" Ich sprang auf und stieß mir das Knie am Tisch an. Der stechende Schmerz war mir egal. „Bali Bohemian! Eindeutig, seht, das ist der Pool, das da das Strohdach." Mit einer unheimlichen Entschlossenheit ging ich vor das Café und rief das Hotel an. Auch die horrenden Kosten dafür waren mir egal.

„Bali Bohemian, good afternoon, how can I help?"

Ich brachte mein Anliegen vor. Ob ein Aurel Schwarzkopf bei ihnen wohnte? Generell ja, aber zurzeit nicht, die Herren hätten vorgestern vorübergehend ausgecheckt, aber den Großteil des Gepäcks dagelassen. „Snorkelling on the Gilis. Only temporary absence. Come back soon."

„Wissen Sie, wann?"

Das wusste er leider nicht, aber er würde Aurel ausrichten, dass ich angerufen hätte. „Er soll auf alle Fälle warten! Ich komme! Spätestens in drei Tagen bin ich da!"

Bea und Tanja stellten keine Fragen, als ich aufgewühlt zurückkam und ihnen unterbreitete, dass ich sofort aufbrechen müsste. Bea hatte in ihrer Pragmatik schon nach Flugverbindungen gesucht. „Heute Abend geht eine über Abu Dhabi. Soll ich mit meinen Meilen buchen?"

Ich lehnte dankend ab, denn das musste und wollte ich selbst bezahlen und buchte, Rückflug 18. Dezember.

„Ich muss los, packen!"

„Gleich. Du hast noch neun Stunden, ich helfe dir, lass uns noch kurz austrinken", bremste mich Bea in meiner plötzlichen Ungeduld. Was, wenn ich ihn verpasste, oder wenn er mit mir abgeschlossen hatte? Daran durfte ich nicht denken.

Ich sah Bea an, die austrank und mich wissend anlächelte. Ich würde wieder ihre Sommersachen einpacken, da ich natürlich immer noch keine eigenen hatte.

„Das Ziel der Sri-Lanka-Reise war doch, dass du gesund und glücklich wirst. Jetzt bist du gesund, und nur noch einen kleinen Schritt vom Glück entfernt", bemerkte Tanja, als wir auf dem breiten Gehweg standen und uns der kalte Wind um die Ohren pfiff.

„Hoffen wir es", sagte ich. „Hoffen wir beides."

Delia

Es war ein eigenartiges Gefühl, Bea am Flughafen zurückzulassen. Ich fühlte mich schlecht, weil sie so viel für mich getan hatte und am Ende mit leeren Händen ausging. Das war ungerecht – aber was war schon gerecht?

„Flieg in dein Glück", sagte sie mit einer festen Umarmung, dann ging ich durch die Kontrolle. Als ich mich umdrehte, stand sie noch immer da und sah mir mit einem verklärten Ausdruck nach. Sie tat mir so leid.

Zwanzig Stunden später hob ich in Denpasar zwei Millionen Rupien ab und prallte gegen eine Wand aus Licht, Hitze und Luftfeuchtigkeit. Sofort schwitzte ich Sturzbäche, aber als ich mich mit einem Fahrer auf den Preis nach Ubud geeinigt hatte, meinte er: „Not so hot today, Madam." Zumindest kühlte die Klimaanlage den Körper und das satte, saftige Grün der üppigen Vegetation die Sinne. Dankend nahm ich das Wasser, das er mir reichte, und lehnte mich auf der Rückbank zurück. Auf dem langen Flug hatte ich den Auftrag fertiggestellt und so lange in dem Tagebuch gelesen, bis ich es auswendig kannte. Aurel hatte so inbrünstig und aufrichtig geschrieben, dass er unmöglich mit mir abgeschlossen haben könnte. Oder doch? Vier Wochen waren lang, besonders dann, wenn sie mit Ortswechseln und anderen Umbrüchen zusammenfielen. Den Rest des Fluges hatte ich damit verbracht, mich auf alle Eventualitäten vorzubereiten. Im Idealfall wären sie schon von den Inseln zurück, wenn ich ankam, doch darauf konnte ich mich nicht verlassen.

Neunzig Minuten später war es Zeit für Plan B, denn im Bali Bohemian war weder Aurel noch eine Nachricht über eine bevorstehende Rückkehr eingetroffen. Also stellte ich meinen Koffer zu seinem, gab dem Angestellten ein gutes Trinkgeld und bat ihn, mir einen Fahrer nach Padang zu rufen. Dort bestieg ich, nur mit dem bereits in Berlin vorbereiteten Handgepäck, das nächstbeste Boot zu den drei Gili-Inseln. Eine davon war als Honeymoon-Island bekannt und so klein und ruhig, dass dort wirklich nur Schwerst-Verliebte abstiegen. Dort würde er hoffentlich nicht weilen. Die größte war für wilde Partys bekannt, auch dort vermutete ich ihn nicht. Blieb nur Gili Air, die man in rund vierzig Minuten zu Fuß umrunden konnte. Motorisierte Fahrzeuge waren dort nicht erlaubt. Dort würde ich ihn suchen.

Es gab Momente, in denen ich mir sicher war, dass mein Vorhaben glücken würde. Dann aber erschien es mir als purer Wahnsinn, in dem blinden Vertrauen, ihn schon zu finden, so weit zu reisen. Sollte ich nicht lieber hier warten? Er konnte jeden Augenblick zurückkommen und dann würde ich ihn vielleicht verpassen! Was, wenn der Angestellte zu dem Zeitpunkt keinen Dienst hatte und meine Nachricht verloren ging? Ich schrieb eine zweite und befestigte sie an dem Koffer mit Aurels Initialen. Ich erkannte ihn wieder, natürlich tat ich das, trotzdem kam es mir völlig unwirklich vor, dass er ihm gehörte und dass darin Kleidung lag, die ich berührt hatte. Ich strich darüber, als wäre er ein Teil von ihm. Dann fuhr ich los. Erst, als ich auf dem heillos überladenen Schiff saß und bei jeder Welle einen Meter aus der Sitzbank gehoben wurde, fiel mir ein, dass sie nach Lombok weitergezogen sein könnten. Diese Insel war zu groß, um ihn dort zu suchen. Wenn ich ihn auf Air nicht fand, würde ich dem kristallklaren Wasser, den bunten Fischen, die zwischen den Korallen hin und her schwammen, dem hellen Sandstrand, den Palmen und der tiefen Erholung den Rücken kehren und doch im Bali Bohemian auf ihn warten. Auf keinen Fall aber würde ich mich davon entmutigen lassen, zumindest hoffte ich das.

Als wir ankamen, war es später Nachmittag. Mein Magen knurrte, denn seit dem Frühstück im Flugzeug hatte ich nichts mehr gegessen. Ich ging nach links, weil ich mich erinnerte, dass sich dort alle allabendlich zum Sonnenuntergang versammelten. Das gehörte zum Inselritual. Schnell fand ich ein freies Zimmer, machte mich frisch und dachte hungrig an gegrillten Fisch, Nasi oder Bami Goreng. Als ich aber das weiße Kleid mit der Lochspitze anzog, das Aurel auf Sri Lanka so gut gefallen hatte, wurde ich so aufgeregt, dass ich kaum noch atmen, geschweige denn etwas essen konnte. Mein Magen rumorte, meine Arme und Beine zitterten und klar denken konnte ich erst recht nicht. Was, wenn ich ihn finden würde? Was, wenn nicht? Was, wenn er nicht allein war? Wer nicht wagt, der nicht gewinnt. Jetzt war keine Zeit zu zweifeln, zu zögern und zu hadern, also machte ich mich auf den Weg.

Die Sonne stand schon nah über dem spiegelglatten Meer, mir blieb nicht viel Zeit. In den chilligen Strandbars liefen angesagte Hits, die Leute lachten, tanzten und jeder Platz war besetzt. Wie sollte ich ihn in dem Getümmel finden? Auf den bunten Sandsäcken lümmelten Singles, auf den breiten Liegen fläzten eng umschlungen Paare. Wenn Aurel in so einem Knäuel steckte, war mein Besuch ohnehin umsonst. Diese Möglichkeit erschien mir umso wahrscheinlicher, je länger ich durch den weichen Sand stapfte und je mehr entspannte Romantik an mir vorbeirauschte. Als ich die erste Bar hinter mir ließ, war ich mir sicher, dass er nicht mehr auf mich warten würde. Hier war die Gegenwart, hier war das Leben – Zukunft und Vergangenheit hatten auf der Insel keinen Ort. Jeder lebte und liebte den Augenblick – wo war da ich, wo unsere Geschichte?

Auch in der zweiten fand ich ihn nicht. Die Sonne stand nur noch eine Handbreit über dem Wasser, binnen weniger Minuten würde sie dahinter verschwinden.

„Aurel, wo bist du", dachte ich immer unruhiger und vergeblicher, denn als ich die dritte Bar durchkämmt hatte, blieb mir nichts anderes übrig, als mit dem letzten Licht des Tages auch meine Hoffnung hinter dem Horizont zu versenken. Ich nahm das Naturschauspiel kaum wahr, weil ich nur an Aurel dachte. Der Himmel und das Meer flossen in einem glühenden Rot ineinander. Apathisch, wie geschlagen, stand ich da und fragte mich, wie viel Leben ich noch mit sinnlosem Suchen und Streben verpassen würde. Ich schaute, bis die Glühbirnen angingen, der Sand unter meinen Füßen kalt wurde und die Moskitos zubissen. Ich würde mich einsprühen und etwas essen, danach sähe die Welt anders aus. Morgen war auch noch ein Tag. Gehörten uns nicht ohnehin die Sonnenaufgänge?

Die Moskitos stachen immer heftiger, aber anstatt zurückzugehen, ging ich zum Meeressaum. Ich wollte nur kurz das Wasser auf den Füßen spüren und in der sanft anrollenden Brandung ein paar Schritte gehen. Am Ufer blieb ich stehen, hinter mir die leise Musik, die Stimmen und das Lachen, die Lichterketten – beinah wie bei einem Spektakel. Vor mir das endlos erscheinende Meer, zu meinen Füßen weißer Schaum und eine Muschel. Ich bückte mich und hob sie auf. Eine Weile betrachtete ich sie in dem immer dunkler werdenden Licht, drehte sie in der Hand und schloss die Faust darum. Ich ging los, um Mückenspray zu holen. Vielleicht war die Internetverbindung mittlerweile gut genug, um ihm eine weitere E-Mail zu schreiben, die vielleicht ankam.

Ich tat es nie.

Die ersten Schritte schaute ich auf meine Faust, dann auf meine Füße im Sand, dann erst auf den Weg vor mir. Ich hob den Blick, und je weiter ich das tat, desto deutlicher erkannte ich, dass ich das Ziel erreicht hatte. Aber war das nicht unmöglich? Ich blieb stehen und starrte. Vor mir stand Aurel, Augen und Mund weit offen, als sähe er ein Gespenst. Ich blinzelte und rieb mir die Augen. Entweder träumte ich, oder ... Ich konnte mich nicht bewegen, nicht schlucken, nicht sprechen. Seine Silhouette, sein zerzaustes Haar, die blaue Short und das grüne T-Shirt, das alles kannte ich so gut. Es könnte tatsächlich er sein, außer ich halluzinierte. Ich trat näher, auch er bewegte sich, das Licht fiel in einem anderen Winkel auf sein Gesicht –dass waren seine Augen, das war er!

„Aurel?“

„Delia?“

„Aurel!“

Endlich fuhr Leben in uns. Juchzend und schreiend fielen wir uns in die Arme. Wir drückten uns so fest aneinander, als würden wir unsere Knochen aufbrechen und miteinander verwachsen wollen.

Aurel! Ich hatte ihn gefunden, er hatte auf mich gewartet! Da war er, da war ich. Wir, endlich wieder wir!

„Delia, das glaub ich nicht! Wie kommst du denn hierher?“

„Ich habe dein Tagebuch gelesen, aber alle E-Mails an dich sind zurückgekommen."

Es folgten unzusammenhängende Wortwechsel, bis ich ernst wurde.

„Ich achte deinen letzten Wunsch. Ich bin hier, weil ich mir ein Leben mit dir nicht nur vorstellen kann, sondern es ernsthaft versuchen will, auch wenn wir uns fast gar nicht kennen. Vorausgesetzt, du willst noch."

„Ich? Das fragst du nicht im Ernst! Und ob ich will! Ich habe so lange auf dich gewartet. Ach Delia! Aber die Kinder? Was ist mit Kindern?"

Ich nahm seine Hände in meine und lächelte. „Es wäre schön, welche zu haben, aber das ist nichts, worüber wir uns heute Gedanken machen müssen. Schau, es gibt keine Garantie, dass es mit einem anderen Mann klappen würde. Abgesehen davon kann ich mir nicht vorstellen, dass ich jemand anderen jemals so lieben kann wie dich. Ich bin mir sicher, dass wir auch zu zweit glücklich sein können.

„Delia ..." Sein Gesicht und seine Stimme zitterten.

„Ich liebe dich." Ich wollte es eigentlich nicht sagen, tat es aber doch, ungeachtet des Kitsches, der so wunderbar zu der tropisch warmen Nacht passte. Einer Nacht, in der die Sterne, der Mond und ein paar Kerzen das einzige Licht und die sanft heranrauschende Brandung das einzige Geräusch war. Eine Nacht, in der die Mücken aufhörten, zu stechen, um den Händen und Lippen des geliebten Menschen Platz zu machen. Ich sprach die Worte aus, weil sie in diesem Moment wahr waren, und weil die Ewigkeit aus einer unendlichen Abfolge von Augenblicken besteht. Ich sagte: „Für immer", und dann liebten wir uns.

Epilog

Zehn Jahre ist das nun her.
Nachdem ich Aurel gefunden hatte, verbrachten wir unvergessliche Wochen auf Gili Air und Bali. Schon in der ersten Nacht wurde übrigens auch unsere Erotik vollständiger, denn Zärtlichkeit ist zwar wunderschön und für die Nähe zwischen einem Paar wesentlich, aber auf Dauer eben doch zu wenig.

Kurz vor Weihnachten flog ich nach Berlin, er nach L.A., um sich von Sharon zu trennen, die zu dem Zeitpunkt als geheilt entlassen wurde. Auf der Therapie hatte sie allerdings bereits mit einem Serienstar angebandelt und nicht mehr viel an Aurel gedacht, sodass das Gespräch ruhig und freundschaftlich verlief. Niemand von uns weiß, was aus ihr geworden ist.

Tanja lebt nach einigen Jahren in Israel mit ihrem Mann Gil in Berlin, wir telefonieren häufig und besuchen uns oft.

Clara von Lichtenberg verschwand von der Bildfläche, um offiziell noch mehr von sich selbst zu finden. Inoffiziell vermuteten wir jedoch, dass ihr Licht unter Vincents Einfluss erlosch. Vielleicht aber sind sie fernab des Rummels tatsächlich zu sich gekommen, zu wünschen wäre es ihnen. Aber ganz ehrlich? Sie sind mir egal, weil sie nichts mehr mit mir und meinem Leben zu tun haben. Vincent und ich einigten uns außergerichtlich. Ich bekam die geforderte Summe zugesprochen und wurde als Co-Autorin aufgenommen, sodass mein Name neben seinem steht. Das ist aber das Einzige, was uns noch verbindet. Wir haben keinen Kontakt mehr, und das ist mir recht.

Mit Stefan habe ich einmal telefoniert und mich ausgesprochen. Er ist glücklich verheiratet und Vater von drei Kindern, zwei Jungs und einem Mädchen.

Meine Mutter und Vicky flogen in der Zeit, als ich auf Bali war, tatsächlich für eine Kur ins Pagoda. Anders als Bea und ich verliebten sie sich jedoch nicht, aber immerhin reichte Vicky anschließend die Scheidung ein. Danach flog niemand mehr nach Sri Lanka auf Kur, was an dem Virus und Flugscham, aber auch daran lag, dass wir es einfach nicht schafften, unser Leben konsequent nach Ayurveda auszurichten. Es war unmöglich, für mehrere Menschen ayurvedisch zu kochen und sich selbst immer genau im Blick zu haben. Jeder von uns meidet die für ihn schädlichen Lebensmittel und hat ein Gespür für seine aktuelle Verfassung entwickelt, an die er sich anpasst. Wir alle kamen zu dem Schluss, dass bewusste Ernährung wichtig, aber nicht das Wichtigste war.

Ich habe einige Zeit gebraucht, um mich an ein Leben ohne Schmerzen zu gewöhnen. Als sie allmählich immer weniger wurden und schließlich ganz weg waren, hielt ich oft inne, weil ich nicht glauben konnte, dass mir wirklich nichts wehtat. Dabei stellte ich fest, dass die Schmerzen zwei Funktionen erfüllt hatten. Die erste hatte mir gezeigt, dass ich in meinem Leben etwas ändern musste. Die zweite, dass ich zwei Tage pro Monat im Bett gelegen hatte, weil ich mir sonst keine Pause gegönnt hätte. Ich musste, weit nach Kurende, erst lernen, loszulassen, weniger zu arbeiten, nicht immer die perfekt informierte Person mit der öffentlich aktuell akzeptierten Meinung zu sein.

Darüber hinaus war und ist es nicht leicht, immer bewusst zu leben. Sich in Arbeit zu flüchten und darin zu verkrampfen ist viel einfacher, als das richtige Maß zu erkennen und loszulassen. Dieser Gleichgewichtspunkt liegt bei jedem wo anders. Du musst wissen, wer du bist, was du brauchst, was du willst und wofür du lebst. Der Rest sind Nebengeräusche.

Das zu verinnerlichen war, trotz der Leidenschaft und Liebe, trotz der Freiheit und dem Glück, für mich am schwierigsten, weil man sich allzu schnell an alles gewöhnt und es für normal hält.

Vor allem aber habe ich begriffen, dass in einem gesunden Körper ein gesunder Geist wohnt. Ich bin kein Guru und kein Weiser, aber in einer Sache bin ich mir absolut sicher: Lebe deine Leidenschaft, aber mit Maß, damit man dabei nicht verbrennt. Jeder Mensch braucht Ruhe, einen Ausgleich, ein Innehalten. Aber wenn man, zumindest als Pitta, genug meditiert, auf den Atem und die richtige Ernährung geachtet hat, dann muss etwas passieren. Dann muss es heißen: Vorhang auf! Action! Leben! Jetzt und hier! Man muss lachen, für etwas brennen, sich im Freudentaumel in die Arme fallen und vor Glück nicht mehr stehen können. Und dann, später, wenn der Jubel verklungen und das Feuerwerk erloschen ist: Tief Luft holen und wieder ruhig atmen. Bewusst sein, sich selbst spüren, das Leben lieben und es nehmen, wie es kommt. Wenn man das kann, ist man automatisch dankbar und kann sich die gesamte Achtsamkeitstheorie für immer sparen, weil sie sich von selbst ergibt.

Das Leben ist ein ewiges Auf und Ab, wie die Wellen im Meer, mal stürmisch hoch, mal spiegelglatt ruhig. Entscheidend ist, wie man durch Tiefen geht und durch Höhen fliegt. Das Leben findet auf der Erde, dem Boden statt, und es liegt an uns, wie wir dieses Land bestellen.

Und dann gibt es noch einen letzten, die Gesundheit betreffenden Punkt: Weder Aurel noch ich noch sonst jemand hatte Aids oder Syphilis.

Nun aber dazu, wie es nach meiner letzten großen Flugreise für lange Zeit, der nach Bali, weiterging:

Aurel und ich trafen uns kurz vor Weihnachten in München und verbrachten die Feiertage am Starnberger See. Für mich war dieses Weihnachtsfest eines der schönsten, was zum einen daran lag, dass ich es überhaupt wieder feierte, zum anderen daran, dass Aurel und meine Eltern sich sofort mochten. Sowohl Aurel als auch Max (ja, er war auch wieder mit von der Partie) verliebten sich in die Gegend und beschlossen, ihre 925-Beratung in München zu gründen. Ich sprach mit Papa über die Zukunft der Baufirma und mein Interesse an einer Zusammenarbeit.

Wir steckten mitten im Pläne-Schmieden, als das Corona-Virus unsere Leben gehörig durcheinanderbrachte. Glücklicherweise hatten Aurel und ich schon eine möblierte Wohnung zur Zwischenmiete bezogen, sodass wir den

Lockdown in unseren eigenen vier Wänden verbrachten. Aurel und ich hatten auf einmal mehr Alltag, als wir uns jemals hätten vorstellen können, und wuchsen eng zusammen. Anders als Bea und Max, die sich bei ihr einsperrten – und bald auch so fühlten. Ich wäre gern bei ihr gewesen, um sie zu halten, zu trösten und aufzubauen. Noch nie in meinem Leben hatte ich sie so deprimiert erlebt wie in jenen Telefonaten. Diana und Philipp saßen in Madrid fest, bis sie nach Wochen mit einem Regierungsflug das Land verlassen konnten. In Spanien durfte damals pro Haushalt nur eine Person zum Einkaufen auf die Straße, Kinder gar nicht. Es war unerträglich. Bea litt, weil die Kinder Heimweh hatten, obwohl sie gleichzeitig mit Darius Zukunftspläne schmiedeten und die Zeit sogar nutzten, um sich weiterzubilden. Patricia und ihrem Mann sei Dank. Bea litt aber auch, weil für Max und sie die anfänglichen Schmetterlinge im Bauch, der sagenhafte Sex und die tiefsinnigen Gespräche nicht für ein gemeinsames Leben reichten. Sobald er ausziehen konnte, war sie allein und atmete auf.

Meiner Schwester Vicky ging es zu dem Zeitpunkt ebenfalls nicht gut, denn sie war frisch von Markus getrennt, dem ein Verfahren wegen Veruntreuung in Millionenhöhe anhing. Obendrein verlor sie eine ansehnliche Summe im Wirecard-Skandal. Das Ende der Ehe hatte, wie so oft, mehrere Gründe. Einer davon war Markus' Bisexualität, die sie uns nun erst anvertraute, und die sich seit ein paar Jahren immer einseitiger auf junge Männer fokussierte. Dazu kamen seine wüsten, teils handgreiflichen, Beschimpfungen gegenüber ihr, den Kindern und besonders Elias, der nach Weihnachten nicht nach New York zurückkehrte, sondern bei einem Bauingenieur jobbte, bis er in München sein Studium wieder aufnahm. Zumindest war er in dieser „Nicht-Zeit" zuhause.

Überhaupt kamen in diesem Jahr viele weit verstreut lebende Familienmitglieder nach Deutschland zurück, und nach und nach siedelten wir uns alle in und um München an. Ich kündigte der Familie, die in meinem Haus wohnte, wegen Eigenbedarfs, und da sie ohnehin vorgehabt hatten, umzuziehen, waren Aurel und ich früher als erwartet mit Einrichten beschäftigt.

Den Gedanken ins Familiengeschäft einzusteigen, setzte ich, als im Sommer alles wieder halbwegs normal lief, in die Tat um. Bea, Aurel und ich betreuten die Fusion der beiden Familienunternehmen. Wir begleiten die Firma mit den mittlerweile dreihundert Angestellten noch heute, wenn meine Nichten und Neffen uns um Hilfe bitten. Vor ein paar Jahren haben sie nämlich das Ruder übernommen. Ansonsten widme ich mich anderen Projekten. Aurel und Max sind mit der Beratung europaweit erfolgreich, und meine Bedenken, er könne keine Zeit für mich haben, erwiesen sich als unbegründet. Ich wache jeden Tag glücklich und dankbar auf und schlafe genauso wieder ein. Es stimmt nämlich, dass nicht nur Schönheit, sondern auch Glück im Wesen des Betrachters liegt.

Das gilt auch für den unerfüllt gebliebenen Kinderwunsch. Für eine Adoption waren wir zu alt, für eine künstliche Befruchtung brauchten wir fremdes Sperma, und nachdem wir uns alles gründlich überlegt hatten, wiederholte ich das, was ich Aurel am Strand von Gili Air gesagt hatte: Das Glück liegt darin, die Realität ohne Erwartungen zu akzeptieren. Wir verloren uns weder in der Suche nach steinigen Wegen und auch später nicht in Was-wäre-Wenns. Es war, wie es war und wie es war, war es gut.

Ohnehin gab es in unserer Familie genügend Nachwuchs. Bea hatte nach der Trennung von Max und ihrer Scheidung von Richard einige Zeit das Leben ohne Mann genossen, bis sie auf dem Starnberger Postamt Ludwig traf. Er ist drei Jahre älter als sie, passionierter Tennisspieler und hatte schon zu Jugendzeiten ein Auge auf sie geworfen, wohingegen er ihr nie besonders aufgefallen war. Das änderte sich schlagartig, als er sie spontan auf einen Kaffee einlud und sie um Mitternacht noch immer beisammensaßen. Zwei Jahre später heirateten sie im kleinen Kreis und wohnen nur zwei Straßen von uns entfernt. Obwohl beide keine Kinder wollten, wurde Bea schwanger und tat, was sie immer tat: Sie nahm das Leben, wie es kam. Das beinhaltet auch, dass der Apfel nicht weit vom Stamm fällt. Innerhalb eines halben Jahres wurde sie nämlich sowohl zum dritten Mal Mutter, als auch zum ersten Mal Oma. Felix' Vater treibt sich, genau wie sein Großvater, irgendwo in der Weltgeschichte herum, während er und Gloria wie Geschwister aufwachsen.

Für Aurel und mich ist das ein Segen, weil die beiden oft bei uns sind und gelegentlich auch übernachten. Aurel wäre wirklich ein wahnsinnig guter Vater geworden, aber so ist er eben ein wahnsinnig guter Onkel und ich bin eine wahnsinnig gute Tante.

Ich kann also sagen, dass wir enorm viel Glück hatten. Inmitten der unzähligen Geschichten seien nur noch zwei genannt. Zum einen bekam ich in dem Streit um die Biographie in allen Punkten recht und eine stattliche Summe zugesprochen. Vincent und Clara wurden ein Paar, bevor er sich Alufolie auf den Kopf setzte und sein Geld mit Youtube-Videos verdiente, die immer wieder gelöscht wurden. Davon bekam ich nur deswegen etwas mit, weil Emanuels Sohn, mein Neffe Leo, Vincents Kanal abonniert hatte und wir vorübergehend fürchteten, Leo in einem gefährlichen Wahn zu verlieren.

Das zweite Ereignis war jedoch weitaus prägender. Meine Eltern waren von Aurel so begeistert wie er von ihnen, und mein Vater betonte mehrmals, dass er ihm über den Weg traue und sähe, wie gut es mir mit ihm ginge. Am Tag nach meinem 36. Geburtstag bat mein Vater mich um ein Gespräch unter vier Augen.

Noch heute sehe ich ihn mit todernster Miene hinter seinem Schreibtisch sitzen. Er räusperte sich mehrmals, bevor er niedergeschlagen sagte: „Delia, es ist mit sehr unangenehm, und ich schiebe das Thema schon lange vor mir her, aber nun muss ich es auf den Tisch bringen. Aufgrund deiner Situation mit Vincent war ich froh, dass du von dir aus nicht darauf zu sprechen gekommen bist, doch seitdem es aus ist, habe ich gehofft, du würdest es tun. Nun gut, lange Rede, kurzer Sinn. Es geht um Geld, um viel Geld."

Mir wurde angst und bang. So hatte ich ihn noch nie erlebt. „Ja?", fragte ich mit angehaltenem Atem und schickte unzählige Stoßgebete gen Himmel: Bitte lass sie nicht pleite sein, bitte mach, dass er nicht wie Markus ist, bitte mach, dass mein Haus wirklich abbezahlt ist und wir einziehen können.

„Darf ich dich um etwas bitten?"

„Was denn?"

„Um die zwanzigtausend plus Zinsen, die ich dir nach dem Platzen der Dot.com Blase erstattet habe."

„Wie ..." Das Zimmer drehte sich. Wenn er diese Summe brauchte, würden sie das Haus, das Geschäft, alles verlieren. „So viel habe ich nicht, Papa, aber ich frage Aurel. Aber wie konnte es nur soweit kommen?" Und wieso hatte ich weder ihm noch Mama etwas von ihren Sorgen und Nöten angemerkt?

Er sah mich merkwürdig an. „Danke. Das weiß ich sehr zu schätzen. Du bekommst im Gegenzug aber auch etwas." Er schob etwas über den Schreibtisch.

Mein Blick wanderte von dem länglichen Umschlag zu ihm und zurück. „Was ist das?"

„Mach auf."

„Aber ..."

„Sitzt du gut?", fragte er mit einem unerwarteten, völlig unpassenden Lächeln und einer viel zu entspannten Stimme.

„Ja, warum?"

„Weil dein Leben in ein paar Minuten nicht mehr sein wird, wie es bisher war."

Die Sorge hatte ich auch. Mit zitternden Fingern riss ich das erste Kuvert auf und zog eine Kontonummer heraus.

Er klappte seinen Laptop auf und tippte etwas ein. Dann drehte er ihn zu mir, und ich starrte auf den Einloggbereich einer Privatbank. „Gib sie ein."

Gleichzeitig schob er mir eine aufgeschlagene Mappe unter die Nase. „67D64S_64A16A64"

„Was ist das?"

„Das Kennwort."

„Siebenundsechzig", las ich benommen ab.

„Sechs zu sieben, sechs zu vier ... Das Endergebnis Agassi gegen Ivanisevic, Wimbledon 1992, als er seinen ersten Grand Slam gewonnen hat. Das ist für dich! Du kannst das Passwort

nie vergessen, immer nachschlagen. Es ist bombensicher, noch dazu damit." Er holte ein neues Handy heraus, auf dem er eine App installiert hatte und reichte es mir.
Ich kam nicht dazu, ihn für verrückt zu erklären, denn meine Finger tippten die Zahlenkombination ein, und dann fiel ich in Ohnmacht.
Als ich wieder zu mir kam, war er am Hyperventilieren und meine Mutter hatte die Rettung gerufen. Mein Vater hatte meine Aktien nie verkauft, sondern sogar, weil sie günstig waren, dazu gekauft. Danach hatte er das Depot fast zwanzig Jahre nicht angeschaut. Da es auf mich geschrieben war und besagtes Unternehmen keine Dividenden zahlte, hatten wir nichts von der achtstelligen Summe geahnt. Ich brauchte Wochen, um mich daran zu gewöhnen. Mein Vater erreichte zwischenzeitlich für mich den Status eines Wirtschaftsweisen, eines Börsengurus – dabei hatte er einfach alles auf eine Karte gesetzt, gewartet und gewonnen. Er hatte Glück gehabt, aber nicht nur, sondern auch den richtigen Riecher und Geduld. Und Leidenschaft. Wie sonst hätte er diese aberwitzige Pin festlegen können? Die war für mich in doppelter Hinsicht der Schlüssel zu Reichtum. Natürlich hätte ich jedes Begehren, jedes Anhaften und jede Leidenschaft mit der Zeit weg meditieren können, um innerlich völlig frei zu sein. Aber was wäre ein Leben ohne Leidenschaft? Einfach nur „sein" konnte ich auch noch, wenn ich alt und gebrechlich war. Denn waren nicht alle Religionen unter anderem ein Beruhigungsmittel vor der Angst zu sterben – und zu leben? Für mich war das Leben endlich zum Leben da, und das tat ich in vollen Zügen.
Auch wenn das viele Geld zu einem Zeitpunkt in unser Leben gekommen war, in dem ich es nicht mehr brauchte, war ich natürlich dennoch heilfroh, dass Papa mir von dem Aktiendepot nichts gesagt hatte, solange ich mit Vincent zusammen war, denn damals hätte ich alles gespendet. So aber habe ich nun selbst Häuser gegründet, in die sich Frauen und Männer aus gewalttätigen Beziehungen flüchten und ein neues Leben beginnen können. Pro Jahr schreibe ich einen Jugendroman, in dem wesentliche Werte eine tragende Rolle

spielen, und der immer von dem gleichen großen Verlag herausgebracht wird.

Außerdem habe ich eine Sport- und Tennisakademie gegründet, in der Kinder aus sozial schwachen Verhältnissen umsonst trainieren dürfen. Sie finden hier Freunde, leben gesund und lernen das Geheimnis meiner Familie, wegen dem ich sie einst verteufelt und Bea beneidet hatte. Dabei war es so einfach! Um erfolgreich zu sein, brauchte man nur ein Ziel, das man genau so wenig aus den Augen verlieren durfte wie die einzelnen Schritte, die dorthin führten. Und wenn der eingeschlagene Weg nicht zum Ziel führte, musste man entweder einen leichteren Weg oder ein erreichbares Ziel finden. Aber niemals, niemals durfte man dabei sich selbst verlieren. Das war die oberste Priorität von allen. Wenn man das befolgte, konnte man nicht verlieren.

Einmal im Jahr gehört die Tennisanlage jedoch nur uns. Dann kommt die gesamte Verwandtschaft zusammen und wir feiern eine Woche lang das Leben in all seiner Fülle. Viele von uns nehmen aktiv am Familienturnier teil, andere kümmern sich um organisatorische Aufgaben, aber alle schauen gern zu, wetten auf die Gewinner und amüsieren sich prächtig. Wie mein Vater, der im Mix Halbfinale Bea/Ludwig gegen Delia/Aurel auf dem hohen Schiedsrichterstuhl sitzt, gegen das Mikrophon klopft und noch vor dem ersten Aufschlag „Love all" verkündet.

Kitschig? Mag sein. Aber er hat Humor und das Herz am rechten Fleck.

***

Liebe Leserinnen und Leser,

ich hoffe, Euch hat diese Geschichte gut unterhalten.

Wenn Ihr keine Neuigkeiten, Gewinnspiele, Preisaktionen etc. verpassen wollt, dann verbindet Euch doch auf einem oder mehreren Wegen mit mir.

Newsletter: Ihr erhaltet den süßen Urlaubskurzroman „Zarte Küsse" gratis!   http://eepurl.com/bPKAgD

Facebook: https://www.facebook.com/annabelle.benn.Romane

Instagram: Annabelle Benn

Und natürlich würde ich mich über eine kurze Bewertung bei dem Shop, wo Du das Buch gekauft hast, sehr freuen. :)

Bis bald und lasst es Euch gut gehen,

Eure

Annabelle Benn